国家社科基金青年项目（18CWW009）最终成果

出版受"中央高校基本科研业务费专项资金"、"浙江大学文科精品力作出版资助计划"资

在"现代"的路口

俄罗斯"大改革"时代的西方旅行书写

龙瑜宬　著

浙江大学出版社
ZHEJIANG UNIVERSITY PRESS
·杭州·

图书在版编目（CIP）数据

在"现代"的路口：俄罗斯"大改革"时代的西方旅行书写 / 龙瑜宬著. -- 杭州：浙江大学出版社，2023.7
ISBN 978-7-308-24013-0

Ⅰ. ①在… Ⅱ. ①龙… Ⅲ. ①俄罗斯文学－文学史 Ⅳ. ①I512.09

中国国家版本馆CIP数据核字(2023)第124345号

在"现代"的路口：俄罗斯"大改革"时代的西方旅行书写

龙瑜宬　著

责任编辑	谢　焕
责任校对	朱卓娜
封面设计	云水文化
出版发行	浙江大学出版社
	（杭州市天目山路148号　　邮政编码　310007）
	（网址：http://www.zjupress.com）
排　　版	杭州林智广告有限公司
印　　刷	杭州高腾印务有限公司
开　　本	710mm×1000mm　1/16
印　　张	18
字　　数	232千
版 印 次	2023年7月第1版　2023年7月第1次印刷
书　　号	ISBN 978-7-308-24013-0
定　　价	78.00元

目 录

导　言

　　"西方"与其说是一个地理概念，不如说代表了一种文化理念与身份。对于这一点，俄罗斯人深有体会。在很长一段时间里，俄罗斯与大陆西侧的关系都同宗教问题紧密相关：公元 988 年，弗拉基米尔大公接受了从君士坦丁堡传来的基督教，基辅罗斯与西方文化中心建立联系；但随着东西方教会的分裂，在东正教徒的意识中，俄罗斯与天主教世界之间也出现了不可逾越之墙，双方绝无沟通的可能。直到后者展开宗教改革，新教徒在宗教上的"非侵犯性"才消除了这种交流的障碍。[1] 然而，世俗化大潮也已决定性地改变了这块大陆的面貌与格局。从文艺复兴时期开始，"欧洲"逐渐取代传统的"基督教西方"，在 20 世纪美国崛起前成为"现代西方"的同义词。在竞逐全球霸权方面取得的巨大成功，更让欧洲获得了"文明的规范标准的光环"。[2] 与许多相对弱势的文明一样，如何定义自身与欧洲 / 西方的关系，开始上升为俄罗斯民族发展的关键命题。但无论是双方部分交叠的文明谱系，还是模糊的地理分界线，[3] 都让这种定义格外艰难。这一处境给俄罗斯人带来了无限焦虑，也为他们的持续想象和发挥留下了更多空间。

　　与西方直接接触的旅行活动，顺理成章地成为俄罗斯人构建民族身份、想象"现代"最重要的文化实践之一。正是在彼得大帝改革时期，

---

[1]　参见 B.B. 津科夫斯基：《俄国思想家与欧洲》，徐文静译，上海：上海三联书店，2016 年，第 29 页。

[2]　参见杰拉德·德朗提：《发明欧洲》，陈子瑜译，杭州：浙江大学出版社，2020 年，第 13 页。

[3]　关于相对低矮的乌拉尔山脉如何成为了欧洲地理分界线以及相关争议，参见德朗提：《发明欧洲》，第 72—75 页。

俄罗斯出现了第一批公务旅行的贵族精英（1697—1698 年和 1717 年，彼得大帝本人也两次前往欧洲学习和游历）；到了 18 世纪中后期，随着彼得三世与叶卡捷琳娜女皇颁布法令、免除贵族服役，欧洲旅行的权力不再为最上层的贵族垄断。普通贵族不仅可以前往欧洲旅行，还能相对自由地安排自己的行程。发端于 17 世纪英国的"大陆旅行"（"the Grand Tour"）开始为俄国贵族效法，成为他们完成个人教育、融入欧洲上流社会的重要仪式。[1] 作为贵族确认精英身份的一种方式，旅行写作也在这一时期的俄罗斯迎来热潮。其中，冯维辛（Д. И. Фонвизин）在 1777—1778 年、1784—1785 年两次旅欧期间完成的一系列书简，[2] 以及卡拉姆津（Н. М. Карамзин）的《一个俄罗斯旅行者的书信》（*Письма русского путешественника*, 1797—1801）影响尤其深远。它们已显露出了俄罗斯旅行书写的一些关键特征：首先，俄罗斯旅行者想象西方的基本框架、话语来自西方，即使当他们对西方采取批评态度时，亦不例外。冯维辛 1777 年出国时，已完成《旅长》（*Бригадир*, 1769），在这部经典喜剧中，作家对叶卡捷琳娜时代的"法国热"大加讽刺。而其旅行书简中最著名的，也是批评法国的部分。叙事者延续了那种尖刻而充满巧智的戏剧化笔调，指出法国社会的发展伴随着道德的严重滑坡。书简中的一系列用词，如"腐化、堕落、虚假、肤浅"等，未来也将作为一种套话高频出现在赫尔岑（А. И. Герцен）、陀思妥耶夫斯基（Ф. М. Достоевский）等人的同类作品中。[3] 但细审之下，这位旅行者／叙事者仍然是一位高举启蒙主义旗帜的理性主义者，他对欧洲的批评始终是基

---

[1] See Sara Dickinson, *Breaking Ground: Travel and National Culture in Russia from Peter I to the Era of Pushkin*, Amsterdam-New York: Editions Rodopi B.V., 2006, p. 37.

[2] 冯维辛一共进行了四次欧洲旅行，其中第二、第三次旅行完成的书信较成体系。See Derek Offord, *Journeys to a Graveyard: Perceptions of Europe in Classical Russian Travel Writing*, Dordrecht: Springer, 2005, p. 54.

[3] 参见奥兰多·费吉斯：《娜塔莎之舞：俄罗斯文化史》，郭丹杰等译，成都：四川人民出版社，2018 年，第 83 页。

于"把世界看作一个共同体的启蒙思想的基本理念"——人类之缺陷、恶习举世皆然，俄罗斯不应因为自身的闭塞而在想象中美化他国。[1] 甚至，对"法国热"（以及"英国热"）的批评本身也是这时期欧洲的一种流行话语。[2] 而卡拉姆津的游记，更是从标题到叙事模式都受到欧洲旅行书写范式的直接影响。彼时在欧洲正处于全盛期的感伤主义思潮渗透于整部作品对时空的处理中，旅行者的体验、情感以及记忆不断向外映射，在发现风景的同时也重新发现自我。[3]

但借用西方提供的思想框架，并不代表俄罗斯人无法写出自己的故事。"西方—非西方""冲击—回应"这类二元模式太容易掩盖文明的多样性与能动性。虽位于所谓的欧洲"边地"，俄罗斯本身就是一个持续扩张，并积极参与欧洲秩序建构的庞大帝国。其知识精英对于确立自身的合法性、独立性有着强烈意识。当然，不同时代的知识分子采取的策略各不相同。卡拉姆津的《一个俄罗斯旅行者的书信》更多地还是从一个世界主义者的视角展现俄罗斯与欧洲文化之间的可通约性。俄罗斯并非不可交流的蛮荒之地。如洛特曼（Ю. М. Лотман）指出的，作品中的旅行者采取了两种姿态：在面向俄罗斯读者时，他的确扮演了"欧洲人"的角色，孜孜不倦地用欧洲理念、风尚教导同胞；但在欧洲交游圈中，他又始终谈笑自如，表现出俄罗斯精英的风采。他也乐于向自己的对话者介绍俄罗斯文化，后者在这方面总是表现出惊人的无知。就其文化策略取得的成功而言，洛特曼甚至认为可以将卡拉姆津与彼得大帝类比。[4]

---

[1] 参见费吉斯：《娜塔莎之舞》，第 82 页。See also Reuel K. Wilson, *Literary Travelogue: A Comparative Study with Special Relevance to Russian Literature from Fonvizin to Pushkin*, The Hague: Martinus Nijhoff, 1973, p.38.

[2] See Sara Dickinson, *Breaking Ground*, p. 50.

[3] See Sara Dickinson, *Breaking Ground*, pp. 131—133; see also Reuel K. Wilson, *Literary Travelogue*, pp. 63—69.

[4] См.: Ю. М. Лотман, Б. А. Успенский, "*Письма русского путешественника* Карамзина и их место в развитии русской культуры"// Ю. М. Лотман. *Карамзин*, СПб.: Искусство-СПБ, 1997, с. 484—486.

尤其重要的是，《一个俄罗斯旅行者的书信》与此后二十年间出现的一系列仿作将大量心理、哲学与文化概念引入了俄国，帮助俄罗斯人对自己的地理文化空间展开想象。普希金（А. С. Пушкин）等民族文学的建设者大力吸收和改写了这批作品在"呈现'真实'地理与社会环境中的人物复杂的精神动机"方面的经验，一个可以与西方并提、同时又更加日常可感的俄罗斯帝国形象逐渐浮现。[1] 可以说，欧洲旅行成为一种真正意义上的"文化的旅行"，跨界者不断挪用欧洲资源以想象和丰富俄罗斯的现代化图景。在持续的发明中，不可能再找到什么"纯粹"的本土和传统，但文明机体确实因为新鲜血液的输入而有了更多激活自身潜力的可能。

而相较于 18 世纪，19 世纪上半叶的俄罗斯旅行者与西方有了更大规模的接触：第一个重要契机出现在亚历山大一世时期。战胜拿破仑大军、挺进欧洲后，驻守的贵族军官们留下了大量旅行文字。政治、文化上的差距给这些"胜利者"带来了巨大精神冲击。加上浪漫主义与民族主义话语的流行，确定俄罗斯自我身份的诉求变得更为迫切。骠骑兵军官恰达耶夫（П. Я. Чаадаев）点燃西方派与斯拉夫派论战的《哲学书简》（Философические письма）虽到 1836 年才发表，但很多想法与判断都产生于作者的两次欧洲之行（1813—1815 年、1823—1826 年）；而在尼古拉一世高压统治时期，欧洲旅行更呈现出一种畸形的繁荣。相关书写中的震惊感明显减弱，欧洲似乎不再能带来足够的陌生感，欧洲旅行变得常规化。在莱蒙托夫（М. Ю. Лермонтов）1840 年发表的《当代英雄》（Герой нашего времени）中，视庸常为大敌的主人公毕巧林就宣布，"要去美洲，去阿拉伯，去印度"，"只是千万别去欧洲"。[2] 但事实上，这时期欧洲的面貌正在双元革命的伟力下加速变化。除了尼古拉一世统

---

[1] See Reuel K. Wilson, *Literary Travelogue*, pp. 80—81.

[2] 莱蒙托夫：《当代英雄》，力冈译，上海：上海文艺出版社，2016 年，第 31 页。

治带来的压迫感，更多俄罗斯人开始涌向欧洲也与新的旅行范式传入有关——后拿破仑时代，拜伦式旅行开始在英国兴起，旅行的主体进一步扩大和"下沉"。不同于贵族精英强调智性提升的大陆旅行，现代旅行希望获得的是一个"减轻痛苦的假期"。旅行者在快节奏的移动和消费中追求精神上的愉悦。蒸汽交通与城市的发展，商业的扩张，以及中产阶级对社会财富的更多分享，为新旅行模式的出现与发展提供了基础。[1]诚然，要到19世纪80年代，俄国才会具备这些条件，出现成熟的旅游市场；而在19世纪上半叶，人们依然强调，不同于传统的"旅行者"（"путешественник"），"游客"（"турист"／"tourist"）这一新词是英国人专门用来指称那些"因为闲散或为了驱散苦闷之情（сплин/spleen）"而在欧洲漫游的同胞的。[2]但观念的传播及其对实践的影响有时比语词的接受更快。敏锐的作家们率先意识到，通过出游"逃离"日常生活与责任束缚的浪游者已经成为时代的典型：计划和诗人同游欧洲的奥涅金也好（《叶甫盖尼·奥涅金》/Евгений Онегин，1831），出现在高加索五峰城这一俄罗斯著名疗养、旅游胜地的毕巧林也罢，据说都感染了"苦闷"这种舶来自英国的现代性病症。[3]而在屠格涅夫（И. С. Тургенев）的早期作品中，欧洲旅行也已成为"多余人"的共同选择。这些自认在俄罗斯找不到位置的浪游者甚至无意再模仿拜伦式英雄的愤世嫉俗。身处异域，他们或是满足于纯粹的感官享受，或是沉浸于对孤独的审视与玩味之中，精神越发空虚。

对于这种新近传入的旅行话语，俄罗斯的文化精英们表现出了颇为暧昧的态度。专制高压之下，他们有现代意识而无参与现代事业的途

---

[1] See Susan Layton, "Our Travelers and the English: A Russian Topos from Nikolai Karamzin to 1848", in *The Slavic and East European Journal*, vol. 56, No. 1（Spring 2012）, p. 1.

[2] См.: М. П. Алексеев, *Русско-английские литературные связи. (XVII век- первая половина XIX века)*, М.: Наука, 1982, с. 638.

[3] 参见普希金：《叶甫盖尼·奥涅金》，智量译，收入沈念驹、吴笛主编：《普希金全集》，杭州：浙江文艺出版社，2012年，第4卷，第31页；莱蒙托夫：《当代英雄》，第32页。

径。逃离现实、专注个人感受，对他们无疑有着巨大诱惑。在安年科夫（П. В. Анненков）这类欧洲常客的笔下，那种轻松享受审美愉悦的游乐实在引人向往；但另一方面，现代化事业的滞后又让俄罗斯精英更有理由延续大陆旅行的启蒙意涵。至少在公共话语中，许多人仍然强调应该去欧洲寻找"民众福利的源头与政治科学的秘密"。[1] 尤其是，19 世纪三四十年代的俄罗斯人以特有的道德热情对法、德思想资源进行了发挥和再造，以强调社会责任著称的知识阶层逐渐成形。[2] 在此智性气氛下，享乐性的现代旅行自然很容易吸引批评火力。戈洛文（И. Г. Головин）的文章《我们时代的旅行者》（"Путешественик нашего времени"，1838）、穆特列夫（И.П. Мятлев）的长诗《库尔杜科娃夫人的印象与看法》（"Сенсации и замечания госпожи Курдюковой"，1844）都犀利地讽刺了那些蜂拥至欧洲的同胞：他们的人数已经仅次于"臭名昭著"的英国游客。这些人或是表现出奥涅金式的慵懒，或是干脆粗鄙不堪，大肆消费，那种"东方式的奢侈"让人侧目。比起在欧洲看到些什么，他们更渴望被看到。[3] 在这类文字中，欧洲旅行涉及的既是个人的思想与审美水准问题，也始终与民族身份、形象紧密相关。相较于卡拉姆津那一代世界主义者，尼古拉一世时期的俄罗斯知识精英对个体与民族究竟应在西方舞台采取何种姿态有了更多的焦虑。但这种焦虑正源于、并深刻反映出了他们自己对变动中的欧洲文化更多的判断和择选——他们渴望获得西方国富民强的奥秘，却又对英国游客代表的那个道德与审美滑坡的"资产阶级西方"有着本能的厌恶。普希金等人对俄罗斯浪游者（伪）浪漫主义姿态的描绘，不同程度地渗透着对过分扩张的现代自我的警惕。

---

[1]　See Susan Layton, "Our Travelers and the English", p. 2.

[2]　参见以赛亚·伯林：《辉煌的十年》，收入《俄国思想家》，彭淮栋译，南京：译林出版社，2006 年，第 138—246 页。

[3]　See Susan Layton, "Our Travelers and the English", pp. 8—9, 12—14.

无论如何，在 19 世纪上半叶的俄罗斯，西方旅行的形式及其承载的意涵都变得更丰富了。而这一天然会突破界限、带来比较的文化实践也让帝俄统治者感受到了威胁。到了 19 世纪 40 年代，俄国政府在发放出国旅行所需的护照时已变得越来越谨慎。[1]1848 年欧洲革命的爆发更让尼古拉一世加强了社会控制，在接下来的"失去的七年"中，知识界被迫沉默。到克里米亚战争（1853—1856 年）爆发，境外旅行被明令禁止。但对战英、法的失利最终也为俄罗斯挣脱尼古拉一世的高压统治提供了契机。在残酷的现实面前，即使是保守派也很难否认，若不实现现代化，俄罗斯将无法与欧洲列强竞争。亚历山大二世（1855-1881 年在位）甫一登基，就奏响了"大改革"（"Великие реформы"）[2] 的前奏，在经济领域强力引入国家主导的资本主义，社会流动性显著提升。而在新沙皇采取的第一批改革措施中，就包括撤销对出国旅行的限制。[3] 加上护照与交通系统的加速发展，俄国出现了一波空前的西方旅行热潮。仅 1858 年就有四万三千人获得去欧洲的护照，而其中只有不到三千人的申请与医疗需求有关。[4] 以本书涉及的几位主要作家为例，旅行经验最丰富的屠格涅夫一待国门重启，就迫不及待地重返欧洲；而年轻的托尔斯泰（Л.Н. Толстой）和陀思妥耶夫斯基都在改革初期完成了自己的首次欧洲之旅。

---

[1]　See Sara Dickinson, *Breaking Ground*, p. 232.

[2]　从最外显的角度来看，1861 年亚历山大二世签署《关于农民摆脱农奴制依附地位的总法令》、宣布废除农奴制度，标志着"大改革"的正式开启；1874 年的兵役与军队改革则常常被视为"大改革"的最后举措。但由上至下的改革浪潮自克里米亚战争后就已出现，到亚历山大二世统治后期也未完全平息（事实上，沙皇被暗杀当天还准备签署新的改革方案）。而本书关注的是俄罗斯知识精英对这场"被延误"的现代化变革的反应，这种智性层面的应对更包含了漫长的发酵与反思过程。故此，本书讨论的"大改革时代"时限向两端延展，将"解放者"亚历山大二世在位的二十多年全部覆盖其中。

[3]　参见尼古拉·梁赞诺夫斯基、马克·斯坦伯格：《俄罗斯史》，杨烨等译，上海：上海人民出版社，2007 年，第 339 页。

[4]　See Susan Layton, "The Divisive Modern Russian Tourist Abroad", in *Slavic Review*, vol. 68, No.4（Winter, 2009），p.856.

但出现旅行热潮并不意味着俄罗斯人更热切地拥抱了西方。克里米亚战争的失利让他们真切地感受到西方的强大与压迫性，民族意识变得更为微妙。[1] 而此前，欧洲 1848 年革命的失败更给俄罗斯知识界带来了极大冲击，"政治革命论分明不若先前令人信服"，无论是斯拉夫派还是西方派，都开始更多地"留心本国内在处境独特之处"，更有意识地对西方学说加以转化，使之符合俄国特质与需求。[2] 然而，知识界内部的分裂却并未因此得到弥合。事实上，19 世纪下半叶，俄罗斯不同思想阵营间的对立日趋严重。西方派彻底分裂为自由派与激进派，后者鄙弃了那些虚无缥缈的心灵与审美问题，相信可以将科学方法直接运用于社会领域。车尔尼雪夫斯基（Н. Г. Чернышевский）发挥出一套粗粝的唯物主义与决定论，力主历史的本质是阶级斗争，其刚硬气质为青年一代，尤其是新崛起的平民知识分子所推崇。[3] 而大改革的推进情况，也让激进派与希望维持一种稳定秩序的自由派、斯拉夫派之间的矛盾难以调和：一般认为，"大改革"之说，对标的是法国的"大革命"。对革命始终心存警惕的亚历山大二世在改革与保守之间游移不定，论者戏称其是在跳狐步舞。从积极的角度看，至少在他统治前期，这种灵活舞步"是一种为改革留有余地，但同时也保持了社会平衡的路径"，改革成功地为金融、税务、司法、教育、军事、出版等多个领域带来了新气象。甚至，亚历山大二世还于 1864 年签署法令，在部分地区建立起了地方自治组织，其人员由各阶层的人民选举产生，在形式上向民主迈了一大步。[4] 但对于道德热情高涨且向往宏大叙事的激进派而言，沙皇、保守

[1] 参见津科夫斯基：《俄国思想家与欧洲》，第 110 页。

[2] 参见以赛亚·伯林：《俄国与一八四八》，收入《俄国思想家》，第 22—23 页。

[3] See Derek Offord, *Portraits of Early Russian Liberals: A Study of the Thought of T. N. Granovsky, V. P. Botkin, P. V. Annenkov, A. V. Druzhinin, and K. D. Kavelin*, N. Y.: Cambridge University Press, 1985, pp. 34—42.

[4] 参见迈克尔·贝兰：《帝国的铸就（1861—1871）：改革三巨人与他们塑造的世界》，叶硕、谭静译，南京：译林出版社，2017 年，第 314—315 页；另参见尼古拉·梁赞诺夫斯基、马克·斯坦伯格：《俄罗斯史》，第 345—348 页。

官僚与贵族拒绝向前迈出，甚至屡有回缩的那些舞步更为刺眼。1861年2月19日（俄历），经过起草委员会数年的博弈后，农奴解放方案终于公布。这是整场现代化改革的重中之重，却并未像人们预计的那样帮助农民与地主阶层以平等国民的身份实现大和解。土地分配条款的复杂，以及农民所获"自由"的模糊反而强化了社会各阶层，以及知识界各阵营之间的对立。[1]1862年陀思妥耶夫斯基启程去往欧洲之时，他身后的彼得堡不仅撒满了宣布俄国已进入革命阶段的激进传单，更因为一场起因可疑的大火而笼罩在恐怖气氛之下。到1866年卡拉科佐夫（Д. В. Каракозов）枪击沙皇，一系列针对政府高层的暗杀行动拉开序幕，改革明显放缓了。政府对民间力量的不信任也加剧了裙带资本主义的发展，人民更难分享改革成果，激进力量的对抗与保守势力的反扑构成了恶性循环。1881年，民意党人对亚历山大二世的恐怖暗杀终于成功，但革命并未如愿发生，俄罗斯反而进入了一个更为灰暗保守的时期。

关于"大改革"的成败得失，难有定论。而身处时代激流之中，无法预知前路的历史参与者们更是看法各异。相对于后来者的冷静复盘，历史现场的对战也更容易放大分歧、激化矛盾。多少有些讽刺的是，正是这场自由化改革让温和的自由派失去了在俄罗斯"民族智识生活中发挥重要影响"的可能。[2]而现实中那个日益被资产阶级统治的欧洲，也离众多俄国知识分子心目中的标准答案越来越远。当然，已经在漫长的文化关系史中被赋予了多重象征意义的西方，仍然是人们在构想和争论俄罗斯发展蓝图时的关键他者。甚至，改革关头，俄罗斯知识分子只会更急切地面向西方，展开关于"现代与传统""革命与改良""资本主义道路之必

---

[1] 关于农奴解放对俄罗斯农业与劳动力市场带来的影响，存在争论。See Peter Gatrell, *The Tsarist Economy: 1850—1917*, N. Y.: St. Martin's Press, 1986, pp.6—12; 另参见奥兰多·费吉斯：《克里米亚战争：被遗忘的帝国博弈》，吕品、朱珠译，南京：南京大学出版社，2018年，第524—534页。关于"大改革"中俄罗斯知识界的变动，参见：Derek Offord, *Portraits of Early Russian Liberals*, pp. 34—42.

[2] See Derek Offord, *Portraits of Early Russian Liberals*, p. 43.

要与必然"这类重大问题的讨论；但在这个过程中，他们表现出了比前辈更复杂、灵活的态度。此时的西方与其说代表着某种亟待摆脱的压制性力量，不如说被人们有意识地打造成了一个演练、发挥自身观点的战场。1859年，流亡伦敦、却因自己发回的一篇篇欧洲文明"现场报道"而卷入国内论战的赫尔岑可谓一语中的："我们需要欧洲作为理想，作为谴责，作为美好的范例，如果它不是这样，就得把它想象成这样。"[1]

与之相应的是，欧洲旅行也成为一个真正的公共议题。相关想象与书写提供了绝佳线索，可以帮助我们深入"大改革"时代充满内部角力与互动的俄罗斯文化、政治空间。本书研究对象中，既有冈察洛夫（И. А. Гончаров）、屠格涅夫这样的自由派，也有托尔斯泰、陀思妥耶夫斯基这类更偏于乡土传统的作家，当然还有谢德林（М. Е. Салтыков-Щедрин）代表的激进阵营。而即使同为自由派，冈察洛夫和屠格涅夫对文明前景与历史展开路径的理解也存在着巨大差异；托尔斯泰与陀思妥耶夫斯基在反思启蒙现代性的思想光谱中所处的位置更是相距甚远。在对"西方旅行"这一改革的典型产物与绝佳表征展开书写的过程中，他们提供了构建民族身份、想象现代俄罗斯的不同方案。为了充分呈现这一跨文化实践的多元性，本书也没有将讨论对象局限于严格意义上的旅行文学，虚构了人物欧洲旅行经历的小说同样是考察的重点，其中不乏《奥勃洛莫夫》（Обломов，1859）、《安娜·卡列尼娜》（Анна Каренина，1878）这样的超级经典，但《赌徒》（"Игрок"，1866）、《烟》（Дым，1867）这类在作家创作生涯中颇为另类，甚至难得暴露出"失控"时刻的作品亦占有很大篇幅。如研究者已经指出的，到19世纪三四十年代，小说不仅吸收了旅行文学在叙事、主题、意象等方面提供的丰富经验，更开始取代后者在俄罗斯智性生活，尤其是民族身份建构事业中扮演的

---

[1] 亚历山大·赫尔岑：《往事与随想》（下），项星耀译，成都：四川人民出版社，2018年，第72页。

角色。[1] 而就在亚历山大二世统治的短短二十多年间，更集中出现了一批最伟大的俄罗斯小说。政治的相对民主、经济的发展并不必然带来文学的繁荣，但在现代化变革的关键时刻，俄罗斯作家的才智与热情确实被调动到了极致。

这与一种特殊的"文学文化"的形成不无关系：经过别林斯基（В. Г. Белинский）为首的"19 世纪 40 年代人"的精心培育，又避开了重创欧洲作家浪漫主义信念的 1848 年革命，一种高抬作家公共职责的文学中心主义（литературоцентризм）在 19 世纪下半期已然跃升为俄罗斯区别于其他文明共同体的一个新传统，"没有任何一个地方的艺术家要承受如此巨大的压力，肩负起道德领袖和民族先知的重担"。[2] 背靠这样的传统，作家们不约而同地借着对"西方旅行"的书写展开对集体身份的探寻；同时，他们每个人又都只接受经过了自己理性与道德情感反复拷问的答案。这两面都加强了本书各章之间的对话性。此外，或许也是因为文学与民族政治之间建立的这种强相关性被作家们充分内化，对艺术之功能与价值的思考在这时期的旅行书写中反复出现（托尔斯泰一章对此进行了重点讨论）。这也让我们的考察可以更自然地穿梭于社会文化变革、政治争论与文学想象之间。

总之，无论是俄罗斯与西方的特殊关系，还是俄罗斯内部的活力、传统的持续激活与再发明，都让"大改革"时期俄罗斯作家的西方旅行书写呈现出了一些超出主流研究范式的特质：在国际学界近年旅行研究热的带动下，已经出现了一批以旅行和旅行文学为切入点，分析俄罗斯

---

[1]　See Sara Dickinson, *Breaking Ground*, pp. 234—236. 1857 年车尔尼雪夫斯基在点评鲍特金的《西班牙信笺》时亦指出俄罗斯原创性文学的崛起与游记数量的明显下降之间存在关联。См.: Н. Г. Чернышевский, *"Письма об Испании В. П. Боткина"*// *Полное собрание сочинений : В 15т. Т. 4 : Лессинг и его время. Статьи и рецензии 1857 года*, М.: Государственное издательство художественной литературы, 1948, с. 222—245.

[2]　详见费吉斯《娜塔莎之舞》，第3—4页。另参见伯林：《艺术的责任：一份俄国遗产》，收入《现实感》，潘荣荣、林茂译，南京：译林出版社，2004年，第230—268页。

现代性源起与展开的重要成果。本书的写作亦直接受益于这些研究；但固有理论话语和方法论的强势也很容易制约研究视野。很大程度上，俄罗斯文学似乎只是为源起于英美的旅行文学研究提供了又一批"材料"，其特殊性并未得到充分重视。学界对相关书写谱系的考察多聚焦于18世纪至19世纪上半叶，一个重要的原因即在于，正是在这一时期，西方的旅行实践与书写传统逐渐进入俄罗斯，旅行文学也从模仿起步，发展为一种在俄罗斯文化生活中占据重要地位的文类。[1] 这种成功很容易与现代性的扩散、西方对俄罗斯的成功"启蒙"进行呼应。而在此后的历史中，俄罗斯的西方之旅似乎逐渐偏航——就在《通往墓地之旅》（*Journeys to a Graveyard: Perceptions of Europe in Classical Russian Travel Writing*，2005）这部少有的将讨论的时间范围延续到19世纪下半叶的专著中，作者奥福德（Derek Offord）在已然对多位俄罗斯作家的不同选择进行了历史化解读的情况下，仍然忍不住在全书结尾提到了《神曲》中因为僭越神人界限而受罚的尤利西斯：带着一种后见之明，以及西方文明的优越感，他叹息"俄罗斯作家们接受了西方提供的促使文化自觉的思想工具，却急于拒斥西方世界"，他们不接受后者的瑕疵与局限，试图寻找自己想象中的乌托邦，结果却发现陷入了"更可怕的敌托邦"。[2]

从某个历史节点倒推具体文明空间中思想者的不足，大大简化了历史进程的复杂与偶然性，掩盖了思想"孕育时的多重价值及其难以推测的可能性"；[3]"乌托邦""敌托邦"之说更暗示了西方文明作为必然归宿与现实"基准"的特殊地位。然而，如前文已详加梳理的，对于地理位置与文化谱系特殊的俄罗斯而言，"门口"的欧洲从来就不是纯粹的异

---

[1] 聚焦这一时期的代表性论著包括：Sara Dickinson, *Breaking Ground*; Reuel K. Wilson, *Literary Travelogue*; Andreas Schönle, *Authenticity and Fiction in the Russian Literary Journey, 1790-1840*, London: Harvard University Press, 2000.

[2] See Derek Offord, *Journeys to a Graveyard*, p. 253.

[3] 参见丸山真男：《关于思想史的思考方法——类型、范围、对象》，收入《福泽谕吉与日本近代化》，区建英译，北京：北京师范大学出版社，2017年，第224页。

域，也非真正意义上的故乡；对它的批评没有构成一种彻底弥合、掩盖本土内部分歧的意识形态，对它的肯定也远未支撑起一个足以否定和颠覆俄罗斯现有世界的乌托邦。在对"俄罗斯性"的持续争论中，俄罗斯知识分子并没有形成一种本质化的西方观。毋宁说，他们只是在与西方的交互中不断丰富对自身，以及对整个现代文明的想象。在思想尤为活跃的"大改革"时期，这种想象和书写也达到了高潮。本书将详加呈现的是，质疑西方道路的作家并不是在向壁虚构，他们对现代性巨变往往有着深刻的体认，甚至，对个中危机的预见恰恰暗藏着对"敌托邦"的警惕。当托尔斯泰、陀思妥耶夫斯基竞相提出自己心目中的救世方案时，他们早已超越了所谓的"受辱的民族心"（当然，与所有世界主义构想一样，这些方案也只可能立足于特定的民族传统与立场，需要在更广阔的文明空间中加以检省）；相反，作为我们开篇主人公的冈察洛夫，因为笃信西方已经找到了历史正解而更多地遭遇了跨界的失败，陷入了情感与理智、现实与理念的严重分裂之中。现代已至，现代未知。历史并无写定的剧本。俄罗斯一直处于不同文明交汇的路口，此时又来到了自身变革的关键路口。作为民族的引路人，俄罗斯作家需要做出选择，甚至是于无路处辟出一番天地。

第一章

冈察洛夫：流动世界里的嗜睡症

1. 登船的奥勃洛莫夫

1852 年 10 月，冈察洛夫以上将秘书的身份，随战舰"巴拉达号"从彼得堡喀琅施塔得港出发，展开环球之旅。[1]1855 年回到彼得堡后，作家对途中写就的大量信件、日记、特写和报告进行了整理，1858 年推出了两卷本游记《"巴拉达号"战舰》（*Фрегат "Паллада"*）。很长一段时间内，这是他最受欢迎的一部作品，在其生前就再版多次。[2]

登船时的冈察洛夫，恐怕并未料到这一点。此时的他已有写作长篇小说三部曲的宏伟计划：三部小说的主人公都属于 19 世纪三四十年代的"浪漫一代"。在以追求实效为导向的现代巨变中，他们遭遇了种种冲击与考验。按作家晚年在《迟做总比不做好》（"Лучше поздно, чем никогда"，1879）中的总结，三部曲是由他本人"所经历的俄罗斯生活的一个时代向另一个时代的过渡这根线，这个始终一贯的思想联

---

[1] 冈察洛夫与舰队在近两年半的旅程中到访了欧、非、亚洲的多个国家与地区。舰队此行的秘密使命是赶在美国之前与日本通商建交，并且视察俄国在美洲的殖民地。但因克里米亚战争爆发，国际形势紧张，这些任务并未完成。1854 年访问完日本并随舰队抵达俄国远东后，冈察洛夫中止航行，改陆路穿越西伯利亚返回彼得堡。

[2] See Susanna Soojung Lim and R. D. Clark, "Whose Orient Is It?: *Frigate Pallada* and Ivan Goncharov's Voyage to the Far East", in *The Slavic and East European Journal*, vol. 53, No. 1（Spring 2009），p. 24.

系着的"。[1] 其中，第一部《平凡的故事》(Обыкновенная история) 在 1847 年就已发表，已有初步构想的终篇《悬崖》(Обрыв，1869，此时暂时取名为"艺术家") 尚未落于笔端，冈察洛夫正全力写作的是《奥勃洛莫夫》，并在 1850 年写完了小说的第一部分。而正是在这部作品中，他找到了呈现上述时代主题的一种绝佳形式：小说史无前例地以一位"嗜睡者"作为自己的主人公，他终日躺卧于彼得堡寓所的床上，浮想联翩而不涉实务，希望将公共与个人生活中那些自己无法理解的变化挡在门外。1849 年，作为第一部分、同时也是整部小说之核心篇章的《奥勃洛莫夫的梦》("Сон Обломова") 率先发表在了《现代人》(Современник) 杂志。主人公奥勃洛莫夫在睡梦中回到了故乡奥勃洛莫夫卡。在这个惧怕与外部世界发生任何接触的家长制贵族庄园，他度过了被父母和数百农奴（过分）精心呵护的童年，其成年后的一切情感反应与行为模式几乎都可以在这段成长经历中找到根源。[2] 尽管并非毫无怀旧温情，这个田园篇章的讽刺意味明显。在奥勃洛莫夫卡这个"准天堂"里，所有居民都心满意足地维持着一种无知状态，并深信"不应该也不可能有另一种生活"，当新知、新事物闯入时，他们的全部反应就是闭上眼睛 [3]——换言之，这些存在于奥勃洛莫夫梦境中的人也在"睡觉"。甚至，《奥勃洛莫夫的梦》中最骇人的场景之一，就是午饭后整个庄园陷入了"吞没一切、无法克制的像死去一样的睡眠"：

---

[1] 冈察洛夫：《迟做总比不做好》，张蕙、冯春译，收入冯春选编：《冈察洛夫、屠格涅夫、陀思妥耶夫斯基、柯罗连科文学论文选》，上海：上海译文出版社，1997 年，第 53 页。对作家三部曲的详细讨论，可看高荣国：《冈察洛夫长篇小说艺术研究》，哈尔滨：黑龙江人民出版社，2012 年。对三部小说所涉时段的具体说明参见：Milton Ehre, *Oblomov and His Creator: The Life and Art of Ivan Goncharov*, Princeton, New Jersey: Princeton University Press, 1973, p. 23, note.
[2] See Richard Peace, *Oblomov: A Critical Examination of Goncharov's Novel*, Birmingham, UK: University of Birmingham, 1991, pp. 21—28.
[3] 参见冈察洛夫：《奥勃洛莫夫》，李辉凡译，上海：上海三联书店，2015 年，第 106—108 页。后文凡小说引文均出自这一版本，不再一一加注，仅随文标注作品首字及引文页码。

间或有一个人突然在睡梦中抬起头来，吃惊地向两旁毫无意义地望了望，翻了个身，连眼睛也没有睁开，在朦胧中吐了一口痰，咂咂嘴巴，唠叨一声，又睡着了。

另一个人则很快地，没有做任何准备动作，像害怕失去宝贵时间似的从自己睡觉的地方一跃而起，端起盛着克瓦斯的瓦缶，吹开浮在上面的苍蝇，那些苍蝇本来静静地浮在那里，这时便拼命挣扎起来，竭力想要改善自己的处境。他随便喝了几口润润自己的嗓子，然后又像挨了枪子似的倒下去了。(《奥》: 114—115)

相较于那些在外力影响下尚能挣扎两下的苍蝇，这些嗜睡者呈现出一种更"低等"的生物存在，虽生犹死。而"梦见睡觉"这样的嵌套往复也让读者意识到，旅居城市多年的主人公并没有真正离开家乡，他的时间并没有往前走。陷入无波无澜，什么也没发生、也不会发生什么的梦境中，他很难被惊醒。寓所外沸腾的生活与他无关——小说开篇，奥勃洛莫夫躺卧不起的这一天，正是彼得堡人迎春游园、社交欢聚的节庆之日。但另一方面，奥勃洛莫夫毕竟又属于"读过书，见过世面"的那批俄罗斯人。他一度还打算制定"新式的、合乎时代要求的安排田庄和管理农民的计划"(《奥》: 65)。梦中的他只是回到了自己的孩童时期，懵懂且缺乏反抗能力。看起来，这更像是一个给主人公带来了永久创伤的梦魇。尽管小说此时尚未完成，但可以预料，它的最大悬念将是奥勃洛莫夫究竟能否从这个黏稠的梦魇中挣脱出来，出发探索床和童年记忆以外的真实世界。

然而，19世纪50年代初的冈察洛夫进入了创作瓶颈，小说迟迟未能完成。加上对彼得堡的官僚与社交生活深感厌倦，作家决定暂时停止创作，投身到篇首提到的环球之旅中。[1] 在这种情况下，不难理解，奥勃洛莫夫的形象不会很快从冈察洛夫头脑中消失。在抵达此行的首站英国后，他给友人写的两封信件引发了研究界的普遍关注。其中，在 1852 年 11 月 15 日的信中他提出将以自己的旅行为基础，写一章《奥勃洛莫夫的旅行》（"Путешествие Обломова"），展现旅途中离开仆从、无力应付一干具体事宜的俄罗斯老爷如何陷入绝望。[2]12 月 2 日一封关于其旅行初体验的、极为生动的长信则干脆被他称为《И. 奥勃洛莫夫的……环球旅行》（Путешествие вокруг света... И. Обломова）的序言。[3] 几年后，这封信的许多内容未做修改地出现在了《"巴拉达号"战舰》第一章中。

虽然有自我调侃之意，两封信件仍显露出以懒散闻名的冈察洛夫对奥勃洛莫夫这一人物形象的某种代入，而《"巴拉达号"战舰》更直接取材于作家本人的海上经历。不过，要解释游记中的旅行者 / 第一人称叙事者"我"和奥勃洛莫夫形象上的叠合，二者的"虚构性"也许要比作品的"自传性"还要有说服力：《"巴拉达号"战舰》中的"我"归根到底是一个文学人物。与其格外推崇的前辈卡拉姆津在《一个俄罗斯旅行者的书信》中就成功示范过的一样，冈察洛夫有意识地按照其理解中的"时代典型"来塑造这一形象。[4] 并不奇怪，"我"和作家同一时期正在着力刻画的那位小说主人公染有一样的时代病（后者最终将以自己的名字为

---

[1] См.: Энгельгардт Б. М., " 'Путешествие вокруг света И. Обломова': главы из неизданной монографи"// И. А. Гончаров. Новые материалы и исследования, отв. ред. С.А. Макашин, Т.Г. Динесман, М. : ИМЛИ РАН; Наследие, 2000, с. 26—35. 作者相信，相较于自幼在教父影响下钟情大海、对航海困难估计不足这类原因，冈察洛夫这时期不满于奥勃洛莫夫式的停滞生活、渴望有所改变的心态才最终促使其做出了环球旅行的大胆决定。

[2] См.: Гончаров И. А., "М. А. Языкову и его семье. 3（15）—4（16）ноября 1852 г."// Полное собрание сочинений. В 20т, В. А. Туниманов（гл. ред.）и др., Т. 15:Письма. 1842 - январь 1855, СПб.: Наука, 2017, с. 106.

[3] См.: Гончаров И. А., "Н. А. Майкову и его семье. 20 ноября（2 декабря）1852 г."// Полное собрание сочинений. В 20т, Т. 15, с. 118.

[4] См.: Краснощекова Е. А., " Фрегат 'Паллада' : 'путешествие' как жанр （Н. М. Карамзин И И. А.Гончаров）"// Русская литература, 1992, No. 4, с. 17.

这种病症命名，即所谓的"奥勃洛莫夫性格"）。游记中，一登场，"我"就承认自己有"两个生命"：一方面，"我"熟读各种游记、历险故事，老早就幻想成为"新时代的金羊毛寻求者"，到最荒僻的地方寻找平庸生活所缺乏的奇迹。[1] 这很容易让我们联想到奥勃洛莫夫在他那间兼为卧室、书房和客厅的房间中的生活。在这里，摆放着青铜器、丝绸、屏风、瓷器等诸多富有异域风情的物件，而书桌上那本翻动过几页的书是《非洲旅行记》（《奥》：3）。对于困居都市狭小寓所的浪漫主义者而言，别处的生活和别样的自我有着永恒的诱惑。和"我"想成为"金羊毛寻求者"一样，在那些让奥勃洛莫夫激动得不能自已的白日梦中，他幻想的正是自己如何成就史诗、传说中的种种丰功伟业，成为"著名的伊里亚·伊里奇"（《奥》：66—67）；然而，当浪漫想象真要落实为严肃的探索和责任时，"我" / 奥勃洛莫夫感到的却是无穷的疑惧和痛苦。在"另一个生命"，也即一般所说的真实的生命中，"我"一向"娇生惯养"，并且（与曾经的奥勃洛莫夫一样）任职以低效闻名的俄罗斯官僚系统。这不免让"我"懒惰成性，贪恋舒适生活，绝无"航海家的英勇刚毅"（《巴》：6）。难怪彼得堡社交圈知道"我"要加入远航队伍后大为震动。正如《奥勃洛莫夫的梦》中童年时期的主人公被严禁靠近任何陌生的地方，"我"在出发前也受到了多番劝阻。那些固化世界中的成熟居民警告大胆的探险者，只有严守界限才能保证安全（《巴》：2—4）[2]。而"我"的一番辩解揭示了这位远航者与小说中尚未迈出房门的奥勃洛莫夫根本的相通之处：

---

[1] 冈察洛夫：《巴拉达号三桅战舰》，叶予译，哈尔滨：黑龙江人民出版社，1982年，第4—6页。后文游记引文均出自这一版本，不再一一加注，仅随文标出作品首字及引文页码。另外，中文学界对此书名称的翻译有细微差别，本书正文统一译作《〈巴拉达号〉战舰》。
[2] 关于《奥勃洛莫夫的梦》中"界限"问题的讨论，参见：Anne Lounsbery, "The World on the Back of a Fish: Mobility, Immobility, and Economics in *Oblomov*", in *The Russian Review*, vol. 70, No. 1（January 2011）, p. 46.

我为什么要留下不走呢？是的，请问：我走了吗？从哪里走的？从彼得堡吗？……难道我不是像旧小说里描写的那种无家无业、"无所牵挂"的永远的旅行者吗？只有那些有所牵挂的人，才会对某个地方流连不走。除此，人们都是居无定址的。因此，只能说我是在改换着地点，根本不是离弃了什么地方。（《巴》: 33）

这段文字正出自那封冈察洛夫认为可作为《奥勃洛莫夫的环球旅行》序言的信件。[1] 无论在物理意义上表现为移动还是静止，"我" / 奥勃洛莫夫在精神上都属于"永远的旅行者"（"вечный путешественник"）[2]。如前文已提到的，奥勃洛莫夫不属于彼得堡，但也回不到故乡奥勃洛莫夫卡。旅行者的话为这位嗜睡者的悬置状态加上了完美的注脚。空间是一种社会性而非物理性的存在。"我"的移动之所以只是"改换地点"（"выехал"）而非"离弃什么地方"（"уехал"），正是因为"我"与奥勃洛莫夫一样被排除在一切稳固的社会关系之外，无法真正参与到任何空间的构建之中。"哪儿都不属于"就等于"谁都不是"。那些过分夸张的自我想象，迟迟难以克服的行动无力，以至二者之间的反复拉锯，都深植于这种无所归属的尴尬。

就这种相通的精神处境而言，无论冈察洛夫在信件中提及那些写作计划时在多大程度上是认真的，《"巴拉达号"战舰》所记录的，都可以说是一次"奥勃洛莫夫的旅行"。而考虑到睡眠天然的"反叙事性"可能给一部以嗜睡者为主人公的小说带来的挑战，[3] 让一个奥勃洛莫夫式的人物在另一部作品中暂时离开自己的床，登上劈风斩浪的远航巨轮，从静态、稳定转向运动、变化，对于小说写作陷入僵局的作家而言，未尝不

---

[1]　См.: Гончаров И. А., "Н. А. Майкову и его семье. 20 ноября （2 декабря） 1852 г.", с. 109.

[2]　此处翻译据原文有所改动。

[3]　See Michael Greaney, *Sleep and the Novel: Fictions of Somnolence from Jane Austen to the Present*, E-Book, Palgrave Macmillan, 2018, pp. 111—112.

是一次试验人物命运发展之更多可能性的良机。毕竟，如传统的成长小说已反复证明的，再没有什么比一段旅程更适合承载人物对自我身份的追寻、塑造了。

只是，"我"/奥勃洛莫夫要踏上的这段旅程带来的挑战超乎寻常。当奥勃洛莫夫卡人还沉浸在睡梦中时，巨变早已发生，且远不仅仅发生在俄罗斯甚或欧洲内部。如研究者已经指出的，不同于过往俄罗斯经典游记主要处理的"欧洲—俄罗斯"关系，《"巴拉达号"战舰》中的俄罗斯将真正站在世界舞台审视自身。[1] 国家如船，船如国家，这艘有着四百多位来自不同阶层的船员的军舰作为"小世界"浓缩了俄罗斯社会的众生相，包括各种行为规范、仪式和风俗；[2] 它也将见证和直接参与"欧洲与亚洲（还部分涉及非洲）如何在工业化、殖民扩张、海外贸易，以及民族主义想象持续升温的背景下的相遇、相交"；[3] 从大西洋绕好望角，经印度洋、太平洋，"巴拉达号"一路探访了英国、西班牙、荷兰等老牌帝国的多个殖民地，终于抵达日本——在英国借鸦片战争叩开中国的大门后，日本被认为是"地理学和统计学"意义上（或者不妨更直白地说，是与这些现代学科同步发展的资本主义殖民体系中）剩下的"唯一的空白"（《巴》: 333）。俄罗斯希望抢在美国海军准将佩里（Matthew Perry）率领的舰队之前与日本签订商约，为自己在亚太地区商贸、军事及政治力量的扩张迈出重要一步。[4] 而就在远航途中，克里米亚战争爆发，俄罗斯与欧洲列强的殖民竞争进入白热化阶段，"巴拉达号"诸将士的民族主义热情也愈发高涨。[5] 无论"我"表现得如何愈

[1] См.: Краснощекова Е. А., "*Фрегат 'Паллада' :* 'путешествие' как жанр", с. 20.

[2] Массон В. В., "Путешествие как рефлексия о путешествии （*Фрегат 'Паллада'* И. А. Гончарова）"// *Наука о человеке: гуманитарные исследования*, 2016, No. 2, с. 24.

[3] See Susanna Soojung Lim and R. D. Clark, "Whose Orient Is It?", p. 21.

[4] See Susanna Soojung Lim and R. D. Clark, "Whose Orient Is It?", p. 23.

[5] 从 1853 年 11 月在上海隐约获知俄罗斯可能与土耳其以及以英国为首的西方列强爆发战争开始，游记越来越频繁地提到此事，对英国殖民政策的批评也明显变得更激烈，参见《巴》: 423、427、470、546、770。

懒冷淡，作为船上的一员，"我"在这样的时代狂潮中都不可能不加入到集体事业之中。如前所述，"我"曾将自己想象为远离俗世、孤身犯险的"新时代的金羊毛寻求者"（"новый аргонавт"）；但随着思考的深入，"我"承认"新时代"最大的特点就是世界已经基本被欧洲航海者征服、收编，"远航的诗意不是论天，而是论小时地消失下去"，"世界的各个部分正在急速接近"，"澳大利亚备有各式马车，中国人已经盛行穿戴爱尔兰麻布，东印度人说着一口流利的英语，美洲野人冲出森林到巴黎或者伦敦的大学就学求进，非洲黑人开始为自己的肤色羞愧，并且有人已经习惯于戴白手套了"（《巴》: 8）。对于"迟到"的陆上帝国俄罗斯而言，可供征服的时间和空间都已所剩不多。当"我"开始将所在的这支俄罗斯队伍统称为"最后一批寻找金羊毛的航海者"［"последние путешественники, в смысле аргонавтов"（《巴》: 8）］时，"我"就已将个人的身份建构融入俄罗斯命运之中，将浪漫主义者的英雄梦替换为了贪婪而务求实效的帝国事业。

　　这种融入和替换极为自然，因为第一人称叙事者作为"永远的旅行者"的处境本身就是整个俄罗斯现代化进程的产物和绝佳象征。从彼得大帝到尼古拉一世，身处欧洲边地的俄罗斯已经在改革与保守、开放与封闭间来回摆动了一个多世纪。19 世纪中期全球地缘政治格局的剧烈变化无疑将俄罗斯人的目光引向了更远的地方。《"巴拉达号"战舰》近年能重回学界视野，一个很重要的原因即是作品深涉俄罗斯这一时期在亚太地区以及西伯利亚的殖民问题。游记中的大量文字都可以证明，冈察洛夫和他笔下的旅行者并未逃逸出那个时代围绕文明等级早已牢牢织就的意识形态之网。[1] 然而，如果只是止步于指认文学家是帝国主义的同谋、共犯，并不足以解释作品内部同时存在的诸多矛盾。归根到底，这是一场"奥勃洛莫夫的旅行"。有必要追问，这个背负独特传统和经验，且格外多思多虑的"时代典型"究竟是如何与所谓文明秩序对接的？"文明"的洗礼是否真的可以一劳永逸地扫除他的倦意，让其获得告别旧世界的足够动力？而对与奥勃洛莫夫一样卡在身份齿轮中的俄罗斯而言，要在自己并未掌握最大"议价权"的全球秩序中找到位置是否又真的那么水到渠成呢？

显然，俄罗斯并不能被简单地归入《东方学》中所描绘的那个稳定而自足的西方，相反，在后者目光的凝视下，包括冈察洛夫在内的知识分子还往往自动地将俄罗斯的"欠发达"归咎为顽固的"东方性"——昏睡中的奥勃洛莫夫卡所处位置"几乎到了亚洲地区"（《奥》: 55），奥勃洛莫夫那件后来变得十分著名，并且总是与俄罗斯民族性话语勾连起来的柔软睡袍更被作家描绘为一件"真正的东方长袍，没有丝毫让人联想到欧洲的东西"（《奥》: 2）。[2] 尽管积极参与帝国竞争，驶向了世界舞台，"俄罗斯—欧洲"这个折磨俄罗斯人的问题在奥勃洛莫夫的这场旅行中并未消隐。相反，"环球旅行"这一倚仗现代技术急速并置不同文明、族群的旅行形式只会更深刻地揭示出现代世界秩序隐含的权力关

---

[1]　对游记中"东方"问题的讨论，参见：Susanna Soojung Lim and R. D. Clark, "Whose Orient Is It?", pp. 19—39; Ingrid Kleespies, "Russia's Wild East? Domesticating Siberia in Ivan Goncharov's *The Frigate Pallada*", in *The Slavic and East European Journal*, vol. 56, No. 1（Spring 2012）, pp. 21—37; Wells, David N. *Russian Views of Japan, 1792-1913: An Anthology of Travel Writing*, New York: Routledge Curzon, 2004, pp. 103—117; 徐乐：《冈察洛夫〈巴拉达号三桅战舰〉：环球帝国舞台上的俄国东方愿景》，载《外国文学动态研究》，2021年第4期，第130—140页。苏联学界通过删改敏感内容、强调游记对英国的批判，力主冈察洛夫反帝反封建立场的作法遭到普遍质疑；同时，用主流后殖民理论讨论俄罗斯殖民问题可能存在的问题，以及冈察洛夫复杂的个人立场也得到了学界关注，一种更细化的解读方式被倡导和使用。这方面的代表性著作为：Bojanowska, E. M. *A World of Empires: The Russian Voyage of the Frigate Pallada*, Cambridge: The Belknap Press of Harvard University Press, 2018.

[2]　关于这件睡袍引发的广泛联想，参见：Richard Peace, *Oblomov: A Critical Examination of Goncharov's Novel*, pp. 12—13.

系。而要说清在这场环球之旅中，帝国主义世界观与19世纪俄罗斯人复杂的民族经验是如何铰接的，或者哪怕只是为了勾勒出俄罗斯究竟是以何种姿态与"东方"发生交集的，都必须先将目光从作为旅行终点的"东方"移开，回到"巴拉达号"经停的第一站，也是唯一的欧洲国家英国：这个国家正是冈察洛夫所接受的那种帝国主义世界观最重要的塑造者和实践者之一。在俄罗斯追寻民族身份的痛苦历史中，维多利亚时代的英国也正逐渐上升为一个重要的他者（陀思妥耶夫斯基一章我们还将回到这个问题）。并非偶然，在《"巴拉达号"战舰》的英国行部分，《奥勃洛莫夫》第一部里的一些核心意象将集中出现，并发生意义的滑移。对于即将驶向远方的俄罗斯旅行者而言，英国之旅是对其头脑中已有世界模型的最后一次校准。

2、"教育城"与帝国的奥秘

在经过大约三周的航行后，"巴拉达号"于1852年11月抵达朴次茅斯。次日，它就被拖入港内船坞：这艘1832年下水的三桅战舰虽被视为俄国海军之精锐，其实际状况却已无法承担此次远航任务，需要在英国先进行一番检修。关于此事，游记交代得颇为含混。研究者不无讽刺地指出，这或许是因为它难免会让人意识到，相较"有能力管理其庞大帝国的英国"，希望加入海外殖民竞争的俄罗斯多少显得有些"力有不逮"。[1]

不过，对于19世纪中期任何一个国家的环球远航者而言，恐怕都很难忽视大英帝国的威势，并因之产生一些心理波动。事实上，在游记开篇不久，"我"就忍不住打乱时序，道出了整趟旅行中最让"我"心神

---

[1] See Susanna Soojung Lim and R. D. Clark, "Whose Orient Is It?", p. 26.

动摇的一个形象：

> 他，不过是身穿普通的黑色燕尾服、白色呢坎肩，头顶圆盔
> 帽，手持一把伞的家伙。不过这可是世界上叱咤风云、统治一切的
> 形象啊。他无处不在。我在英国看到过他，——在大街上，在商店
> 的柜台旁，在上议院，在交易所。……（在马德拉）我们是怎样地
> 心情欢畅地跳上夹竹桃盛开的海岸啊！但是，我刚刚迈出一步，就
> 沮丧地、困惑地站住了：怎么回事？在这蓝天下，在这波光粼粼和
> 碧树生辉的地方……竟站着一排三名黑衣圆帽的熟悉的形象！他们
> 手挂雨伞，蓝眼睛里充满骄横的神情，瞪视着海面、海上的船只和
> 高高的遍布葡萄园的山岭。……即使在茫茫海面上的相逢中，站立
> 在海船甲板上的也还是这个形象，只听他透过齿缝，哼着："大不
> 列颠，四海的主宰。"同样的形象，我在非洲的沙漠里见过，他正
> 在监督黑奴作苦役；我还在印度和中国的种植园里见过，在成堆的
> 茶叶箱中，他用一个眼光，一句洋话就能支配无数的人，调动无数
> 的船只，发射无数的大炮，掀动翻江倒海的力量……这个英国商人
> 的形象无处不在，处处皆有。他凌驾于自然之上，人类劳动之上，
> 取得了对世界的全胜！（《巴》：11—12）

某种意义上，《"巴拉达号"战舰》记录的是"一个俄罗斯人在英
国人的世界中旅行"。[1] 在冈察洛夫生活的时代，乃至上溯一个多世纪，
"英国都表现得像一个凌驾于世界之上的巨人"，"主宰了人类活动当中
的每一个部分"。[2] 而遍游各地后，"我"真切地意识到，这样的全球霸
业是由那些看似平平无奇，甚至普通到乏味的商人来推动的。在对原

---

[1] Susanna Soojung Lim and R. D. Clark, "Whose Orient Is It?", p. 25.
[2] 参见劳伦斯·詹姆斯：《大英帝国的崛起与衰落》，张子悦、解永春译，北京：中国友谊
出版公司，2018年，第182页。

料、劳动力、市场、收益等的精明计算中（当然还常常辅以枪炮、宗教的力量），世界迅速祛魅，变成了一个赤裸裸的利益连接体。以势如破竹之势摧毁一切边界的资本是新的，也是最后的"诗的形象"（《巴》：11）。尽管"我"很快收敛心神，决定还是要"按部就班地叙述我的旅行"（《巴》：12），但无论是"我"的叙述，还是读者的阅读，都势必背靠这一极尽世俗却又偏偏蕴含创世伟力的帝国形象展开。

按游记所载，在"巴拉达号"停靠朴次茅斯检修的两个月时间中，"我"两次前往伦敦，大部分时间也在此度过。彼时的伦敦城正在为威灵顿将军举丧，"我"对这种"盛事"却并没有什么兴趣。"我"反复强调，自己感兴趣的是城市日常生活，希望漫步街头，"在行进中自然而然地了解到当今生活的来龙去脉"（《巴》：40—41）。而在连续多日的观察后，"我"得出的结论是，"伦敦主要是座教育城（город поучительный）"，它致力于用各种手段让民众便捷地获得知识：

> 到处都是洞敞的大门，无数有趣的事物吸引着你，使你走走停停。看，这里是开动的机器，那里是不知名的奇巧设施，有的地方正在进行自然史的演讲。还有一个机构专门展出各种新发明，如蒸汽机、航空术、各种机械等。有一座专门的测时大厦，里面安装了一只巨大的地球仪。世界各地凹凸不平，地势逼真。参观者沿梯而上，共有三处平台，可以一览天下而无遗。陪同者为一教授，他向参观者扼要地介绍地理、自然史和政治区划概况。这还不算，大厅内还设有极其出色的地理专部，主要介绍英国及其殖民地的情况。各国均用石膏制成模型，山势蜿蜒，波涛荡漾，备有供研究用的各种地理参考资料：地图、书籍——从古代阿拉伯人、罗马人、希腊人的地理著作，马可孛罗的地图，直到当代，一应俱全。展出的还有各种珍本古籍。（《巴》：41—42）

尽管"我"一再抱怨对于英国这样的欧洲国家，俄罗斯人已经太过熟悉，自己没有什么新的东西可写，上面这些文字仍然留下了属于19世纪中期远航者的独特烙印。随着"我"的城中漫步，逐渐呈现在读者眼前的，是大英帝国的"心脏"及其"供血机制"。而观察者的"随性"证明了这一机制早已被内化，渗透于城市日常生活：这里的居民不仅享有接纳新知所需的财富与自由，也有理解、参与建设一个日渐抽象化的现代世界的迫切需求。"教育城"鼓励的显然不是形而上的哲思，而是关于事实的、经过科学检验的现代意义上的知识。但无论是各种用来助力标准化计量、生产与流通的机械发明，还是自然史、地理学等学科的繁荣，看似客观中立的知识又无不与帝国空间的扩张有着千丝万缕的关系。[1] 它们反映着，同时也巩固着帝国的统治。测时大厦中精心制作和摆放的地球仪、地图、地理著作让充满意识形态暴力的全球规划变成了一个生动可信的教育场景。在"极其出色"的地理专部，浏览着本不会被自然地"归纳"在一起的"英国及其殖民地"，"我"深深折服于文明的所谓教化与治理力量。

而游记中重点介绍的另一教育场所大英博物馆，更集中地诠释了帝国主义的文化逻辑。如德尔布戈（James Delbourgo）已经详加讨论的，在帝国竞争日益激烈和伪科学种族主义流行的19世纪，大英博物馆正加速转变为"文明考古历史的百科全书式知识宝库"。[2] "我"用了一天的时间参观"尼尼微古迹、伊特拉斯坎大厅、埃及大厅等处，接着又看了蛇、鱼、昆虫等标本"（《巴》: 39），心态却颇堪玩味：一方面，"我"承认这些来自世界各地的陈列"可以增加知识"，有参观的价值；但另一

---

[1] 参见唐晓峰《地理大发现、文明论、国家疆域》（第17—20页）、梁展《文明、理性与种族改良：一个大同世界的构想》（第111—112页），收入刘禾主编：《世界秩序与文明等级：全球史研究的新路径》，北京：生活·读书·新知三联书店，2016年。

[2] See James Delbourgo, *Collecting the World: The Life and Curiostiy of Hans Sloane*, London: Allen Lane, 2017, p. 382.

方面，比起这些僵死之物，"我"坦言更想"投身于现实生活"，去观察"活的英国"，甚至，在"我"看来，就连动物园也比博物馆有意思，因为那里可以看到的毕竟是"有生命的物质"（《巴》: 42）。这番自白完美演绎了弱势文明被"博物馆化"后的结果：陈列厅中的这些文明与生物标本一样，作为僵死之物，有且只有构成进步序列之一环（而且是相对低端的一环）的所谓历史价值，而不再具备进入现代和真实生活的能力。"收集"、保存这些文明的英国证明了自身的活力，作为一种循环论证，更文明的英国自然也有权去占有更多的世界珍宝。如果说，在随后的旅行中，"我"在世界各处都看到了英国，那么在旅行的最初，身处英国的"我"也已经看到了世界，而且是一个已经按照"文明程度"排序、规划好的世界。

当然，"我"对帝国的想象与认同绝不仅仅来自这一次英国行的"教育"；但当"我"带着各种图册书籍登陆那些所谓的化外之地，畅谈欧洲文明如何改造野蛮人时，[1] "我"与那些在"教育城"中成长起来的人似乎并没有明显的差别。漫步伦敦街头时，"我"甚至表现得比本土居民还要更热心求知："我"提醒读者（被设定为收信的俄国朋友）不要忘记旅行的目的是获得教益，而绝非消遣，毕竟，"对异国生活的深入观察和思考，对全体人民和个人的接近，观察者由此而获得的广泛而又具体的知识，是什么书籍、任何学校所不能比拟的"（《巴》: 40）；在坦承自己参观大英博物馆时的心不在焉后，"我"很快后悔写下这些"贬低它的话"，重申这里"无愧于一座巨大的宝库"，"不仅学者、艺术家，就连游手好闲的白丁，也可获得某些教益，用某种思想丰富自己的头脑"（《巴》: 42）。与对自然界和人类历史提供百科全书式解释一样，通过博物馆这个免费公共空间将"普遍的平等原则"引入文化和知识生活，

---

[1]　旅行途中，"我"多次引用当时流行的东方史地著作、游记、图册等，并以自己的见闻与之进行对比参照。比如《巴》: 287—288、332、616—618。

让"所有人能获得关于所有事物的知识"的构想也是启蒙精神的典型产物。[1] 而俄罗斯旅行者的身份不仅没有影响，甚至可能帮助"我"准确地把握到了这一点，毕竟，相较于此时加速文化普及的欧洲，俄罗斯的文盲仍占了人口的绝大多数，知识仍作为特权被极少数人垄断。

尤其是，相较于本书将讨论的其他几位俄罗斯作家，冈察洛夫对普遍的文明、进步持有格外强烈的信念。在《奥勃洛莫夫的梦》中，他曾用大量篇幅嘲讽泛滥于奥勃洛莫夫卡的种种迷信。这里的人视文字如洪水猛兽，代代相传的那些无稽幻想"是对我们祖先、也许是对我们自己的一个恶毒的辛辣的讽刺"（《奥》: 118—123）。[2] 而作家笔下的伦敦更接近于半个多世纪前卡拉姆津在伏尔泰学说影响下提供的那幅画像：城市整洁，民众普遍富裕且富有教养。[3] 在《"巴拉达号"战舰》中看不到陀思妥耶夫斯基在《冬天记的夏天印象》（*Зимние заметки о летних впечатлениях*, 1863）中对英国阶级分化问题的犀利抨击（这是 19 世纪俄罗斯知识分子批判英国这个资本主义文明"模板"时的一个火力集中点 [4]）。尽管在真实的英国历史中，是否应该让那些"缺乏教养"的人自由进入大英博物馆引发了持续争议，[5] 但如我们已经看到的，这类问题并未进入"我"的视野。除了偶尔提到一两笔穷人可能"躲在边远街区的角落里"，游记中伦敦的绝对主角是中产阶级，"到处都是衣冠楚楚的绅士"（《巴》: 48）。他们身上那种每每让俄罗斯贵族、知识精英掩鼻遮

---

[1] See James Delbourgo, *Collecting the World*, p. 377.

[2] 可以附带指出的是，奥勃洛莫夫卡是以作家故乡辛比尔斯克为原型塑造的，而这个地方在 19 世纪初就以其"昏睡和懒散"闻名于俄罗斯。See Milton Ehre, *Oblomov and His Creator*, p. 10; 甚至，在俄苏后来的改革—反改革史中，辛比尔斯克也被赋予了特殊的意义。See Joseph Frank, "*Oblomov* and Goncharov", in *Between Religion and Rationality: Essays in Russian Literature and Culture*, Princeton, New Jersey: Princeton University Press, 2010, p. 128.

[3] См.: Краснощекова Е. А., "*Фрегат 'Паллада'* : 'путешествие' как жанр", с. 19—20.

[4] See Wayne Dowler, "The Intelligentsia and Capitalism", in William Leatherbarrow and Derek Offord eds., *A History of Russian Thought*, New York: Cambridge University Press, 2010, pp. 264—265. 本书陀思妥耶夫斯基一章将对相关问题展开更详细的讨论。

[5] See James Delbourgo, *Collecting the World*, pp.378—380, 383—384.

面的市侩气也得到了更多宽容，小市民式的幸福同样被认为值得尊重。

　　这或许与冈察洛夫本人的出身不无关系。在 19 世纪俄罗斯经典作家群中，他是少有的出身商人阶层的一员。虽然因为教父的关系自幼接受了贵族教育，对贵族文化也多有倾慕眷恋，但他与彼时由贵族主导的社交圈、文化圈始终保持着微妙的距离。[1] 加上为了谋生，从 1835 年开始，冈察洛夫就一直供职于对外贸易司这一在时代新变中快速发展的部门，[2] 对于俄罗斯贵族阶层那种已经越来越得不到现实支持的骄傲、虚浮，[3] 他恐怕早已如鲠在喉。如开篇所言，作家三部曲中的贵族主人公们都将因所谓浪漫主义脾性在现实碰壁。40 年代末已发表的《平凡的故事》写的可以说就是一个俄国版拉斯蒂涅的故事：天真浪漫的主人公亚历山大·阿杜耶夫离开外省庄园，踌躇满志地来到彼得堡，在那里接受了叔父彼得·阿杜耶夫的再教育。作为资本主义发展时期新兴企业家的代表人物，后者那套以实利为导向的处世哲学一再得到现实的印证。幻想破灭的亚历山大一度逃回故乡，但在那里，他反而更清楚地意识到停滞的田园生活并不具有真实的治愈力量。亚历山大再次前往首都，并最终成长为一位"合格"的时代新人。整部小说以一种简单的二元结构展示了新的资本主义世界的胜利。虽然在这个过程中，新世界的不人道、利己

[1]　See Milton Ehre, *Oblomov and His Creator*, pp. 12—13; see also Joseph Frank, "*Oblomov and Goncharov*", p. 119.

[2]　See Anne Lounsbery, "The World on the Back of a Fish", p. 44, n. 5. 皮克萨诺夫更明确地指出："所从事的职业把冈察洛夫带进一个独特的世界，一个当代俄罗斯小说家屠格涅夫、格里戈罗维奇、陀思妥耶夫斯基陌生的世界——商业和官僚世界。对外贸易司统管俄国的国际贸易……国内经济生活的变化，资本主义和俄国资产阶级的发展，在这里感觉得非常明显……冈察洛夫负责翻译外国的往来信件，一些具有重大经济意义的文件都要经过他的手。他无疑是在外贸司这里首先清晰地认识到俄国资产阶级的作用和成长，这时它已不是旧时外省的商界，而是英国化的、进入了国际交往的京城资产阶级。"转引自亚·雷巴索夫：《冈察洛夫传》，吴开霞、孙厚惠译，哈尔滨：黑龙江人民出版社，1987 年，第 80 页。

[3]　因为贵族们缺乏经营才能，却继续挥霍无度，积累了大量债务，到《奥勃洛莫夫》发表的 1859 年，"俄罗斯三分之一的庄园和三分之二的农奴已经被抵押给了政府和贵族银行"。参见费吉斯：《克里米亚战争》，第 529—530 页。

冷漠也暴露无遗，但它的胜利终究被描绘为了一种历史必然。[1]冈察洛夫对此深信不疑，事实上，作为他正在创作的第二部小说的主人公，奥勃洛莫夫的名字隐含"残余""碎片"（"обломок"）之意，他与奥勃洛莫夫卡从一开始就是作为必将逝去的封建宗法制世界的最后残迹登场的。[2]

而离开俄罗斯本土，暂别他生长其间、还是会引动其复杂情绪的那些"残迹"，带着参与全球竞争的民族使命登上"巴拉达号"，作家在游记中很自然地对技术进步和工商业发展予以了更积极的评价。伦敦街头，除了各种新奇设施，商品的丰富、经营者的精明勤奋，都让"我"颇觉有可观可鉴之处。那些推销商品的小伙俩不过被当作一地之风俗一笑而过，倒是"我"面对廉价美物的无力抵抗引发了更多自嘲（《巴》：43）。作为世界贸易中心的大动脉，泰晤士河在"我"眼中并不美，甚至是"丑陋"的，但却一片繁荣，"商业神的权杖"正在这里施展一种现代的魔法（《巴》：38）。对世界贸易的颂歌也由此开始唱响，并贯穿于整部《"巴拉达号"战舰》：

> 世界贸易的任务恰恰就是……使舒适安逸的条件尽快普及，人人可以享受习惯的安乐。这是明智、公正的事业，因而对它能否成功抱有怀疑，实在可笑。贸易已经遍及各地，而且在向深广扩展，它把文明之果带给世界各个角落。这个问题发人深思，极其重要。舒适安逸和文明进步，差不多是一对同义词，或者确切些说，前者是后者必然的、明智的结果。只要贸易事业是为满足

---

[1] 巴赫金将《平凡的故事》视为18世纪末到19世纪上半叶"田园诗破灭"这一世界性文学主题在俄罗斯的经典演绎。参见巴赫金：《长篇小说的时间形式和时空体形式》，收入钱中文主编：《巴赫金全集》，石家庄：河北教育出版社，2009年，第3卷，白春仁等译，第428页。
[2] См.: Т. И. Орнатская, ""Обломок' ли Илья Ильич Обломов?（К истории интерпретации фамилии героя）" // *Русская литература*, No. 4, 1991, c. 229—230.

多数人尽管细小但却明智的需求，而不是为少数人的疯狂癖好服务，它就不会衰落。现在，这项事业已经初见成效。只要是欧洲人已经涉足的地方，您到处都能荫庇于安全、富足、康乐的旗帜下，享受在欧洲能够享受的一切，——当然，也要量入为出才行。（《巴》: 289—290）

难怪"我"将伦敦街头那些集齐世界各国商品的商店比作另一种"博物馆"（《巴》: 43），在"我"看来，它们及其背后的贸易网络与大英博物馆一样，正在实现让"所有人享受所有舒适生活之必需品"的伟大理想。这一理想背靠的，是以启蒙主义思想为基石、以个人权利为中心建立起的资产阶级文明。后者也划定了"我"能眺望到的历史极点：引文中被"我"视为文明进步之同义词的"舒适安逸"（"Комфорт" / "comfort"）指向的是典型的资产阶级生活模式。享受更多的物质福祉不再是一种基督教意义上的罪孽，而是技术进步、经济繁荣的必然结果；这种进步与繁荣又与"政治上的最佳安排"紧密相关。[1]除了中产阶级，下层民众也有权追求更多"必要的奢侈品"，而特权阶层则应摆脱"不道德"的恶习，也即"我"所说的"少数人的疯狂癖好"。到 18 世纪末，通过英国人的诠释和示范，"comfort"已被赋予种种现代意涵，并向欧陆和世界其他地区扩散开来（进入俄语和俄罗斯生活大致是在 19 世纪 40 年代[2]），成为衡量文明程度的一个通用标

---

[1]　就英国而言，主要包括君主立宪制基础上的政治折中、对商业的鼓励、对私有财产的保护，以及保留了创新的自由空间等。See Marie Odile-Bernez, "Comfort, the Acceptable Face of Luxury: An Eighteenth-Century Cultural Etymology", in *Journal for Early Modern Cultural Studies*, vol. 14, No. 2（Spring 2014）, pp.12—13.

[2]　See Joost Van Baak, *The House in Russian Literature: A mythopoetic Exploration*, Amsterdam-New York: Rodopi B.V., 2009, p. 20, n. 1. 关于冈察洛夫这种"资产阶级帝国主义"乌托邦理想的分析，可参见：Milton Ehre, *Oblomov and His Creator*, pp. 151—152.

准。[1] 游记中，"我"这位对物质条件颇为挑剔的俄国老爷在各地旅行时感到的"舒适"或"不适"俨然构成了一幅文明分布与传播图的索引。[2] 而不仅在伦敦，在各个殖民地兜售货物的小店主们也每每被赋予庄严气度，看起来就像是冈察洛夫钟爱的狄更斯小说中的人物——《祖国纪事》（Отечественные записки）的评论者甚至不无嘲讽地指出，这些买卖人比冈察洛夫三部曲中那些耽于空想的主人公以及冒进的造反者（如《悬崖》中招致左翼不满的伏洛霍夫）更富魅力。[3] 他们才是作家心目中文明生活的不懈创造者和传播者。

当然，理论上普适的文明法则总是会在现实中与特殊的国家利益对接。对于由启蒙主义引入、为帝国主义扩张提供了合法性的文明话语与历史叙事，"我"深为认同；[4] 但对于"我"来说更为重要的，是确定俄罗斯在此统一秩序中的位置。此时的俄罗斯还远谈不上普遍的"舒适安逸"，国内变革已迫在眉睫；对外它又在加速加入全球竞争，且最棘手的对手之一即英国。[5] 当"我"将大英帝国的首都称为"教育城"，也即一座沐浴在启蒙光辉之下的城市时，显然不无推崇和羡慕之意；与此

---

[1]　关于 "comfort" 在英国现代化进程以及跨文化传播中的词义漂浮，参见：Marie Odile-Bernez, "Comfort, the Acceptable Face of Luxury", pp. 3—21. 需要特别指出的是，"奢侈"与"舒适"之间的界限并不像"我"所说的那么界限分明（《巴》：287—290），它会随着经济的发展不断变化。按 Marie Odile-Bernez 的分析，很多时候，"舒适"甚至更像是"奢侈"（luxury）的一种免去了道德追责的替代说法。

[2]　См.: Энгельгардт Б. М., "'Путешествие вокруг света И. Обломова': главы из неизданной монографи", с.42—43; see also Milton Ehre, Oblomov and His Creator, pp. 151—152.

[3]　См.: Энгельгардт Б. М., " Путешествие вокруг света И. Обломова': главы из неизданной монографи", с. 61.

[4]　与大英博物馆其实并非一个中性的公共空间一样，被"我"描绘得如此理想的这个带来普遍"舒适安逸"的世界商贸网络也只能是建立在欧洲的霸权之上。《"巴拉达号"战舰》对英国等国主宰的商贸、殖民体系虽也有批评，但这种批评主要集中在它们有时表现得过分残暴专横，违背了自己所倡导的那种文明，同时暗示"我们"/俄罗斯可以做得更好。这点在游记西伯利亚部分尤其明显。См.: Краснощекова Е. А., "Фрегат 'Паллада' : 'путешествие' как жанр", с. 28—29.

[5]　自 19 世纪初俄、英就围绕中亚地区的控制权展开了持续一个世纪的"大博弈"，克里米亚战争的爆发，宣告两个帝国间的竞争从冷战走到了热战。参见劳伦斯·詹姆斯：《大英帝国的崛起与衰落》，第 193 页。

同时，"我"的城中漫步也在证明这是一个俄罗斯人可以充分理解和参与的世界。与卡拉姆津笔下那位代表俄罗斯融入欧洲文明的旅行者相似，面对伦敦这一"首善之地"，"我"表现出了足够的文化素养和求知欲——尤其值得一提的是，"我"（以及冈察洛夫本人）还掌握了英语这门在全球范围内正日益成为通行密码，但尚未像法语和德语那样进入俄罗斯贵族基本知识库的语言。[1]"我"有意识地扮演着欧洲文明之平等对话者的角色，强调"比较一番，这里的生活同我们俄国有何相似之处，有何不相似之处"是旅行的应有之义（《巴》: 40）。在这种比较中，按照文明的所谓"标准"，"我"很难不承认英国的优越性，但如前所述，这并未激起"我"任何自卫性的激烈反应。正如城中的所有教育空间也向外国旅行者开放，"我"相信帝国的成功奥秘是俄罗斯应该、且可以复制的。当船员们就"俄罗斯人不像英国人那样对航海抱有热情"向"我"抱怨时，"我"从地理的角度详细解释了这一现象的成因，但并未将之视为某种本质性的、不可突破的限制。相反，"我"对近海的彼得堡人发出热情吁请，指出种种条件已然到位，他们要做的只是克服自己的"懒惰"（《巴》: 15—16）。至少在游记内部，这番分析不无说服力。毕竟，开篇曾自认染有懒惰习气的"我"不就摇身一变成为了一名收获颇丰的远航者吗？

在这个"航海能力是文明程度的重要标志"的时代，[2] 这样的比较和判定意味深长。实际上，卡拉姆津在《一个俄罗斯旅行者的书信》中做出的核心判断"俄罗斯是欧洲"，在《"巴拉达号"战舰》这部环球游记中从两个层面得到了重申：首先，"我"以自己收获教益的英国之旅证明了俄罗斯可以和"最先进"的文明有效交流，或至少拥有主动向其靠拢

---

[1]　See Joseph Frank, "*Oblomov and Goncharov*", p. 119. 环球旅行中"我"也注意并反复提及英语的流行。

[2]　参见唐晓峰：《地理大发现、文明论、国家疆域》，第 23 页。

的潜力；而在确定了这一点后，游记后面的章节还将展现俄罗斯有权、也有能力像其他欧洲强国一样去"教化"世界上那些更落后的、靠自己的力量无法被文明之光照亮的地方。[1] 只是，"我"在进行俄、英比较时对自己民族表现出的那种同情的理解、发展的眼光，只有在极少数的情况下才会被投诸其他弱势文明。[2] 套用奥威尔的名句，虽然所有国家都是平等的，但有些国家总是更平等。

3、"觉醒"的背面：奥勃洛莫夫卡的重塑

可以说，"俄罗斯是欧洲"的立场为《"巴拉达号"战舰》奠定了基调。但需要马上指出的是，"我"的旅英印象记中仍有一部分溢出了那种基于启蒙主义信仰和欧洲中心主义话语的光滑推演。在比大多数俄罗斯同行都更大胆地肯定了资本主义文明的胜利的同时，冈察洛夫也没能完全压制住自己曾详加论述的那种"心灵"与"头脑"之间的冲突：[3] 在《平凡的故事》这类作品中已经可以清楚地看到，资本主义文明在作家眼中"合理"却不可爱——严格说来，冈察洛夫这样的"19世纪40年代人"尚未在本土真正见证资产阶级的崛起，但他们对欧洲知识界，以及赫尔岑这类跨界者提供的相关批判话语却颇为熟悉。[4] 冷漠、逐利、务实到用侄儿的诗篇糊墙的彼得·阿杜耶夫节节胜利，这一事实不仅让侄儿大受打击，也很难不让读者感到失落。时隔数年后，冈察洛夫在英国

---

[1]　См.: Краснощекова Е. А., "*Фрегат 'Паллада'* : 'путешествие' как жанр", с. 29—30.

[2]　日本算是一个例外。某些场合中，"我"会指出日本虽然暂时还不够发达，但有足够的进步空间。除了日本位于发达与野蛮、改革与保守"中间"的状态与俄罗斯不无相似以外，"我"之所以会对日本投以这种"同情的理解"，还有一个隐秘的原因：远航期间，俄、英关系因克里米亚问题走向紧张，"我"希望证明俄罗斯对日本的改造将比英国人彼时在中国做的更为成功。

[3]　See Milton Ehre, *Oblomov and His Creator*, p. 24.

[4]　See Wayne Dowler, "The Intelligentsia and Capitalism", pp. 264—265.

这个资本主义大本营的见闻，或许可以为小说中那张程式化的资本家面孔增添一些细节，[1] 尤其是，如前所述，远航者对帝国成功奥秘的渴慕会推动这一形象向正面的一端移动；但画像的情感基调并不会被彻底改变。

事实上，与《平凡的故事》中的处理相似，《"巴拉达号"战舰》中的"我"在理性上高度认同英国人代表的进步，并以之为历史必然，但在情感上，却依然无法毫无保留地亲近那座立意驱逐一切黑暗的光明之城。犹豫和怀疑散见于游记各处——对于情感细腻的"我"来说，伦敦的一切都太符合计算、循规蹈矩。所有行人都在匆忙赶路，相互保持着恰当好处的礼貌，没有任何多余的声音和动作，好像就连生理机能也已受到理性的充分控制（《巴》: 47）。就像城市高效地管理着自己的人口和资源，每个个体也自觉地按照实效的要求管理自己的身体和时间。包括对知识的态度亦是如此。尽管可以便捷地获取各种知识，但人们实际上被塑造为了"专业化了的人"，只精通社会生产所必需的某一方面的知识，通才在这里难免感到枯燥无聊，"人类追求直接目的的欲望被抑制了"（《巴》: 52）。漫步在这个资金周转不歇、铁路密如蛛网的世界贸易的中心，"我"突然宣布自己感受不到真正的生活。这里的公正、荣誉、慈善都像是从统计表格中计算出来的，可以按照社会总体需求精准投放而不涉任何个人的情感反应，"这种种美德只是在需要的地方才像机器轮子那样转动起来，因而它们也就失去了温暖和魅力"；也正因为一切出于功利主义考虑，有责权而无共情，很多时候"机器的铁轮只是在空转"，转动本身让人忘记了最初的驱动力。作为"教育城"的伦敦最终不仅没有成为美德之城，反而饱受犯罪困扰，"又有高级诈骗术公学

---

[1]　关于彼得如何在官员和企业主的身份间自由转换，如何经营那个纯利可达四万卢布的大工厂，我们所知不多。更多的时候，他在小说中是作为侄儿的对话者出现的。亚历山大那些夸张做作的浪漫幻想"反证"了他的成功。这与后文要讨论的《奥勃洛莫夫》中施托尔茨形象的塑造颇相似。

之称"(《巴》: 50–51）。赫尔岑关于政治经济学不能指导人们如何"正确生活"的著名判断在此又一次激起了回响。[1] 虽然游记还是语带保留地表示，选择以理性计算而非伦理价值作为生活的基础，对于"整个人类的幸福"而言也许没有什么不好，"我"终究不能否认自己的厌恶之感。如果说这样一个高度理性化的英国代表了文明发展的最高阶段，那么在此之后呢？"当生活的舒适条件变得无限多时，生活本身还是否会真正的舒适？"（《巴》: 61）

提出这一疑问时，"我"的英国之旅已经接近尾声。战舰停靠在朴次茅斯附近的碇泊场准备启航。在等待和回味中，"我"对英国的态度明显从不久前"真想在这富有理性的国度里多逗留一些时候"的热情中降温。"我"开始思考那些机械、弹簧和表格对于人的终极意义（《巴》: 49）。纪实性的漫游杂记告一段落，取而代之的是一篇可以命名为"现代英国人的一天"的想象性速写。那个读者已经见识过的、穿着黑礼服征服四海的英国商人再次登场，展示他和"我"在旅行中见识的各种现代化物事打交道的一天。在工业革命和自由贸易伟力尽显的英国，资产阶级生活模式已然定型（至少在"我"的认知中是如此）：早上的闹钟声宣告经过理性编排的一天正式开始。从传递漱洗用水的机械送水器、处理衬衣的蒸汽，到制作简易早餐的煤气炉、吃早饭时阅读的最新一期报纸，一系列让人眼花缭乱的工具、手段让现代英国人可以以最快的速度从睡眠状态中清醒过来，投入公共生活，并创造价值。"标记着几月几日、星期几，要做几件事"的台历已经对时间进行了精准切割和规划。接下来登场的是计算器、伞、自动门、火车、轮船……穿梭于伦敦城的三个街区，从银行到圣保罗教堂（这里正在展出为威灵顿公爵葬礼专门铺设的栈道），主人公始终处于快速的移动中。得益于技术进步，他的一切需求都能得到即刻响应，连休息时享用的熏子鸡也是用蒸汽法孵化

---

[1]　See Wayne Dowler, "The Intelligentsia and Capitalism", p. 267.

的，不再受限于"自然"时间。享受着这些现代工具带来的高效，我们的主人公也忠实地履行了现代公民的职责，在交易所以有利可图的价格脱售了一批棉被，又在议院"脱售"了表决权——这一经济术语的重复使用提醒我们，在这个资本主义国度，表决权与交易所的货物一样，以一种抽象的、不涉及实际使用场景的形式进行着交换和转化。当然，成功盈利的主人公没有忘记为救济贫民施舍一个英镑。在这样按部就班地"过了一天的现代化生活"后，他心满意足，"踏着飘飘然的脚步，把橱柜和写字台用保险锁锁好，用小机器脱掉脚上的皮靴，上足脑中的发条，终于脱衣就寝。整部机器沉入了梦乡"（《巴》: 61—62）。

毫无疑问，这位现代英国人在机器的帮助下度过的一天也是按设计规划塑造和管理自我的一天。机器无需休息，也将偶然、随机因素降到了最低，这样的一天将无限重复，在这个过程中人自身也成了一部训练有素的机器。"整部机器沉入了梦乡"这一富有冲击力的结语暗示着这些严格按照资本主义工作伦理组织生活（包括睡眠）的人在很大程度上已经被剥夺了自我意识，欲望和情感即使没有被完全抑制，也越来越像提前设定的产物。[1] 在"我"的想象中，作为理性、光明、觉醒之代表的"教育城"吊诡地沉入了无意识的暗夜之中。但"我"的想象并未就此结束，游记这一体裁的包容性，让"我"可以自由地进行那种"富有教益的比较"，从"现代英国人的一天"戏剧性地跳转到了"俄国老爷的一天"：

---

[1] 密尔（John Stuart Mill）在同一时期出版的《论自由》（*On Liberty*, 1859）中深入探讨了英国社会的日趋平庸、人的个性被压制。教育的扩展、交通工具的改善、商业和制造业的增加等都被认为加速了这种同化。参见密尔：《论自由》，许宝骙译，北京：商务印书馆，2006 年，第 86—87 页。而最后，他同样发出了"人正降格为机器"的警示，"为求机器较易使用而宁愿撤去了机器的基本动力，结果将使它一无所用"（第 137 页）。已侨居英国数年的赫尔岑欣然接受了密尔对这个声势正隆的文明的批判。在他看来，那些按"集群性的统一模式"生活的人干脆就是一些"熟睡的人"，看似忙乱，却已根本不再涉及任何意义问题，有自由却没有运用自由的能力。参见赫尔岑：《往事与随想》（下），第 75 页。作为一名社会主义革命者，赫尔岑在文中暗示要"唤醒"这些人不能寄希望于资产阶级自身。当然，这类激进方案不可能被冈察洛夫接受。

混合着蒸汽和烟尘的英国浓雾，吞没了我面前的这个诗的形象。烟消雾散之后，我的眼前升起了另一个形象。我看到，在远离此地的他乡，有一间宽敞的房间，房间里有一个人，身下垫着三床羽毛褥子，正在酣然大睡。他双手扯着被角，蒙头大睡，但是无孔不入的苍蝇，却成堆成堆地麇集于他的腮边、颈间。酣睡者却毫不为此所扰。……尽管已是日上三竿，阳光从他的头顶移向腮帮，但他还在呼呼大睡。谁都说不清楚，他会睡到何年何月，什么时候才会因为神经和肌肉的强烈需要而自动醒来。但他终于醒来了，——因为他做了一个噩梦。他梦见有人要闷死他，正在挣扎之间，窗下的公鸡忽然传来了一声刺耳的喔啼——满头大汗的老爷，终于醒来了。他本想骂一声该死的公鸡——这是一架活闹钟，可是抬头看了一眼祖传的老钟，到了嘴边的咒骂又被吞了回去。(《巴》: 62)

按克拉斯诺谢科娃(Е.А.Краснощекова) 的话说，如此熟悉的场景、形象几乎让我们以为读到的是直接从《奥勃洛莫夫的梦》中撕下来的几页。[1]这似乎又是一位完全服从于生理需求的俄国嗜睡者。游记也从那种对资本主义有着根本意义的"钟表时间"回到了一种缓慢绵长的前现代时间。因为皮靴不翼而飞、裤子挂错了地方，老爷迟迟不能离开自己的床。这样一具缺乏训练的身体，显然还没有做好用机器 / 像机器一样管理自我的准备。当一切终于安置妥当，又用过一顿丰盛的早餐后，俄国老爷"一天的活动开始了"，但几乎是在不知不觉中，游记的时间单位就从"天"拉长到了"月""年"。老爷拿起的月份牌以各种节庆、仪式标记时间，虽然也有报纸这种新鲜玩意儿，但"邻村每月送一回，一回就够全家读几天了"；老爷一年只需到城里赶一次集，参加一次贵族选举，而"那些事还远着呢"(《巴》: 63)。有限的活动空间"导致了一

---

[1]　См.: Краснощекова Е. А., "Фрегат 'Паллада' : 'путешествие' как жанр", с. 22.

切时间界限的淡化"，读者似乎将再次被拖入《奥勃洛莫夫的梦》中那种让人昏昏欲睡的"回环节奏"。[1]

但这些看似雷同的描写还是因为"最文明的现代英国人"这一比较对象的引入而有了微妙变化和别样意义。在通过英国商人展示了人如何在清醒状态下被剥夺自我意识后，"我"忍不住想象，俄国庄园中那些嗜睡者反而保留了丰富的意识活动。擅离职守、耽误老爷起床的叶戈尔卡最后"给老爷带回来一筐鲫鱼、二百只虾，给小少爷做了一只芦笛，给小姐采了两朵莲花"（《巴》: 63）；开始和管家一起料理家务的老爷更彻底远离了《奥勃洛莫夫的梦》中的昏聩形象。拨弄着算盘这种"俄国人的计算器"，他对庄园一应事务，尤其是农作物价格起伏了如指掌，丝毫不受糊弄，没有人知道他的消息究竟从何而来，就连叙事者"我"也是如此："谁知道呢，也许商人、粮价都是他梦中所见？怪不得他要睡那么久。"（《巴》: 64—65）与理性计算无涉的睡梦被突兀地赋予了某种神秘的、近似通灵的力量。好在关于庄园的饮食、交游，"我"可以提供更多细节。远道而来的客人将欢庆气氛推向了高潮，热烈的谈话和饮宴要持续三天三夜。与那位始终独自活动、除了机器似乎不需要和任何人接触的现代英国人不同，俄国庄园中的所有人都处于与他人的亲密关系中。他们享受的一切物品也都与自己日常的劳动、生活保持着具象的联系，"女人们去的地方是果园和花房。两位老爷去的地方是谷场、田地、磨坊和草场。漫游的距离相当于三个英国城区，外加交易所"，看着刚刚破土的庄稼，他们开始估摸自己秋后的收入和子女的开销（《巴》: 65）。作物的生长与人类后代的繁衍处于同一个循环中。虽然依然是一个半封闭的空间，但这一次我们被告知，这个小世界其实已经拥有足够滋养生命的广度。在零碎割裂的城市生活的对比下，与自然界枯荣流转相对应的回环节奏在这里更容易唤起对生命之完整性和延续

---

[1] 参见巴赫金：《长篇小说的时间形式和时空体形式》，第 418 页。

性的尊重。

随后，长达数页的关于俄式慈善的描写对教育城中那种"表格中的美德"予以了最后一击。老爷和太太们"没有用计算器算过"自己的收支，更没有合理协调个人与公共利益的概念，他们遵从的只是朴素的道德直觉和习俗的力量。值得一提的是，无论是施恩者的慷慨，还是受惠者的不幸，在游记中都未被过分渲染，一切悲喜都更像是"自然生长"出的参差枝叶，而非标准的机械制品，叙事者也以幽默口吻对老爷认捐时的心慌、食客们的讨好之态和惊人食量等加以轻松调侃（《巴》: 66—68）。这些人没有被呈现为手持历史进步剧本的演员，他们只是弥散的、去结构化的日常生活的经历者。或许是这个原因，游记中插入的这段田园诗最后反而显得比前面的城市速写更让人觉得生动可感。虽然它是，且只可能是现代人的一种怀旧想象，却也让光明之城奏响的进步凯歌变得不那么和谐统一。在战舰起锚开航前，"我"用这样一段话结束了自己的想象：

> 你们会说我老调重弹，说我……没有离开俄国……原谅我吧，萦绕我的脑际的，仍然是那些亲切而又熟悉的房顶、窗户、面孔和风土人情啊！不论我看到什么新鲜的、陌生的东西，我都要用那把旧尺子去衡量一番。我早先就对你们说过，旅行的必然结果，其实就是把异国同俄国进行一番比较。我们已经在自己的土地上深深地扎根，因此不论我到什么地方，待上多久，我的脚上总是脱不了故乡奥勃洛莫夫卡的泥土气，这种泥土气是用多少海水都冲不掉的！（《巴》: 69）

当旅行者"我"称自己的故乡是"奥勃洛莫夫卡"时，游记已经不是在暗示，而是直接点明了与《奥勃洛莫夫》的关系。绝非偶然，恰恰是在完成了英国之旅，即将进入新世界时，曾感叹无所归属的"我"／奥勃洛莫夫开始心有所系。远航成了返乡之旅。作为旅行者出发的地方和希望返回的地方，只有家乡能让构想和理解一段旅行成为可能。[1] 与此同时，家乡也在被旅行重塑。"睡城"奥勃洛莫夫卡无疑属于全力参与全球竞争的"巴拉达号"战舰试图抛诸身后的那个旧世界——随着"意识和意志占据优先地位，功利性、目的性和利己的能动性之类的概念备受推崇"，到了 19 世纪中叶，清醒和睡眠已经被赋予了高低等级关系。麦克白对（能够疗愈疲惫肉体与心灵的）睡眠的那种礼赞，不再是天然成立的。相反，因为"与强调生产力和理性的观念不兼容"，其代表的低欲望状态也与资本主义所要求的贪婪格格不入，睡眠成了一种错误。[2] 觉醒时代不应该，也不能睡。这是冈察洛夫选择一位嗜睡者作为自己小说主人公的根本原因。而"睡梦—清醒"的二元模式也将贯穿整部《"巴拉达号"战舰》。那些"沉睡"中的落后国家、地区都被放置于启蒙光辉照耀下的大英帝国的另一端，[3] 只能被动地等待包括俄罗斯远航者在内的觉醒者将它们唤起；但光明之城的机械感带给"我"的疑虑又并未完全消除，故乡的泥土气始终冲刷不掉，顽固地提示着另一种可能。"我"一面以务实态度讽刺过往人们对旅行，尤其是对异国情调的浪漫想象，另一面又忍不住一再感叹被英国商人统治的这个世界已经变得过分同质化。自然、和谐的琉球岛一度让"我"惊喜不已，几乎看到了奥勃洛莫夫卡的又一个正向变体，甚至产生了"这块被遗忘的古代福地，难道也要受到新式文明的触动吗"这样的疑问（《巴》: 531）。

固然，作为启蒙理想，尤其是历史进步话语的追随者，"我"还是很快从这种迷思中清醒过来，支持"文明使者"唤醒"蒙昧于襁褓婴儿的酣

---

[1]　See Georges Van Den Abbeele, *Travel as Metaphor: From Montaigne to Rousseau*, Minneapolis: University of Minnesota Press, 1992, xviii.

[2]　参见乔纳森·克拉里：《晚期资本主义与睡眠的终结》，许多、沈河西译，南京：南京大学出版社，2021 年，第 18—20 页。

[3]　См.: Краснощекова Е. А., "*Фрегат 'Паллада'* : 'путешествие' как жанр", с. 24—28.

睡之中"的琉球岛（《巴》: 535—536）。[1] 然而，要宣布自己"深深地扎根"的家乡也是历史的淘汰物，根据那个发达但"没有生活"的文明模板对之加以全面改造，显然就没有这么轻松了。如论者已经详加论证的，终身受浪漫主义影响、又想努力挣脱这种影响的冈察洛夫，在自己的所有作品中都总是先建立起某种二元关系，然后又将之复杂化。[2] 游记最终停笔于西伯利亚部分，旅行者并未回到俄罗斯腹地。家乡的形象仍然闪烁未定。[3] 要到重拾《奥勃洛莫夫》这一写作计划时，冈察洛夫才会直面难题。而作为小说中"嗜睡者"奥勃洛莫夫的一个对立形象，"觉醒者"施托尔茨也将通过自己的旅行再一次把欧洲带到"想象俄罗斯"的现场。

4、施托尔茨与意义不详的旅行

1855 年冈察洛夫回到彼得堡时，尼古拉一世正好去世一周，俄罗斯在克里米亚战场的颓势已无法挽回，[4] 改革阻力明显变小。从这个时候到 1858、1859 年接连发表《"巴拉达号"战舰》和《奥勃洛莫夫》，冈察洛夫见证了俄罗斯急剧变化的几年。为变革的信号所激励，在欧洲远眺本土的赫尔岑在《钟声》上宣布，"一个觉醒了的俄罗斯出现在我们面前"，"哑巴的国家学会了说话，充满文牍主义秘密的国家习惯了公开

---

[1]　关于游记中琉球部分的讨论，参见: Краснощекова Е. А., "Фрегат 'Паллада': 'путешествие' как жанр", с. 25—27.

[2]　See Milton Ehre, *Oblomov and His Creator*, p. 25; Краснощекова Е. А., "*Фрегат 'Паллада'*: 'путешествие' как жанр", с. 25. 19 世纪三四十年代接受了西方浪漫主义，又将之本土化的一批俄罗斯作家理解和反复表现的，不是"绝对与相对世界的对立"，而是经验生活内部（所谓"诗"与"散文"）的分裂，См.: Энгельгардт Б. М., "'Путешествие вокруг света И. Обломова': главы из неизданной монографи", с. 47. 作者随后更多地强调了冈察洛夫如何克服浪漫主义的影响，将生活视为一个需要不断被创造的有机整体（с. 60）。

[3]　See Ingrid Kleespies, "Superfluous Journeys? A Reading of 'Onegin's Journey' and 'A Journey around the World by I. Oblomov'", in *The Russian Review*, vol. 70, No. 1 (January 2011), pp. 39—41.

[4]　关于叶夫帕托里亚战斗的失利与尼古拉一世之死，参见费吉斯:《克里米亚战争》，第 382—386 页。

化，农奴制的国家在抱怨脖子上的颈套"。[1]

这样的文学性语言难免夸张。但改革带来的新气象，确实已经足够让冈察洛夫坚定自己对文明与进步的信仰。直到晚年，在《迟做总比不做好》中他仍盛赞"大改革"是"一次拯救性的转变"，承认"连我的思想和想象也渗进了新的气息"。[2] 按他的总体构思，广阔的"觉醒"图景要在三部曲的终篇《悬崖》中才会展开，《奥勃洛莫夫》主体部分的情节发生在 1843—1851 年，即"大改革"前夜（作家明确指出，《奥勃洛莫夫》和《悬崖》两部作品又可分别被命名为"睡梦" / "Сон"和"觉醒" / "Пробуждение" [3]）；不过，改革大幕拉开所引发的震动还是在《奥勃洛莫夫》的写作中留下了痕迹，让一些文字更有力地传递出社会变革的信号。受之影响，有的研究者干脆判定重启小说写作的作家是将十年前完成的、代表着"死寂的尼古拉一世黑暗时代"的《奥勃洛莫夫的梦》插入了一部"以进行'大改革'的后克里米亚战争时代、一个俄罗斯生活中充满政治热情和希望的时代为背景"的小说。[4]

除了在第一部中新增了五位客人来访的情节，将一个"由市场、官僚和印刷文化组织"的现代都市彼得堡强行带到奥勃洛莫夫床前，[5] 在第二部中正式登场的施托尔茨更成为新气象的化身。[6] 延续其酷爱的二元结构，作家将他设计为一个与奥勃洛莫夫"绝对相反"的人物（《奥》：171）。这一点从他"只有骨头加肌肉，没有一点丰腴圆浑的感觉"的强

---

[1]　转引自雷巴索夫：《冈察洛夫传》，第 195 页。

[2]　参见冈察洛夫：《迟做总比不做好》，第 70 页。

[3]　参见冈察洛夫：《迟做总比不做好》，第 57 页。翻译据原文略有改动。

[4]　See Richard Peace, *Oblomov: A Critical Examination of Goncharov's Novel*, p. 6.

[5]　See Anne Lounsbery, "The World on the Back of a Fish", p. 45. 这部分内容是在小说即将出版时加入的，参见：Richard Peace, *Oblomov: A Critical Examination of Goncharov's Novel*, pp. 5—6.

[6]　这一点在 1855—1856 年，也即冈察洛夫刚结束旅行回到彼得堡后完成的小说第二部的草稿中表现得尤其明显。里面施托尔茨的种种行动和思想都非常接近于"'大改革'时代的自由主义活动家"。См.:Краснощекова Е. А., *И. А. Гончаров: Мир творчества*, СПб.: Пушкинский фонд, 1997, с. 216.

健形体就得到了直观体现（《奥》: 167）——与之相对，奥勃洛莫夫柔软肥胖的身躯和他那件睡袍一样散发着慵懒的气息。[1] 与对身体的锻造一样，施托尔茨也精准地安排着自己的生活。他"每天按预算过日子，珍惜每一分钟，一刻也不放松地控制自己所花费的时间、劳动、心智和心血的力量"；他不会任由情绪泛滥，更抵触幻想，拒绝一切"经不起检验和实践的真理分析的东西"（《奥》: 168—169）。而所有这些特质都指向了施托尔茨赋予"劳动"的绝对价值，这也是他相对于童年好友奥勃洛莫夫最为现代的地方：小说中奥勃洛莫夫最大的焦虑之一，就是要像"别人"一样谋划生计、费心劳作。[2] 享受闲暇被他视为自己贵族身份的标志——在哺育和塑造了他的封建制经济中，特权更多地体现于挥霍、消耗而非赚取、积累；[3] 与之相对，施托尔茨宣布"劳动就是生活的方式、内容、元素和目的"（《奥》: 192）。对于这位接受了现代工作伦理的新人而言，高扬主体意识，自觉自愿地奋斗拼搏，不仅不再是原罪带来的惩罚，反而是个体的职责所在，高贵且高尚。[4] 一切自发性冲动、不可控因素要让步于这一持续创造价值的庄严使命，这甚至让他"极端地陷入清教徒式的狂热之中"（《奥》: 170）。

这一人物当然会让人联想到《"巴拉达号"战舰》中"教育城"里的那些英国居民，虽然作者将施托尔茨设定为俄国人与德国人的后裔（这一人群在帝俄更为常见）。[5] 他第一次出场，就被明确赋予了"觉醒者"的角色（《奥》: 171），并承担起唤醒奥勃洛莫夫的重责。丰富的知识和阅历也让他每次出现都能轻松化解主人公的困境。不过，在一部别名为

---

[1]　See Milton Ehre, *Oblomov and His Creator*, pp. 195—196.

[2]　最经典的一段，是奥勃洛莫夫听到仆人扎哈尔将其与"别人"比较后突然大发脾气，参见《奥》: 89—100。

[3]　See Anne Lounsbery, "The World on the Back of a Fish", p. 56.

[4]　参见马克斯·韦伯：《新教伦理与资本主义精神》，阎克文译，上海：上海人民出版社，2018年，第220—223、307—312页。

[5]　参见冈察洛夫：《迟做总比不做好》，第62—63页。

"睡梦"、由嗜睡者充当主人公的小说中，很难对施托尔茨接受教育的过程进行太多正面呈现。作家巧妙地将之与溢出文本的"旅行"联系了起来：读者看到施托尔茨时，总是被告知，他刚从某地回来，并且马上又要踏上新的旅途。这是个"不停地东奔西跑"（《奥》: 167）、永远处于运动状态的旅行者。[1] 而如研究者已经指出的，通过频繁使用英国"大陆旅行"的传统概念和表达，旅行在这部小说中又与"启蒙""求知"、发展自我等同起来。[2] 就连奥勃洛莫夫也认同这一点。当恶棍塔兰季耶夫质疑施托尔茨"干吗要在异国土地上逛来逛去"时，这位大多数时间都躺卧在床的主人公脱口而出："他想学习，想看到一切，知道一切！"（《奥》: 52）施托尔茨亮相时的出色表现被默认为其旅行成果的展现。似乎正是持续的旅行 / 学习让他对世界和人生有了足够认识，鲜少对自我存在的意义产生怀疑。而当其目睹奥勃洛莫夫日益陷入与社会隔绝、无聊度日的昏睡状态后，施托尔茨开出的良方也是旅行（《奥》: 177、195、285）。[3] 这与此前登门问诊的医生给出的建议形成了有趣呼应——虽然添加了环球时代若干时髦的去处，医生向有中风之虞的奥勃洛莫夫建议的，基本上还是一条经典的欧洲大陆旅行路线（《奥》: 85—86）。[4] 理性之光似乎可以同时温暖一个人的身体与心灵，缓解麻痹症状。很自然地，奥勃洛莫夫一次次推迟、拒绝旅行，也成为小说结尾他在"维堡区的奥勃洛莫夫卡"重新堕入童年蒙昧状态的不祥预兆。

更有甚者，在两位脾性相反的好友的共同回忆中，读者发现，正是青年时代一次成功 / 未实现的欧洲求知之旅将他们分别引向了觉醒与睡

---

[1] See Anne Lounsbery, "The World on the Back of a Fish", p. 49.

[2] См.: Мариета Божович, "Большое путешествие *Обломова*: Роман Гончарова в свете 'Просветительной поездки'"// *Новое литературное обозрение*, No. 106 （2010）, с. 1.

[3] 小说草稿中施托尔茨更明确地提出要通过"教育旅行"（образовательное путешествие）来"复活"奥勃洛莫夫，包括去"看看巴黎和伦敦欣欣向荣的生活，理性地观察善于思考和精打细算的德意志那富有秩序、宁静、安和规律的生活运转"等。См.: Краснощекова Е. А., *И. А. Гончаров: Мир творчества*, с. 218—219.

[4] См.: Мариета Божович, "Большое путешествие *Обломова*", с. 4.

梦之路：

（施托尔茨责备地说：）"你记得吗？你曾准备把书写完后要到国外去，以便更好地认识和热爱自己的国家。'思想和劳动就是全部的生活，'你当时是这样说的，'要劳动，即便是不为人知地默默地劳动，但却是不停地劳动，就是在死的时候你也会意识到你已经完成了自己的工作。'你把这一切都搁到哪个角落里去了？"

"是啊……是啊……"奥勃洛莫夫不安地聆听着施托尔茨的每一个字，"我记得，我真的……好像……这是怎么啦，"他说，突然想起往事，"安德烈，我们曾经打算游遍欧洲，徒步走遍瑞士，登上那烫脚的维苏威火山，再下山去看赫库兰尼姆古城。当时真是要发疯了！多么糊涂啊……"

"糊涂！"施托尔茨责备地重复了他这个词，"你在观看拉斐尔的画《圣母像》、柯勒乔的《夜》、观景殿上的阿波罗雕像时，不是曾经流着眼泪说过：'我的上帝！难道永远不可能看到这些画和雕像的原作，永远不能站在米开朗琪罗和提香的作品面前，踩着罗马的土地而吃惊发呆吗？难道一辈子就只能在花房里看看这些香木桃、柏树、酸橙树，而不能在它们的故乡看到它们？不能去呼吸一点意大利的空气，陶醉一下它蔚蓝的天空吗？'从你的头脑里放出过多少绚丽多彩的焰火啊！现在却说这是糊涂！"

"是，是，我记得！"奥勃洛莫夫回想着过去说，"你当时还握着我的手说：'我们来许个愿：不看到这一切我们就不死……'"

"记得，"施托尔茨接着说，"有一次你带给我一篇萨伊的译文，是作为命名日礼物送给我的。……但是你半途而废了，没有坚持到底。是吗？你开始学习英语……可是也没有学成！当我做好了出国计划，邀你一起去看看德国大学，你跳起来拥抱我，并庄重地伸出手来对我说：'安德烈，我是你忠实的朋友，去哪儿我都跟着你。'这是你说的话。你什么时候都有点儿像演员。结果怎样呢？伊里亚，我都已经出国两次了。我受完高等教育后又在波恩、耶拿、埃尔兰根等地的大学课堂里乖乖地听过课，然后又认真地像研究自己的庄园一样研究了欧洲。不过，就算出国旅行是一种奢侈，不是人人都有这种经济能力，也不一定要采取这种方法，那么观察俄罗斯总是可以的吧！我走遍了整个俄罗斯，我在劳动……"

"你总有一天也会停止劳动的。"奥勃洛莫夫说。

"永远不会停止。"（《奥》: 190—192）

作为大陆旅行最重要的两个目的地之一（另一个是学习优雅风度的巴黎），意大利不仅有着对于北方旅行者格外友好的气候，更是"古典文明的家园，无论是就这一文明的原初（古罗马），还是再创造（文艺复兴）形态而言，都是如此"。[1]这里的自然风物、古城和艺术珍品很自然地构成了两位年轻人，尤其是满怀诗意的奥勃洛莫夫想象的焦点，点燃了其心中的火焰。而施托尔茨在德国大学城的深造、对欧洲的认真研究更传递出一种严肃的求知意识。不同于"什么时候都有点儿像演员"的幻想家奥勃洛莫夫，这位有着清教徒气质的旅行爱好者俨然让"旅行"（"travel"）回归了"艰辛劳动"（"travail"）的词源学本义。同样值得关注的是，施托尔茨将俄罗斯也纳入了大陆旅行这一舶来传统的路线图中。对于身处边地的俄国受教育者而言，加入这类奢侈的教育旅行向来有着融入欧洲文明、确认"跨民族精英"身份的特殊意义，[2]而如今，在施托尔茨的呼吁中，广阔的俄罗斯大地也有了被探索的资格。与那些公认的文明中心一样，它在这个时代也能提供有益经验，促进个体

---

[1] See James Buzard, "The Grand Tour and after（1660—1840）", in *The Cambridge Companion to Travel Writing*, Peter Hulme and Tim Youngs eds., New York: Cambridge University Press, 2002, p. 39.

[2] См.: Мариета Божович, "Большое путешествие *Обломова*", с. 5—6.

的发展。

但细审之下，施托尔茨这里的呼吁其实又并不涉及对俄罗斯文明本身的体认。这位探索者更多地是将俄罗斯作为一种理想的劳动对象 / 物质资料加以推荐。这一对象可以提供可观的"投入—产出比"。他曾像"研究自己的庄园"一样研究了欧洲，也将用同样的方法走遍整个俄罗斯——小说中这位"不会住在一个地方"的旅行者似乎并未购置庄园（《奥》: 185），而当他提及自己关注的几处庄园时，留意的永远是它们与公路、铁路、码头、集市等的交集，人员与货物流通的便利程度决定了这些地方的价值和发展前景（《奥》: 174、422—423、525）。在施托尔茨的眼中，它们是产业，而非有着传统和情感联系的居所。尽管上引回忆中有不少"大陆旅行"的惯用修辞，熟悉施托尔茨务实作风的读者还是可以合理怀疑，这位"觉醒者"在旅行中追求的是对一个更大的世界的占有和规划，是一种可以抽象形式流通和兑换的知识财富。

而小说的许多细节也暗示，施托尔茨进行的大多数旅行并非叙事者和人物们经常挂在嘴边的那种贵族精英式的大陆旅行，而是高效率的商业旅行。[1] 施托尔茨的母亲（俄罗斯贵族）一直未能像父亲（德国小市民）那样对他的生活产生决定性影响（《奥》: 161）。作为一位辞掉公职、创办实业之后又"加入了一家做进出口生意的公司"、动辄被公司派往比利时和英国的现代商人（《奥》: 167），他头脑中的世界绝不是奥勃洛莫夫卡人意识中那种不可测量的前现代世界，相反，他总是"清楚地知道他要去哪里，达到目的地需要多少时间，前往该处该采取的路线"。[2] 诚然，就像我们无法得知《平凡的故事》中叔父彼得究竟是如何经营其工厂的，《奥勃洛莫夫》也未对施托尔茨的商业活动有太多交代，但从善于窥探他人隐私的塔兰吉耶夫口中可以知道，他很早就将"从父亲那儿

---

[1]　See Anne Lounsbery, "The World on the Back of a Fish", p. 49.

[2]　See Anne Lounsbery, "The World on the Back of a Fish", p. 50.

拿来的四万一下子变成了二十万的资本"。当奥勃洛莫夫称施托尔茨旅行是"想学习"时，塔兰吉耶夫的回应夸张而粗鄙，却未必毫无根据："他现在还在哪一所德国学校里做功课？他胡说，我听说他是去看一种机器，要订购。……还有股票什么的……咳，我非常憎恨这些股票！"（《奥》: 53）

有意思的是，虽然小说对果戈理（Н. В. Гоголя）的《死魂灵》（*Мёртвые души*, 1842）多有致敬，但冈察洛夫绝未打算让施托尔茨的旅行变成乞乞科夫式的漫游。[1] 施托尔茨的精明并不以牺牲道德为代价。他对奥勃洛莫夫的忠诚从未让读者失望，甚至，他还扮演了正义使者的角色，一再拆穿村长、塔兰吉耶夫等人使用的各种流行骗术，"'天真无知'的俄罗斯式欺诈与西方金融创新之间的对比支持了冈察洛夫对经济现代化的严肃看法"。[2] 小说不断提到，作为一位成功的现代商人，施托尔茨并不是在简单套利，而是将资本用于服务社会，提高公共福祉。[3] 理性精神的注入，让私恶转为公益，"合理的自爱"被认为可以与道德携手对抗那些真正低劣的欲望。[4] 事实上，受过现代教育、翻译过萨伊经济学著述的奥勃洛莫夫也已熟悉"挣钱不仅不是罪过，而且是每一个公民用诚实的劳动去维持公共福利的义务"这样的现代经济观念（《奥》: 65），但他终究还是无法让个人的物质和知识资本周转起来，他所竭力保持的静止状态与这个流动的时代格格不入，因此也被呈现为一

---

[1]　See Séamas O' Driscoll, "Invisible Forces: Capitalism and the Russian Literary Imagination（1855-1881）"（Ph.D. diss., Harvard University, 2005）, pp. 206—207.

[2]　See Séamas O' Driscoll, "Invisible Forces", pp. 208—209. Anne Lounsbery 甚至认为施托尔茨在小说中就是资本主义的化身（"The World on the Back of a Fish", p. 55）；但杜勃罗流波夫也正确地指出了作家用施托洛茨代表新社会力量时存在的破绽：在处理奥勃洛莫夫欠伊万·马特维耶维奇的虚假债务时，他诉诸对方长官之权威的做法仍然是相当"旧式"的（《奥》: 477—480）。参见杜勃罗流波夫：《什么是奥勃洛莫夫性格？》，收入《杜勃罗流波夫文学论文选》，辛未艾译，上海：上海译文出版社，1984 年，第 54 页。

[3]　See Séamas O'Driscoll, "Invisible Forces", p. 207.

[4]　参见阿尔伯特·赫希曼：《欲望与利益：资本主义胜利之前的政治争论》，冯克利译，杭州：浙江大学出版社，2015 年，第 31—32 页。

种对生命毫无意义的消耗；[1] 而施托尔茨的运动，在小说中不仅意味着价值的创造，在很大程度上还构成了一种道德的保证。不同于阅读《平凡的故事》时对叔父及其事业的反感，读者在欣赏施托尔茨那种目标明确的自我发展时，可能会不喜欢高度理性造成的机械僵直，但绝无道德情感被冒犯之虞。很大程度上，冈察洛夫延续了他在《"巴拉达号"战舰》中对资本主义文明的肯定，活跃的商业活动被认为隐含文明普及之功。[2]虽然他不可能像巴尔扎克那样津津有味地展现金钱的魔力，甚至还是会着意用散发着高雅气息的大陆旅行修辞对施托尔茨的经济行为加以修饰，但在向来轻视物质财富与欲望的俄罗斯文学、文化传统中，这样为现代"经济人"立传已堪称突破。

当然，游记中留下的那抹阴影也未散去。在小说第一部新加入的情节中，几位客人接连闯入奥勃洛莫夫的房间，与他分享彼得堡的时髦生活与流行议题。他们（尤其是那位按照进步思想制造新闻的报刊作者）让奥勃洛莫夫想起了"轮子"和"机器"（《奥》: 27）——两个我们在游记中已经看到过的意象。与写作《现代英国人的一天》时的"我"一样，奥勃洛莫夫也对那些只专注于某一种社会角色、过着单向度生活的人们的"清醒"提出了怀疑："没有任何深刻的切中要害的东西。这些社会成员全都是死人，处于休眠状态的人，比我还要糟糕。"（《奥》: 181）"他们的心智还在昏睡之中！……在外表'知识广博'后面掩盖着空虚和对一切事物的漠不关心！"（《奥》: 183）即使是心志坚定的施托尔茨面对好友的这些质疑也"认真地听着，抑郁地沉默着"（《奥》: 194）。虽然相较几位形象滑稽的访客，小说对施托尔茨的刻画要远为严肃，但要让他能够回应奥勃洛莫夫的质疑，成为一位真正的时代英雄，仍然需要再往前迈一步。如埃尔（Milton Ehre）在那部经典的《奥勃洛莫夫与他的创造

---

[1]　See Anne Lounsbery, "The World on the Back of a Fish", p. 51.

[2]　См.:Краснощекова Е. А., *И. А. Гончаров: Мир творчества*, c. 216.

者》(*Oblomov and His Creator*)中指出的，在小说的第四部，也是最后一部中，冈察洛夫再次尝试对自己的二元结构进行复杂化处理，让施托尔茨从理性一端走向综合、平衡，实现静止的奥勃洛莫夫不可能实现的"成长"。这一成长将通过他与奥丽加的结合来完成，后者代表的那种精神力量把"母亲的芳香馥郁的房间、赫尔兹的变奏曲、公爵的画廊"等重新带回了施托尔茨被"油渍渍的账本"占满的生活（《奥》: 457）。[1]

而这一关键性的转变正发生在一次欧洲旅行中——这是小说对施托尔茨的旅行进行的唯一一次正面描写，甚至也是第一次在奥勃洛莫夫不在场的情况下聚焦施托尔茨的生活。作为主人公，而不再只是主人公的镜子，这次的施托尔茨一登场就让人捕捉到一丝异样的气息：这位一直保持着旺盛精力的人物"在巴黎的一个林荫道上散步，没精打采地打量着过往的行人和商店招牌，什么也没有注意"，因为太久没有收到俄国的来信，"他感到很寂寞"（《奥》: 431）。原来被其视为目的本身的"劳动"并不能满足他的全部需要。事实上，小说此前还有一处提及，施托尔茨出现在"奥勃洛莫夫的宽大的沙发上"，往往是他希望"调节一下他那激动不已或者疲惫不堪的心"的时候（《奥》: 172）。奥勃洛莫夫那种静态生活具有的精神抚慰效果某种程度上也解释了他与气质迥异的施托尔茨之间深厚的友情。但直到寂寞的施托尔茨出现在巴黎林荫道上，读者才终于被允许一探其一直被"觉醒"的光芒掩盖的另一面。

很快，施托尔茨与出国疗治情伤的奥丽加在街头相遇。在已经颇具现代大都市气象的巴黎轻而易举地和熟人发生交集，这样的情节往往

---

[1]　See Milton Ehre, *Oblomov and His Creator*, pp. 198—199. 在 1855—1856 年完成的草稿中，施托尔茨将西方理性与俄罗斯民族灵魂加以"综合"的倾向还要更为明显。只是因为后来在第三部中出场的奥丽加成为小说焦点，"挤压"了施托尔茨的存在空间，相关内容才有所减缩。См.:Краснощекова Е. А., *И. А. Гончаров: Мир творчества*, с. 218—219. 事实上，鉴于施托尔茨的形象最终仍偏于一端，另一种流行的看法是，兼有两位男性主人公之优点的奥丽加更能代表冈察洛夫的"综合"意图，参看高荣恒：《冈察洛夫长篇小说艺术研究》，第 76—78 页。这一看法与下文对欧洲部分以及奥丽加、施托尔茨婚后生活的解读并无明显冲突。

出现在贵族旅行书写中。无论是在本土还是欧洲旅行地，贵族往往活动于一个相对稳定和封闭的"小圈子"里。[1]奥丽加的旅居生活默认需要在"花、书籍、乐谱和画册"的围绕中度过（《奥》: 434）。而施托尔茨的行程似乎也完全可以和这种优雅闲适的贵族做派兼容。在巴黎住了半年后，他们又一起去了著名旅行地瑞士。整个旅程中，施托尔茨都在继续工作，同时不断提升自我，参观考察古代与现代文明的各种成果，结交卓越人物。而对于自己的旅伴而言，他更出色地扮演了启蒙者的角色：囿于其女性身份，奥丽加虽富有探索活力，被允许接触的知识始终是有限的。而如今，施托尔茨"手举经验的火把，进入她智慧和性格的迷宫"，与其分享自己旅行和工作中新获得的各种"宝物"，甚至"还没有等奥丽加的询问的渴望的目光出现，他就火热地、精力充沛地将新的积累和新的材料投了进去"（《奥》: 435）。

表面看来，与施托尔茨、奥丽加的成功结合相对应，传统的启蒙、求知之旅和现代商业旅行在这部分也终于被紧紧黏合在一起，统一于"流动带来（知识与财富的）增长"这一主题。然而，当小说必须正面描写旅行，尤其是旅行者如何感知和规划时空时，施托尔茨作为现代"经济人"的根本气质反而被坐实了：埃尔注意到，始终缓慢迂回的《奥勃洛莫夫》在这部分节奏突然加快了，向来克制含蓄的冈察洛夫在写到"施托尔茨的故事"时似乎失去了精细打磨的热情。施托尔茨与奥丽加的感情快速萌发、推进，前者那种追求高效的务实风格强力侵入了小说的叙事。以"他"这一主语开头（有时缀有一个连接词或副词）的句子以惊人的频率出现，随着施托尔茨分析现状、做出判断并采取妥善行动，小说情节呈现出"线性"发展的态势。[2]的确，在这次意外的成长之旅中，施托尔茨前所未有地被激情俘虏，"知道了迄今未曾知道的东

---

[1]　See Anne Lounsbery, "The World on the Back of a Fish", p. 62.

[2]　See Milton Ehre, *Oblomov and His Creator*, pp. 209—211.

西"（《奥》: 439），他的情感也毫无疑问是真挚的，但他应对这一挑战的方式仍是高度理性的，甚至在不自觉地延续经济逻辑。本质上，他和奥勃洛莫夫一样抗拒"突发的激情"，但出于理性的考量，他希望最开始能收获一份足够热烈的情感，好为未来的稳定生活提供必要基础和动力（《奥》: 439）。这就像是一次必要的、有望长线获益的投资。他尝试用一种带有强烈教诲色彩的语言对友谊、爱情、生活以及奥丽加的情感反应进行准确定义，[1] 迷狂混乱对于他所属的那个可以通过计算控制的世界来说，陌生而危险。面对看不透心意的奥丽加，施托尔茨只能用他更熟悉，也更能带给他安全感的交易法则来安慰自己："也许……爱情就像市场上的商品一样，多花一些时间，多一点注意，多一份殷勤，就能买到……"（《奥》: 438）而两人表明心意的一次谈话，也是施托尔茨决定进行的最后一次尝试，按照他的预估，如果再延续几个月，这场前途不明的情感博弈将给他健康的肌体和神经带来不可挽回的伤害，对此"他感到害怕"（《奥》: 440）——完全有理由相信，如果这次求婚失败，施托尔茨将凭借惊人的自控力尽快回到其严格摒除激情和幻想的生活之中。

　　与小说节奏的加快相对应，虽然冈察洛夫向来以场景营造著称，读者在阅读施托尔茨的这段情感经历时几乎会忘记，这一切发生在欧洲。无论是巴黎还是瑞士，没有一个地点得到了认真描绘。人物似乎没有时间观察周围的一切，更不用说与之发生精神联系。[2] 颇为吊诡的是，作家在描写作为历史"残余"的旧世界时贡献出了诸多细节充沛、情感丰富的画面；而其心目中预示着未来方向的"施托尔茨的旅行"却成为了整部小说最乏味的部分。冈察洛夫自己在《迟做总比不做好》中也承认，施托尔茨这一形象高度理念化，"身上体现出来的思想完全是赤裸裸

---

[1]　See Milton Ehre, *Oblomov and His Creator*, p. 213.

[2]　See Anne Lounsbery, "The World on the Back of a Fish", p. 63.

的"。[1] 当小说从"描写"转向"记叙",他与奥丽加的成功结合(以及这种结合隐隐喻指的理性—情感、现代—传统的完美融合)并未展现出足够的说服力,更像是思考而非创作的结果。[2]

这一融合之旅成效的最后展示地是在黑海边一个幽静之处。婚后的施托尔茨与奥丽加在这里暂居并布置了一间小屋。而小屋中除了家传之物,更摆满了主人在旅行中收获的各种小玩意儿,"所有的陈设都带有主人的思想和情趣的印记","到处都有清醒的思想,或者是人类事业的美的光辉,就像周围大自然放出永恒的美一样"(《奥》: 484)。大陆旅行的传统和修辞再次被调用。[3] 在这一传统中,旅行归根到底是一个培养贵族精英身份意识的成人仪式。与选择程式化的路线、造访可获取合宜经验的目的地一样,回国后陈列精心挑选的纪念物也是旅行者彰显品位、确认自我价值的重要一环。整套仪式将帮助旅行者在一个秩序井然的世界里找到自己的位置。[4] 然而,在这间黑海边的小屋中,奥丽加显然未能达成"锚定"身份的目标。在接受了施托尔茨的教育后,她决定性地告别了传统女性世界。她不可能像玛特纳耶夫娜那样心满意足地操持家务、摆弄各种瓶瓶罐罐——后者在彼得堡的边缘地带为奥勃洛莫夫搭建起了一个新的奥勃洛莫夫卡;[5] 同时,奥丽加也无法像自己的启蒙者施托尔茨那样将"外面所进行的不知疲倦的活动同内部的家庭生活协调起来"(《奥》: 488),这并不仅仅是因为外面的广阔世界还未真正向女性敞开。当她日渐摆脱"当代妇女教育条件"的束缚,让"光明""自由"取代了思想中的"迷雾"和"幻觉"后,奥丽加也曾感到极度幸福。

---

[1] 参见冈察洛夫:《迟做总比不做好》,第 63 页。

[2] See Anne Lounsbery, "The World on the Back of a Fish", p. 63—64.

[3] См.: Мариета Божович, "Большое путешествие *Обломова*", с. 3—4.

[4] See James Buzard, "The Grand Tour and after(1660-1840)", p. 40. 另参见罗伯特·梅特兰、安德鲁·史密斯:《旅游与人工环境美感》,收入约翰·特赖布主编:《旅行哲学》,赖坤等译,北京:商务印书馆,2016 年,第 178 页。

[5] See Anne Lounsbery, "The World on the Back of a Fish", p. 48.

但她很快发现生活因平静而陷入了停滞。社交活动，与丈夫一起阅读讨论，包括筹划意大利旅行都不能平息其内心的恐惧——无论如何否认，她如今收获的幸福，似乎与"奥勃洛莫夫那样的消极状态"、一种"安逸中的酣睡"没有本质的区别（《奥》：489—494，在进行了长达数页、前后矛盾的分辩后，叙事者似乎也极为艰难地承认了这一事实）。"觉醒"后看到的无聊前景让奥丽加难以接受：

> 奥丽加仔细地倾听着自己的心声，拷问自己，但毫无结果，弄不清她的心灵有时在寻找什么，要求什么，只知道它在寻找。说来可怕，她甚至还感到苦闷，好像只有幸福还不够，好像这生活已使她厌倦，她要求有新的从未有过的东西，眼睛朝前望着未来……
>
> "这是什么？"她吃惊地想道，"难道还需要、还可以期望更多的东西吗？往哪里走？无路可走了！前面没有路了……难道真的没有路了？难道人生的一圈已经走完了？难道这就是一切了……一切了？"（《奥》：494）

事实上，类似的精神症状在此前奥丽加与奥勃洛莫夫交往时就曾出现。在爱情的激励下，奥勃洛莫夫一度也努力去博物馆、书店查阅各种资料，好在求知欲旺盛的女伴面前扮演一位合格的启蒙者（《奥》：258）。但同样是在最幸福的时刻，奥丽加内心的火焰让她突然陷入忧郁，出现了"神经系统的失调"（《奥》：291）；施托尔茨比难舍暖床、需要奥丽加不断推着往前走的奥勃洛莫夫更能与她并肩前行，但显然，即使是他也无法陪伴奥丽加继续探索之旅。在成为解放、进步的受益者的同时，奥丽加也开始承受现代世界的反噬力：与有着稳定答案的传统世界不同，"文明人却处在各种观念、知识和问题不断丰富的文明潮流当中……精神生活一刻不停地产生出新的东西，可他能抓取的只是其中微乎其微的一点点，而抓住的这一点也不过是临时的，不是终极有效的"[1]。理论上，随着人类活动边界的拓展，经验与知识可以无限增加，但"意义"却非如此。施托尔茨提供的那些"最热烈的政治新闻、关于科学的新发展和文艺新作的最有趣的讲解"，并不能让奥丽加找到终极的意义（《奥》：494）。她关于"难道这就是一切了"的叩问，回响着《"巴拉达号"战舰》中"我"参观完幸福的"教育城"后脑中的那个声音："当生活的舒适条件变得无限多时，生活本身还是否会真正的舒适？"而这也将是陀思妥耶夫斯基在其欧洲游记中面对那些齐聚于水晶宫的物质文明崇拜者发出的追问。

相形之下，作为施托尔茨旅行地的西方始终面目模糊。如前所述，我们被告知他在此创造了更多财富，学习了更多知识，甚至收获了爱情和理想婚姻，但从未通过他"看见"过这个世界，感受过和评判过这里的生活。正如他出现在俄罗斯时，也始终是位行色匆匆的旅行者。只有当施托尔茨出现在奥勃洛莫夫的沙发上，"借用"主人提供的场景对周围的一切加以批判时，这一人物才最富生机。而当小说需要对他自己的生活展开正面描写时，结果总是不尽人意。他与奥丽加的欧洲之旅是如此，他在黑海小屋中对妻子精神困境的应对同样让人心生疑虑：在他看来，奥丽加的痛苦是"对普罗米修斯盗火的惩罚"，"它们是生命力的过剩和奢侈"（《奥》：499）。当人类执意向神索取后者不愿赐予的最后一件礼物时，他们是在试图获取超出自己理解能力的东西。施托尔茨相信，这种超越性追求会"把人引向不能提供任何答案的深渊的边缘"，它或许可以唤醒人的潜力，但代价太高，未必划算（《奥》：500）——在施托尔茨刚出场时，小说就已告诉我们，他的确相信，人的一生应

---

[1] 马克斯·韦伯：《科学作为天职》，李康译，收入李猛编：《科学作为天职：韦伯与我们时代的命运》，北京：生活·读书·新知三联书店，2018年，第21页。这是韦伯对托尔斯泰创作命题的一段解读。正如本书尝试呈现的，身处所谓欠发达地区，在与现代文明的持续对话中，俄罗斯作家捕捉到了一些共同的问题，虽然他们给出的答案各不相同。

当不断向前，不轻言放弃；但在遇到超出经验范畴的"深渊"时，必先设法加以测量，"如果没有跨越它们的可靠手段，他就会离开这里"（《奥》：171）。[1] 对于试图凝视"深渊"、追问生命终极奥秘的奥丽加，施托尔茨最后给出的劝导是，不要将自己当作"泰坦神"，"我们不会跟着曼弗雷德和浮士德们去向那些令人不安的问题挑战，也不接受他们的挑战"（《奥》：500）。事实上，施托尔茨和他那些穿着黑色礼服征服四海的同类都可以说是浮士德的后裔。他们表现出了高度的进取精神和勃勃野心，不断踏上征途，这也是冈察洛夫想象中唯一可行的文明之路；但另一方面，随着理性计算压倒一切，这种进取又必然是跛足的。与浮士德以及曼弗雷德代表的那个追求完整人性的时代分道扬镳，"是现代社会任何有价值的工作得以进行的条件"。[2] 虽然对"教育城"心存怀疑的作者也试图（通过强调他与奥勃洛莫夫的友谊，用"大陆旅行"修辞包裹商务旅行，以及让他与奥丽加成功结合等等）冲淡施托尔茨身上"机器"和"轮子"的气息，但倒向工具理性的新世界实在是一个一旦套上就很难脱下的铁罩。[3] 施托尔茨求婚成功，确认自己安全渡过了激情的暗礁后，曾激动地宣布："一切都找到了，再不要寻找什么，再不需要跑任何地方了！"（《奥》：458）这听上去像是对浮士德最后一声满足的叹息的戏仿。对于施托尔茨这位已经决心绕开"深渊"，对终极问题保持静默的现代旅行者而言，旅行可以是一切，唯独不是冒险。而更进一步，随着理性之光照亮一切，神秘的"深渊"还将从旅行者的意识中

---

[1]　"深渊"是《奥勃洛莫夫》的核心意象之一，代表着终极的奥秘。在奥勃洛莫夫和奥丽加的思考、争论中频繁出现（参见《奥》：267—268，296，302）。奥勃洛莫夫永远在远眺"深渊"，怀疑人生的徒劳和愚蠢，因为担心犯错而索性从一开始就躺卧；相较于奥勃洛莫夫和施托尔茨，奥丽加才真正具有探索"深渊"所需要的热情和勇气。黑海小屋中，施托尔茨并不那么有力的言辞暂时说服了她（很大程度上似乎只是服务于小说塑造施托尔茨形象的需要），但他也意识到奥丽加并不符合"他以前对女人和妻子所抱的那种理想"，而他自己必须不断提升，做对方"想象中的英雄"，才能维持其信任和崇拜（参见《奥》：502—503）。

[2]　参见韦伯：《新教伦理与资本主义精神》，第325页。

[3]　参见韦伯：《新教伦理与资本主义精神》，第325—327页，以及第412页注释115。

彻底消失，世界一览无余，安全可控，却也无限乏味。[1]

　　《奥勃洛莫夫》最终成了一部经典的"反旅行""反成长"小说。[2]冈察洛夫没有按自己环球旅行时所设想的在作品中加入《奥勃洛莫夫的旅行》一章。虽然与奥丽加相恋时，奥勃洛莫夫也曾短暂振作，但他最后还是为自己找到了另一个奥勃洛莫夫卡，从此彻底躺卧，拒绝物理和精神意义上的任何运动。而更耐人寻味的是，以施托尔茨为首的那些处于运动状态的"觉醒者"也并没有为小说提供更多叙事动力或意义支点。关于"睡眠"的描写，最终构成了整部作品最深刻和生动的部分。奥勃洛莫夫在床上神游万里，消解了"觉醒者"希望唤醒他的一切努力，他甚至宣布后者患上了一种更可怕的、向理性规划让渡个体意识的现代嗜睡症。很大程度上，也是主人公对行动意义的这种质疑，让《奥勃洛莫夫》被贝克特等现代作家大加推崇，并为世界范围内一系列呈现"从床上展开的世界"（"world-from-a-bed"）的创作提供了范例。[3]而到了更晚近，随着低欲望的睡眠开始被视为一种"最难被外部控制和工具化"的反现代性姿态，对奥勃洛莫夫这一形象的解读更进一步向"反叛者"，甚至"智者"偏移。[4]

　　但置身于变革中的俄罗斯，冈察洛夫当年希望通过自己的写作引入的问题恐怕要务实许多。如正文所述，作家之所以大胆地选择以一位嗜睡者为主人公，是因为在这个时代，"睡眠"开始被赋予强烈的负面色彩。要在残酷的现代民族国家竞争中立于不败之地，国民就必须保持清醒，有效地进行自我管理，服务于生产力的提升。[5]1859年连载于《祖

<hr />

[1]　См.: Мариета Божович, "Большое путешествие *Обломова*", с. 10.

[2]　See Michael Greaney, *Sleep and the Novel*, pp. 110—111.

[3]　See Michael Greaney, *Sleep and the Novel*, p. 116.

[4]　参见克拉里：《晚期资本主义与睡眠的终结》，第36页；См.: Мариета Божович, "Большое путешествие *Обломова*", с. 13.

[5]　See Michael Greaney, *Sleep and the Novel*, p.112.

国纪事》第一到第四期时,《奥勃洛莫夫》被一系列讨论世界经济形势、呼吁俄罗斯加入工业发展大潮中的文章所包围。而在这些文章中,有关"睡眠—觉醒"的修辞频繁出现。撰文者痛呼,虽然俄谚有云,"睡着的人从不犯罪","难道这表示我们(俄罗斯人)应该一直昏睡?"[1]在此,俄罗斯的现代化焦虑以一种最直观的形式构成了阅读冈察洛夫这部小说时的"背景"。

而在同代人对小说的诸多解读中,最常为后来的文学史提及的,当属杜勃罗流波夫(Н. А. Добролюбов)同年发表于《现代人》第五期的《什么是奥勃洛莫夫性格?》("Что такое обломовщина?")。文章将冈察洛夫的主人公纳入了著名的"多余人"行列,痛陈"彻头彻尾的惰性"乃俄罗斯社会的必然产物,在现行体制下无药可救。小说临近结束时,施托尔茨对奥勃洛莫夫沉睡中的"纯洁的、明亮的、正直的"灵魂的礼赞不仅多余,而且"毫无根据"。[2]冈察洛夫对杜勃罗流波夫此文观点大表赞同,称自己不应在友人的劝告下加入这些肯定奥勃洛莫夫内在美德的语句(当然,这也可能只是一种免责辞令)。[3]他同时承认,既然已经"把普遍存在和根深蒂固的慵懒和冷漠作为天生的俄罗斯特点来描写",要避免陷入"自我矛盾的境地",将"毅力、知识、劳动"的施托尔茨设计为一个拥有西方血统的人物是个简便的法子。[4]但冈察洛夫没有料到的是,在"俄罗斯—西方"问题已成为知识界讨论焦点的情况下,这种设计足以让小说从一问世就深陷意识形态之争。与尚嫌施托尔茨"觉醒"程度不够、未与俄罗斯传统真正决裂的杜勃罗流波夫等人针锋相对,斯拉夫派力主奥勃洛莫夫正是俄罗斯灵魂的象征,代表着精神的深

---

[1]   See Anne Lounsbery, "The World on the Back of a Fish", pp. 57—58.

[2]   参见杜勃罗流波夫:《什么是奥勃洛莫夫性格?》,第 50—51 页。施托尔茨的这番颂词出现在《奥》:506—507。

[3]   冈察洛夫:《迟做总比不做好》,第 60 页。

[4]   冈察洛夫:《迟做总比不做好》,第 62 页。

度与真正的生命潜力。[1]

　　无论冈察洛夫对杜勃罗流波夫文章的回应在多大程度上反映了其创作时的真实想法，小说确实为争论留下了足够空间。施托尔茨代表的那个新世界与《"巴拉达号"战舰》中的教育城一样，泛着一层令人生畏的金属光泽。在游记中，作家曾暂时放纵自己的想象，穿过英国的"蒸汽和烟尘"重塑奥勃洛莫夫卡，让昏睡中的俄罗斯老爷神奇地获得了处理实务的能力；而在相对更严肃的小说创作中，他将希望寄托于施托尔茨的成长。可惜，相关经历被呈现得乏味而缺乏说服力。究其根本，这一失败源自冈察洛夫在思想和创作中始终秉持的那种二元思维。他总是将人类生活区分为本质上对立的两半，即使他也意识到其中的不足，每每在划界后又有所平衡，但不免给人积重难返之感：施托尔茨在小说大部分篇幅中都被塑造为了一个单义的"寓言式"人物，在最后关头却被要求走向综合。[2]这种转变很难像卡列宁在安娜·卡列尼娜病床前的"融化"那样让人信服。相较于托尔斯泰，冈察洛夫笔下的生活不是流动的河流，而更多地是由成型的"半球"拼接而成的。米尔斯基（Д. Святополк-Мирский）曾评价冈察洛夫是位想象力贫乏、缺乏"诗意和真正灵感"的作家，[3]这或许就与其对生活的这种本质化认识有关。

　　而被自己头脑中划出的坚固边界所禁锢，作家也和他笔下的嗜睡者一起，永远停留在了跨界的前一刻：尽管看到了新世界的危机，冈察洛夫比同时代的大多数俄罗斯同行都更相信"觉醒者"的胜利是历史之必然。作为其心目中"残余"世界、以至俄罗斯民族痼疾的化身，奥勃洛莫夫在小说结尾的死亡不可避免。这一预定的结局与施托尔茨空洞的成长实乃一体之两面——冈察洛夫无法想象传统进入现代的可能。奥勃洛

---

[1]　对相关论点的梳理和批评参见：Anne Lounsbery, "The World on the Back of a Fish", p. 50.

[2]　See Milton Ehre, *Oblomov and His Creator*, p. 199.

[3]　参见德·斯·米尔斯基：《俄国文学史》（上），刘文飞译，北京：人民出版社，2013年，第248页。

莫夫卡就像他在大英博物馆看到的那些文明遗迹，能唤起的只有所谓情感上的依恋，而无理性上的认同。相形之下，在本书后面几章登场的屠格涅夫、托尔斯泰和陀思妥耶夫斯基都将更大胆地对被冈察洛夫奉为前提的那条历史进步路线提出质疑。与本土创造性空间的敞开相对应，他们作品中的欧洲也被寄予了更丰富的意涵，有了更复杂的面容。

第二章

屠格涅夫：“旅行”的祛魅

1、并不浪漫的"多余人"旅行

即使在 19 世纪普遍接受了欧式教育的俄罗斯贵族精英群体中，屠格涅夫亦堪称博雅。青年时代他立志成为一名哲学教授，从彼得堡大学毕业后又前往当时由诸多世界级学者坐镇的柏林大学求学（1838—1841）。[1] 其私人藏书显示出他对 18、19 世纪欧洲智识观念广泛而精细的掌握。[2] 也许比这种知识背景更为重要的是，屠格涅夫秉性温和柔软，是理想的倾听者与对谈者。他与这个时代俄罗斯以及欧洲的多个知识圈都有深度联系。在柏林，他亲近率先在俄罗斯传播黑格尔哲学的斯坦凯维奇小组，归国后又与俄罗斯文学"教父"、正逐渐告别黑格尔右派并拥抱社会主义的别林斯基相交甚厚。对于赫尔岑、巴枯宁等革命人士，他始终保持同情，尽力支持，而 19 世纪 70 年代又与福楼拜、左拉等法国名家组成"五人聚餐会"，纵谈艺术，尽得风流。在为俄罗斯文化持续引入新鲜血液的同时，热衷双向译介的屠格涅夫更是让 19 世纪俄罗斯文学走向欧洲的重要推手。[3]

而屠格涅夫异常丰富的旅欧经验，可以为上述博雅形象添上一个醒

---

[1]　参见鲍戈斯洛夫斯基：《屠格涅夫传》，曹世文译，长沙：湖南人民出版社，1983 年，第 54—56 页。

[2]　See Eva Kagan-Kans, "Turgenev, the Metaphysics of an Artist, 1818-1883", in *Cahiers du Monde russe et soviétique*, vol. 13, No. 3（Jul.-Sep., 1972），pp. 382—383.

[3]　See Nicholas Žekulin, "Turgenev as Translator", in *Canadian Slavonic Papers / Revue Canadienne des Slavistes*, vol.50, No. 1/2（March-June 2008），pp. 156—176.

目注脚：从 1838 年第一次旅欧到 1883 年在布吉瓦尔离世，除了 19 世纪 50 年代上半期因为流放（"罪行"是发表悼念果戈理的文章）和克里米亚战争国门封锁之故而连续几年滞留国内，作家始终在频繁地进行跨国旅行。这其中固然有与歌唱家波琳娜·维阿尔多之间跨国恋情的牵引，对多样性的接受和欣赏似乎也让他相对更容易克服著名的俄罗斯乡愁。在本书涉及的所有俄罗斯作家中，他大概是最当得起"旅行家"这一称谓的。甚至，托尔斯泰、陀思妥耶夫斯基和谢德林首次赴欧洲旅行时，屠格涅夫都扮演了某种"导游"角色，为气质与需求颇有不同的几位同行提供指南。[1] 欧洲旅行也成了其创作中的常见内容。他小说和诗歌中的那些旅行者不会像陀思妥耶夫斯基《冬天记的夏天印象》《赌徒》中的叙事者那样因为文化差异、隔阂而怒气冲冲，也不会像托尔斯泰笔下的跨界者那样轻松过滤掉地方性细节、"四海如家"。通过他们那一双双慵懒但仍不失好奇的眼睛，读者可以饱览意大利［《三次会面》（"Три встречи"，1852）;《往来书信》（"Переписка"，1856）］、德国［《阿霞》（"Ася"，1858）;《春潮》（"Вешние воды"，1872）］的山川风物，亦能细察巴黎这类时髦都市不同时期的文化潮流与社会趣味［《贵族之家》（Дворянское гнездо，1859）;《幽灵》（"Призраки"，1863）］。尽管这些异乡人的目光也绝非客观中性，但不能不承认，欧洲在屠格涅

---

[1]　1857 年托尔斯泰在巴黎停留了六周，醉心城市观光游览和各种艺术、学术活动，而屠格涅夫充当了他"非常称职的向导"，参见罗莎蒙德·巴特利特：《托尔斯泰大传：一个俄国人的一生》，朱建迅等译，北京：现代出版社，2014 年，第 133 页。而 1862 陀思妥耶夫斯基旅欧前，曾与屠格涅夫聚餐，后者"详细讲述了等待着那些天真地沉迷于定居欧洲的快乐的俄国人的危险"，这多少有些投听者所好的意味，参见约瑟夫·弗兰克：《陀思妥耶夫斯基：自由的苏醒，1860—1865》，戴大洪译，桂林：广西师范大学出版社，2019 年，第 257—258 页。屠格涅夫刚发表的《父与子》引发的争论还为陀思妥耶夫斯基的游记提供了素材。详见后文相关章节的讨论。此外，或许值得一提的是，托尔斯泰、陀思妥耶夫斯基二人因赌博荡尽旅费而滞留欧洲时，也都得到了屠格涅夫的帮助。至于重病中的谢德林，在其 1875—1876 年的欧洲之旅中更有赖屠格涅夫的陪伴。回国前夕，他也在屠格涅夫的引介下结交了福楼拜、左拉等一众巴黎作家（虽然法国当代文学并未给他留下太好的印象，详见后文讨论）。见：С. А. Макашин, Салтыков-Щедрин. Последние годы, 1875—1889: Биография, М. : Худож. лит., 1989, с. 57.

夫笔下很大程度上变得与俄罗斯乡村一样可感、可居。

　　凡此种种，就让以下事实显得格外耐人寻味：这位热衷跨界的作家不断将自己的人物引向欧洲，却很少让他们从旅行中获益，反而一再以嘲讽或哀婉的笔调描写其中的种种尴尬。他作品中的旅行者大多是俄罗斯外省的受教育者，据其内心紧张程度，又有相当部分可归入屠格涅夫以《多余人日记》（"Дневник лишнего человека"，1850）给出了经典命名的那类人物——他们多少已触碰，或至少在想象中看见了"现代"，却不得其门而入，与周遭乡土世界的格格不入反映且持续加重了其自我认知的分裂："在整个一生中，我常常发现我的位置被占了，可能是因为我找错了地方。"[1] 烦闷之下，前往欧洲俨然成为他们逃离现实、寻求认同的最后途径："一旦感到闷气、/ 感到疲倦时，他便向远方逃奔，/ 奔向他乡异域。"[2] 在《希格雷县的哈姆雷特》（"Гамлет Щигровского уезда"，1849，作品题名的冲击感正来自人物与"位置"的不匹配）中，贸然向陌生人倾吐人生经历的那位怪人为了证明自己不是对方想象中的"那种乡巴佬"，决定先指出两点：首先他法语、德语皆佳，其次就是其"在国外住过三年，光是在柏林就住了八个月"。[3] 然而，怪人接下来的全部自述证明，"到过国外"只是让他的身份意识变得更为混乱。对于那些孕育于具体历史和复杂知识传统的欧洲思想，他无法真正体认。身为长期的肌无力患者，他不仅缺乏社会经验，实际也不具备进行严肃纵深的思想探索的能力；而回到"不开口"的俄罗斯后，此前所获的些许牙慧无法验之于现实，更让他觉得自己一无用处。[4] 众所周知，言辞与

---

[1]　屠格涅夫：《多余人日记》，收入刘硕良主编：《屠格涅夫全集》，第5卷，南江等译，石家庄：河北教育出版社，2000年，第193页。

[2]　屠格涅夫：《帕拉莎》，收入《屠格涅夫全集》，第10卷，朱宪生等译，第129—130页。

[3]　参见屠格涅夫：《希格雷县的哈姆雷特》，收入《屠格涅夫全集》，第1卷，力冈译，第292页。

[4]　参见屠格涅夫：《希格雷县的哈姆雷特》，第294—308页。

行动、想象与现实的脱钩是屠格涅夫挚爱的主题，[1] 而从青年时代的首部长诗《帕拉莎》（"Параша"，1843）开始，作家就习惯用被俄罗斯受教育者赋予了太多浪漫想象的欧洲旅行来演绎这一主题。《罗亭》（Рудин，1856）中主人公退缩败走后被对手拿来说笑的那段在莱茵河畔面对"佳人"大谈自然与黑格尔的经历，更将这种讽刺推向了最高潮。[2]

有理由认为，正是因为早早有了丰富的旅欧经验，对"欧洲的俄国人"和"俄国的欧洲人"（借用陀思妥耶夫斯基的术语）都多有观察，屠格涅夫更容易察觉与跨界伴生的风险。另一方面，对旅行问题的这种处理也与其对浪漫主义，尤其是拜伦式旅行书写传统的熟悉和怀疑不无关系。作为对工业化进程快速推进，以及实用主义大盛的一种反应，18 世纪末，在卢梭、歌德、斯达尔夫人等人的写作中，旅行已经由带有强烈启蒙意味的大陆旅行转为一种通过与大自然、艺术以及异域生活接触来疗愈精神创伤的活动；而从造成轰动的《恰尔德·哈洛尔德游记》（Childe Harold's Pilgrimage，1812—1818）开始，拜伦及其笔下的人物更让旅行成为逃离苦闷生活、追寻真我的最后出路。这种新的情感反应与表达方式也逐渐重塑了俄罗斯人的旅行观念及实践。其中重要的一环，即格里鲍耶陀夫（А. С. Грибоедов）、普希金、莱蒙托夫等人对"孤独的旅行者"这一形象的接力移植：如果说，英国人最初还被视为在"厌倦"（"ennui"）情绪的驱动下四处游荡的独家代表，那么，随着现代性的迅速扩张，这一现代精神疾病几乎成为俄罗斯文学中"多余人"的标配——奥涅金患上的正是"有点像英国的肝气不舒"的"俄国的抑郁病"，[3] 毕巧林则告诉马

---

[1] 对这类主题的喜爱和屠格涅夫长年与德国唯心主义哲学的诱惑"作战"有关（冈察洛夫情况相似，虽然他即使在 19 世纪三四十年代也不曾像屠格涅夫那样被形而上问题吸引）。在作者看来，德国唯心主义哲学让其俄罗斯拥护者精于定义"意义"而无力生活，他们总是相信生活指向某种更高的存在，并以自己为存在之工具。See Jane Tussey Costlow, *Worlds Within Worlds: The Novels of Ivan Turgenev*, New Jersey: Princeton University Press, 1990, pp. 12—16.

[2] 参见屠格涅夫：《贵族之家》，收入《屠格涅夫全集》，第 2 卷，徐振亚、林纳译，第 121—122 页。

[3] 参见普希金：《叶甫盖尼·奥涅金奥涅金》，第 31 页。

克西姆自己染上的"苦闷"这种时髦病是从英国传来的，而旅行将是他最后的药方。[1] 俄罗斯的"多余人们"带着阴郁的表情奔向异域，或至少开始这样想象自己的宿命。[2]

远离人群和传统的束缚，专注内心世界的培育，这是属于所有以孤独为美德的现代人的旅行艺术。而俄国知识精英们的抑郁病可能比"病源地"的情况更为严重：尼古拉一世专制高压下，他们无法像后拿破仑时代欧洲的新一代浪漫主义者那样离开令人烦闷的社交圈，拥抱街垒和群众这类革命幻象，在军事战斗中释放激情。罗亭最后战死在 1848 年巴黎的街垒，《前夜》（Накануне，1860）的女主人公选择献身于保加利亚革命家，多少都透露出了一种"生活在别处"的无奈。[3] 即使到了以"解放"著称的亚历山大二世时期，政府改革的诚意与能力同样引来了普遍怀疑。一场避开政治领域的资本主义改造究竟会将俄罗斯引向何方？相较于欧洲同行，孤悬于专制政府与广大未受教育民众之间的俄罗斯知识分子发挥能动性的空间更小，面临的价值冲突却更激烈，也更难调和。按《烟》结尾那位旅欧归来的主人公的总结，他们所处的世界"新办法不行，老办法又失去了任何作用……整个日常生活乱了套，像泥潭那样一团糟"。[4] 从恰茨基、奥涅金到毕巧林，作为拜伦式人物的俄罗斯变体，这些渴望通过浪游出逃的"多余人"表现出了更强的怀疑与虚无态度，行动却也因此变得更为困难。[5]

而到了偏爱描写性格软弱之人的屠格涅夫笔下，这种倾向越发明显。俄罗斯外省青年"面带忧郁的微笑/去到处游荡，态度傲慢而沉

---

[1] 参见莱蒙托夫：《当代英雄》，第 31—32 页。

[2] See Susan Layton, "Our Travelers and the English", p. 7.

[3] 参见艾瑞克·霍布斯鲍姆：《革命的年代：1789-1848》，王章辉等译，北京：中信出版集团，2017 年，第 308—310 页。

[4] 参见屠格涅夫：《烟》，收入《屠格涅夫全集》，第 4 卷，徐振亚、冀刚译，第 181 页。后文凡小说引文，均出自这一版本，仅随文标注首字和页码，不再另注。

[5] 参见陈新宇：《经典永恒：重读俄罗斯经典作家——从普希金到契诃夫》，杭州：浙江大学出版社，2016 年，第 15—16 页。

默；然而他那玩世不恭的灵活头脑／却从国外带回来整整一大窝／徒尚空谈的言词和数不清的疑问，／和经过狡猾、怯懦的观察得出的结论……／他嘲笑一切；然而他终于疲倦——／终于连嘲笑自己也不再情愿[1]。奥涅金们的才华以及（至少还偶有爆发的）激情在这些"希格雷县的哈姆雷特"身上已难觅踪影。在首刊于 1854 年的《两个朋友》（"Два приятеля"）中，主人公维亚佐夫宁被迫从首都返乡后陷入空虚无聊，经朋友提醒，意识到自己需要找一位妻子。四处寻访时他每每以奥涅金自比，最后找到的"塔吉娅娜"也确实娴静淑良，可惜同样缺乏其原型身上最重要的那种对生命的热情。而维亚佐夫宁全部的应对之策，就是抛弃新婚妻子逃往更远的地方。当其吟诵着普希金《波尔塔瓦》中那些不舍妻子蒙难、决意独自迎向风暴的英雄诗句"动情而又忧郁地登上了四轮马车"时，作者的讽刺溢于纸面。[2] 本来与自我的紧张内省紧密相关的孤独之旅在此已变成了一种丝毫不涉自我反思的免责手段。

不可否认，终身受浪漫主义影响的屠格涅夫也曾迷醉于这类自我放逐之旅。[3] 然而，对于流行于欧洲与俄罗斯的浪漫主义程式及其背后的现代意识，他终究表现出了强烈的警觉。早在 1845 年发表的《评歌德的〈浮士德〉及其俄译本》（"Фауст, трагедия, соч. Гёте. Перевод первой и изложение второй части, М. Вронченко"）一文中，屠格涅夫就曾痛批浪漫主义的唯我倾向：

他挣脱陈规旧习、繁琐哲学和任何权威以及一切外来的东西

---

[1]　屠格涅夫：《帕拉莎》，第 129—130 页。
[2]　屠格涅夫：《两个朋友》，收入《屠格涅夫全集》，第 5 卷，第 414 页。
[3]　屠格涅夫晚年在散文诗《哇……哇》（1882）中所述经历就有着明显的自传性（参见鲍戈斯洛夫斯基：《屠格涅夫传》，第 79 页）：诗歌回忆了其二十二岁旅居瑞士时如何与当时的许多年轻人一样以拜伦为偶像，奉曼弗雷德为英雄，在还未品尝过人生滋味之时就已觉"苦闷、沮丧，而且动怒生气"，面对世界的"不值一提，庸俗不堪"，只能选择"到冰川以上、远离人群的地方去"。参见屠格涅夫：《哇……哇》，收入《屠格涅夫全集》，第 10 卷，第 413 页。

的束缚，只期望自己救自己；他相信直接来自自己天性的力量，并且把大自然作为天然的美的理想来崇拜。他成为周围世界的中心；他有着丰富的内心生活，但是他的心是孤独的，想的是自己而不是别人，甚至在他非常渴望的爱情方面也是如此；他是浪漫主义者，而浪漫主义无非是对个性的颂扬；他随时都可能谈论社会，谈论社会问题，谈论科学，但是社会以及科学等等都是为他而存在的，而不是他为社会和科学而存在的。各种理论不由现实决定，因此也不希望实行，心中充满着幻想的和模糊不清的激情，空有充沛的可以移山填海的精力，而暂时却不愿意或不能翻动一根稻草……[1]

　　简言之，一旦被尊为至高法则，独立自足就可能走到排他，自我解放就可能倒转为逃避自我与摒弃意志。高扬自我的现代精神所暗含的这类危险正是一众俄罗斯作家最感兴趣也最精于描绘的。作为屠格涅夫第一部完全以欧洲为背景、以俄罗斯旅行者为主人公的作品，发表于改革初期的《阿霞》可以说是作家与上述"新传统"的一次深入对话。乍看起来，这个短篇集异域、悬念（阿霞的神秘身世）、无望的爱恋等经典浪漫主义元素于一体，就连故事发生地莱茵河畔也有着特别的意味：这个地区在 19 世纪已从启蒙时代那个"声名狼藉的落后地区"跃升为"地球上最浪漫的地方"，恰尔德·哈洛尔德们竞相来此体验未加雕琢的自然，抒发思古之幽情。[2] 虽然挑选的是左岸一座声名不显的"德国小城 3"，屠格涅夫丝毫未吝惜笔墨，那沉浸在月光中的简朴房舍、高耸的哥特式钟楼、颓圮的城堡，当然还有静默神秘的莱茵河，构成了一幅幅散发着浓郁浪漫主义气息的美妙画作。事实上，当时因情绪低落而搁笔已久的

[1]　屠格涅夫：《评歌德的〈浮士德〉及其俄译本》，收入《屠格涅夫全集》，第 11 卷，张捷译，第 16 页。
[2]　参见蒂莫西·C.W.布莱宁：《浪漫主义革命：缔造现代世界的人文运动》，袁子奇译，北京：中信出版社，2017 年，第 158—162 页。

作家本人也正是在这座小城重获灵感，开始写作《阿霞》的。[1]

　　然而，作品使用的第一人称叙事者回忆模式早早将现实的观照与怀疑引入了这个浪漫故事——在屠格涅夫偏爱的这类叙事模式中，叙事者总是深深地陷入自我审视之中。既然他们悲伤的结局在开局就已透露，相较于难免显得独断冷漠的客观叙述，"那脆弱的、自我怀疑的叙述声音听起来更有吸引力，看起来也更可信"，"读者迫切地要看到人格的表现——人格的入侵，也就是说，人格的弱点"。[2]而当回忆涉及的是与自我的追寻天然联系在一起的旅行时，这种"弱点"的暴露几乎是加倍的。故事开篇，青春已逝的 H 先生便通过对早年自己奉行的一整套旅行法则的说明勾勒出自我画像：那时的"我"正当年少，无忧无虑，对作为学业终点的传统知识之旅不感兴趣，只想"看看人间世界"；与此同时，"我"也厌恶日渐流行的大众旅行，对有着标准讲解词的那类文化藏品敬而远之。尽管热爱自然，却也"不愿让观赏自然风光成为一个累赘，妨碍我的自由"。有趣的是，与一般追求自由的旅行者不同，"我"声称自己格外喜欢人群，总是"怀着欢欣万分和不知餍足的好奇心在仔细地审视"，显然，"我"并不担心被那些"活泼生动的人的面孔"淹没个性，后者将是其不断投射和观照自己活跃意识的绝佳对象。[3]可惜，在对这些旅行信条的回顾中，已有更多生活阅历和自我认知的老 H 先生始终语带调侃。年轻的"我"通过旅行展示的这种自由身姿也很快出现了第一道明显裂痕："我"之所以驻留僻静的 3 城，原来是为了治疗情伤。而按老 H 先生的说法，他和那个"逢人便卖弄风情"的年轻寡妇之间的恋情远谈不上什么刻骨铭心，"我心头的伤痕并不太深，但是我觉得有必要让自己有段时间沉浸在忧伤和孤寂之中"（《阿》: 232），为

---

[1]　参见鲍戈斯洛夫斯基：《屠格涅夫传》，第 281—282 页。
[2]　苏珊·桑塔格：《重点所在》，陶洁、黄灿然等译，上海：上海译文出版社，2011 年，第 22 页。
[3]　屠格涅夫：《阿霞》，收入《屠格涅夫全集》，第 6 卷，沈念驹等译，第 231—232 页。后文小说引文均出自这一版本，将随文标注作品首字与出处页码，不再另注。

此，"我"在莱茵河畔的每一天"都以对这位女士礼仪式的回忆而告终"
（《阿》: 246），哪怕"我"已经发现自己淡薄的情感实际很难与这样的仪
式相称（《阿》: 241）。如同水边的纳喀索斯，"我"也自囚于对自己浪
漫形象的想象之中，这种形象乃遵照程式精心打造而成，与"我"所标
榜的追求真我正好相悖。

　　这种自我想象与空虚本质间的裂痕也随着"我"与加京兄妹的交往
不断扩大，并在"我"必须直面阿霞真挚情感的一刻彻底崩解。毫不奇
怪，原本不喜欢在国外结交俄国人的"我"会与加京一见如故：两位贵
族旅行者同样精于议论而不涉实务，而正如"我"很快确认"缺乏执著
的追求和内心的激情"的加京不可能成为一位真正的艺术家（《阿》:
245，与旅行者一样，"艺术家"也是浪漫主义者一种经典的自我想
象），加京也从一开始就料定"我"不会为爱奋不顾身，娶妹妹阿霞为
妻（《阿》: 271）。他们在对方身上看到了自己的身影，却始终拒绝将探
究和批评的目光转向自身。身份暧昧（贵族与农奴的私生女）、情感炽
热的阿霞成为了最后的显影剂。这位姑娘恰恰有着"我"感兴趣的多变
面孔，但一旦突破观看的安全距离，这种不确定性让"我"感受到的就
是不可控和脱离秩序的危险：随着阿霞的表白，小说进入高潮部分，而
"我"的言行却趋于混乱。这份爱情"使我快乐，又叫我难堪"（《阿》:
271）。一方面，阿霞的倾慕让"我"得到极大满足，毕竟她向往的那种
不惧世俗成见的"非凡的人物"（《阿》: 257），正是浪游者一直以来对
自己的定位；另一方面，其真挚投入又让"我"无法再回避自己与角色
间的距离。要将想象落于现实、做出选择并承担起相应的责任，"我"
难掩恐惧。唯此，"我"才会在关键时刻异常残酷地将一切过错归于阿
霞，责备她将两人的秘密祖露人前——只有隔绝于现实的空气，"我"
的自我想象才能保持稳定（《阿》: 271）。这种唯我主义者的封闭式想
象甚至延续到了"我"与阿霞决裂之后。"我"苦苦寻觅着不见踪迹的阿

霞以及那段已经失去的情感，并在此过程中继续品味忧伤孤寂。但老 H 先生声音的再次插入，让此浪漫形象彻底归于虚空："同时我也应当承认我没有过久地思念她：我甚至认为我没有和阿霞结合是命运的巧妙安排。当我想到和这样一个妻子一起生活未必会幸福时，内心便感到宽慰。"（《阿》: 283）

　　相较于偏爱描写自我膨胀导致的分裂与混乱的陀思妥耶夫斯基，屠格涅夫更常描写的正是这种虚弱的自我，一种不引向任何实质性改变的精神疲软。如果说行动跟不上想象的 H 先生总还能激起读者的部分同情，那么，在作家笔下的许多旅行者身上已完全看不到浪漫主义者对"一个根本就不存在的世界""一个不断追寻、无家可归的自我"的渴望。[1] 拜伦式旅行最初强调的那种充沛的内心世界不复存在，保留下来的唯有附丽其上的所谓纯粹审美。与《两个朋友》中的维亚佐夫宁一样，《僻静的角落》（1854）中的娜杰日达·阿列克塞耶夫娜与《贵族之家》中的伊凡·彼得罗维奇初登场时都表现出对俄罗斯外省恶劣环境的鄙弃，满足于以精致器物、时髦辞令或不羁形象自抬身份；而随着欧洲之旅的展开，他们迅速迷失于各种高强度的感官刺激，进入神经半瘫痪状态。[2] 在此，空间的变换凸显出的毋宁说是人物心灵的一贯贫瘠。他们都已不能算作严格意义上的多余人。汇入大众旅游的新兴大潮，这些贵族享受的是一段可以轻松摈弃一切思想探索与道德责任的放纵假期。

2、"人生是一场旅行": 命定的限度

　　《阿霞》发表于《现代人》1858 年的第 1 期，车尔尼雪夫斯基写下

---

[1]　参见桑塔格:《重点所在》，第 308 页。
[2]　参见屠格涅夫:《僻静的角落》，收入《屠格涅夫全集》，第 6 卷，第 78—79 页;《贵族之家》，第 180 页。

了著名的评论文章《在 rendez-vous 中的俄罗斯人》（"Русский человек на rendez-vous"）。这位批评家相信，通过这个发生在异国、远离"我们家庭生活的整个肮脏环境"，且又以"我们中间的优秀之士"为主要人物的故事可以看到一个阶层的彻底没落。[1] 其论说或失于决定论的机械强硬，却并未完全误读作品对那些一味沉浸在浪漫想象中的贵族的嘲讽。置身城堡废墟，"我"与加京仍然努力通过高雅的仪态将自己与周围那些消费型大众游客以及商业化浊流区隔开来。[2] 但这种以他人面孔为镜的展示性姿态已经是他们对这个快速变动中的现代世界做出的全部反应。他们无法驰骋"自由"的心灵从事任何建设，甚至也无法真正认识自己。如后文将详细讨论的，就在创作《阿霞》的同一时期，尽管不像车尔尼雪夫斯基那样以一种功利主义态度彻底否定在祖国百业待兴之际去欧洲"闲逛"的意义，屠格涅夫也专门撰文呼吁重拾以旅行为"劳动"的传统；在后来的长篇小说《烟》中，他更为旅欧的俄罗斯贵族与知识精英绘制群像，痛陈俄国现代化想象与实践中的诸多悖论。

　　但相较继承别林斯基遗志、面向公众大胆发言的这一面，"大改革"时代的屠格涅夫悲观低沉的一面如果不是更常显现，至少也同样引人注目。这一时期作家写下的大量文字，尤其是中短篇都可归入他自认"根本没有必要跟读者交流的**个人的**回忆和感想"。[3]19 世纪 50 年代末至 60 年代，批评界更认为屠格涅夫已深陷"思想危机"。侨居生活的孤独，疾病与衰老，"在他人巢边筑窝"造成的情感创伤，作品接连遭受的争议与恶评，以及与日渐激进的《现代人》的决裂等都是研究者经

---

[1]　参见车尔尼雪夫斯基：《在 rendez-vous 中的俄罗斯人》，收入《车尔尼雪夫斯基文学论文选》，辛未艾译，上海：上海译文出版社，1998 年，第 813—814 页。

[2]　See Susan Layton, "The Divisive Modern Russian Tourist Abroad", pp. 858—859.

[3]　这是 1878 年屠格涅夫在给《欧洲导报》出版人斯塔修列维奇（М. М. Стасюлевич）的信中对《够了》（"Довольно",1865）一文的定位，黑体为原文所有。见：И.С. Тургенев, "Довольно. Отрывок из записок умершего художника"// *Полное собрание сочинений и писем в тридцати томах*, М.П. Алексеев（гл. ред.）и др., М.: Наука, 1981, Т. 7, с. 491—492.

常提到的"病因"。[1] 不过，对于生性敏感的屠格涅夫而言，这些具体事件、遭遇或许只是进一步坐实和强化了他对历史、人生早已持有的悲观判断，正如 19 世纪 50 年代席卷欧洲的"叔本华热"也只是让他找到了一种更为合用的语言来整合和表达自己本就存之于心的诸般认识：[2] 人类被必然性驱使，远非自由；幸福总是脆弱的，人生不过是在徒然地维持着短暂而充满痛苦的个体生存。发表于 1864 年的《幽灵》被屠格涅夫加上了"梦幻故事"（"Фантазия"）的副标题，但其挚友安年科夫却准确地捕捉到了这篇"哀歌"的自传性和现实性：[3] 故事中，"我"由神秘幽灵爱丽丝带领，[4] 用三个夜晚的时间遍览了古往今来曾领一时之风骚的欧洲诸国。这种大跨度的速览，让"我"强烈意识到，人类在宏大宇宙中并未被赋予任何特殊性，自然的创造力与破坏力持续斗争、流转，不会因为人类社会的政治更迭、文明兴衰而稍有停歇。无论是恺撒军团的钢铁意志，还是两任拿破仑皇帝的勃勃野心；无论是马吉奥拉湖边的庄严庙宇，还是德国林荫小路上的浪漫男女，都已尽数湮没在时间的长河中。旅行的最后，重回俄罗斯辽阔腹地，"我"已彻底失去原初的那种探索热情：

> 并不是因为我飞在俄罗斯上空我才有些伤感，感到枯燥无味。不是的！是这展现在我面前的一马平川的大地；是这整个地球和它的居民，短暂一现的，软弱无力的，被贫困、疾病、痛苦所压抑

---

[1]　参见普斯托沃依特：《屠格涅夫评传》，韩凌译，北京：人民文学出版社，1983 年，第 119—170 页。See also Eva Kagan-Kans, "Turgenev, the Metaphysics of an Artist", pp. 400—401.

[2]　参见吴嘉佑：《屠格涅夫的哲学思想与文学创作》，北京：人民出版社，2012 年，第 25 页；See also Eva Kagan-Kans, "Turgenev, the Metaphysics of an Artist", pp. 387—388.

[3]　对安年科夫的这一评论，屠格涅夫本人亦表示认同。См.: И.С. Тургенев, *Призраки. Фантазия" // Полное собрание сочинений и писем в тридцати томах*, Т. 7, с. 479.

[4]　关于这一形象的来源，以及整部作品与西方浪漫主义文学、艺术的关系，可参看：К.В. Полякова, М.В. Курылёва, "Жанровое своеобразие повести И. С. Тургенева 'Призраки' " // *Учен. зап. Казан. ун-та. Сер. Гуманит. науки*, Т.159, кн.1, 2017, с. 109—113.

的，被禁锢在这可悲的尘世上的居民；……是那些苍蝇般的人，其实他们比苍蝇不知无用多少倍；还有他们那些用泥土堆成的房舍，那是他们繁琐、单调的忙忙碌碌，他们同不变与必然所进行的可笑的斗争所留下的微不足道的痕迹——所有这一切突然令我如此讨厌！……我甚至对自己的同类都没有一丝怜悯感。我的所有情感都集中在一点上，我真是不大敢说出它来——那就是厌恶感，而且最强烈的厌恶是厌恶我自己。[1]

表面上看，《幽灵》和《恰尔德·哈洛尔德游记》一样通过漫游反复演绎了"兴衰隆替、繁花已尽"的主题，但在拜伦的那部经典作品中，浪游者最后仍可跃入"心灵"这一不可战胜的堡垒，高歌个人的尊严、意志的自由；[2] 而在屠格涅夫笔下，"我"拒斥疏远的已不只是一个失去原初美好、走向堕落的世界。"我"的那种"厌恶感"源于对此在的彻底否定，而"最强烈的厌恶是厌恶我自己"：面对时间、自然与命运的不可抗力量，人的一切辗转劳碌都毫无意义；高抬自我甚至比其他反抗还要更无知、可笑。借助幽灵的超越性视角，"我"清楚地看到了包括自己在内的所有速朽者的限度。但作者犹觉不足，旅行即将结束时又让看似永生的幽灵也毫无征兆地丧命于死神之手，这将"我"死死地钉在了死亡的恐怖阴影之下。与最终投身希腊解放事业的那位浪漫派前辈不同，"我"（也许还有 1861 年动笔写作，至 1863 年才完结这部短篇作品的屠格涅夫）对窗外开始传来的农村改革之声保持着怀疑和疏离的态度。[3]

虽是"梦幻故事"，《幽灵》并不是一种极端的演绎。事实上，在悲观认识的映照下，希望从日常惯例抽身、寻找新奇刺激的旅行在屠格

---

[1] 屠格涅夫：《幽灵（梦幻故事）》，收入《屠格涅夫全集》，第 7 卷，张会森等译，第 32 页。
[2] 参见莱斯利·A.马尔尚：《导读》，收入拜伦：《恰尔德·哈洛尔德游记》，杨熙龄译，桂林：广西师范大学出版社，2021 年，第 30—31 页。
[3] 参见屠格涅夫：《幽灵》，第 36 页。

涅夫笔下一再被呈现为一种最典型的"同不变与必然所进行的可笑的斗争"，旅行者的不幸频频出现在他那些最残酷的故事中。不妨再来看看这时期作家对《两个朋友》结尾的改动：1854年《两个朋友》首刊时，希望去别处寻找生活的维亚佐夫宁并未能完成自己的欧洲旅行。在轮船快抵达波兰什切青时，他突然头昏目眩，跌落海中。这样的死亡结局被批评家认为草率而没有根据。屠格涅夫在1869年推出小说单行本时，对结尾进行了改写，让维亚佐夫宁如愿造访"圣地"巴黎。但就在抵达当晚，他在欣赏康康舞之际，同样是莫名其妙、头昏目眩地卷入到一场决斗当中，第二天即丧命于异乡陌生人之手。仰卧在地时，他只"体验到一种奇怪的、几乎是可笑的感觉"。[1]这般换汤不换药的改动更像是在固执地维持作家对人生之荒诞性的判定：别处也没有生活。巴赫金曾就《贵族之家》批评屠格涅夫太过直接地介入和操控自己人物的命运，[2]但这种处理或许只是在忠实模拟作家真切感受到的那只随意写就人生剧本的大手。莎士比亚对"世界是个大舞台"（每个人都是按既定剧本演出的演员）这一中世纪主题的发挥让屠格涅夫信服不已，[3]而在他自己的文学世界中，同样古老的命题"人生是场旅行"似乎也有着类似的统摄意义——人多有幻觉，以为是自己在决定行进的方向与速度，并尝试赋予旅程各种意义；事实却是他们不过是在被不可知的力量抛掷、随机漂流。就像莎士比亚嘲弄地看着那些欲望勃发、以为自己永远不会从"这个傻瓜的大舞台"退场的角色，[4]屠格涅夫也用那些于"情理"有所不合的情节转折提醒读者，人生之旅充满不可知，理性设计与承诺未必能兑现，努力往往归于徒劳。可以确定的只有一点，即所有人都在不可逆地

---

[1] 参见屠格涅夫：《两个朋友》，第419页。关于小说结尾修改情况的说明，参见第355页注释。
[2] 参见巴赫金：《俄国文学史讲座笔记》，收入《巴赫金全集》，第7卷，万海松等译，第10页。
[3] 参见屠格涅夫：《够了》，收入《屠格涅夫全集》，第7卷，第45页。
[4] 参见莎士比亚：《李尔王》，收入《莎士比亚全集》，朱生豪译，裘克安等校，南京：译林出版社，1998年，第6卷，第89页。

走向"那还不曾有任何一名旅行者从那儿回来过的地方"。[1]

　　1872 年 1 月，在经历了《烟》的惨败后（后文将对此加以分析），屠格涅夫再次发表了一部以旅行中的俄罗斯人为主人公的大部头作品《春潮》，但作者从未称其为（承担社会编年史责任的）长篇小说，而是将其划入更个人化的中篇小说（повесть）之列。[2] 在 1871 年年底给波隆斯基的信中，他直言这部作品"未必会令人喜欢：这是广泛讲述爱情的故事，里面没有任何社会的、政治的、当代的暗示"[3]。在 19 世纪下半叶文学已然成为俄罗斯公共生活之中心舞台的大背景下，作家选择花费数年心力来写作一个纯粹的爱情故事，这多少可视作对这时期国内评论界批评他长年侨居国外，已无力把握改革时代俄罗斯社会现实的一种"消极"回应。[4] 但无论如何，干脆利落地从紧迫的社会政治议题中抽身，仍提供了一个机会，让屠格涅夫可以放手处理他在《烟》中没能完全展开的一些问题——《春潮》（至少从表面看）没有再像《烟》那样涉及尖锐的俄国—欧洲文明之争，却基本延续了前作的情感主题。[5] 主人公萨宁甚至得以免受这时期俄罗斯作家群，包括屠格涅夫本人在内反复描绘的那种精神焦虑之苦："尽管他经过海外的长途跋涉，却依然保持着清新：对于充塞于当时一部分优秀青年心头的那种惶惑不安的情绪，他

---

[1]　参见屠格涅夫：《两个朋友》，第 420 页。

[2]　关于屠格涅夫对这两种文体的区分和具体运用情况，参见朱宪生：《屠格涅夫中短篇小说译序》，《屠格涅夫全集》，第 5 卷，第 2—9 页。梅列日科夫斯基在《论现代俄国文学衰落的原因及其新流派》（1893）中对屠格涅夫创作中这类"分裂"现象的论述曾引发广泛讨论。参见王立业：《梅列日科夫斯基文学批评中的屠格涅夫》，载《外国文学》，2009 年第 6 期，第 62—65 页。

[3]　См.: И.С. Тургенев, "Вешние воды"// *Полное собрание сочинений и писем в тридцати томах*, Т. 8, 1981, с. 506.

[4]　关于《春潮》写作和修改的详细过程，参见张泽雅：《〈春潮〉研究》，华东师范大学 2015 年硕士学位论文，第 17—20 页；《父与子》《烟》引发的质疑，以及作家的反思和抗辩，见后文的具体讨论。

[5]　See Ralph E. Matlaw, "Turgenev's Art in 'Spring Torrents'", in *The Slavonic and East European Review*, vol. 35, No. 84（Dec., 1956），p. 157.

是相当隔膜的。"[1] 这是一位资产和文化素养都没有什么惊人之处的贵族
〔"歌德的作品他只读过一本《少年维特之烦恼》，而且还是法文译本"
（《春》：4）〕，他虽不像维亚佐夫宁之流那般麻木，但也绝无"多余人"
的敏感多思。此次前往欧洲旅行，不过是因为偶然获得了一笔遗产，在
"恰到好处"地将这笔钱花完后，他便按计划踏上归程，准备正式接受
公职，过稳当的日子（《春》：4）。换言之，这是一个普通的，因此也可
以说更具典型意义的旅行者。

　　而如果说这一人物有什么称得上特殊的地方，那就是其"柔软、柔
软而又柔软"的性格（《春》：32）。文字的古怪重复自有深意：即使在屠格
涅夫的男性人物长廊中，萨宁也算得上是异常缺乏自我意志的一位。与
《烟》的主人公李特维诺夫一样，他在旅行中经历了从"圣女"转向"魔女"
的情感波动，而社会政治语境的淡化让《春潮》中的这种转折本该更多地
系于个人。问题在于，柔软的萨宁并没有太多选择的能力和意志。远离
俄罗斯具体现实，他的经历更单纯地反映着普遍命运的倾轧揉捏——所
谓命运（moira）者，既指向外在的不可知力量，也表现为不可控制的激
情这类人性固有缺陷，"限"乃其一大特点，"人生中本该发生的事情（包
括众多不幸之事）必然都会发生"。[2] 我们将看到，在两段看似矛盾的经
历中，萨宁始终被生活与情感的暗流推动，无法掌控自己的命运。

　　这一点首先直观地表现在叙事层面。小说主体部分仍然以年老落寞
的主人公回忆青春往事的形式展开，但并未像同类作品《阿霞》《初恋》
那样采用第一人称叙事。老萨宁的回忆本身就处于一个更超然的叙事者
的审视与评点中。可以说，直到诸事俱往，他都是一个没有能力讲述
自己的故事、赋予其意义的人。萨宁年轻时代的第一段奇遇发生在法兰

---

[1]　屠格涅夫：《春潮》，收入《屠格涅夫全集》，第 8 卷，沈念驹等译，第 32 页。后文小
说引文均出自这一版本，将随文标注作品首字与出处页码，不再另注。
[2]　参见陈中梅：《荷马的启示：从命运观到认识论》，北京：北京大学出版社，2009 年，
第 11—13 页。

克福。完成了意大利之旅的他将经此回到俄罗斯。为打发等待公共马车的空闲时间，他随意踏入一间糖果店，被一位有着惊人美貌的陌生女子杰玛拉去救治其突然发病的弟弟爱弥儿。男孩获救后，萨宁也作为"救命恩人"受到热情款待，很快就沉浸在一个童话般的世界中，耽误了归期：糖果屋内一片清凉，夏日的炎热被挡在门外，大家随意聊天、嬉闹，"同在一只独木小舟里，像乌兰德的浪漫歌曲里那样沿着平稳的生活之流漂游"（《春》: 30）。之后虽也出现了一些波折，但所有麻烦都很快以令人愉快的方式解决，甚至正是这些意外让萨宁战胜了杰玛的未婚夫、俘获芳心、计划中的归程变成了一次幸运之旅，萨宁不能不感慨自己被命运之神眷顾："我怎么能想象，本来我来到法兰克福只不过打算逗留几个小时，不料却找到了我终生的幸福！"（《春》: 82）但一切很快急转直下。为筹集在异国成家所需之资费，萨宁随偶遇的朋友波洛索夫前往威斯巴登，小说的童话部分戛然而止，节奏也大大加快。短短两三日，萨宁被友人之妻、蛇蝎美人波洛索娃诱惑，成为其裙下之臣，背弃婚约后又惨遭抛弃。

与《两个朋友》的结尾一样，这样的急转也引起了诸多争议。按安年科夫的说法，一个人怎么"可以一边咀嚼神食的味道，一边像卡尔梅克人一样暴食生肉？"[1] 法国出版方甚至直接建议将《春潮》拆分为两部小说。[2] 然而，作家在创作《春潮》时曾几易其稿，这种安排绝非一时失手所致。[3] 细读之下，萨宁两段情感经历其实颇有相似之处：从上文的简略介绍亦可看出，偶遇、巧合始终是事情发展的关键。在两位爱恋对象与她们的（准）配偶之间，萨宁都迅速捕捉到了某种裂痕，但对

---

[1] См.: И.С. Тургенев, "Вешние воды", c. 506.

[2] 参见张泽雅：《〈春潮〉研究》，第 23 页。

[3] 就算屠格涅夫对安年科夫和法文出版方批评意见的接受不是一种谦辞，他考虑的修改方案，也只是让萨宁从波洛索娃身边逃开，或者回到杰玛身边后再被赶走，而从未放弃让萨宁到威斯巴登后突然"移情别恋"的设计。参见张泽雅：《〈春潮〉研究》，第 21 页。

于自己的真实心意，如小说一再强调的，他始终处于懵懂不知的状态（《春》: 29、31、65、135），直到命运之手直接显示出自己的威力——法兰克福大街上（《春》: 127）和威斯巴登密林中（《春》: 145）突如其来的狂风、雷雨强行剥夺了萨宁对自己身体与精神的最后控制权，将他推向了自己欲望的对象。[1] 这两次起到关键作用、却都简单粗暴得近似"降神"的天气异变让两次经历俨然一对镜像，重复出现的元素却导向了"反向"的结果。等待自己的，究竟是命运的馈赠还是打击，渺小的人类实在难以参透。就在定下婚约的第二日，正为如何变卖产业犯愁的萨宁突然在异国他乡的大街上看到老熟人波洛索夫。正因为此前的幸运，他很自然地以为"又是我福星高照了"，却不知前面等待他的是最可怕的陷阱（《春》: 93）。所谓命运的垂青、"终生的幸福"，不过是阴险的幻觉而已。被这种幻觉所欺骗，加之性格软弱，萨宁在识破波洛索娃卖弄风情的伎俩后，却无任何警醒避退之意，反而认定自己可以全身而退。最终他也为这种盲目付出了沉重代价。沦为波洛索夫夫妇的奴仆后，萨宁被带往巴黎。屈辱地"坐在旅行轿车前面一个窄小的座位上"，他不得不接受闻讯赶来的潘塔列昂和爱弥儿的公开审判（《春》: 148）。唉，造化弄人，此前正是缓慢的马车旅行为他与杰玛的浪漫邂逅制造了机会；而潘塔列昂等人此时在路边发出痛苦诅咒，何尝不是因为数日前他们也曾被萨宁、杰玛两人间所谓的天降奇缘所蒙蔽？

更为残酷的是，尽管人物被命运所拨弄，整部作品也不乏戏剧化时刻，屠格涅夫拒绝将这样的人生上升为一场崇高悲剧。"普通人"萨宁并非英雄，绝大多数时候都只是被推动着往前走。在与爱弥儿交谈时，他也"一度把话题引到诸如天意或命运之类上去，像人的使命是什么意思，它应当是什么之类"，但很快就兴趣索然，将话题"转到不怎么严

---

[1] 对小说两部分相似之处的详细分析，参见: Ralph E. Matlaw, "Turgenev's Art in 'Spring Torrents'", pp.165—167.

肃的方面去"(《春》: 76)。因杰玛受辱而向德国军官提出决斗，或许是萨宁主动捍卫心中准则、最接近英雄的时刻。然而，就在定下决斗的一应程序后，他头脑中突然响起了自己发疯的姑母颠来倒去哼唱的一支情歌(《春》: 41—42)。眼前这场突如其来的骚动到底有何意义，除了捍卫贵族荣誉观外，自己的行为是否还受到更隐秘的情绪驱使，他无法细想；但在如此混沌的情况下面对生死考验，还是让他感到了荒唐。去决斗的路上，萨宁看到了一棵被大风摧折的小椴树，这个不知自己心意、却喜欢揣测命运的可怜人怀疑这是不祥的预兆(《春》: 56)。事实上，不仅是主人公，有阅读经验的读者也不免预测事情将朝不幸的方向发展；但作家只是虚晃了一枪。决斗很快以一种"虚伪"的方式友好结束，萨宁看着助手向微笑着的、经验老到的军医偿付四个金币，颇感尴尬(《春》: 59)——这个突然插入的庸俗细节将"荣誉获得满足"的崇高时刻彻底破坏。如果说，经典意义上的悲剧倾向于"把事件看成是一种无法改变的秩序造成的结果"，将英雄主义蕴含于因果相继、目标明晰的事件当中；那么，屠格涅夫用无意义的细节或突兀的转折破坏了这种秩序感，因为其理解中的命运并不"与一种合乎逻辑的意志相联系"。[1] 在他的创作中，发生在情节急转之前的，并不一定起到所谓铺垫作用，它只是发生了而已；发生在急转之后的，也未必都会被收束于某种决定性影响之下，让整个故事获得所谓的意义。命运不会思考，内在的合理性并不存在。说到底，文学程式和阅读预期都只是建立在驯服、规整纷繁现实的幻想之上。《春潮》中，借着点评德国剧院的流行剧目，作者干脆直接现身，嘲笑"专用文绉绉的，然而死气沉沉的语言，辛辛苦苦地，然而愚不可及地表达出一个'深刻的'或'感人至深'的思想来，展开所谓的悲剧冲突"的肤浅做法(《春》: 127)。作为一个异域故

---

[1]　对悲剧形式与英雄主义的相关分析，参见雅克丽娜·德·罗米伊：《古希腊悲剧研究》，高建红译，上海：华东师范大学出版社，2017年，第211—212页。

事，《春潮》不乏浪漫色彩，但一应意外、巧合终究是在平凡琐碎的日常中发生的。透过萨宁的"顺流而动"，作家揭示出那些事后被赋予重大意义的变化往往是在人物并不知晓，或至少是不能全部看清的情况下发生的——这种判定也是屠格涅夫并不像陀思妥耶夫斯基、托尔斯泰那样热衷心理分析的一个重要原因。[1] 而小说中，两个篇幅和结构相近的部分本来就不构成评论家预期的那种亚里士多德式的情节起承序列。仅从逻辑的角度看，我们甚至可以不太费力地调换两个部分的顺序，虽然这多少会削弱屠格涅夫想传递的那种无力感。如果说两段情事的并置显示出了某种创作意图，那也许就是证明了好运和厄运可以毫无缘由、毫无关联地降临到同一个人头上，一切都是即兴。更有甚者，这些机运变化带来的结果也远不像年轻的萨宁当时所认为的那般一锤定音、无可更改。旅行中从天堂直入地狱的他无疑受到了巨大打击，但如小说结尾强烈暗示的，这些打击带来的痛苦和启示都很快会消失在生活的磨损中：老萨宁无意中想起往事，并设法与故人取得了联系。他决定变卖家产去纽约找已嫁为人妇的杰玛。这个普通人还将继续旅行，继续做梦和犯错，直到有一天抵达死亡这个终点。事实上，《春潮》开篇就已经用一段叔本华式的文字将人生放置在一片"浩瀚莫测、方向不明的意志的海洋"，无论是反抗还是妥协都不会带来根本的差异：[2]

> 在他的印象里，生活的海洋并不像诗人描写的那样，海面上汹涌着滚滚波涛；不，他设想这个海洋是安宁平坦、纹丝不动，直至最黑暗的底部也是清澈可见的；他自己则坐在一叶灵活易晃的小舟上，而在那淤泥堆积的黑暗海底，隐隐约约看得见一件件如巨鱼

---

[1] See Jane Tussey Costlow, *Worlds Within Worlds*, p. 28; see also Eva Kagan-Kans, "Turgenev, the Metaphysics of an Artist", pp. 397—398.
[2] 参见以赛亚·伯林：《浪漫主义的根源》，吕梁等译，南京：译林出版社，2008年，第108—109页。

般丑陋的怪物：那是日常人生的种种疾病、弊端、苦痛、狂妄、贫困、盲目……他望着，眼见得一件怪物从黑暗中游离出来，向上升浮，越升越高，看起来越来越清晰，越来越令人厌恶地清晰……再过一分钟，载他的那叶小舟便会被它掀个底朝天！但是眼看着它又似乎模糊起来，它渐渐远去，沉到了水底，并在那里停下来，轻轻摆动着尾巴……然而命定的一天终将来临，于是它将小船掀翻了。（《春》：2）

3、一个现实主义者的文明观

至此，本章开篇提出的那个问题其实已有答案：作为一个博雅的资深跨界者，屠格涅夫始终拒绝为自己笔下竞相赶往欧洲的俄罗斯旅行者安排一个理想结局。这与他对这些被动卷入现代化大潮的精英人士复杂心理的洞察有关，也可部分归结于他对旅行被打造为一门现代人享受孤独的艺术始终抱有怀疑态度；而再往深处，更可追溯到作家对人生只是徒劳奔忙、寻找理想之地的欲望实属虚妄的悲观判定。"大改革"时代公共与个人生活的诸般不顺，让"旅行"更为频繁地作为一个痛苦的隐喻出现在他的创作之中。

然而，现实中的屠格涅夫仍然是无可置疑的旅行爱好者。他那种积极穿梭于俄罗斯与西方、公共与个人领域、变革与保守群体之间的形象亦非虚构。有理由相信，作家的这些"奔忙"仅指向一些极其低调且具体的目标。与其欣赏的莎士比亚一样，在看透一切虚妄、限度后，屠格涅夫仍然愿意对人类唯一可以保持的一点尊严报以同情，在不以完满至善为标准和目的的前提下，欣赏在文明秩序中可以达成的那些日常幸福，那些为常识常情认可的善。

对于身处 19 世纪俄罗斯变局中的屠格涅夫而言，这样的选择尤其不易。按别尔嘉耶夫（Н. А. Бердяев）的说法，对"文明之坚固性"的不信任，以及对灾难的恐怖预见，是 19 世纪俄罗斯文学的普遍基调和主题。它源自一种彼时的欧洲已然陌生的"宗教与社会的不安"。[1] 在这一点上，写出了《幽灵》《够了》这类作品的屠格涅夫显然并不像后世所评价的那么"不俄罗斯"。[2] 甚至，按照伯林的分析，作为最少"刺猬气"的一只"狐狸"，其悲观与怀疑反而比那些仍然（愿意）相信存在唯一真理的同胞有过之而无不及。[3] 只是，在彻底认清不可能找到一揽子解决方案后（"真理——不是完全的真理，那是根本不能有的——哪怕是我们能悟到的那一小部分，马上就会堵住我们的嘴，束缚住我们的双手，把我们领向'否'"[4]），屠格涅夫拒绝了一切形式的自我安慰，比同时代大多数俄罗斯知识分子都更勇敢地接受了不完美。他努力保持的那种活跃状态所基于的毋宁说是一种消极判断，即"文明离枯竭之境毕竟还有相当距离"[5]，短视的人类终究无法停止享受此时的悲欢。那些脆弱、有限但仍然美好的东西已经是人可以享受到的最好的，绝不能像俄罗斯新一代虚无主义者所主张的那样轻易摧毁。同样站在必然律的阴影之下，屠格涅夫在给皮萨烈夫（Д. И. Писарев）的信中宣布自己仍将把"文明"这个词镶在自己的旗帜上："让人们从四面八方向它投掷垃圾吧！即使

---

[1]　См.: Н.А. Бердяев, *Истоки и смысл русского коммунизма*, М.: Наука, 1990, с. 64; See also Ani Kokobobo and Katherine Bowers, "Introduction: The Fin-de-Siècle Mood in Russiian Literature", in Katherine Bowers and Ani Kokobobo eds., *Russian Writers and the Fin de Siècle: The Twilight of Realism*, Cambridge: Cambridge UP, 2015, pp.1—6. 但论者用西方"世纪末"情绪来追溯、定义此前的 19 世纪俄罗斯文学所表现出的悲观情绪，也不免有简化之嫌。

[2]　See Emma Lieber, "Mister Russian Beast", in *Russian Writers and the Fin de Siècle*, pp. 89—106.

[3]　参见以赛亚·伯林：《父与子：屠格涅夫与自由的困境》，收入《俄国思想家》，第306—359 页。

[4]　屠格涅夫：《够了》，第 44 页。

[5]　参见伯林：《父与子》，第 356 页。

大家都这样做，我也不会做。"[1]

于是，就在《春潮》这个极言命运之无常的故事中，也出现了前文已经提到的那个童话式片段：萨宁与祖籍意大利的杰玛一家相聚于法兰克福偏僻街巷的糖果小屋，欢声笑语中代表着具有永恒侵蚀力的时间被暂时遗忘。而这间被作家形容为"漂流的独木小舟"的小屋，也正如侥幸逃过灭世灾难的方舟，汇聚了丰富的文明样本——如论者已经注意到的，《春潮》是屠格涅夫"最广泛利用文学、绘画和音乐艺术"的一部小说，涉及的艺术家超过二十位。[2] 作为文明桂冠上的明珠，艺术是屠格涅夫心目中最接近永恒的人工创造物。而以不同的艺术教养与喜好为索引，作家不仅将小屋中来自不同国家、阶层以及年龄阶段的几位主要人物生动地呈现在读者面前，[3] 也演绎了其心目中理想的文明交融景象。作为最晚闯入这个小世界的一员，萨宁的俄国人身份引发了强烈的好奇：

> 他必须介绍许多情况——关于俄罗斯的各个方面，俄国的气候，俄国的社会，俄罗斯的农民——尤其是哥萨克，有关 1812 年的战争，彼得大帝，克里姆林官，又谈俄罗斯的歌曲，又谈排钟。两位女士关于我们辽阔而遥远的祖国的概念非常薄弱。……她（来诺拉太太）至今还是这样想象俄罗斯的：永恒的积雪，人人都穿皮大衣，人人都当兵——但是异常好客，而且所有的农民都很顺良！萨宁便努力向她和她的女儿提供更准确的情况。当话题涉及俄罗斯

---

[1] 屠格涅夫：《致 Д.И. 皮萨烈夫（1867 年 5 月 23 日）》，收入《屠格涅夫全集》，第 12 卷，张金长等译，第 412 页。

[2] See Ralph E. Matlaw, "Turgenev's Art in 'Spring Torrents'", p. 162.

[3] 其中，熟悉普希金、别内迪克托夫作品的萨宁无疑有着俄罗斯浪漫主义培育出的柔软心灵，杰玛是结合了"意式热情与南方磊落气息"的德国浪漫主义的女儿，务实重利但又不乏艺术幻想的来诺拉太太奇妙地综合了比德迈与意大利歌剧风格，潘塔列昂老人这位前古典歌手则还坚持活在半个世纪前那个伟大时代。爱弥儿尚未定型，但受身为"共和主义者"的亡父影响，他对母亲追求实用的一面显然敬谢不敏。See Ralph E. Matlaw, "Turgenev's Art in 'Spring Torrents'", p.159.

音乐时，她们马上要他唱一曲俄罗斯的咏叹调，并指了指放在房间里的一架小钢琴；这架钢琴上白键的位置安的是黑键，黑键的位置安的是白键。他没有作什么推托，就服从了。他用右手的两个手指和左手的三个手指（拇指、中指和小指）在琴上伴奏，用细细的带鼻音的男高音先唱了《萨拉方》，接着唱了《在马路上》。女士们称赞他的歌喉和歌曲的音乐，但更多的是赞叹俄语的柔和与悦耳，于是要求他翻译歌词，萨宁满足了她们的愿望，但是由于"萨拉方"，尤其是"在马路上"（他是这样转述原意的："在石头铺砌的街道上年轻的姑娘去打水。"）这几个词不能引起他的听众对俄罗斯诗歌的深刻理解，他先朗诵了一遍，接着再翻译了一遍，然后又唱了普希金的《我记得那美妙的一瞬》，这首由格林卡谱曲的歌的几个忧郁的小段，他唱得稍稍走了点调。这时女士们的兴奋达到了高潮——来诺拉太太甚至发现俄语和意大利语有惊人的相似点。（《春》：12—13）

如此友好顺畅的融入景象并不多见于这时期同类的旅行书写中，在屠格涅夫自己的作品中，出手阔绰但缺乏自信与教养的俄罗斯"外省人"在欧洲遭遇的也以鄙视、欺诈居多。甚至，就在《春潮》后面的一处文字中，作者都忍不住提及所谓"傻瓜或俄国人的价钱"（"Narren-oder Russen-Preise"），并特别加注说明，"先时，甚至在作者生活的当时，每年5月开始大批俄国人来到法兰克福，于是所有商店物价上涨"，故有此说（《春》: 23）。这恐怕才是久居法兰克福、经营糖果生意的杰玛一家对俄罗斯人最容易持有的印象。但救治爱弥儿这样一个特别的契机却让俄罗斯人萨宁得以从景点前台走进本地人的后院，从只是发生一次性接触的购买者转变为真正意义上的客人，在一种更自然、开放的情境下展示"俄罗斯的各个方面"。而一旦获得这样的机会，尤其又有可共享的艺术之美作为助力，跨国交往被证明并不那么困难。在萨宁的表演中，无论是那首在 19 世纪席卷欧洲的民俗文化热中被"发现"的俄罗斯民歌《在马路上》（"По улице мостовой"），还是"民族作曲家"格林卡（М. И. Глинка）与"民族文学奠基人"普希金熟练化用了欧洲音乐、诗歌形式的作品，指向的都是一个与欧洲保持了最佳距离的俄罗斯：它既不过分怪异陌生，让异国听众无从接受，也不太过相似，缺乏必要的魅力。[1]

值得细究的是，在作家的小心控制下，这部分描写并未在理想化的道路上走得太远，以致成为一种失真的乌托邦幻象。上引文字始终散发着一种朴实的家常气息。与普通游客萨宁一样，杰玛一家只是过着普通生活、善良同时也有着各自缺点与私心的小市民。萨宁和随后轮番上阵的几位表演者水平参差，表演内容也并不都称得上高雅。其中，杰玛对马尔茨喜剧中丑角不计形象的演绎更是将有虚浮风险的叙事彻底拉回地面。[2]一切都与那架黑白键安反了的小钢琴正相适宜。而所谓文明的碰撞与交融也就在这一朴素的现场展开：小屋内的五个人都在不断发出自己的声音，不同的文化与人生阅历让他们的交流并不那么深入，甚至偶有吃力之感。一个最为明显的障碍是，他们之中没有一个人同时熟练掌握了德语、意大利语和法语这三种在交流中需要用到的语言（更不用说从一开始就未成为选项的俄语）。好在相较对某种精确意义的追求，众人更多地只是自然表达情感，并因艺术带来的情感共振而对他人所代表的那部分世界产生进一步了解的兴趣。正如引文中萨宁发现自己不可能准确传递

---

[1]　此处论述受到了卡萨诺瓦"距离的艺术"（art of distance）这一概念的启发。See Pascale Casanova, "Literature as a World", in *New Left Review*, vol. 31（2005），p. 89.
[2]　这位绝色少女对于主人公爱情场面中"信誓旦旦的海誓山盟与慷慨激昂的言辞全然不信似的"，却活灵活现地扮演了那些更贴近现实的丑角，"装出最逗人发笑的怪相，挤眉弄眼，扭动鼻子"，在那张"理想化的美丽面孔"上做出"滑稽、有时几乎庸俗的表情"（《春》：17—18）。小屋欢乐气氛达到顶峰，但对"美"持有浪漫看法，尚未学会直面现实中的愚蠢与不幸的萨宁，以及执意追求"宏大、悲剧的味道"的前古典歌手潘塔列昂并不能完全接受这样的表演（《春》：20）。三人不同的艺术观也可为读者理解他们在此后情感事件中的不同表现提供某种索引。

俄罗斯诗歌的细微意涵，之后他对《我记得那美妙的一瞬》的演绎又"稍稍走了点调"，但这些都未影响听众的热情。在双方这种积极而并不过分刻意的交流中，俄语不再只是被遥远异域的浓雾包裹的无意义音节，而被承认为一种与众人的母语一样有意义，并有潜在识别可能的"柔和与悦耳"的语言，哪怕来诺拉太太随后在意大利语与俄语之间进行的类比注定也是"走了点调"的。而小说中交流的有效性，还来自并表现为众人各种习惯性的手势、神态，这些直接的身体表达、情绪反应被认为比语言更为可靠。当萨宁离开这个温馨的"小世界"，在威斯巴登被同胞用纯正俄语，甚至是"一口极其地道的莫斯科话"肆意耍弄时（《春》: 111），这一点变得更为明显。对于有着丰富跨界经验的作者而言，语言既不是全然不可跨越的障碍，也不会天然地成为亲密结合的保证。[1]

概言之，《春潮》中留下的这幅文明对话图景并没有什么玄妙通神之处。在承认障碍仍然存在的前提下，它呈现的是一种可以落于实践的交流和允许合理偏差的理解、认同。如前文已经一再论证的，屠格涅夫不相信生活指向某种超越于它的东西。1875 年，应 M.A. 米柳金娜要求，他难得地用一段简短的话说明了自己的世界观："我主要是个现实主义者，对活生生的人的真实特征最感兴趣；对一切超自然的东西漠不关心，不信仰任何绝对的东西和体系，最热爱自由，可以说，善解诗意。"[2] 从《春潮》中杰玛这个典型的"屠格涅夫家的姑娘"对耽于神秘幻想的霍夫曼"缺乏诗意"的批评来看，作家所信任和追求的诗意恰恰只存在于散文化的日常生活，存在于那些总是比经过理性编织的虚构有着更多变化的"相遇和离别"（《春》: 29）。[3] 而对文明之脆弱、有限性的

---

[1]　关于小说中语言的欺骗性问题，参看：Ralph E. Matlaw, "Turgenev's Art in 'Spring Torrents'", p.163.
[2]　屠格涅夫：《致 M.A. 米柳金娜（1875 年 2 月 22 日）》，收入《屠格涅夫全集》，第 12 卷，第 520 页。
[3]　另可参看《够了》中对霍夫曼主义的类似批评（第 45 页）。

清醒认识，只会让作家更警惕任何"绝对的东西和体系"，主张尽可能多地去占有不同文明成果，叠加不同价值，在且仅在生活中做出选择。糖果屋之美，完全来自具体文明交往中情感的自然流动与共鸣。即使是普通旅行者萨宁，也可以充分享受混杂多样的文化产品，并将一个让欧洲民众感到陌生，但绝非不可通约的俄罗斯带入更广阔的世界。事实上，关于屠格涅夫的文化立场，论者往往会引用他在《关于〈父与子〉》（"По поводу *Отцов и детей*"，1869）一文中的自我界定，称他是"一个地道的、习性难改的西欧派"，而紧跟其后的这段话却被轻巧放过：

> 然而尽管如此，我特别高兴地通过潘辛这个人物（在《贵族之家》里）写出了西欧派的所有可笑的和庸俗的方面，我让斯拉夫主义者拉夫列茨基"在所有问题上都击败他"……因为在这个场合，根据我的看法，生活正是这个样子，而我首先想做一个真诚的和老实的人。[1]

潘辛代表的，毋宁说是一种最缺乏现实感的西方主义，即对本土毫无同情之理解，对西方更只有一知半解，却以为只须让俄罗斯的"实际生活"去适应照搬来的"好的制度"就万事大吉了。[2] 自带限度的人类无法一劳永逸地找到最佳文明发展方案，西方社会也不例外。《幽灵》中，作为现代文明的代表，屠格涅夫笔下的世界之都巴黎彻底堕入了资本主义之恶中。在"我"的俯瞰之下，这个自己曾多次造访的城市犹如"人间的蚁穴"，人们在此醉生梦死，繁华光鲜之下是思想的停滞与道德的滑坡。灯光的海洋正发出"大火灾的光亮"。[3] 这些文字与陀思妥耶夫斯基《冬天记的夏天印象》中对伦敦与巴黎的描绘如出一辙，散发出不祥

---

[1] 屠格涅夫：《关于〈父与子〉》，收入《屠格涅夫全集》，第 11 卷，第 589 页。
[2] 可重点参看屠格涅夫：《贵族之家》，第 260—262 页。
[3] 参见屠格涅夫：《幽灵》，第 25—27 页。

的末世论气息。但同理，作家在《贵族之家》中对拉夫列茨基的认同，也建立在后者并未堕入极端的斯拉夫主义的基础上。对于那种脱离现实、盲目美化宗法制俄罗斯的观点，屠格涅夫有着本能的厌恶。[1] 在充分尊重世俗生活、反对任何形式的蒙昧主义的意义上，他又确实是"习性难改的西欧派"。

　　承认价值多元、享受文化多样性，不等于堕入无原则的相对主义。作为一位生活在农奴占了人口绝大比重的专制帝国的作家，屠格涅夫毫无疑问赋予了"自由"比"多元"更高的优先级——需要强调，这里的"自由"，指向的主要是"不受别人干涉地做他有能力做的事、成为他愿意成为的人"的"消极自由"，而非更具外扩性和潜在压迫性的"积极自由"[2]——无以为家或许是人类之宿命，然而，对于每一个体的生命感受而言，身在何处仍会带来根本区别。虽不可企望完美，却应尽量避免最差的结果。而失去那种作为选择之基础的自由，正是作家心目中最差的结果。如我们所看到的，《春潮》中，对俄罗斯客人心怀感激的来诺拉太太可以轻松反转严寒、好战、野蛮、落后这类流行于欧洲的关于俄国的刻板印象，[3] 对相关特性做出正向解释；因为萨宁的挺身而出，有着诗化倾向的潘塔列昂更可以自动过滤掉决斗中的虚伪成分，得出"俄罗斯人是世界上最高尚、最勇敢和最果断的民族"的夸张结论（《春》: 49）；甚至，一旦与萨宁订下婚约，杰玛就可以毫不犹豫地改信东正教："如果我属于你，那么你的信仰——也就是我的信仰！"（《春》: 93）然而，就在这种最为善意、最承认可通约性的接受气氛下，俄罗斯人萨宁仍然遭遇了一个尴尬时刻：

---

[1]　参见屠格涅夫:《致 M.A. 米柳金娜（1875 年 2 月 22 日）》，第 520 页。
[2]　参见以赛亚·伯林:《两种自由概念》，收入《自由论》，胡传胜译，南京：译林出版社，2005 年，第 189 页。
[3]　关于 19 世纪上半叶欧洲对俄罗斯普遍的妖魔化认识，参见费吉斯:《克里米亚战争》，第 89—114 页。

"噢，对啦，还有，"讲究实际的女士（来诺拉太太——引者注）又说道，"您说要卖产业。可怎么卖呢？难道您连农民也卖掉？"

萨宁仿佛被人从旁边刺了一下。他记起来了，他曾同来诺拉太太和她的女儿谈起过农奴制，用他的话来说，这个制度使他极其愤慨，当时他曾不止一次地向她们担保，说他不管什么原因，决不出卖自己的农民，因为他认为这类交易是很不道德的事情。

"我争取把自己的产业卖给一个我了解的好人，"他说得有点不大流利。"也可能，农民愿意自己赎身。"

"那就再好不过了，"连来诺拉太太也表示赞同。"否则，出卖活的人口……"

"野蛮！"潘塔列昂嘟哝着，他跟在爱弥儿后面露了露脸，就摇晃着一头蓬发消失了。

"糟了！"萨宁心里想着，一面偷偷瞥了杰玛一眼，她似乎并未听见他最后的一句话。"还好！"他心里又想道。（《春》: 91）

现实主义者屠格涅夫终究未能完成一个与俄罗斯时政全然无关的"纯爱"故事。如同一根尖刺，农奴制问题差点就刺穿了萨宁迷醉其中的童话世界。作为一位接受了现代人道观念，却无任何现代谋生能力的俄罗斯贵族，他卡在了新与旧、理念与现实之间。而在糖果屋内，除了内心的冲突，他的尴尬很大程度上还因为他正处于"西方目光"之下。[1]在这里，这种目光的力量，并不来自咄咄逼人的文明优越感和自我中心主义——这样的眼压反而是容易激起反弹的，尤其考虑到欧洲自身绝谈不上清白无瑕的历史；糖果屋中众人的目光毋宁说是平等、友好而不乏共情的，唯有在这样的对视中，萨宁（以及读者）很难用俄罗斯特定的

---

[1]　后文中，当萨宁同自己精明的同胞波洛索娃按照"惯例"以农奴数目估算产业价值时，叙事者甚至直接吁请潘塔列昂快快现身："哦，潘塔列昂，你在哪里啊？要不你又会嚷嚷了：Barbari！"（《春》: 120）

社会历史来为个人此时此刻"出卖活的人口"的选择开脱。他必须基于更朴素的人性，或者说已经经过人类共通理性检验、为现代文明框架普遍接受的那些正义原则做出回应，哪怕因此让自己陷入尴尬。

颇为微妙的是，小说中萨宁的这场西方之旅被设定在1840年，这也是俄罗斯知识阶层最为浪漫和理想化的一个时代。解放农奴已成共识，但多作为抽象原则、永恒人性的推演结果出现在客厅清谈中；而老萨宁回忆这段往事，同时也是屠格涅夫实际动手写作这个故事的时间却是在改革已然遇阻的1870年。身为《父与子》（*Отцы и дети*，1862）的作者，屠格涅夫当然深知"四十年代人"，也即"父辈"的问题所在，但对于"子辈"提出的那些简单粗糙的解决方案，他同样怀疑。上面的引文中，普通人萨宁声称要为自己的农奴找个好东家，这番辩解并不怎么让人信服，更谈不上光彩。小说对此也报以微嘲，但并未简单地将萨宁置于审判台上。"现代"并非应声而至，对于落后于时代洪潮的人而言，生活也仍在继续。对于萨宁的这番说辞，他的欧洲朋友们反应并不激烈，尤其是女主人公杰玛在这个尴尬时刻被允许免于发言（她"似乎并未听见他最后的一句话"）。动用了作家特权的屠格涅夫再次显示出对复杂世事的把握，尤其是对并不完美的人性的宽容。而这种思想与叙事的分寸感本身就是屠格涅夫理解中"文明"的要义所在，它可以最大程度地避免那些必然存在的冲突与盲动力量带来最差的结果。

然而，在一个意见尖锐对立的时代，又身处习惯将"完美的生活"置于"完美的文化、完善的作品"之前的俄罗斯文化之中，[1] 在思想和写作中要始终把握这样的尺度实在太过困难。事实上，就在几年前完成的长篇小说《烟》中，屠格涅夫曾同时向拒绝改革的顽固贵族和脱离实际的进步人士发起猛攻，难得地显示了自己"失控"的一面。而小说的"旅行"主题最大限度地放大了作家在不同观念、价值间左支右绌的艰难。

---

[1] См.: Н.А. Бердяев, *Истоки и смысл русского коммунизма*, с. 64.

4、"失控"的《烟》

1867 年，侨居巴登—巴登的屠格涅夫聚焦于"在西方旅行的俄罗斯人"，发表了小说《烟》。他的上一部长篇《父与子》引发了巨大争议，加上深陷情感纠葛、远离故土，屠格涅夫这几年饱受"落伍"质疑，更颇有衰老之忧，[1] 他对这部新作自然寄望甚高。可惜，《烟》很快招来国内知识界的一致恶评。左右阵营均从中读出了强烈的影射意味，认为自身形象被过分简化和扭曲。陀思妥耶夫斯基与皮萨烈夫对小说的批评更成为研究者探究这时期俄罗斯不同思想派别激烈冲突的重要材料。[2] 而屠格涅夫在面对这些批评意见时却表现出了少有的强硬，直言"我夸赞

---

[1] 关于《父与子》引发的争议及相关分析，可参阅赛亚·伯林的经典论述：《父与子：屠格涅夫与自由的困境》，第 306—359 页。亚历山大二世时期屠格涅夫频频旅居国外（1864 年正式随维亚尔多夫人一家在巴登购地定居），但其在境外仍持续受到《父与子》余波影响，在书信中经常提及自己因被同胞视为"落后的人"而产生的困惑，参见屠格涅夫：《致 K.K. 斯卢切夫斯基（1862 年 4 月 14 日）》，收入《屠格涅夫全集》，第 12 卷；以及同卷的《致 E.E. 兰贝特（1863 年 4 月 27 日）》，第 383 页。作家也一度感到步入了"老年"，详见：Голенчукова Владимировна, "Нравственно-философские истоки замысла романа *Дым* в письмах Тургенева 1853—1867 годов"// *Вестник КГУ им. Н.А. Некрасова*, No. 1, 2013, c.100—102; 以及安德烈·莫洛亚：《屠格涅夫传》，谭立德等译，杭州：浙江大学出版社，2014 年，第 54—55 页。
[2] 对《烟》在俄批评情况的简明梳理，参见：И. В. Алексашина, "Роман *Дым* Тургенева в оценке литературоведов"// *Известия РГПУ им. А.И. Герцена*, No. 60, 2008, c.14—18. 可以看到，从屠格涅夫同时代开始，作品中"古米廖夫房中聚会"部分一直是最受争议的，就相关人物的原型到底是赫尔岑与奥加廖夫代表的英国民粹主义俄侨，还是德国海登堡的激进俄侨，论者进行了长时间的考证。而对屠格涅夫侨居经历与小说创作之关系更有价值的讨论，详见：Patrick Waddington, "Turgenev's notebooks for *Dym*", in *New Zealand Slavonic Journal* （1989—1990），pp.41—66. 陀思妥耶夫斯基对小说的批评，主要是针对小说中对斯拉夫主义的讽刺，他称屠格涅夫"对俄国已经完全失去了感觉"。1867 年两人在巴登更因小说发生激烈争执，此后几乎决裂。详见陀思妥耶夫斯基：《致阿·尼·迈科夫（1867 年 8 月 16 日）》，《书信集》（上），郑文樾、朱逸森译，收入《费·陀思妥耶夫斯基全集》，第 494—497 页。而作为激进派代表，皮萨烈夫则在与屠格涅夫的通信中发出了"巴扎罗夫到哪里去了"的著名质疑，批评在《烟》中已经找不到像《父与子》主人公那样坚定有力的平民知识分子。作家对此进行了细致回复，详见屠格涅夫：《致 Д.И. 皮萨烈夫（1867 年 5 月 23 日）》，收入《屠格涅夫全集》，第 12 卷，第 411—413 页。对上述争论的思想史阐释，详见：Peter C. Pozefsky, "*Smoke* as Strange and Sinister Commentary on *Fathers and Sons*: Dostoevskii, Pisarev and Turgenev on Nihilists and Their Representations", in *The Russian Review*, vol. 54, No. 4 （Oct., 1995）, pp. 571—586.

自己的作品／我要做的全都做到了"[1]，他更因此而决定写作回忆录，详解个人对文学与俄罗斯社会的看法。[2] 可惜，小说的接受命运终未好转。甚至，随着时代语境的淡去以及相关批判传统的失势，这部政论占据了大量篇幅的小说更难以获得当代研究者的认可。[3] 即使是欧文·豪（Irving Howe）这位对屠格涅夫极富同情的批评家，也认同作品是作家写得"最糟糕"的一部，在《政治与小说》（*Politics and the Novel*, 1957）一书中，他更详细论证了自由主义者屠格涅夫是因为受困于俄罗斯社会与自身思想的重重矛盾才忍不住在《烟》中频频现身"抱怨"乃至"发出咆哮"，感叹这是"（一向）自控的作家失去控制"的典型案例。[4]

遗憾的是，无论是将小说中的巴登视为俄罗斯知识界大争论的一个普通"分会场"，还是认为整篇作品是作家内心长期激烈争斗的外化，研究者几乎都轻轻放过了《烟》的异域背景与旅行主题。而小说恰恰是构成屠格涅夫"俄罗斯社会编年史"的六部长篇中唯一一部主要情节发生在西方的。这当然与老作家侨居之后经验的受限有关，却未必只是一个无奈而消极的选择。新的社会空间和身份将带给屠格涅夫不同的观察视角，并进而勾起其内心最深层的一些焦虑——非此，其实也无法解释，以冷静和复杂著称的屠格涅夫为何偏偏会在一部远离俄罗斯论战前线的小说中如此"失控"。

验之于作家的创作履历，这一看法会得到更多支持。如前文已经详

---

[1] 屠格涅夫：《致 Д.И. 皮萨烈夫（1867 年 5 月 10 日）》，收入《屠格涅夫全集》，第 12 卷，第 406 页。

[2] 详见张捷：《屠格涅夫回忆录译序》，《屠格涅夫全集》，第 11 卷，第 14 页。

[3] 相较于屠格涅夫的前四部长篇小说，《烟》的当代研究更为冷清。James B. Woodward 在对《烟》进行再评价时也梳理了学界出现的若干正面评价，但指出它们肯定的都只是作品的个别章节和某些侧面，政论对小说"有机结构"的破坏仍为公论。See James B. Woodward, "Turgenev's 'New Manner': A Reassessment of his Novel *Dym*", in *Canadian Slavonic Papers*, vol. 26, No. 1（March 1984），pp. 65—66. 伯林曾指出，即使是最"欧化"的屠格涅夫，也同样深受 19 世纪俄罗斯那种强调"公共良心"的艺术社会观影响（详见伯林：《艺术的责任》，第 221—268 页），《烟》或为这一论点的明证，下文的论述也将对此有所展示。

[4] See Irving Howe, *Politics and the Novel*, New York: Horizon Press, 1957, p. 117, 122.

细讨论的，从初登文坛开始，旅行经验丰富的屠格涅夫就对"在西方的俄国人"这一主题抱有浓厚兴趣，虽然在这位著名的西方派笔下，人物的西方之旅多以悲剧收场：那些在国内找不到答案的"多余人"要么在西方遭遇了更大的诱惑或背叛，要么从西方收获满腹新知，却在回国后发现毫无施展的可能，由此堕入更大的精神危机。对于俄罗斯人的西行命运，屠格涅夫从未表现出盲目的乐观。不过，改革开始后，他还是尝试更积极地参与到对欧洲旅行这一公共议题的讨论之中。1858 年的《阿霞》正是屠格涅夫第一部真正以在西方的俄罗斯旅行者为主人公的小说。通过刻画"我"的一系列挫败，作品揭示出在以变化和不稳定为特征的现代世界，俄罗斯贵族旅行者坚持的种种身份区隔已经失去意义。就在同一年，屠格涅夫还发表了可被视为俄罗斯人旅行现状考察及指南的《国外来信（第一封信）》（"Из-за границы. Письмо первое"）。该文一方面对当时刚刚登上俄国政治文化舞台的平民知识分子所提倡的那种禁欲主义休闲观有所保留，指出只要能"充实人的内心世界"，旅途中的风土体验和审美感受都值得肯定，毕竟"我们之中谁也说不出，真、善、文明的种子是以何种方式方法落到他心中的"；[1] 另一方面，文章又巧妙地将"旅行"的词源学意义与时代新标准进行嫁接，强调"旅行也是一种劳动，它与生活中所有的劳动完全一样"。[2] 而作者的一个重要论据，正是旅行者的种种体验可以让他们关注到那些有利于完善自己国家的文化差异："我们这种人没有必要假装称自己的东西绰绰有余的样子。应当做到的只是善于利用别人的财富。"[3] 从对"путешественник"（旅行

---

[1]　参见屠格涅夫：《国外来信（第一封信）》，收入《屠格涅夫全集》，第 11 卷，第 335 页。

[2]　参见屠格涅夫：《国外来信（第一封信）》，第 336 页。

[3]　屠格涅夫：《国外来信（第一封信）》，第 335 页。

者）与 "турист"（游客）两词的使用情况来看，[1] 屠格涅夫显然也希望，作为 "劳动"，也即探索西方这个值得学习但 "对我们总有一种戒心"[2] 的 "他者" 时的共同主体，俄罗斯旅行者能弥合内部阶层和思想裂缝，加深对 "我们" 这一身份的认同。由此，在驳斥斯拉夫主义者 "出国无益" 的闭关态度的同时，他实际上也将旅行从卡拉姆津等前辈示范的那种更侧重个人启蒙的贵族活动明确提升为了一种为国家服务的实践。

可以看到，"大改革" 之初，屠格涅夫对西方旅行采取了一种颇为灵活而积极的看法，这也与他对俄罗斯改革的整体期许一致。固然，到 19 世纪 60 年代初写作《父与子》时，屠格涅夫已注意到变革实际造成了社会的进一步分裂和对抗，[3] 对俄罗斯马车究竟要驶向何方亦更感困惑，但他终究还是选择让帕维尔·彼得罗维奇代表的自由派 "父辈" 与库克什娜这样的新一代激进分子都前往西方，以悬置状态结束小说。[4] 这位高擎 "文明" 旗帜的现实主义者依然相信，身处现代化浪潮之中，无论是否愿意，后发的俄罗斯都必须直面西方寻找答案。而从这个意义上，涵盖了各色俄罗斯旅行者的《烟》正可以视为 "父" 与 "子" 故事的后续。只是在对巴登这一俄罗斯人进入西方的生动 "现场" 进行了更多观察后，屠格涅夫清楚地看到了自己构想的落空。也是将俄罗斯人在旅行地的各种实践与反应作为整场现代化之旅的表征，他才异常真切地触

---

[1]　作为 "tourist" 的音译，"турист" 一词在俄国的使用与现代旅游业的发展息息相关。相对于与贵族传统有更多勾连的 "путешественник"，其大众意涵一度突出。《阿霞》中 "我" 与旅伴加京对该词的使用就有明显的阶层指向。See Susan Layton, "The Divisive Modern Russian Tourist Abroad", pp.850—851, 858—859; Anne E.Gorsuch and Diane P.Koenker eds., *Turizm: The Russian and East European Tourist under Capitalism and Socialism*, Ithaca: Cornell University Press, 2006, pp.1—3. 而从原文看，《国外来信》中对两词的使用更多地是针对旅行的 "意图" 与 "效果"，虽然很难说它们与阶层无关，但作者确实是在有意识地淡化主体的身份属性。例如，凡付出 "劳动"（意义宽泛的 "труд"）的，均被称为 "旅行者"，而那些表现不佳的 "将军和三等以上的文官" 则被归为 "游客"。参见屠格涅夫：《国外来信（第一封信）》，第 333 页。
[2]　屠格涅夫：《国外来信（第一封信）》，第 335 页。
[3]　《父与子》写作期间，正值解放农奴法令颁布，这一事件成为变革的一道分水岭，详见金雁、秦晖：《农村公社、改革与革命》，北京：东方出版社，2013 年，第 148 页。
[4]　详见屠格涅夫：《父与子》，收入《屠格涅夫全集》，第 3 卷，智量、磊然译，第 407—409 页。

及了欧文·豪所说的俄罗斯社会与其个人思想中的"重重矛盾"。

《烟》的主人公是亲历了克里米亚战争和农业改革的俄罗斯青年格里高利·李特维诺夫。因为深感祖国之落后，他来到西方学习农业技术，已经多年未归。小说开篇时（时间设定为1862年，也即解放农奴的第二年），他正在巴登进行最后一次旅行，计划随后回国实践所学。与奥德修斯的情况不无相似，家乡亲人［已"被种种新制度搞得晕头转向"的老父亲（《烟》: 8）］正在苦苦等待他回归，重整家产秩序；但他必须在艰辛旅途中完成对自我的探索。巴登是其历险的最后一站，也将决定他以何种姿态回归。

小说第一段就展现了这座"欧洲夏都"的全貌：这里既有久负盛名的自然风光、人文古迹，也有以赌博为最大特色的现代娱乐休闲业。它俨然是一个混杂的中性地带，向所有探索者开放并等待定义；而旅行经验丰富，并自认对"未来的生活"已有清晰规划的李特维诺夫登场时也确如奥德修斯般"平静从容、充满自信"（《烟》: 9），全无面对未知世界的不安。作者甚至还不忘提示，"他好像是长期工作之后在休息"（《烟》: 6）。换言之，无论是比照古典形象，还是从强调实干、反对闲逛的时代新标准出发，读者似乎都完全有理由相信，主人公有能力和资格展开一次"正确"的旅行。作品随后也呈现了李特维诺夫深入巴登的两次尝试：一次是在大型娱乐综合体"晤谈厅"附近的咖啡馆门口"缓缓地观察着四周"，"无牵无挂地欣赏着展现在眼前的景色"，任凭思想"翱翔"（《烟》: 6）；另一次则是沐浴在巴登山林间"温柔而强烈的清晨气息"中，尽情感受着"青春的活力"（《烟》: 58）。可以看到，与浪漫主义文学中常见的那类漫游场景一样，在李特维诺夫意识活动的不断投射中，巴登的意义正在逐渐明确，同时，观察者也在持续推进对自我的认识与想象。

然而，主人公这两次探索巴登／自我的尝试都很快被巧遇的同胞打断。在庞巴耶夫和伊琳娜的引荐下，他被先后介绍到了俄罗斯游客组成的两个边界分明的"圈子"（"среда"，从这个角度出发，半平民、半贵族的出身更像是作家有意授予主人公的特权，让其有可能在移动中串连起二者[1]）。一个"圈子"的主要成员是带有斯拉夫主义倾向的激进地主、军人、学生，其中侨民古米廖夫被奉为"导师"；而另一个圈子则由上流社会的保守人士构成。二者各有固定的活动空间，内部的一切生活方式、社交礼仪以及秩序意识均与国内情形毫无二致，就连讨论的话题，也都是成员们在国内就已熟悉并已有定论的——与《国外来信》中构想的那种艰辛"劳动"不同，《烟》中的这些俄罗斯游客都停留在旅游地的前台，将对差异的体验控制在一个安全而舒适的范围。对于"圈外"世界，他们毫无兴趣。

这突出地表现为，在这部以西方为背景的小说中，"西方"奇异地处于某种缺席状态：在李特维诺夫最初的那次林间畅游后，整部长篇小说几乎再未出现屠格涅夫在触及旅行主题时擅长且钟爱的异域风光描写。旅馆房间、赌场、音乐厅这类封闭的室内空间成为人物活动的主要空间，其中的地域属性还因旅游地对（数量庞大且消费力旺盛的）俄罗斯游客的迎合而被抹去不少；而就在少数外景中，人物也被"圈内人"的各种谈话、社交占据全部心思，似乎根本无心观看周围的世界。包括李特维诺夫亦很快深陷其中，收回了探索的目光。而对异域探究的有限，更体现在小说中西方人的身影寥寥无几，俄罗斯游客与他们的主动交往尤其有限：除了古米廖夫那个圈子的成员曾在一位巴黎卖花女面前充阔气，却被"见多识广"的后者蔑视外（《烟》：12），就只有在两个"圈子"各自的聚会上邀请了几位外国人，如"挖空心思地

---

[1]　小说多次提及李特维诺夫的模糊出身，不同人群对其身份亦有不同判断，详见《烟》：7、45、68。如研究者指出的，屠格涅夫多利用"巧遇"让小说人物发生关系，有时不免突兀。而《烟》的旅行设定多少让这种相遇显得更自然一些。See Anthony D. Briggs, "Ivan Turgenev and the Working of Coincidence", in *The Slavonic and East European Review*, vol. 58, No. 2（Apr., 1980）, pp. 195—211.

想法吃白食"的法国推销员（《烟》: 23）、善于讨好贵妇人的维尔第先生（《烟》: 63），以及为俄罗斯贵妇表演如何催眠龙虾的美国"招魂师"（《烟》: 106—107）。这样的"缺席"和琐屑无谓，显然是过往研究者不重视《烟》之异域背景的一个直接原因。然而，作为一种不正常的跨界现象，它恰恰折射出了特殊的文化心态。尤其是游客们实际并未停止对"西方"的想象：出现在聚会上的那些不学无术之辈，每每被当作西方的"杰出代表"受到疯狂追捧，连他们插科打诨的话都被奉为语录、竞相引用。相形之下，"我们的国产货可不那么受欢迎"（《烟》: 5）。透过一系列荒唐场面，可以清楚地看到屠格涅夫在《阿霞》和《国外来信（第一封信）》中都曾力图为同胞驱散的那种外省心态。[1] 诚然，随着俄罗斯现代化变革的深入，俄罗斯旅行者与西方在物理意义上的接近变得空前便捷和富有吸引力，这超出了改革之初还在争论"旅行"之合法性的知识分子们的想象；但接近并不必然意味着对"风景"的占有。"西方/中心—俄罗斯/边地"的空间等级区分不仅为俄罗斯人接受，更被他们内化为某种身份限制。这让他们既急于获得西方的认可，又始终不敢真正与之接触，结果出现了身在西方，却安然停留于自己营造的西方幻象之中的局面。

　　同样，表面的开放与流动也并未让终于汇聚于一地的"帕维尔·彼得罗维奇"与"库克什娜"之间有更多接触。毫无疑问，巴登这座旅游城市的消费特性帮助不同身份的游客更轻松地完成了空间上的隔绝：不同的消费场所与休闲方式标志并继续催生着身份差异。即使是初次游览巴登的姑妈马尔科夫娜，也清楚地知道豪华的"晤谈厅"、"名流荟萃"的里赫顿泰勒林荫大道是"他们"的地方，自己只能作为分享度最低的参观者暂时进入，甚至最好不要在椅子上坐下（《烟》: 129）。但另一方面，需要立刻指出的是，阶级和财富差距本不足以彻底固化游客之间的

---

[1]　详见《阿》: 236；屠格涅夫：《国外来信（第一封信）》，第332、334页。

界限。在制造新的界限的同时，旅游业的兴旺毕竟还是提供了传统生活所缺乏的一些通道。除了姑妈在一日游中"大开眼界"外，在古米廖夫的房间里，到底也出现了"几位到欧洲短期度假的军官，他们非常高兴有机会能跟聪明的甚至有点危险的人物玩玩"（《烟》: 22）；而前往景区用餐的主人公更轻易地闯入了将军和贵妇人们的野餐（《烟》: 59）。然而，为数不多的几次跨界接触，均以交流的无效告终。这更深刻地揭示出了根本隔阂的存在：参与激进派聚会的军官们时刻谨记边界，他们"十分谨慎，并没有把团长置之脑后"（《烟》: 22）；而被李特维诺夫打断内部聚会的将军们更是不断用姿态、语调和眼神"抗议与不相干的普通百姓的任何接触"（《烟》: 60）。如果说已有的经验会影响对陌生空间的感受和解释，那么当这种经验不接受任何新知的补充和检验时就更是如此了。真正隔断"圈子"之间的通道，对空间进行意识形态分割的，是游客脑中那套充满对抗性，且已然固化的身份编码。无论是快节奏的移动，还是广阔而不断变化的世界景象都未动摇他们对"圈子"这一单一身份属性的固守。小说中，两个"圈子"的相交更多地只存在于言辞和想象中，它们对对方的描述都有着明显的非人化倾向。其中最生动的画面莫过于激进的苏汉契科娃在圈中聚会上连绵不断地编造着一个个关于贵族残暴行径的传说，虽毫无事实逻辑，却自有一套现成的模式可以反复"再生产"和自我证明（《烟》: 16—19）。最后，就连新来的、痛恨贵族的姑妈也因一时未配合苏汉契科娃的问询，而被后者毫不犹豫地指认为"讨厌的贵族"（《烟》: 179）。对自身唯一合理性的认定，让圈中人在变化的社会空间中仍然能轻易地指认或者说制造出"他者"，但对于指认对象的"本质"，他们连基本的认识意愿都没有。

显然，在《烟》中，与西方的遭遇不是弥合，而是进一步放大了俄罗斯国内的种种分歧；游客们也并未如《国外来信》中所构想的那样，在多种文化的碰撞中拓展心智，反而更彻底地封闭了自我。而小说讽刺的高峰，或者说屠格涅夫的彻底"失控"，更集中出现在关于西方与俄罗斯的破碎认知相互建构和强化的那些时刻。

如研究者已经指出的，两个"圈子"都在使用某种畸变的"外语"。[1]当这样的"外语"被用来描述圈内人并不熟悉的俄罗斯民众生活时，无异于发生了双重错位。然而"外语"的权威色彩却使得这些"俄罗斯性"被本质化，俨然成为某种历史真实：众所周知，彼得大帝以降，外语（尤其是法语）已成为俄罗斯贵族将自己与"野蛮"民众区分开来的重要身份标记，而当他们离开本土，试图进入一个想象中的"文化共同体"时，这种标记的重要性被放大到了极致。小说中的这些游客无时无刻不在卖弄自己的外语。在关键的野餐一幕中，将军和贵妇们的对话同时混入了法语、德语和英语，有时几乎呈现为一种纯粹的语言"狂欢"。夸张的形式当然凸显出言说者思想的贫瘠与逻辑的缺乏，但如果进一步推敲，读者将发现，除了用一些莫名其妙的外语表达打断正常的俄语对话外，说话人还在下意识地用这种被赋予了意识形态优越性的语言资本置换自己因为"大改革"而动摇的社会政治特权——恰恰是在提到国内的那些"他者"［如"报屁股文人"，[2]"所有这些社会渣滓，小私有者，他们比无产阶级还坏"（《烟》: 66）］，或对自己的不义行径进行合理化时［"他欺负过那位商人，逼他归还原物……这又有什么关系呢"（《烟》: 64）；"强权和怀柔并举，尤其需要强权"（《烟》: 68）］，这些上流人士会跳转到外语。也是在这种语言的拼接中，他们对一年前解放农奴的"二一九法令"进行了彻底否定，毕竟，（只掌握了一种低等语言）的"人民"无法理解"自由""民主"这类高级的外来语言，"最好还是照老办法，照原来那一套……千万不能让老百姓自作聪明地另搞一套，应该

---

[1] James B. Woodward 的 "Turgenev's 'New Manner'" 一文（p. 68）对本段论述有重要启示，不过作者强调的只是这些外语使用者虚假的"爱国主义"。

[2] 这部分用楷体标示了《烟》原文中那些使用法、德、英文的字句。

绝对信赖贵族,因为只有贵族才有力量"(《烟》: 65—67)。完全脱离文化语境的调用,无疑也反过来扭曲了这些"外语"的意义。

而看似处于另一极,以资本主义的堕落西方为潜在参照,对"人民"、斯拉夫性大加推崇的古米廖夫"圈子"思考与表达的工具同样来自西方,且这些工具也发生了严重畸变。沃罗希洛夫离开了那些在西方收集到的新名称,简直无法进行表达:"一连串新学者的名字,连同各人的生卒年月,一连串新作的名称,总之,名字连着名字,从他的嘴里倾泻而出。"(《烟》: 13)而这些名称常常是不准确或"搞混了"的(《烟》: 24)。聚会上,当他与古米廖夫讨论起"伟大"的俄罗斯农民与村社时,两人全部的依据就是一堆自己半知不解的时髦理论和术语(《烟》: 21—22)。而寓意更为明显的一处描写,则是庞巴耶夫想证明另一个典型的"民族象征物"、俄国音乐之"巨大的魅力"时,唱起的却是意大利歌剧中的咏叹调,"唱得又那么糟糕"(《烟》: 24)。

正是小说中这类漫画式描写让左翼和斯拉夫主义者指责侨居国外的屠格涅夫"叛教""凌辱了人民的感情"且"根本不了解俄国"。[1]而从作家本人给友人写的询问关于《烟》看法的书信中,可以看出他本人也很清楚,对古米廖夫"圈子"的刻画很容易激怒自己过往的战友及其在国内时曾努力靠近的新一代。[2]但他在小说中表现出的罕有尖刻并不是因为侨居后的疏离,而恰恰源于其真切的投入和痛苦的洞见:受德国浪漫主义直接影响,又承受着加入现代民族国家竞争的巨大压力,俄罗斯的民族性建构活动其实早在19世纪40年代就已掀起高潮。[3]而

---

[1] 作家在这时期的文章和书信中大量引用了这些批评,引文见屠格涅夫:《〈烟〉单行本序言》,收入《屠格涅夫全集》,第11卷,第357页;屠格涅夫:《致 П.В.安年科夫(1867年5月11日)》,收入《屠格涅夫全集》,第12卷,第409页。

[2] 详见屠格涅夫:《致 А.И.赫尔岑(1867年5月22日)》,收入《屠格涅夫全集》,第12卷,第407页,注释1;屠格涅夫:《致 Д.И.皮萨烈夫(1867年5月10日)》,第405页。

[3] 关于这场背靠欧洲"发明"俄罗斯性的文化运动,可参看费吉斯:《娜塔莎之舞》,第135—143、263—269页。

屠格涅夫当时亦积极参与其中——正是他创作的《猎人笔记》(*Записки охотника*, 1847—1852) 助推了"农民"成为文学作品中的"一种新的主人公类型",并引发公共关注,堪称铸就了上述活动的一座里程碑。[1] 作为一位倡导"利用别人的财富"的资深跨界者,他所批判的也绝非这些被发掘的"传统"背后浓重的西方的影子。相反,如前所述,屠格涅夫比同时代的大多数俄罗斯知识分子都更坚定地认为,无论愿不愿意,俄罗斯只能对着"西方"这一最重要的"他者"言说自我。在《烟》遇冷后创作的回忆录中,他甚至坦言,昔日其大受斯拉夫主义者赞赏的《猎人笔记》实际上写作于且只可能写作于西方:"如果我留在俄国,我当然不会写出《猎人笔记》来。"[2] 然而,当那些他参与挖掘的象征物开始变成一种超历史的、排斥任何参照系的圣物时["一切都将由粗呢大衣创造出来。别的偶像都打倒了,那就让我们崇拜粗呢大衣吧"(《烟》: 31)],屠格涅夫的怀疑主义占了上风。无论是"大改革"中对社会激进思潮的观察,还是在国外与赫尔岑等民粹主义者的争论,[3] 都让这种怀疑进一步加深。而在观察境外同胞、创作《烟》的过程中,作为"最后一根稻草"让屠格涅夫彻底失去对笔下人物常有的那种同情的,毋宁说是古米廖夫们"以西革俄"时表现出的那种"游客"心理:在给赫尔岑的信中,作家曾将发生在巴登旅馆房间里的聚会称为"海登堡的阿拉伯式花纹",研究者据此认为他是在影射当时与之交恶的海登堡侨民举止虚浮,[4] 但作为小说中"导师"古米廖夫的侨居地,"海登堡"更可视为"知识景点化"的一个普遍象征——对于屠格涅夫、赫尔岑这一代深受德国文化影

---

[1] See James H. Billington, *The Icon and the Axe: An Interpretive History of Russian Culture*, New York: Vintage, 1970, p. 374.

[2] 屠格涅夫:《〈文学和生活回忆录〉代前言》,收入《屠格涅夫全集》,第 11 卷,第 496 页。

[3] 详见伯林:《父与子》,第 315—318 页;鲍戈斯洛夫斯基:《屠格涅夫》,第 335—337 页。

[4] 详见屠格涅夫:《致 А. И. 赫尔岑(1867 年 5 月 22 日)》,第 408 页;И. В. Алексашина, "Роман Дым Тургенева в оценке литературоведов", с. 14—15.

响，并多求学于德国的俄罗斯知识分子而言，[1] 这座大学城几乎是西方知识殿堂的代名词；但在《烟》中，它与旅游胜地巴登已经没有什么区别。聚会中，除了为古米廖夫的"履历"增添一份光彩，海登堡代表的知识传统并未在其空泛的发言中有任何体现。而到了小说快结束时，苏汉契科娃等人还特意从巴登乘火车前往海登堡，目的只是继续聆听古米廖夫的空洞"指示"，证明自己心中已有之定见（《烟》: 179）。并非偶然地，在描写了火车站里的这帮游客后，小说接着提到了他们身旁的两位"从事自然科学"的俄国留学生，后者正忙于将听到的骂人的俏皮话记录下来，日后这些将被发表在"当时在海登堡出版的一份名为《历史事实》、又名《上帝不说，猪猡不吃》的俄文期刊"上（《烟》: 180）。似乎用这样一种全知视角痛加讽刺还不够，接下来李特维诺夫的一番感慨直接传出了作者的声音：与 19 世纪 40 年代赴德留学的俄国知识分子热衷学习哲学不同，"现在海登堡有一百多俄国留学生，大家全都攻读化学、物理、生理——别的学科他们连听都不愿听……可是只要再过五六年，同样是这些名教授上课，前去听讲的恐怕不足十五人……"，一切取决于"风向"（《烟》: 180）。严格说来，这些留学生并不属于本书集中讨论的旅行者。作为深入西方内部的探索者，他们本来更有可能发现文明的启示或局限，但对知识的功利态度，让他们最终与巴登的那些游客无异，只是在快速地收集和消费知识"景点"。恰如屠格涅夫之妙喻，这样的异域经历，是炫目却并未融入更深肌理的"花纹"，它既无益于游客们

---

[1]　尼古拉一世时期，德国一度取代法国，全面影响了俄罗斯知识分子对历史、哲学以及艺术的认识。See James H. Billington, *The Icon and the Axe*, pp. 307—358. 在《〈文学和生活回忆录〉代前言》中，作家回忆了年轻时代留学德国对自己的深远影响（第 495 页）。尽管对德国人性格也不无嘲弄，但总体而言，他将德国视为"诗与思想家的国度"，德国文化在其思想与创作中留下了深刻印记，详见：Л. Г.Малышева, "Германия в творчестве И.С.Тургенева 1840—50-х годов"// *Вестник ТГПУ*, No. 8, 2010, с. 48—52;Р. Ю. Данилевский, Г.А.Тиме, "Германия в повестях 'Ася' и 'Вешние воды'"// *И. С. Тургенев. Вопросы биографии и творчества*, ред. М. П. Алексеев, Л.: Наука, 1982, с. 80—94. 顺便指出，《父与子》结尾库克什娜也是前往海登堡进行所谓的"深造"（详见屠格涅夫：《父与子》，第 408—409 页）。

拓展对西方的认识，也不会给游客已有的自我认知以及俄罗斯本土带来任何影响。

由此，方有可能理解《烟》尾声部分的离奇设定：回国的古米廖夫竟摇身一变，成为欺虐"人民"的地主，巴登之旅留下的唯一印记，就是他给已沦为其管家的庞巴耶夫取的法国名字（《烟》：186，这又是一处"外语"）。如此夸张的形象逆转，或许确实有失分寸。作家的焦虑压倒了一切：宣称要为"人民"代言的新一代知识分子其实和那些认为"人民"永远无法发声的贵族一样，从未贴近俄罗斯现实，更遑论为之带来有效的变革。而更进一步，这还只是小说揭示的身份尴尬中的一重。《烟》中反复出现的一个细节是，这些游客总是被一眼认出是俄国人，而暴露他们身份的恰恰是带着炫耀意味的夹生"外语"（《烟》：3、59、63）。换言之，这些在物理和知识意义上率先获得进入西方机会的贵族及文化精英们，一方面与本土隔阂深重，另一方面，也无法得到语言更"纯正"的西方人的真正认同，甚至，他们在文化上表现出的"消化不良"还被指认为了某种新的民族性，使得俄罗斯人被更彻底地他者化。最终，对于祖国和西方而言，这些人都只是步履匆匆的"游客"。

可想而知，主人公李特维诺夫无法通过游历这些俄罗斯游客"圈子"找到回归之路，更不用说认识自我：当其坐上回国的火车时，"他已经无法认识自己，已经无法理解自己的行为，好像他已经失去了真正的'自我'"（《烟》：177）。表面看，他十二天的巴登之旅终结于"魔女"伊琳娜在情感上的再一次背叛，但如伍德沃德（James B. Woodward）在反驳主流意见时令人信服地指出的，与屠格涅夫其他长篇小说一样，《烟》中的爱情悲剧与人物间大篇幅的政治讨论其实也存在呼应关系：李特维诺夫在爱情方面的受挫，源于其面对诱惑时缺乏辨识力与意志力，也是其"空有激情却不能真正承担责任"的结果，而这些正对应着他这段日子观察到的两个"圈子"及它们给出的俄罗斯方案的缺陷。[1] 在火车上，李特维诺夫更直接将个人不幸与巴登见闻，以至俄罗斯改革命运勾连了起来：

> 火车逆风疾驰，一团团白濛濛的水蒸气，有时候也夹杂着黑色的浓烟，连续不断地飞速掠过李特维诺夫坐着的窗前。他凝视着这汽、这烟。一串串飞驰而过的烟雾不停地旋转，翻滚，升腾，跌落，扭扭捏捏地勾住草丛树木，渐渐延伸、淡化。它们变化无穷，却又万变不离其宗……他突然觉得一切都是烟，个人的生活，俄国的生活，人世间的一切，尤其是俄国的一切，统统都是烟。一切都是烟和蒸气，他想。似乎一切都在变化，新的人物和新的现象层出不穷，实际上一切依然如故，一切都在忙忙碌碌地奔向某个地方，然而一切都消失得无影无踪，什么也没有得到。……他想起在古米廖夫那儿，在其他人那儿——他们地位有高有低，思想有先进有落后，年龄有大有小——发生的激烈争吵、讨论、喊叫……烟，他再三说道："烟和蒸气。"最后，他又想起了那次美好的野餐，想起了另外一些政府要员的议论和演说——甚至包括波图金宣扬的那套理论……烟，烟，仅此而已。那么他自己的追求、感情、尝试和理想呢？对此，他只是绝望地挥了挥手。（《烟》: 178）

作为点题之笔，这段火车上的沉思也是《烟》最著名的片段。正是在"大改革"时期，火车成了俄罗斯文学作品中一个反复出现的凶兆。尽管也分享了发达的铁路交通网带来的出行便利，俄罗斯作家们在高速前进的封闭厢体中似乎更多地感受到了现代性洪流中个人与民族遭到的

---

[1]　See James B. Woodward, "Turgenev's 'New Manner'", p. 67.

挟持。[1] 而《烟》中的这段描写更是凸显了在这一前进道路上，多变景象背后价值的贫乏乃至失落，这是一种一切如"烟"的不可承受之轻。终究不同于奥德修斯缓慢而有足够时间自省的海上远航，现代人李特维诺夫的巴登探险充满了应接不暇的冲击，他和他的同胞们看似有了更多的行动与选择自由，实际上每个选择都来不及与现实关联，也都未被持续投注热情。尤其值得一提的是，引文中提到的波图金，向来被认为是作家在这部小说中高度移情的一个人物：同样自称坚定的"西欧派"，波图金相信只要高举"文明"大旗，终能突破狭隘的民族界限，通过学习西方让俄罗斯改变落后现状（《烟》: 34）。在李特维诺夫的整个旅程中，这个"喜欢多嘴的老家伙"一直在发表长篇大论，点评所见景象，提示各个阵营的思想陷阱，并劝导主人公走"一条正道"（《烟》: 175）。某种程度上，小说中这一少有的论说逻辑清晰，并被赋予了超然于他人之上的视野与话语权的人物确实承担着屠格涅夫本人在《国外来信》中曾扮演过的那类"导游"角色。[2] 然而，随着小说情节的发展，波图金的权威遭到了严重挑战：他的种种设想在旅途中展现的复杂事实面前终究显得太过理想化。例如，他曾大谈历史中俄罗斯对大量外来词的消化，相信只要有足够的时间和强健的"体质"就能安心引入西方文化（《烟》: 33），却并未意识到随着现代化列车的加速前进，"外语"传入的规模及其影响烈度都已远超前代，而给俄罗斯留下的消化时间则越来越少。如前所述，经由"游客"们的粗糙引用，它们造成的是整个认知秩序的混乱。不仅如此，到了故事进展大半之时，读者还被突然告知，波图金原来比李特维诺夫更彻底地陷入了伊琳娜的诱惑中，到巴登不过是虚耗时

---

[1]　See James H. Billington, *The Icon and the Axe*, p.383.

[2]　See Robert O. Stephens, "Cable and Turgenev: Learning How to Write a Modern Novel", in *Studies in the Novel*, vol. 15, No. 3（Fall 1983）, p. 242. 而波图金形象引发众怒后，作者也不断为其辩护，称其说的话里"一个多余的词也没有"，自己"珍视这一人物"。见屠格涅夫：《致 А.И. 赫尔岑（1867 年 5 月 22 日）》，第 408 页；《致 Д.И. 皮萨烈夫（1867 年 5 月 23 日）》，第 412 页。

光罢了。与被其批判的同胞一样，他缺乏将理论落实到日益严峻的俄罗斯现实所需的巨大毅力。事实上，在作者给这一心爱人物取名"索松特·波图金"（"Созонт Потугин"）时，就已传达了"救世主"和"无用的尝试"这样矛盾的意义。[1] 在借用该人物批评流行思潮的同时，侨居中的屠格涅夫或许也经历了异常严酷的自省甚至自讽之旅。这同样可能导致了他在《烟》中的"失控"。

不过，像伍德沃德那样认为决定巴登故事（及其象征的俄罗斯改革之旅）走向的，是某些固有的"俄罗斯性"，不免有本质主义之嫌。在诱惑李特维诺夫、波图金走上歧途的伊琳娜身上，未必只能看到"专制""奴役他人""原始激情与巫术般的魅力"这些所谓的"俄罗斯特性"。[2] 这位生长在莫斯科的"道地正宗的俄罗斯公爵留里克的后裔"（《烟》: 40），真正的堕落之地毕竟是彼得堡这座作为俄罗斯西化象征的城市。自称厌倦上流社会的生活，并嘲笑"彼得堡式法语"的她，实际上连用俄语表达都有困难（《烟》: 101、169）；反过来，认为另一位女主人公、李特维诺夫的未婚妻塔吉娅娜象征着能够缓解西方冲击带来的震荡的那部分"好的"俄罗斯精神，[3] 可能也有些简单化了。这位富有宽恕精神的质朴女性当然是屠格涅夫塑造的一系列"俄罗斯圣母"形象中的重要一员，但她同时也是由深受西方进步思想影响的姑妈抚养成人的。在解释自己的宽恕行为时，她正是以这位长辈关于"真理"和"自由"的教导作为根据（《烟》: 157）。无须像波图金那样从历史文化渊源、政治谱系的角度加以长篇论证（《烟》: 33—34），也可以断言，所谓"纯粹"

---

[1]　See James B. Woodward, "Turgenev's 'New Manner'", p. 78.

[2]　See James B. Woodward, "Turgenev's 'New Manner'", pp. 70—73.

[3]　See James B. Woodward, "Turgenev's 'New Manner'", p. 74.

的俄罗斯只能是一种幻想——除了女主人公形象的"混杂"外,[1] 无论是李特维诺夫在西方游历看到的却都是"俄罗斯",还是游客们那种无从归属的尴尬,都已从不同角度揭示出俄罗斯与西方的犬牙交错,难以分割。当李特维诺夫收到父亲那封关于"邪术作祟"的信,感慨"在巴登这样的城市里"读到这样一封带着"荒僻草原的气息和愚昧迷信的霉味"如同"一种奇迹"的信时(《烟》: 38),强烈的冲击感不仅来自两个社会空间的不同面貌,也源于借助现代通讯和交通,它们居然"拼接"在了一起,已经并将继续通过李特维诺夫这样的跨界者发生实质性的联系。

可以说,通过"西方旅行"这一绝佳的时代表征,《烟》揭示了俄罗斯与西方深刻且不可逆转的联系。边界早已被洞穿,那些看起来最开放的俄罗斯人却在自建"圈子",这种巨大落差让屠格涅夫对俄罗斯的西方之旅进行了异常尖刻而悲观的描写。不过,如"烟"般变化不定的时代景象一方面带来了挑战,另一方面也暗暗闪现了更多可能性:俄罗斯命运并未被历史所先定,所谓的"俄罗斯性"是多面而流动的,处于不断的建构之中。在对一切一揽子方案都提出了质疑后,屠格涅夫更坚定了自己的那种"现实主义文明观"。并非偶然地,就是这部悲观色彩浓重的作品,偏偏被加上了一个他创作中几乎从未有过的理想结局:在最后关头拒绝了伊琳娜可怕提议的李特维诺夫回到了家乡。尽管家业在混乱改革中的惊人衰败让其心情更加沉重,李特维诺夫终究还是开始从事那些最普通、繁杂的工作。在与现实的不断妥协中,他放弃了此前的明晰计划,甚至没有制定什么目标,"他从国外学到的知识,也不知道何年何月才能应用"(《烟》: 182)。在数年脚踏实地的工作后,他给周围

---

[1] 后来在塑造《春潮》第二部分的女主人公波洛索娃时,作者进一步放大了这种文化身份的混杂性,也更强烈地质疑了将所谓民族性本质化的做法。波洛索娃出身下层,以"大老粗"自居,同时又接受了不错的西方教育,长年旅居欧洲,巴黎话和那口民间白话一样地道(《春》: 111、117),但无论哪重身份都不足以为其道德品质提供天然保证。毋宁说,身份的混杂只是为人物提供了更多选择、流动的可能,而波洛索娃选择的那种极度唯我的"自由"生活,或许既(不)是"哥萨克式"的,也(不)是"西方式"的(《春》: 132)。

生活带来了微小却仍然有益的变革。作品甚至还暗示了恢复生气的李特维诺夫与塔吉娅娜之间美好的结局。巴登之旅留下的创伤终有可能被抚平，只是需要足够的现实感和一种不是消极顺从，而是"积极的、百折不挠的忍耐"（《烟》: 181）。在一个日益激进、要求确定答案的时代，如此低调而模糊的方案注定难以吸引俄国的读者。[1]但诚如欧文·豪暗示的，屠格涅夫"无法让自己变得简单"，[2]在俄罗斯"烟雾"重重的改革之旅中，这已经是这位现实主义者认为可以把握的全部真实了。

---

[1]　屠格涅夫提到，有读者在读完《父与子》后认为作家"非父非子"，"自己是一个虚无主义者"，而"在《烟》出版后，类似的意见发表得越来越起劲了"（屠格涅夫：《关于〈父与子〉》，第591页）。但从某种意义上他认为这种说法也不无道理，详见：Голенчукова Владимировна, "Нравственно-философские истоки замысла романа Дым в письмах Тургенева 1853-1867 годов", c.102.

[2]　See Irving Howe, *Politics and the Novel*, p. 137. 这句话其实是《处女地》（*Новь*，1877）中自杀的主人公涅日达诺夫用来形容自己的。在其最后的这部长篇小说中，屠格涅夫也借（同样是从西方回国的）索洛明这一形象进一步示范了《烟》结尾构想的那条低调道路。但他终究未让这样的人物成为小说的主人公，而仍然只是用简略的描写谨慎地点出了这种可能性的存在。

第三章

陀思妥耶夫斯基：守卫洞穿的边界

1、非典型游记与可疑的历史目的地

1862 年夏天，陀思妥耶夫斯基首次前往欧洲旅行。在短短两个半月的时间里，他先后造访了柏林、德累斯顿、威斯巴登、巴登—巴登、科隆、巴黎、伦敦、卢塞恩、日内瓦、热那亚、佛罗伦萨、米兰、威尼斯和维也纳等城市。[1] 如其在 1862 年末、1863 年初完成的游记《冬天记的夏天印象》中所言，如此快节奏的游览，不可能"细细察看"，得到的只能是"综合的、全景的"印象（《冬》: 73）。

但除了时间有限外，游记最终呈现为一幅"鸟瞰图"也与陀思妥耶夫斯基此行更多地只是去确认心中已有的一些想法不无关系：从彼得堡出发时，陀思妥耶夫斯基兄弟主编的《时代》（*Время*）杂志正在连载《死屋手记》（*Записки из мёртвого дома*, 1860—1862）。这部作品让流放归来的作家声望重回高峰，但当时的读者还未意识到其精神指向已与他在 19 世纪 40 年代的那些作品有了明显差异。[2] 在西伯利亚的牢房里，曾亲近空想社会主义的陀思妥耶夫斯基意识到人对自主性的渴求完全可能压倒一切理性设计；同时，在那些时时陷入非理性冲动的底层民众身上，他又以一种近乎天启的方式感受到了某种道德力量，决意向之

---

[1]　参见费·陀思妥耶夫斯基：《冬天记的夏天印象》，《地下室手记：中短篇小说集》，刘逢祺等译，收入陈燊主编《费·陀思妥耶夫斯基全集》，石家庄：河北教育出版社，2010 年，第 71 页。后文游记引文均出自这一版本，将随文标注作品首字与出处页码，不再另注。
[2]　参见弗兰克：《陀思妥耶夫斯基：自由的苏醒》，第 307—310 页。

靠拢。他由此完成了精神转宗。1862 年作家前往欧洲这片"神奇的圣地"（《冬》: 72 ），如日后其笔下的伊万·卡拉马佐夫所言，是去凭吊文明的"公墓"，[1] 并彻底埋葬自己之前那种过于天真的人道主义幻想。在陀思妥耶夫斯基看来，包括年轻时代的自己在内的俄罗斯知识分子正是因为对这片异域的迷恋才脱离了真正的土壤。俄罗斯神话的开启与西方神话的终结无异于一体之两面。事实上，如研究者指出的，在作家很快将以《地下室手记》（ Записки из подполья, 1864 ）拉开序幕的"大小说"时代，《死屋手记》中那个"神圣俄罗斯"与《冬天记的夏天印象》中的"堕落西方"以各种变体形式成为所有作品的关键"两极"。[2] 小说主人公们在彼得堡寒风中以异常激烈的形式展示的许多洞见与执念，他们的创造者在漫步于 1862 年夏日的欧洲时就已存之于心。

让我们对这部游记详加审读。"冬天记的夏天印象"这一标题已大刺刺地宣示，记录和旅行并非如游记作家们通常标榜的那样是同步的。个体的思考与叙述将强势侵入即时的印象。更何况，第一人称叙事者"我"在开篇的《代序》中就表示，自己不打算按照惯例提供新鲜、准确而"有条不紊"的旅行见闻（《冬》: 71）。俄罗斯问题将被不加掩饰地掺入这段异域之行中。与此同时，"我"还不断想象读者对自己记录的旅行体验可能产生的不满和怀疑，并进行相应的解释，看似推心置腹，甚至时时自我检讨，实则精心引导着读者对流行看法重新进行思考。在《代序》中，读者看到，"我"也曾无限向往西方，这份向往就像"从遥远的山头看到乐土一样"（《冬》: 72）。西方将如应许之地一样永恒、完美；但接下来，"我"一口气交代了自己在抵达柏林、德累斯顿和科隆等名城后的遭遇，因为各种偶然、个人化的因素，它们几乎都以失望告

[1]　费·陀思妥耶夫斯基：《卡拉马佐夫兄弟》（上），臧仲伦译，收入《费·陀思妥耶夫斯基全集》，第 357 页。

[2]　See Michael Holquist, *Dostoevsky and the Novel*, Evanston: Northwestern UP, 1977, p. 43.

终。在那些对西方旅行怀有特定期待的俄罗斯读者看来，这些"意外情况"恐怕"无益于我名誉"（《冬》: 78）。但"我"无法遮掩实际的情感反应、具体经验与理想之间的落差。[1]

在降低，或者说改变了读者对这篇游记的预期后，作者开始更任性地打乱叙事脉络。在第二章《在火车上》中，时间回到了跨越俄国与普鲁士国界、正式进入欧洲的前一天，"我"还枯坐在火车上。另一场更漫长的旅行，也即18世纪以来俄罗斯受教育阶层的西化之旅开始占据其心神：

> 要知道，我们的一切，我们的发展，科学、艺术、公民性和人道主义等等，等等，全都来自那个神奇的圣地！要知道，我们从幼年起的整个生活就是遵照欧洲方式安排的。我们中任何一个人难道能够抗拒这种影响、诱惑和压力吗？（《冬》: 82）

联系整部游记的意旨，这里的插叙并不像表面看起来那样随意。很大程度上正是对民族历史中这场集体西行的评判，决定了"我"在自己的实际旅程中会看到什么，以及如何感受。在以异常激昂的情绪承认西化的规模与影响后，"我"再次选择"实话实说"，坦言自己不能不被一些"无聊的思想"所侵扰：

> 唉，坐在火车里是多么枯燥无聊哇！这与在俄国过着无所事事的日子那种无聊之感完全一样。虽然火车载着你，有人照顾你，有时候甚至摇晃着你入睡，使你觉得似乎再好不过了，可仍然感到枯

---

[1] 对这部游记第一人称叙事策略的具体分析参看弗兰克：《陀思妥耶夫斯基：自由的苏醒》，第337页。弗兰克认为《地下室手记》延续了这些策略，但参验陀思妥耶夫斯基实际旅程和整体创作情况，游记中的"我"和作家本人之间并不像在《地下室手记》里那样存在明显距离，本章在论述中也不打算过分纠结这一问题。

燥无聊，其所以如此，正是因为自己没事可做，因为照顾太周到了，而你只消坐着并等火车把你送到目的地。说真的，有时我简直想从火车里跳出去，用双脚跟着火车跑，即便结果很糟，即便由于不习惯搞得筋疲力尽，甚至摔倒，这又算得了什么！但我毕竟是在用自己的脚走路，毕竟找到了事情做，而且万一两列火车相撞，整个车身翻倒，那我也不至于关在里面代人受罪……（《冬》: 84—85）

众所周知，作为工业革命、烟与汽的时代最生动的象征，火车被充分吸收到了 19 世纪的文学想象之中。即使对于较晚卷入这场革命的俄罗斯而言，也"没有什么比 19 世纪六七十年代从西北角逐步延伸向内陆的铁路更能宣示一个新时代的到来"；对应于让人联想起俄罗斯乡村的那些"满是尘土的破旧道路"，铁路在"大改革"时期的俄罗斯文学中承载了作家们关于"精神堕落和物质进步相交叠"的现代化进程的不同理解。[1] 与屠格涅夫在《烟》的结尾以火车蒸汽象征现代化图景的变幻不定、个人与民族身份的暧昧不明不同，陀思妥耶夫斯基笔下的这列火车更多地显示出了钢铁机器不容置疑的强硬意志。俄罗斯民族就如登上列车的乘客一样被追求高效、理性的现代性大潮挟裹向前，无需，实际也不能再自行决定行进的方向和速度。当高速前行被认为是绝对且唯一正确的，个体的自由意志被完全剥夺时，俄罗斯人陷入了一种必然律支配下的精神麻木和创造力萎缩。这似乎是另一种"死屋"囚徒。当然，火车时代还坚持用自己的"双脚"奔跑不免要付出落后，乃至摔倒的代价，但"我"作为一名被迫陷入"无所事事"状态的乘客忍不住道出了一个更大的忧虑：当其他的一切选择可能都被排除，如何确定当前这种义无反顾的急行军本身是安全的（毕竟车身可能"翻倒"），而那个西方已经率先抵达、号称人类历史之必然的"目的地"又是值得做出所有这些牺牲的呢？

---

[1] See James H. Billington, *The Icon and the Axe*, p. 382.

这实际也是"我"将前往西方验证的一个核心问题。但在正式进入西方"腹地"之前，作品还是继续用所谓"完全多余的一章"（第三章）详细回溯了俄罗斯已经驶过的那段旅程。援引不同时代的文学经典——以文学组织历史，并不仅仅是因为陀思妥耶夫斯基／"我"的作家身份（《冬》: 111），还在于俄罗斯近代文学本身就是这一跨文化旅行的典型产物，作家们更是最先从被裹挟状态中清醒过来，思考"大车"应驶向何方的一批乘客——"我"将俄罗斯的西化分为了三个阶段：叶卡捷琳娜时代，在冯维辛的《旅长》、《纨绔少年》（*Недоросль*，1781）中，迷恋法国文化的"爷爷辈"隆重登台，他们天真或假天真地接受来自法国的一切最琐屑的事物，但这种接受仅仅流于表面，人们的精神层面并未被触动（《冬》: 89—94）；格里鲍耶陀夫的《聪明误》（*Горе от ума*,1824）则率先塑造了恰茨基这类接受了西方进步思想，却无法将之运用于俄罗斯现实的"子辈"（《冬》: 101—103），随后文学中层出不穷的"多余人"多可归入此列；最后是新时代那些以为要一劳永逸地解决一切问题"只消应用一下欧洲文明的结果，读上两三本书就行了"的"孙辈"，他们前所未有地信奉实用主义和唯物主义，不容异见，也不再有任何道德上的自省和犹豫。新人在文学中正式亮相是在屠格涅夫的《父与子》中，小说甚至还因为不够"进步"而饱受激进阵营的批评（《冬》: 98）。

　　可以看到，随着俄罗斯西行列车的高速前进，学习西方文化从最初官方引导下的一种时髦逐渐变成了知识精英思想与行动的排他性准则。那么，西化程度的加深是否给俄罗斯带来了"进步"呢？与许多俄国思想家一样，陀思妥耶夫斯基关注的是社会而非政治向度，即主要是从价值观与共同秩序的建立、对此秩序的感知状况，以及社会成员的协调程度这类角度来评价一个文明的。就此而论，作家认为俄罗斯实际上并没有变得更好：西化的受教育阶层正日益脱离广大民众和俄罗斯现实生活。阶层间的压榨、掠夺并没有减少，只是获益者学会了像"法国资产者"那样以文辞、律法对之加以矫饰（《冬》: 94）。进步人士或是满足于自我感动，不涉现实（《冬》: 96），或是以"文明看守"自居，将既有一切传统、"人民的本原"都视为前进的阻碍，打算毫不留情地扫荡一空（《冬》: 98—99）。相应的，"现在老百姓把我们完全看作了外国人，对于我们的任何一句话，任何一本书，任何一种思想，他们都毫不理解"（《冬》: 97）。

而这种分裂状态之所以会被视为正常乃至必要的，究其根本，还在于渗透着西方中心主义的社会进化论和文明等级论已深入人心，西方一地的特殊经验被上升为了一种普遍真理。俄罗斯与西方被认为处于不同的历史阶段，二者的一切差异都被解释为文明进化程度的差别。就在对俄罗斯西化史的回溯中，《完全多余的一章》又插入了旅行结束后的秋天"我"在"一张最进步的报纸"上看到的一则莫斯科新闻。报道者"愤怒而又傲慢地以鄙视的态度"对新婚夫妇留取褻衣的习俗大加批判："尽管文明在所有方面取得了胜利，但是直到如今还保留着此类不文明行为！"这一报道让"我"发笑，并不是因为"我"否认上述习俗是丑陋的（《冬》: 99）;[1] "我"无法接受的是上述批评中流露出的粗暴历史观——"今天"的（西方）文明已经解决了一切问题，俄罗斯却还可悲地停留在"过去"。居高临下的批评者没有意识到，自己可能"把文明和真正正常的发展法则混为一谈"，最终只是以一种偏见去替换另一种偏见。"我"以一种颇为尖刻的语调追问道，相较野蛮的俄罗斯人，那些文明的贵妇人在时装店"机灵"而"深思熟虑"地"在漂亮服装的某些地方塞上棉花"的行为"难道就更贞洁，更道德，更纯真吗？"（《冬》: 100）霍奎斯特（Michael Holquist）认为这段论述充分体现了陀思妥耶夫斯基对将文明之空间分布简单转化为时间分布的反感,[2] 而他认为不妨以"时间的

---

[1] 有必要指出，在这篇直面俄罗斯西化问题的游记中，陀思妥耶夫斯基也表现出了对斯拉夫派的不认同，认为他们对传统的理解过分理想化和表面化，仅仅"穿上了俄国式的服装"，实际仍置身于痛苦而混乱的民族生活之外（《冬》: 87）。

[2] See Michael Holquist, *Dostoevsky and the Novel*, pp. 44—45.

孤儿"（"Orphans of Time"）来形容在欧洲"整体历史进程"中处境尴尬的俄罗斯人：以1700年彼得大帝改用儒略历为象征，俄罗斯开始从国家层面努力融入欧洲历史，包括以西方的方式"感受"时间，形成对自身历史（也即"何为俄罗斯"）的理解。无论持何种立场，知识分子们似乎都需要回应罗马天主教的中世纪、文艺复兴、宗教改革这类西方重要历史时刻在俄罗斯的"缺席"带来的影响。[1] 这种"对表"的焦虑也不断干扰着俄罗斯时间的"流速"乃至方向，使之成为欧洲唯一一个不断在激进改革和同样激进的反改革中来回摆动的国家。而无论是游记开篇就强调的非线性叙事、经验与"范式"的不协调，还是《完全多余的一章》指出的俄罗斯西化史不等于进化史，都已经预告了陀思妥耶夫斯基在接下来的行程中将从根本上挑战这种给俄罗斯事业带来巨大干扰的以西方为唯一中心的进步主义历史观。[2]

从第四章《对旅客而言并非多余的一章》开始，"我"终于回到了自己的夏日旅行。但"我"无意进行当时正日渐流行开来的那种热衷"检

---

[1]　See Michael Holquist, *Dostoevsky and the Novel*, pp. 3—4. 按作者的说法，1918年苏俄政府改用格里历，是这一"对表"过程的又一个标志性事件。

[2]　但与此同时，不能不指出的是，这样的反思实际又已暗藏于同一段西行历史中：这段旅程远不像《在火车上》《完全多余的一章》所描绘的那样是全然被动和单向的。对西方认知的丰富，包括掌握那些来自西方内部的批判声音和思想工具，其实也让俄罗斯人获得了更多反思西方文明的可能。被陀思妥耶夫斯基反复引用的冯维辛法时期的观点，表达了俄罗斯人对法国文化最初的失望。而冯维辛对法国道德问题的批判很大程度上正来自对莫里哀、伏尔泰、卢梭、马蒙泰尔等法国作家观点的发挥（See Derek Offord,"Beware the Garden of Earthly Delights: Fonvizin and Dostoevskii on Life in France", in *The Slavonic and East European Review*, vol. 78, No. 4 ［Oct., 2000］, p. 632）。对法战争后与西方文化更广泛的接触，更让"卢梭主义的、世界悲伤的，以及早期浪漫主义的主题开始经常与对西方文明结果的真正批判交织在一起"（参见津科夫斯基：《俄国思想家与欧洲》，第40页）。而对于陀思妥耶夫斯基这代成长于尼古拉一世统治时期的知识分子而言，德国哲学的影响是决定性的，历史成为他们关注与论战的焦点。俄罗斯民族的使命、"欧洲民族发展的结果和俄国在历史进程中的地位问题"，或者往更大里说，"俄罗斯与西方问题"被明确提出（参见津科夫斯基：《俄国思想家与欧洲》，第42页）。至亚历山大二世改革时期，如本书已反复强调的，对西方的开放和思想管控的相对松动，不仅没有影响，甚至还可能促进了分裂的知识界在拒绝走西方资本主义道路、坚持俄罗斯特殊性方面达成共识。《冬天记的夏天印象》中关于今日西方与俄罗斯所处历史阶段的理解，同样受益于，并进一步丰富了这一在俄、西文化持续交互中形成的批判传统。

查游览指南上记载的对不对”的英式旅游（《冬》: 105）。文章中提到的景点名胜屈指可数，绝大多数篇幅都留给了巴黎和伦敦两座城市。而与他在作品中多有致敬的冯维辛、卡拉姆津不同，陀思妥耶夫斯基并未尝试融入两座首都的社交、文化圈。相较于前辈们的旅行书简中丰富的时事议论，以及旅行者对本地生活的参与，无论是意大利统一这一彼时欧洲最大的政治事件，还是豪斯曼（Georges-Eugène Haussmann）在拿破仑三世支持下主持的大规模巴黎改建工程，都没有在《冬天记的夏天印象》中留下什么印记。[1]不妨再次强调，这不是一部典型的游记。读者很难通过旅行者在所谓连续时空中的运动，或者对经验性细节的关注，看到什么自我意识和形象的丰富。在真正踏入伦敦、巴黎这两座欧洲首都前，它们作为陀思妥耶夫斯基西方神话的核心符号就已经被赋予了明确的意识形态内涵，甚至连哪些“能指”能够进入旅行者视野都是先定的：这里的人群、水晶宫、资产者、传奇剧，等等，都将指证西方文明已经发展到最高，同时也是最后的阶段。

按照通行标准，陀思妥耶夫斯基旅行时的欧洲可以说是空前繁荣和稳定的，维多利亚时代中期的英国和拿破仑三世统治下的法兰西第二帝国尤其如此。借用霍布斯鲍姆（Eric Hobsbawm）在那套经典历史著作中的命名，较之此前的“革命的年代”（及此后的“帝国的年代”），这是一个资产阶级在经济、政治、文化等各个领域全面巩固了自身统治的“资本的年代”：

> “双元革命”赋予资本主义经济十足的信心来进行其全球征服。完成这项征服的是它的代表阶级——资产阶级，而他们所打的旗号，则是其典型的思想表现——自由主义的思想方式。……在这段时期（革命的 1848 年到大萧条的 19 世纪 70 年代——引者注），资

---

[1] See Derek Offord, *Journeys to a Graveyard*, pp. 203—206.

本主义社会的前景和经济似乎没有什么问题，因为它们的实际胜利非常明显。法国大革命所针对的"旧制度"，其政治阻力已被克服，而这些旧制度本身，看上去也正在接受一个凯歌高奏的资产阶级领导权，接受它所代表的经济、制度和文化进步。在经济上，原先受限于腹地狭隘所导致的各种工业化和经济增长的困难，这时已获克服，这主要得归功于工业转型的扩散，以及世界市场的大幅度拓展。在社会上，革命年代贫民爆炸性的不满情绪此时也逐渐平息。简而言之，持续而无限制的资产阶级进步的主要障碍似乎均已铲除，因而其内部矛盾所造成的可能困难，一时间似乎还不致引起忧虑。在欧洲，这个时期的社会主义者和社会革命分子，似乎较任何其他时期都少。[1]

然而，俄罗斯并未同样迅速地融入"双元革命"（英国领衔的工业革命与法国的政治革命）开创的这一新格局中。相较欧洲诸强，它仍然是一个背靠宗法制、主要发展传统农业经济的国家，资产阶级在相当长一段时间内都未成气候；而"小市民"文化更是有着强烈宗教气质与审美意识的俄罗斯文化天然之大敌。[2]1847年如愿出国的赫尔岑几乎马上就被所谓的市侩气击溃，加上目睹1848年革命失败，他发表了《法意书简》（*Письма из Франции и Италии*, 1847—1852）、《彼岸书》（*С того берега*，1847—1850）、《往事与随想》（*Былое и думы*，1852—1868）等一系列作品，对"资产阶级的欧洲"进行了完全不同的描绘，尽显失望之情：

　　在我们看来，欧洲也接近了"饱和状态"，它疲倦了，向往着

---

[1]　艾瑞克·霍布斯鲍姆：《帝国的年代，1875—1914》，贾士蘅译，北京：中信出版社，2017年，第10页。

[2]　See James H. Billington, *The Icon and the Axe*, p. 448.

平静和停顿，从市侩制度中找到了自己巩固的社会方式。……但与此同时，思想水平、视野、审美情趣降低了，生活变得空虚，除了外界的冲击有时带来一点差异以外，只是单调的循环，稍有波动的一泓死水。议会在开会，预算在审查，演说头头是道，形式略有改进……明年还是这一套，十年以后也还是这一套，生活进入了成年人平静的轨道，一切只是例行公事。[1]

资产阶级是不会把自己视为丑陋的中介环节的，它把自己当作是目的，可是，由于他的道德原则比过去更少也更贫乏，而发展得又很快很快，所以，资产阶级世界衰竭得如此之快，而且根本不可能再次获得复苏，也就丝毫不足惊奇了。[2]

尽管在 19 世纪上半叶基列耶夫斯基、奥多耶夫斯基等"爱智者"，以及稍晚的斯拉夫主义者笔下，这类欧洲衰亡论早已出现，[3] 但在 1848 年革命之后，由赫尔岑这位著名的西方派、流亡者提供的"尸检报告"显然更富说服力。从 1852 年开始，赫尔岑在伦敦出版杂志《北极星》和《警钟》，通过地下渠道送往国内，影响巨大。主持《时代》时期的陀思妥耶夫斯基在社会政治观念方面就大大受益于赫尔岑。此次西方旅行他共逗留伦敦八天，其间也数次前去拜访这位同胞。[4] 而斯特拉霍夫（Н. Н. Страхов）、多利宁（А. С. Долинин）等研究者早已注意到，整部《冬天记的夏天印象》从主题、章节结构到具体表述都明显受到《法意书简》

---

[1] 赫尔岑：《往事与随想》（下），第 289—290 页。
[2] 亚历山大·赫尔岑：《彼岸书》，张冰译，成都：四川人民出版社，2016 年，第 76 页。
[3] 参见津科夫斯基：《俄国思想家与欧洲》，第 41—48 页。甚至还可进一步往前追溯：冯维辛旅法之时美国独立战争正在进行，结合其对西方的观察，他在书简中就提出"我们在开始，它们在结束"，认为落后可能成为一种优势，未来将属于俄、美这样的新兴民族。这类观点当然很容易被后来进一步接受了德国浪漫主义与民族主义熏陶的 19 世纪俄罗斯知识分子继承、发扬。See Derek Offord, "Beware the Garden of Earthly Delights", p. 638.
[4] 参见弗兰克：《陀思妥耶夫斯基：自由的苏醒》，第 270—275 页。

的影响，并以陀思妥耶夫斯基的独特语言进一步赋予了后者提供的那幅资产阶级画像一种"邪恶本质"。[1] 在晚年的《作家日记》（*Дневник писателя*，1873—1881）中，陀思妥耶夫斯基还将反复提醒人们注意：俄罗斯的西方派其实大多左倾，甚至属于"极左翼"，对西方文明现状有着强烈不满，而作家认为这恰恰证明了他们身上的"俄罗斯性"。[2] 此说对于《冬天记的夏天印象》中划出的"子辈"和"孙辈"都可成立，且在激进的"孙辈"身上表现得尤其明显。心怀救世理想，这些俄罗斯知识分子倾心的是欧洲自由主义—社会主义传统中对普遍秩序的承诺，这让他们极其鄙视维护部分人利益的资产阶级文化和政治。不同于1848年革命后资本主义在西方大获全胜、社会改革声势减弱，社会主义在同时期的俄罗斯"仍至关重要"。[3]

而除了各种历史观察与进步理论，有必要指出的是，在对资本主义西方的想象和批判中，西方文学同样扮演了重要角色。从19世纪30年代开始，资本主义社会的兴起已经成为西方文艺作品的常见主题，而相对"安全无害"的文学也是同时期苦于尼古拉一世高压统治的俄罗斯受教育者最容易获得的西方资源。在一种如饥似渴的、寻找"透气孔"式的阅读中，早期资本主义带来的那些社会惨剧让他们印象深刻。加之特殊的文学中心主义和未受到1848年革命失败冲击的艺术社会观，俄罗斯读者更容易在那些虚构作品中看到一种"本质的真实"，产生强烈的道德热情。陀思妥耶夫斯基就认为俄罗斯人比西方读者更"深刻""亲切"地"理解与认同"了拜伦、狄更斯、乔治·桑等

---

[1]　См.: А. С. Долинин, "Достоевский и Герцен" // *Ф.М.Достоевский, Статьи и материалы*, А. С. Долинин ред. Петербург: Мысль, 1922, с. 309—317.

[2]　参见费·陀思妥耶夫斯基：《我的奇谈怪论》，《作家日记》（上），张羽译，收入《费·陀思妥耶夫斯基全集》，第342—343页；以及陀思妥耶夫斯基：《奇谈怪论的结论》，《作家日记》（上），第348页。

[3]　弗兰克：《陀思妥耶夫斯基：自由的苏醒》，第349页。

人富有批判精神和人道关怀的创作，[1] 并以之为俄罗斯具有"全人类性"（"всечеловечность"）的明证（关于这一特殊的民族性话语，下文还将重点讨论）。在 1861 年为《玛丽·巴顿》（*Mary Barton*，1848）俄译版写的一段介绍文字中，作家称盖斯凯尔（Elizabeth Gaskell）的这部小说"毫不掩饰地描写了英国工人阶级的生活和苦难。在所有欧洲国家里，只有俄国能够以兄弟般的同情心看待这些不幸，看待这些阶级仇恨"[2]。

总之，作为一位典型的 19 世纪"具有社会意识的俄国人"，陀思妥耶夫斯基早已将资产阶级视为"拜物"的同义词，而伦敦，更是"典型的被剥削的无产阶级国家的首都"。[3] 在《冬天记的夏天印象》中，对这座城市的描写主要集中在第五章《巴尔》。章节名来自《旧约》中被诅咒的邪神，在此则成为"金钱""进步"这类时代新神祇的代称。事实上，在作家对这座彼时堪称世界财富中心的城市的描写中，充斥着宗教词汇，而"人群"是最核心的意象——作为一种典型的都市景观，"人群"在这个世纪牢牢吸引了艺术家和思想家的目光。它代表的高速流动、混

---

[1]　参见陀思妥耶夫斯基：《乔治·桑之死》，收入《作家日记》（上），第 326—327 页。这当然是一种文学化的表述，我们事实上也很难对俄罗斯与西方的阅读体验进行准确的比较，但从艺术观念的差异、异国想象与本土经验的偏差等角度考量，陀思妥耶夫斯基此说都可得到一定支持。例如，狄更斯的创作在本国也十分流行，但他对维多利亚时代中期的社会罪恶的揭露受到了很多同胞的批评，"许多 19 世纪中叶的读者（以及大多数作者）却认为必须回避这些事情，因为它们是一种'贬低'，而不是标志着'上升'（这是维多利亚时代的一个人们喜闻乐见的形容词）"，《雾都孤儿》这类作品被认为过分渲染了社会与人性之恶。参见阿萨·布里格斯：《英国社会史》，陈叔平等译，北京：商务印书馆，2015 年，第 299—300 页。而同时期的俄罗斯读者与作家则更容易因为狄更斯的这种"真实"而对其颂有加。See Julia Palievsky and Dmitry Urnov, "A Kindred Writer: Dickens in Russia, 1840—1990", in *Dickens Studies Annual*, vol. 43（2012），pp. 209—226. 除了《乔治·桑之死》中提到的那些作家，巴尔扎克对陀思妥耶夫斯基的西方想象也有极大影响，弗兰克甚至认为作家少年时就已痴迷的"巴尔扎克可能就是第一个让他相信欧洲完全被物欲之神巴尔所控制并且难逃一场阶级斗争血腥浩劫的人"。参见约瑟夫·弗兰克：《陀思妥耶夫斯基：反叛的种子，1821—1849》，戴大洪译，桂林：广西师范大学出版社，2014 年，第 136 页。而陀思妥耶夫斯基在这次旅行期间"迫不及待地一卷接一卷"地阅读的则是雨果最新出版的《悲惨世界》，参见弗兰克：《陀思妥耶夫斯基：自由的苏醒》，第 277 页。

[2]　转引自弗兰克：《陀思妥耶夫斯基：自由的苏醒》，第 107—108 页。

[3]　参见弗兰克：《陀思妥耶夫斯基：自由的苏醒》，第 268 页。

杂，或是孤独、非理性以至本雅明从波德莱尔诗歌中读出的"惊颤体验"，无不是现代性的最佳写照。[1] 而游记中的人群，最先出现在水晶宫中，这里正在举办第二届伦敦世界博览会（1862 年 5 月开幕）。陀思妥耶夫斯基由之想到的，是圣训"合成一群，归一个牧人"［《约翰福音》（10：16）］已被重新解释：

> 的确，博览会规模异常惊人。你会感觉到有一股惊人的力量，它能把世界各地前来的无数人"合成一群"；你们会意识到一种非常巨大的思想；你们会感觉到某种目标在这里已经达到，这里是胜利，是凯旋。你们甚至好像开始害怕起什么东西来了。不管你们怎样我行我素，但你们不知怎的感到害怕。"这难道真是达到了理想的境界吗？"你们会这样想，"这里就是终点吗？这真的就是'合成一群'吗？"是不是应该把这些当真认作是十分正当的，而可以完全默认？所有这一切是如此庄严，如此得意，如此足以自豪，以至使你们激动不已。你们看着这些从全球恭顺地来此的几十万以至几百万人，他们抱着同一种思想，平静地顽强地默然挤在这个巨大官殿里，你们就会感觉这里正完成着某种最后的事，事情不但完成了，而且达到了终结。这是某种像《圣经》的景象，是近似巴比伦的故事，是《新约全书·启示录》上的某种预言在你们眼前实现了。你会感觉到，只有在精神上不间断地加以抗拒和否定，才能免受影响，才不会屈服于印象，拜倒在事实面前，才不会对巴尔崇拜得五体投地，也就是说，才不会把现存的事物视做自己的理想……（《冬》: 117）

---

[1] 可参阅瓦尔特·本雅明：《发达资本主义时代的抒情诗人》，王才勇译，南京：江苏人民出版社，2005 年，第 120—137 页；以及雷蒙·威廉斯：《乡村与城市》，韩子满等译，北京：商务印书馆，2013 年，第 293—296 页。

水晶宫由钢铁与玻璃这两种充分见证了工业革命之威力的材料建造而成。它不仅是维多利亚时代大繁荣的象征，也是一个资本主义文明封神的场所，来自世界各地的展品以一种最生动的方式展现着资本与观念的同步流通，自由贸易"已经成为一种福音"。[1] 在这里，彼此陌生、语言也互不相通的参观者被同样的信念征服，"合成一群"，对工业经济与技术进步的信心达到顶峰。当阳光透过宫殿镶嵌的大片玻璃照射进来，这里就是沐浴在启蒙光辉之下的尘世天堂——水晶宫也确实常常被拿来与位于伦敦市区的圣保罗大教堂进行比较，其长度是后者的三倍。[2] 这不免让人想起，游记第一章《代序》提到的旅行中的"意外情况"之一，就是"我"根本没有看到圣保罗大教堂这座原初意义上的神殿（《冬》：77—78）。伦敦的人群膜拜的是新神，是已经取代了上帝、找到历史正解的人类自身。但显然，在陀思妥耶夫斯基这位东正教信徒看来，与俄罗斯人在教堂人群中感受到的那种"聚议性"不同，水晶宫里的"巴尔"不仅不能带来个人精神的提升以及与整体的协一，反而让人将"现存的事物视作自己的理想"，不再有任何超越性追求。工业化、都市化带来了大规模的聚集，但物欲的膨胀又必然带来人与人之间的分裂冲突。在水晶宫举行的拜物仪式中，人类既是神，又是祭品。

伦敦的另一种人群支持了陀思妥耶夫斯基对水晶宫中"伪启示录"景象的批判。这是星期六夜晚数十万工人带着孩子通宵酗酒狂欢时汇成的海洋。游记中对这些被毁掉的人的描写，明显受到了恩格斯《英国工人阶级状况》（1845）的影响：从前文的论述不难理解，这一时期以英国资产阶级的社会形态为事实基础的马克思主义在俄罗斯受到的关注比在欧洲更多，[3] 欧洲无产阶级的悲惨境遇也是《时代》杂志重点关注的问

---

[1]　参见布里格斯：《英国社会史》，第 240 页。
[2]　参见布里格斯：《英国社会史》，第 239—240 页。
[3]　参见艾瑞克·霍布斯鲍姆：《资本的年代：1848-1875》，张晓华等译，北京：中信出版社，2017 年，第 307—308 页。

题之一。正是它率先在俄国报刊上提到了恩格斯的这部著作，称恩格斯为"最有天赋和学问的德国社会主义者"；针对德国经济学家的批评，《时代》还曾用"可怕地反映了无产阶级悲惨生活的图片为恩格斯的《英国工人阶级状况》进行有力的辩护"。[1] 而《英国工人阶级状况》开篇不久后的一段论述，即通过大街上失去基本人类情感与意识反应的"人群"，指出在伦敦这座世界城市中表面上聚集在一起的个人实际已经完全原子化。而曼彻斯特周六晚上工人家庭花尽一周工资、酗酒暴食的疯狂景象也被视为一种典型的社会病症。[2] 如果说，恩格斯在"英国的资本主义处在其第一次长期大危机的最严重阶段"来到这个国家（1841—1842年），这让他有理由对工人阶级的生存状态，以及整个资本主义社会的发展情况给出极其负面的描绘，[3] 那么，十八年后，陀思妥耶夫斯基在经济与社会形势已经大有改善的英国看到的似乎还是同样的可怕"人群"：

> 人们告诉我，每逢星期六夜晚，五十万男女工人带着孩子像海洋一样泛滥于整个城市，大多数人挤在某些街区，他们通宵达旦地欢庆休息日，也就是像牲口似的大吃大喝一通，来补偿一个星期的辛劳。这一切要花去自己整个星期的积蓄，花去繁重劳动和诅咒赚得来的钱。肉店和食品店里的煤气灯射出粗大的光柱，街道给照得通明，很像是为这些白皮肤的黑人举办一场舞会。人们都挤在敞着门的小酒馆里和街道上，大家边吃边喝；酒店装饰得像宫殿一样；全都喝得烂醉，但却并不快乐，而是忧郁、苦恼，而且不

---

[1] 参见弗兰克：《陀思妥耶夫斯基：自由的苏醒》，第 137 页。

[2] See Geoffrey C. Kabat, *Ideology and Imagination: The Image of Society in Dostoevsky*, N.Y.: Columbia University Press, 1978, pp. 76—79.

[3] 参见埃里克霍布斯鲍姆：《如何改变世界：马克思和马克思主义的传奇》，吕增奎译，北京：中央编译出版社，2014 年，第 97 页。作者强调应当历史地理解恩格斯以如此阴暗的色调来描绘无产阶级的状况，就当时英国社会陷入的危机而言，他确实有理由相信自己看到的是资本主义的"最终时刻和革命的前奏"，而非像后来的历史所显示的那样是"资本主义进行扩张的重大时期的前奏"（第 100—101 页）。

知怎的总是很怪地默不作声。只是有时詈骂和流血殴斗才会打破这令人费解的、郁闷窒息的沉默气氛。大家都急忙忙地很快喝得酩酊大醉,不省人事……女人也不甘落后于男人,她们跟自己的丈夫一起,也喝得烂醉如泥;孩子们则在他们中间乱跑乱爬。……人民,到处都是人民,可这里一切是如此宏大,如此鲜明,使你们好像感触到了以前只能想象的东西。你们在这里看到的甚至不是人民,而是意识的丧失,而且这种意识丧失是一贯的,心甘情愿的,受到鼓励的。你们看着所有这些社会贱民时,心里会感到,对他们来说,实现预言还早着呢,把棕树枝和白衣赐给他们也还早着呢……这些被遗弃的、被从人间宴席上排挤出来的千千万万的人,被他们的兄长投入黑暗的地下,在这里互相挤压、倾轧,到处摸索大门,寻找出口,为求不至于在黑暗的地下窒息而死。这是最后的、绝望的挣扎,要挤回自己的一群中去而摆脱一切,甚至摆脱人的形象,只要能够按自己的意思生活,只要不同我们在一起就好……(《冬》: 118—120)

和西伯利亚"死屋"中那些以极端方式证明自己仍然保有自由意志的囚犯一样,将劳动作为商品出售的工人们以一周一次、全无理性规划的消费作为最后的挣扎。但饥饿者的这种报复也许比有闲人士瞻仰水晶宫更能显示"巴尔"已经统治一切、成为所有阶层的一种无意识,同时也更有利于巩固现有秩序——或者说,自我的毁灭、个人意识的丧失本身就是这个秩序的一部分,是"受到鼓励的"。游记随后转向这类可怕人群的另一代表,干草市场里的妓女,"这些人密密麻麻,拥挤不堪地聚在各条街上","人人都在渴望获得猎物,一遇到什么人,就厚颜无耻地扑了下去"(《冬》: 120)。卖淫问题被公认为维多利亚时代中期"最大的社会公害"，[1] 只有都市可以为如此大规模的身体买卖提供市场。比起工人，这些女人更已沦为彻头彻尾的商品，她们也按照商品经济的逻辑坦然接受了自身和他人的异化。陀思妥耶夫斯基并未像恩格斯那样对工业化、城市化进程的社会与政治影响进行总体分析，而是聚焦于人在一个物欲膨胀的堕落世界里精神发生的夸张变异。就这一点看，不如说他更多地是在致敬其挚爱的同时代英国作家、被称为"伦敦城里的但丁"的狄更斯。[2]

无论如何，在伦敦提供的这份现代版启示录中，旅行者并没有发现什么新天新地、同享荣耀。与赫尔岑对这座城市的总体印象一致，《冬天记的夏天印象》中的伦敦"每一个矛盾都和它的对立物同时共存"（《冬》: 115），水晶宫里的光明景象和那些只出现在夜晚的饥饿人群并行不悖，互不干扰；两位作家也都将伦敦形容为"蚁冢"，[3] 生理与物质需求的放大，让奉行个人原则的个体终究又有可能"合成一群"，在城市生活表面的多样性下面实际有着"极高度的资产阶级秩序"（《冬》: 116）。对于这种秩序，率先启动工业革命，并在海外成功建立起经济与政治霸权的英国人深感骄傲而少有怀疑，是其最坚定的践行者。而作为其老对手的法国人则略有不同：诚然，作为一部特殊的游记，目的地各民族间的差异问题并不是《冬天记的夏天印象》关注的重点，在将资本主义文明放入人类精神史加以诊断时，陀思妥耶夫斯基认为今日之英法并无本质上的区别；但另一方面，即使对于这位常常被认为偏执、极端的作家而言，西方也终非铁板一块。相较于在地理和文化上都离俄罗斯更远的英国，法国带来的问题要棘手许多，也明显更能激发陀思妥耶夫

---

[1]　参见布里格斯：《英国社会史》，第 315 页。

[2]　与狄更斯一样热衷描写首都生活的陀思妥耶夫斯基一度被称为"俄国的狄更斯"，关于狄更斯对他的影响概况，以及两人此次在伦敦是否会面的考证，可参看：Julia Palievsky and Dmitry Urnov, "A Kindred Writer", pp. 223—224.

[3]　参见赫尔岑：《往事与随想》（下），第 6 页。《冬天记的夏天印象》中这一形容出现在第 116 页。

斯基的批判热情。除了在第五章《巴尔》中被与伦敦并置（两座城市都已在巴尔的控制下失去精神提升的动力），巴黎在第四章《对旅客而言并非多余的一章》、第六与第七章《试论资产者》《续前一章》以及最后一章《小鸟和小鹿》中都是绝对的主角。事实上，还在追溯俄罗斯西化历程的《在火车上》中，陀思妥耶夫斯基就提到了法国对于自己这代俄罗斯知识分子的特殊意义：

> 记得大约十五年前我认识别林斯基的时候，当时有这么一小批人怀着五体投地的崇敬心情膜拜西方，主要是法国。在 1846 年的时候，法国成了时髦。倒不是说当时人们崇拜乔治·桑、蒲鲁东等人，或者像路易·布朗、赖德律-洛兰等人。不，他们所崇拜的不过是一些不值一提的渺小家伙，日后轮到他们有所作为的时候，他们就胆怯了，就是这样一些人被推崇备至，期待他们将来造福人类，干出某种伟大的事业。人们还虔诚地悄悄谈论其中的某些人……其结果呢？（《冬》: 80）

的确，尼古拉一世治下俄罗斯知识分子的精神大本营一度从法国转向德国，但 19 世纪 40 年代"法国模式再次占了上风"，[1] 这尤其突出地表现在包括青年陀思妥耶夫斯基在内的许多人都将法国社会主义视为了"最终解决全人类大团结的办法"，对之寄予厚望。[2] 与陀思妥耶夫斯基多有论争的谢德林日后同样在其游记《在国外》（*За рубежом*，1880—1881）中回忆了国内高压下难有作为的 19 世纪 40 年代俄罗斯知识分子是如何在法国的变局中想象性地实现自己的社会政治抱负的。如果说在俄国"一切

---

[1] 关于法国传统在俄罗斯的重获"霸权"，参见：Derek Offord, "Beware the Garden of Earthly Delights", pp. 638—639.

[2] 参见陀思妥耶夫斯基：《我们在欧洲不过是无足轻重的角色》，收入《作家日记》（下），张羽、张有福译，第 588 页。

似乎都已终结、打包完毕"，那么在法国"一切好像才刚刚开始"：[1]

> 临近 1848 年，这种好感愈加浓烈。我们带着按捺不住的兴奋关注着路易·菲力普在位最后几年那出戏剧的波折变幻，满腔热情地捧读路易·布朗的《十年历史》。如今，随着需求显著降低，我们会说："哪怕给我基佐，也谢天谢地了！"而那时，路易·菲力普、基佐、杜夏德与梯也尔——所有这些人仿佛都成了我们的私敌（也许是比 Л. В. 杜贝尔特还更危险的敌人）……（《在》：113）

在这种"直把他乡当故乡"的背景下完全可以理解，虽然远不是所有人都像赫尔岑那样亲身见证了 1848 年革命中法国理想主义者和社会主义者的失败、拿破仑三世的上台，但强烈的失望乃至背叛感仍然席卷了俄罗斯知识圈。[2] 弗兰克（Joseph Frank）认为陀思妥耶夫斯基作为一个在自己国家早已习惯被监视审查的人，居然用整整一章（《对旅客而言并非多余的一章》）嘲讽旅途中遭遇的法国密探与旅馆登记制度，不免有些夸张作态，[3] 但恰恰因为这些事情发生在曾被俄罗斯人想象为自由王国、对俄持续输出教义的法国，而非帝俄，作家的反应才会如此激烈。游记中的法国，是 1848 年革命之后的、已经背叛了理想的法国；相当程度上，也正是法俄间更紧密的思想关联，让巴黎在这位俄罗斯作家眼中与似乎从未有过"理想"和革命的伦敦呈现出了不同的精神气质：伦敦是自信蓬勃、一片喧嚣的，并不费心遮掩矛盾与冲突，而巴黎

---

[1] См.: Салтыков-Щедрин М. Е., *За рубежом//Собрание сочинений: В 20 т*, С.А. Макашин（гл. ред.）и др., Т. 14: *За рубежом. 1881. Письма к тетеньке. 1881—1882*, М.: Худож. лит., 1972, с. 112. 后文谢德林游记《在国外》引文均出自这一版本，将随正文标注作品首字（中译）与出处页码，不再另注。对谢德林法国记忆的详细分析，参看本书最后一章。

[2] 虽然俄罗斯并未像欧洲其他国家那样爆发革命，1848 年仍构成了其思想与社会史中一个关键的转折点。参阅以赛亚·伯林：《俄国与一八四八》，第 1—24 页。

[3] 参见弗兰克：《陀思妥耶夫斯基：自由的苏醒》，第 263 页。

则不然，它几乎是在过分用力地"表现"秩序和美德——曾经沧海的法国资产者没有那么心安理得，他们需要"怯懦而又努力地说服自己"，掩饰内心之恐惧，既"什么也不愿回忆"，也不敢再谈"愿望"（《冬》：124—125）。

　　表面看，法国资产阶级惧怕的是社会主义者（《冬》：131—132）。无论是按进步理论的推演还是考虑到双方自大革命以来的纠缠角力，这种恐惧似乎都不无道理。然而，陀思妥耶夫斯基不无嘲讽地指出资产者大可不必害怕。一则，自 1848 年 6 月无产阶级起义被镇压后，法国资产阶级无论在经济、政治还是意识形态领域，其统治地位都已无可撼动（《冬》：138）。除了西哀士神父预言的"第三等级就是一切"，大革命的其他理想均已破灭。"自由"和"平等"只属于少部分富裕、有特权的人，而且这一点还得到了法律的保证。二则，也是更重要的一点，作为与青年时代的理想的一次彻底切割，陀思妥耶夫斯基断言："即使社会主义有可能实现，也决不是在法国。"（《冬》：137）原因在于，博爱必须是自发自愿的，而强调个人原则的西方根本缺乏"博爱"的天性："在真正的博爱之中，不应是独立的个人即自己之**我**来谋求自己与**其余**所有的人具有同等价值和同等权利"，个人"首先应当把自己整个的**我**，把自己整个献给社会，并且不仅不要求自己的权利，而是相反，把自己的权利无条件地献给社会。可是西方人不习惯这样的作法"。[（《冬》：133），黑体为原文所有——引者注]资产阶级固然是这一强调财产私有、个人自由的社会形态的代言人，但社会主义者希望通过理性规划和对个人"收支"的精准计算来"制造和得到博爱"也无异于缘木求鱼（《冬》：135—136）。陀思妥耶夫斯基列举了法国空想社会主义者那些著名的失败案例，个人与集体、自由与平等、经验与理性之间的冲突并未得到真正的调节。而作为作家的另一重要潜在论敌，以车尔尼雪夫斯基为首的新一代激进知识分子此时在俄国干脆力倡理性利己主义，用一种更"科学"的方式处理群己关系。在陀斯妥耶夫斯基看来，这等于彻底抹除了人性的复杂与生活的不齐整，形成的不过是另一种"蚁冢"（《冬》: 137）。[1] 但人又毕竟不是蚂蚁。无论得到了多少利益保障，"怪人总觉得自己能做主最好"，对自由的渴望仍然可以轻而易举地让按理性设计的那种幸福生活失去全部魅力，如同监狱［（《冬》: 136—137），在此，作家显然又想到了"死屋"经历］。最终，在无法让"怪人"，也即有强烈自我意识的个人理解自己"真正"或"最大"利益的情况下，这种巴贝夫式的命令只能提出"自由、平等、博爱或者死亡"，强迫人幸福，可惜这只能走到理想的反面，走向恐怖，"这里没有什么可说的，于是资产者获得了彻底的胜利"（《冬》: 137）。[2]

然而，虽然社会主义的威胁已不复存在，陀思妥耶夫斯基相信法国资产者又确实是有理由恐惧的：如果说他们的胜利代表了一种文明在历史关头做出的最终选择，那么他们真正的恐惧就在于，作为进步典范率先抵达终点后并没有体验到所谓的"至善至美"，而前面又已无路可走，只能"按照自己那种进步的历史模式所要求的保持天堂的外表"。[3] 陀思妥耶夫斯基将其最拿手的精神与心理分析融入对历史的解释之中：

> 战争结束了，资产者突然发现，世上只有他们自己了，任何人比不上他们，他们就是理想，他们现在不须像从前那样向全世界证明他们就是理想，而只须镇定庄严地摆出人类至美至善的样子给全世界看。不管怎么认为，这是一个令人心悸的局面。拿破仑三世

---

[1]　事实上，"蚁冢"这个意象在当时的俄罗斯报刊上更常用来比喻社会主义理想，陀思妥耶夫斯基后来在《地下室手记》中也是这样使用的（参见弗兰克：《陀思妥耶夫斯基：自由的苏醒》，第 462 页）。但如前文已经提到的，作家同样用其形容资本主义高度发达的伦敦，这恰恰反映出他关注的不是具体政治问题，而是现代世界人的普遍异化。See Geoffrey C. Kabat, *Ideology and Imagination*, p. 80.

[2]　赫尔岑对这一口号有着类似批评，参见赫尔岑：《往事与随想》（下），第 273—274 页；《彼岸书》，第 129—130 页。

[3]　See Michael Holquist, *Dostoevsky and the Novel*, p. 46.

挽救了这个局面。他好像是作为摆脱困境的唯一出路和当时的唯一救星，从天上跌到了资产者怀里。正是从那时起，资产者就过起了平安幸福的生活，同时也为此付出了巨大代价，并且惧怕一切，其所以如此，正是因为他们得到了一切。当你得到一切的时候，最痛苦的事就是失去一切。（《冬》：138）

在"民选皇帝"拿破仑三世治下，各方利益似乎达成了完美的平衡。法国资产者需要做的，只剩下让包括自己在内的所有人相信这种平安幸福就是历史的目的所在。由此带来的一个自然的结果就是推崇美德与高贵外表，尽管（或者说正因为）这与其实际的空虚生活，尤其是俯首金钱的"奴性"本质存在巨大落差（《冬》：139）；而要做到这一点，就不能与现实深度接触，必须拒绝"认真地思考和议论"（《冬》：144）。"辞令"（"красноречие"）也由此成为法国人的最大法宝（《冬》：144—145）。对法国人热衷修辞的嘲讽早已有之，但唯有《冬天记的夏天印象》将其上升为了一种生存方式："对于陀思妥耶夫斯基而言，辞令不是有力的表达，而只是一种夸大。其突出的特点是事实与表达间的不一致：他用这一术语揭示语言具有的欺骗力量，形式被用来掩盖内容。"[1]游记中"我"在巴黎看到的一切似乎都蒙着一层辞令——如前所述，相对于价值问题，西方具体的政治设计、法律体系显然无法引发作家兴趣——从议会演讲、法庭辩护，到先贤祠里的解说词，都是程式化的、美妙且安全的表演（《冬》：144—152）。它们足以将思想与生活的所有褶皱熨平，言说者与听众之间的默契让事物本质绝无暴露之虞。而这位在旅程中一直默默忍耐着各种文明病症的俄罗斯旅行者之所以会在先贤祠（一个塑造公共记忆与美德的典型场所）不停打断导游熟练的背诵，提出那些不能纳入光滑历史曲线的细节，不仅仅是因为他反感解说词对

---

[1]　Michael Holquist, *Dostoevsky and the Novel*, p. 46.

伏尔泰、卢梭思想的漫画式处理，或是意识到导游口中对"自然的、真实的人"的称颂与背诵现场之间的强烈反差；可能还在于眼前场景让他在火车上的那些历史追思变得更加刺痛人心[1]——启蒙思想家们值得尊重，但如果说他们的思想在其源发地都已被证明不足以指导全部生活，那么当它们进入俄国、被高度提纯和封圣后，剩下的恐怕更只有辞令了。随之而来的必然是思想的惰性，以及与现实的严重脱离，如"我"感慨的："用这种高雅的腔调可以把一切都庸俗化。"（《冬》: 150）

游记的最后一章《小鸟和小鹿》，陀思妥耶夫斯基将笔触伸向了资产阶级的婚姻与家庭生活。在这个"忙碌的时代"，亲密的夫妻关系被默认为"应当作为社会美德、社会和谐和人间天堂的典范"（《冬》: 154）。然而，恰恰是通过摧毁家庭这座据说处于商业生活之外的最后的圣殿，作家对法国资产者庸俗本质的嘲弄达到了顶峰：一方面，基于爱情而非财产的婚姻"变得越来越不可能了，并且差不多被看作是不体面的"（《冬》: 154），另一方面，如果说在法国骑士之爱、风流之爱的悠久传统中，丈夫、妻子与情人的三角模式在文化想象中被定型并赋予某种浪漫意涵，[2] 那么如今，这种非理性的激情也遭到了金钱逻辑的有力阻击。从越轨对象到三方进退时机的择选，无不变得"明智"起来。安全，而非自由或情感，成为最先考量的因素（《冬》: 154—157）。而在法国资产者的私人生活中，"辞令"同样扮演了关键角色。小节标题"小鸟""小鹿"是法国夫妻间的通行昵称（《冬》: 153），作家以之代表亲密关系中那种夸大或隐藏实际情感的做作语言；而语言之意趣、沟通功能在私人生活中的丧失，也是整个现代世界失去意义、现代人难以建立坚

---

[1]　弗兰克注意到这里的导游词"出自《忏悔录》的一段断章取义的引文，它一字不差地出现在卡拉姆津的《一名俄国旅行者的书简》中"，参见弗兰克：《陀思妥耶夫斯基：自由的苏醒》，第 266 页。这个细节也许进一步提示我们，《冬天记的夏天印象》中的西方旅行更多地发生在陀思妥耶夫斯基脑海中而非现实中，其叙事看似混乱随意，实际都指向了作家最关心的几个问题。

[2]　可参阅玛丽莲·亚隆：《法国人如何发明爱情：九百年来的激情与罗曼史》，王晨译，上海：上海文艺出版社，2016 年。

实人际关系的终极体现。除此之外，陀思妥耶夫斯基还紧随赫尔岑《法意书简》的第二封，[1] 将集辞令之大成的传奇剧视为一种反映并形塑法国资产阶级观念的代表性文体：

> 他们需要崇高的内容，需要难以形容的高贵气度和多愁善感的东西，而传奇剧能兼收并蓄这一切。没有传奇剧，巴黎人就不能过生活。只要资产者还存在，传奇剧就不会绝迹。……任何一个意志薄弱，不完全相信自己事业成功的人，都有一种痛苦的需求：增强自信心，鼓励自己，安慰自己。他们甚至开始相信种种吉兆。这里也是如此。在传奇剧里，就有高尚的品行和高尚的教导。这里没有幽默；这里所看到，是"小鸟"非常爱好和喜欢的一切都获得了激动人心的胜利。他最喜欢的是政治上的安定和为建立自己的安乐窝而积累钱财的权利。现在，许多传奇剧就是根据这种特点写作的。（《冬》: 161—162）

彼时流行于法国的传奇剧可以说是一种典型的现代神话，一种"被过度正当化的言谈"。[2] 其形式的丰富、情感的"过载"与意涵的贫乏构成了鲜明的对比：游记的最后几页，陀思妥耶夫斯基以戏拟的方式给出了多个剧本大纲（《冬》: 162—165）。表面上看，主人公"情人居斯塔夫"的身份也紧跟时代趣味发生变化。但无论是最初的"失意的天才艺术家"，还是新近的"贫穷却有着崇高气度的军人"，无不代表着身处反浪漫秩序的资产阶级观众对浪漫的最后想象。这是对乏味生活的调剂或代偿，也构成了戏剧必要的传奇性。陀思妥耶夫斯基更在"大纲"中不断加入"喷泉的水溅声"这类程式化的浪漫元素，它们就像重音符号，

---

[1] 详细比较参见：А. С. Долинин, "Достоевский и Герцен", с. 312—317.
[2] 参见罗兰·巴特：《神话——大众文化诠释》，许蔷蔷、许绮玲译，上海：上海人民出版社，1999年，第189页。

提示着观众应在何时做出正确的情感反应。最终，无一例外地，围绕所谓"叛逆者"展开的浪漫故事仍然被证明是安全的，这也越发显示出秩序的合理与无所不包——所有故事都有着类似的情节转折，以大笔资产作为美德的奖励，人物在市民道德允许的范围内收获幸福，就连"丈夫鲍普莱"也只受到一点善意的嘲笑，形象日渐变得可爱（《冬》: 164）。加上年轻且意外获得大笔财富的"养女"取代"妻子"成了"情人"的良配，家庭得到捍卫，故事以皆大欢喜告终，"既有许多动人的感情因素，又有许多不可言喻的高贵气质，既有胜利的、以自己的家庭美德而令所有人折服的鲍普莱，又有，这是主要的，以天命和自然法则的形式出现的一百万法郎以及随之而享有的全部名誉、光荣和崇敬，如此等等"（《冬》: 165）。看似个性化、偶然化的传奇故事重复上演，让它们所承载的特定意识形态内涵最终得以自然化。现实秩序没有受到任何挑战——这个世界如此美好，"'小鸟'和'小鹿'走出剧院感到非常满足，非常平静，非常高兴"（《冬》: 165）。

2、从城市到"园地"

无须赘言，陀思妥耶夫斯基关于巴黎资产者私人生活，尤其是婚恋问题的长篇议论不可能来自旅行期间的社会观察。虽然可以找到前人影响的痕迹，[1] 读者还是很容易在游记这些带着敌意的、充斥着全称判断的文字中感受到一种民族主义情绪。跨界旅行可能不是缓解而是放大了陀思妥耶夫斯基的这种思想倾向：与那些掌握了更多外语、交际能力更强、经济和心态上也都更松快的同胞相比，第一次来到西方的陀思妥

---

[1]　除了俄罗斯的相关批评传统，弗兰克还特别提到了法国讽刺作家亨利·莫尼耶的影响，参见《陀思妥耶夫斯基：自由的苏醒》，第346页。

耶夫斯基更自闭于自己的世界。他也更执着和敏感于西方对俄罗斯的不友善——在新建成的、代表了现代西方高超建筑水平的科隆大桥的收费处，"我"那番关于自己将因为来自俄罗斯而被轻视的揣测并不完全是一种受迫害妄想（《冬》: 76）。西方的恐俄、仇俄情绪在作家生活的年代确实达到了高峰。俄罗斯的持续扩张、在对法战争以及波兰起义中的表现给西方人留下深刻印象。大力渲染俄罗斯野蛮形象和威胁论的旅行笔记、漫画、小册子盛行一时。而数年前的那场克里米亚战争更是这种敌对情绪的一次大爆发。英法在宣传中将之定性为一场"反抗野蛮主义的文明圣战"。[1] 这也是人类历史上欧洲国家第一次与穆斯林共同作战，打击另一个基督教国家。以捍卫人类文明为旗帜，英法与信奉伊斯兰教的奥斯曼帝国站在了一起，并取得最终的胜利。"基督教兄弟"的这种"背叛"自然也大大强化了俄罗斯对西方国家的不信任。而信奉俄罗斯"第三罗马"之天命、支持解放巴尔干地区东正教徒的陀思妥耶夫斯基反应尤其激烈。在克里米亚战争后，他"将不可能再相信，基督教价值和真正的基督教信仰能够在欧洲人的内心存在，尤其是法国和英国"[2]。这当然也从一个侧面解释了为何《冬天记的夏天印象》大量使用宗教词汇，将西方置于反基督的深渊，巴黎与伦敦更被描绘得近乎所多玛。

但无论如何，不应将《冬天记的夏天印象》简单地读解为民族自尊心和宗教情感受损后的应激产物。游记中对俄罗斯西化历史的大力反省，源于对俄罗斯文化中西方"基因"的正视。在 1876 年一篇追悼乔治·桑的文章中，陀思妥耶夫斯基曾感慨："我们俄罗斯人有两个祖国：我们的俄罗斯和欧洲，即使我们被称为斯拉夫派的时候，也是如此。"[3]对于包括作家在内的所有俄罗斯知识分子而言，欧洲都不可能是一个完

---

[1]　参见费吉斯：《克里米亚战争》，第 184 页。

[2]　约瑟夫·弗兰克：《陀思妥耶夫斯基：受难的年代，1850—1859》，刘佳林译，桂林：广西出版社，2016 年，第 253—255 页。

[3]　陀思妥耶夫斯基：《乔治·桑之死》，第 326 页。

全外在于己的存在，它让人爱恨交织、陷入分裂。准确地说，陀思妥耶夫斯基反对的是"现代欧洲文明、它的'资产阶级'和小市民精神"，并希望通过这种反对"揭露它对过去欧洲文化的伟大传统和遗训的背叛"。[1] 更重要的是，陀思妥耶夫斯基在 19 世纪 60 年代初成型的土壤论（почвенничество）也并不主张俄罗斯自闭于一隅，退回到被斯拉夫主义者理想化的那种"纯正"传统。相反，无论在此后的小说还是政论中，他都将反复强调，俄罗斯民族性的最大特点，即善于超越族群的文化边界、富有全人类性，"我们并不是想要成为俄罗斯人，而是要成为全人类的人"[2]。换言之，俄罗斯这样的民族更属于未来。如果历史上对西方文明成果的大规模吸收已经充分证明了其包容性与综合的能力，那么俄罗斯的使命和价值即在于充分发挥这些特性，"复活"已经被物欲控制、走向分裂冲突的欧洲文明。虽不时陷入琐碎与尖刻，但游记总体来说仍是尝试从整个人类文明，尤其是精神发展的高度反思西方发展模式和线性进步观，指出改道的势在必行。在这些问题上，我们可以看到陀思妥耶夫斯基与赫尔岑的一些相通之处：他逗留伦敦时，后者正在写作《终结与开端》（Концы и начала，1862—1863），进一步发挥了《法意书简》中的许多看法。忆及十五年前巴黎上演的一幕幕大戏，包括拿破仑三世掌权、民主破产，以及自私逐利的商人们获得胜利，赫尔岑感慨"巴黎

---

[1]　参见别尔嘉耶夫：《陀思妥耶夫斯基的世界观》，耿海英译，桂林：广西师范大学出版社，2008 年，第 106 页。

[2]　陀思妥耶夫斯基：《我们在欧洲不过是无足轻重的角色》，第 589 页。作家在游记中也提到比起欧洲人，俄罗斯人始终热衷"欧洲的利益，全人类的利益"（《冬》：157）。而更著名的论述，参见陀思妥耶夫斯基：《普希金（简论）。6 月 8 日在俄罗斯语文爱好者学会会议上的发言》，收入《作家日记》（下），第 1000—1002 页；以及《少年》（Подросток，1875）中维尔西洛夫的下列独白："我们经历几个世纪创造了一个在任何地方还没有见过的、在整个世界上还没有的、最高的文化典范，——世界性的、同情一切人的典范。……啊，俄罗斯人珍视异国的那些古老的石头、上帝所创造的古老的世界的那些奇迹、那些神圣的奇迹的碎片；我们觉得这甚至比他们本身更珍贵……在那里保守分子只为生存而奋斗；而纵火者只为了获得一片面包的权利而斗争。只有俄罗斯不是为自己，而是为思想而生存，……差不多一百年来，俄罗斯压根儿不是为自己，而只为欧洲而生存着！"陀思妥耶夫斯基：《少年》，岳麟译，上海：上海译文出版社，2015 年，第 576—578 页。

和伦敦是世界史的最后一卷"，并在对比中确认了俄罗斯民族文化的独特价值，将希望放在了尚未被现代文明侵蚀的俄国村社，希望发展一种特殊的社会主义，避开西方陷入的种种危机。[1] 同样，陀思妥耶夫斯基在批评个人主义的西方不可能有真正的博爱时，也暗示了这样的天性只可能存在于有着长期村社与宗法制生活经验的俄罗斯人民身上，尽管他承认后者现状还十分糟糕：

> 总之，要有博爱的、爱他人的原则——应当去爱。应当使自己本能地去追求博爱，追求共同相处，追求和睦，尽管民族遭受了世代的苦难，尽管民族内部根深蒂固地存在着野蛮、粗鲁和愚昧，尽管自古沿袭下来奴性，有过外国人的入侵。一言以蔽之，要使人的天性中就具有兄弟般友好共处的要求，要使他生来就具有这种要求或者使他养成这种世世代代素来有的习惯。（《冬》: 134）

循着一种颇有辩证意味的思路，赫尔岑与陀思妥耶夫斯基都将西方置于历史的"终点"，而视"欠发达"的俄罗斯为新的"开端"。但如果对两人的创作有更全面的掌握，又不难发现他们对人类历史进程的理解有着明显区别：尽管被奉为俄罗斯社会主义创始人，一度"配享太庙"，赫尔岑的历史悲观主义和怀疑论却是贯彻到底的，除了在"个人主义的'原子化'与集体主义的压迫这两大险境之间战兢戒惧"，不断寻找某种微妙的动态平衡，他想不到什么历史的"顶点"、一劳永逸的全人类解决方案。他的俄罗斯社会主义里也没有对"人民"、对宗教的那种狂热；[2] 反而是通常（并非没有道理地）被视为社会主义死敌的陀思妥耶夫斯基从一开始就被空想社会主义的"未来黄金时代"吸引，即使后来政治立

---

[1] См.: А. С. Долинин, "Достоевский и Герцен", с. 309; 另参见刘逢祺：《〈冬天记的夏天印象〉题解》，《地下室手记：中短篇小说集》，第727—728页。

[2] 参见以赛亚·伯林：《赫尔岑与巴枯宁论个人自由》，收入《俄国思想家》，第126—128页。

场急转，他仍在《罪与罚》(*Преступление и наказание*，1865)、《群魔》(*Бесы*，1870)、《少年》等一系列小说和政论中不断对之展开想象和讨论，虽深知其缥缈脆弱，却始终难以割舍。[1] 毫不奇怪，陀思妥耶夫斯基后来会批评赫尔岑这位"世界公民"还是太世俗化、太脱离真正的俄罗斯精神。[2] 如果说《冬天记的夏天印象》中的现代都市代表着末世景象，那么在作家的理解中，俄罗斯的"园地"终将成为普世的永恒乐园。《作家日记》中的下列文字虽是借"一位见解怪诞的人"之口道出，却分明代表了陀思妥耶夫斯基自己对人类历史发展阶段的完整想象：[3]

> 请看，过去是怎样的：最初是城堡，在城堡的外围是土房；城堡里住着贵族，土房里住着臣仆。此后，资产者渐渐不声不响地在有城墙的城市里兴盛起来。……我们这个时代发生了可怕的革命，资产者胜利了。伴随着资产者出现了宏伟的城市，这是任何人做梦都没有想到的大城市。19世纪出现的这种大城市是人类历史上从未有过的，这些城市有水晶宫殿、世界博览会、国际饭店、银行、各种预算案、污染的河流、货场与各种公司，在它们的周围则是各种工厂。现在人们在期待第三阶段的到来：资产者的时代结束，**新生**的**人类的**时代到来。人类将按照村社的原则分配土地，开始在园地上的生活。"人类将在**园地**上获得新生，**园地**将使人恢复元气。"总之，这就是城堡、城市和**园地**。……在**园地**里儿童们将像亚当一样，直接从土地里钻出来，而不是在九岁还贪玩的年龄，就进入工

---

[1]　参见陀思妥耶夫斯基：《黄金时代，唾手可得》，收入《作家日记》(上)，第186页，注释1。

[2]　参见陀思妥耶夫斯基：《老一代人》，收入《作家日记》(上)，第7—10页。

[3]　下面的引文与陀思妥耶夫斯基在《社会主义与基督教》一文中匆忙记下的一些关于人类文明史的笔记颇有呼应之处，笔记中列出了"原始的父权社会—文明的时代—基督教世界"三个阶段。见：Ф. М. Достоевский, "Социализм и христианство"// *Полное собрание сочинений. В 30 т.* В. Г. Базанов (гл. ред.) и др., Т.20: *Статьи и заметки.1862—1865*, Л.: Наука, 1980, с. 191—195. 对笔记的具体分析参见弗兰克：《陀思妥耶夫斯基：自由的苏醒》，第526—529页。

厂，在机床上扭伤筋骨，在资产者顶礼膜拜的可恶的机器前变得头脑迟钝，在密密麻麻的瓦斯炉中间变得想象贫乏，而连在所多玛都没有见过的工厂的堕落腐化的环境则使道德沦丧。……如果让我说，关于未来的胚芽或者理想在哪里的话——那就是在我们这里，在俄罗斯。为什么？因为在我们这里，在人民里面，有一个原则直至今日仍然保留着，这个原则就是，对于人民来说土地就是一切，一切都源于土地，来自土地。这里主要之点是，这是人类的正常规律。在土地里，在土壤里，有某种神圣的东西。如果想使人类变得更好，直至把他从野兽变为人，那就把土地给他——你的目的就可以达到。

......

这些尚处于萌芽状态的东西只是在我们这里才有，只有在我们这里才能出现，因为这不是通过战争，也不是通过暴动才能出现的，这是要通过伟大的、普遍的和睦才能出现，而所以能普遍和睦，就是因为现在为它已经付出了巨大的牺牲。（黑体为原文所有——引者注）[1]

从城堡到城市，再到园地，《圣经》的叙事与时间模式清晰可辨。深陷欲念与罪恶的人类只有通过与土地（尘土是上帝造人时赋予他的一重本性，是"灵"之所在；而在大地劳作更是亚当被逐出伊甸园时接受的诚命）重建联系，通过一种以人自身为目的，而非以人为工具、将人与其劳动对象与成果分离开来的自然生活，才能洗涤原罪，回归乐园。人类历史被想象为一个人类堕落后重新皈依、世俗力量最终驯服于上帝统治的过程。这里最值得深究的不是作家对"城市"文明的激烈批判，也不是他那种渗透着宗教热情的保守立场：事实上，陀思妥耶夫斯基对西

---

[1] 陀思妥耶夫斯基：《土地与儿童》，收入《作家日记》（上），第410—412页。

方、对现代文明的许多批评都已被印证和继承发挥；[1] 我们也完全可以同情地理解其为何如此强势地宣告俄罗斯文明的特殊价值。在西方强压之下，一个经济落后、阶层分化严重，文化身份又长期暧昧不明的庞大帝国非此不能获得必要的向心力。而考虑到文明行进中的"路径依赖"，陀思妥耶夫斯基也不可能选择基督教之外的资源作为其历史想象的基石——尤其是相较于同时代的那些贵族作家，他自幼接受的教育要远为传统，[2]"死屋"时期更是赖宗教而得救。陀思妥耶夫斯基上述历史构想的根本问题在于，在他的弥赛亚主义中，"普世的真理与俄国有着过于紧密的联系"，这让其相信"只有俄国能够挑起整个世界的重任"，并很自然地以一种田园诗的眼光看待俄罗斯。[3] 很难否认，虽然作家一再通过俄罗斯汇聚、融合多种文明的民族历史论证其"全人类性"，在自己的创作中也大量（哪怕常常是以一种戏拟的形式）吸收了西方元素，[4] 但作为一位宗教徒，他显然并不认为多种文化和价值体系的共时存在、叠加与对话应是人类历史之常态。当陀思妥耶夫斯基将理想中的俄罗斯视为整个人类历史的终极答案时，他似乎只是对其批判的、以西方为中心的文明等级论时空模式进行了些许改造：在弥赛亚主义与民族主义的联

---

[1]　这里仅举一个与《冬天记的夏天印象》直接相关的事例。在为 1955 年英译版《冬天记的夏天印象》写的前言中，贝娄（Saul Bellow）回忆了自己 1948 年的旅法经历。尽管厌恶这位俄罗斯同行使人不快的"苛评"以及"斯拉夫文化优越感"，更不用说其反犹太主义，但贝娄不能不承认，大战的"死亡与痛苦"也未能改变法国对辞令的热爱，对庸俗现状的自满，一切与作家 1862 年所见无异，陀思妥耶夫斯基有偏见，但从未说谎："对于他，流露成见也就是朝真理迈进了一步。'美好的'原则，引诱我们隐藏恶意，引诱我们说谎。自由主义，无论是东方的，还是西方的，都富于欺骗性，这已是家常便饭了。'让我们大踏步前进吧，'陀思妥耶夫斯基总是这样说，'就像我们天生就那么粗鲁一样，什么伪装都不要。'"索尔·贝娄：《陀思妥耶夫斯基眼中的法国》，收入宋兆霖主编：《索尔·贝娄全集》，石家庄：河北教育出版社，2002 年，第 14 卷，第 49—59 页。
[2]　参见弗兰克：《陀思妥耶夫斯基：反叛的种子》，第 74 页。
[3]　参见津科夫斯基：《俄国思想家与欧洲》，第 206 页。
[4]　弗兰克就主张，从《地下室手记》开始，陀思妥耶夫斯基找到了将 18 世纪哲理小说（小说人物是思想的化身）、19 世纪社会现实主义小说（逼真性与心理深度），以及都市哥特体连载小说（戏剧性张力）这些西方叙事传统融为一体的方式，并获得了其艺术独创性。参见弗兰克：《陀思妥耶夫斯基：自由的苏醒》，第 486 页。

合驱使下，他同样选择赋予文明的空间分布以不同的时间刻度，只是不再是启蒙意义上的"落后"与"进步"，而是带有强烈宗教色彩的"神圣"（俄罗斯）与"世俗"（其他诸文明）时间之别。[1] 唯此，他才会在《冬天记的夏天印象》中，将"法国民族性"当作"资产阶级性"的一个同义词，以一种本质论和决定论的语调宣布这里有着一切"资产阶级社会形态的起源和胚胎"，几乎只能等待（俄罗斯的）拯救（《冬》: 156）。这俨然是对"西方启蒙俄罗斯"这一经典叙事的反向演绎——考虑到现代性"红轮"本来就是由西方宗教的世俗化运动启动的，这种殊途同归其实并不那么令人意外。既然启蒙思想家一开始就是在用一套新的话语体系再造"天城"，乔治·桑、傅里叶等人的设想也同样建立"在人类对于完美和纯洁的精神渴求基础之上"，那么陀思妥耶夫斯基再次用基督教乌托邦置换回空想社会主义者的"未来黄金时代"，并不存在太大障碍。[2] 真正讽刺的是，在这种宏大的历史想象中，陀思妥耶夫斯基将带有强烈禁欲色彩的、与末世论合而为一的救世论发挥到了极致，而这种精神倾向虽然可以在俄罗斯特定历史空间中，通过与多种因素的偶合滋养出令其他族群称羡的文明成果（如强大的知识分子与文学传统），其自身却并不具备作家所说的那种"全人类性"，甚至可能是最难被普遍接受并进入人类文明的"大空间"的。[3] 归根到底，这种不接受任何调和、以终极信仰否定一切世俗需求与现存规则的宗教狂热是反文化、反历史的。[4]

---

[1]　See Michael Holquist, *Dostoevsky and the Novel*, p. 44.

[2]　18 世纪启蒙思想家用"后世"和对人道的爱取代了基督教的天堂、对上帝的爱，但从根本而言，那种"对完美境界的乌托邦式的梦想、那种对目前状态的局限性的挫折的必要补偿"仍是基督教式的。参见卡尔·贝克尔：《启蒙时代哲学家的天城》，何兆武译，南京：江苏教育出版社，2005 年，第 101—131 页。而弗兰克详细论证了即使在 19 世纪 40 年代，陀思妥耶夫斯基与空想社会主义的亲近也是源于其间的宗教道德启示，他从未接受过同时代的那种激进无神论。参见弗兰克：《陀思妥耶夫斯基：反叛的种子》，第 166—167、237—254 页。

[3]　关于大、小空间这一理解框架，参见刘东：《"大空间"与"小空间"——走出由"普世"观念带来的困境》，收入《引子与回旋》，上海：上海人民出版社，2017 年，第 145—159 页。

[4]　参见别尔嘉耶夫：《陀思妥耶夫斯基的世界观》，第 6 页。陀思妥耶夫斯基自己也认为文明只是一种"过渡性"的存在。См.: Ф. М. Достоевский, "Социализм и христианство", с. 192.

无论如何，在《冬天记的夏天印象》中，陀思妥耶夫斯基再次确认和补充了自己心目中那幅"西方没落、俄罗斯暗藏拯救希望"的历史图景，其中的许多主题、形象、手法，当然也包括思想的洞见与遮蔽都将在后面的创作中不断复现。弗兰克甚至主张，如果说《地下室手记》拉开了作家"大小说"时代的序幕，那么《冬天记的夏天印象》又堪称这一序幕的"前奏"，乃至"初稿"。[1] 包括未来一众"地下室人"最重要的活动空间彼得堡，其实也已隐身于这部所谓的西方游记之中：作为彼得大帝西化改革的一个标志，彼得堡与巴黎、伦敦这些西方都市之间天然地存在一种互文关系。城建层面是如此，文学想象中也不例外。1847 年陀思妥耶夫斯基就曾仿效法国流行一时的、主要描写巴黎生活各个侧面的"生理素描"，[2] 为《圣彼得堡报》写了数篇关于彼得堡的速写。其中的一篇还与法国德屈斯蒂纳（Marquis de Custine）侯爵 1843 年发表的著名游记《1839 年的俄罗斯》（*La Russie en* 1839）展开了对话。侯爵此书认为，彼得堡"没有什么特别令人惊奇的地方，没有民族特色，整个城市只是对一些欧洲首都滑稽可笑的拙劣模仿"。彼时尚与西方派亲近的陀思妥耶夫斯基热情地为新首都及其代表的进步理念进行了辩护，认为种种不足只是暂时的。[3] 而到了《冬天记的夏天印象》，虽然仍然是在"对着"西方写俄罗斯，这种对镜自觉却已有了完全不同的意味。一下火车看到柏林，旅途劳顿的"我"就与此前千里迢迢造访彼得堡的德屈斯蒂纳一样，因为目的地与自己出发的地方"一模一样"，有着"同样笔直的街道，同样的气味"而大感失望（《冬》: 73）。地方差异已被现代性荡平。而在《完全多余的一章》回

---

[1]　参见弗兰克：《陀思妥耶夫斯基：自由的苏醒》，第 333 页。

[2]　据时人回忆，1843—1844 年间这类小册子曾大量出现在俄罗斯出售外国书籍的书店，并很快出现模仿者，涅克拉索夫还"打算编几卷《彼得堡生理学》文集"。参见弗兰克：《陀思妥耶夫斯基：反叛的种子》，第 160 页。陀思妥耶夫斯基 1840 年代的小说创作也受此风潮影响，参见：Michael Holquist, *Dostoevsky and the Novel*, p. 42. 关于法国"城市生理学"的出现，参见本雅明：《发达资本主义时代的抒情诗人》，第 31—38 页。

[3]　参见弗兰克：《陀思妥耶夫斯基：反叛的种子》，第 298—299 页。

顾西化史时，彼得堡更被界定为了一个可疑的起点："从这个最离奇的城市、这个在举世城市中有着最离奇历史的城市开始，我们举国上下，或自觉或被迫地效法欧洲，舒舒服服、相安无事。"（《冬》: 94）不难理解，当作为彼得堡"前身"或对标物的那些西方首都被抽象化为现代性神话中的邪恶符号，陀思妥耶夫斯基笔下的彼得堡也将发生相应的变形。事实上，霍奎斯特就通过对比陀思妥耶夫斯基早期小说《白夜》（*Белые ночи*，1848）与《地下室手记》对类似的"彼得堡故事"的不同演绎，指出这座城市对于此时的陀思妥耶夫斯基而言已经不再只是"生理素描"中的那种具体的、地方性空间。与游记中的巴黎、伦敦一样，它已经上升为代表现代人普遍生存困境的一个象征性空间。[1]

而活动在这个空间的、作为陀思妥耶夫斯基小说人物基本原型之一的"地下室人"，似乎结合了《冬天记的夏天印象》中旅行者"我"和"法国资产者"的一些特点。一方面，他是西方神话的观察者、揭露者。"地下室人"和旅行者"我"一样"肝脏有病"，言辞尖刻。漫游于彼得堡街头，他也注意到了人群那种"廉价的奔忙"和"无聊的平庸"，[2]而其关注点始终是自己紧张的精神世界。立足于自己长期而孤独的观察，"地下室人"也不断与其想象中的读者交流那些并不符合主流思想的个体经验与历史事实。[3]而在手记的两部分中，他同样对俄罗斯知识分子（19世纪60年代和40年代人）精神史进行了一番巡视，那些领一时之风骚的先进思想都被证明无法真正指导生活。尤其是第一部分对理性利己主义的批评，作为对车尔尼雪夫斯基新出版的《怎么办？》（*Что делать?*，1863）的回应，大大发展了《冬天记的夏天印象》中关于西方式"博爱"的批评。借助那个在游记中已经露面的、为了宣示自由而宁可放弃一

---

[1]　See Michael Holquist, *Dostoevsky and the Novel*, pp. 42—43.

[2]　参见陀思妥耶夫斯基：《地下室手记》，收入《地下室手记：中短篇小说集》，刘文飞译，第277页。

[3]　参见弗兰克：《陀思妥耶夫斯基：自由的苏醒》，第337—338页。

切利益的"怪人"的形象，"地下室人"否认可以凭借科学精神掌握某种法则，一劳永逸地理解和预见一切人类行为，[1] 而作为"目的"本身存在的人不会、也不应该接受理性设计下的同质化世界，无论它是以"水晶宫"还是"蚁冢"的面目呈现的。[2]

但另一方面，"地下室人"本身又是这个神话的一部分。尽管表现出惊人的批判力量，他没有办法完成任何建设性工作。他与"法国资产者"一样感到已经走到了尽头，陷入失去意义框架后无法界定并理解自我的困境，"一切都由于无聊"，"像我，怎么才能使自己心安理得呢？我所凭借的初始原因何在呢？根据何在呢？我从哪儿能找到它们呢"？[3] 于是，颇为讽刺地，在有力批判各种"体系和抽象的结论"的同时，[4] "地下室人"自己也只能像"法国资产者"那样通过"辞令"表演某种角色，来与现实和他人建立短暂关系。这在手记第二部分与丽莎相关的情节中表现得淋漓尽致。[5] 他当然比精于自我安慰和欺骗的"法国资产者"更清楚这种生活是虚假且可悲的，但正因为更彻底的怀疑与否定、找不到任何确定之物，他陷入了严重的思想分裂之中。

换言之，彼得堡人与巴黎人、伦敦人一样经历着"现代人"的精神危机；同时又比他们更深刻地感受到了价值冲突和崩溃带来的痛苦。陀

---

[1] 参见陀思妥耶夫斯基：《地下室手记》，第 192—193 页。

[2] "蚁冢"这一意象见《地下室手记》，第 200 页；"水晶宫"分别出现在第 192、202 页，如前文所示，在早前的《冬天记的夏天印象》（与《怎么办？》发表时间有部分重叠）中，陀思妥耶夫斯基主要将"水晶宫"解读为拜物的宫殿；而到了直接对话车尔尼雪夫斯基（以水晶宫作为科学地理解人性、建立理性秩序的象征）的《地下室手记》，陀思妥耶夫斯基对这一意象的使用更具体地指向了社会主义对个性、个体自由的剥夺。同时，在《地下室手记》删减稿中还有一座代表了基督教理想的"水晶宫"。参见弗兰克：《陀思妥耶夫斯基：自由的苏醒》，第 464—467 页。

[3] 陀思妥耶夫斯基：《地下室手记》，第 183 页。

[4] 参见陀思妥耶夫斯基：《地下室手记》，第 189 页。

[5] "地下室人"先是以拯救者的形象发表了各种"虚假的、书本上的、瞎编的田园诗"（参见陀思妥耶夫斯基：《地下室手记》，第 279 页），但一旦需要以真实的自我面对丽莎，他只能落荒而逃。关于"地下室人"与法国资产者的共同点，尤其是他们对故事性/辞令的依赖，参见：Michael Holquist, *Dostoevsky and the Novel*, pp. 48—49,57—60.

思妥耶夫斯基在《冬天记的夏天印象》中注意到"外国人几乎都比俄国人天真","我们更多的是怀疑派"（《冬》: 157）。若果然如此，恐怕不仅是民族气质使然。至少同样重要的是，引发这些现代危机的思想和变革对于俄罗斯人而言大多并非自然原生，而是舶来和"夹生"的。与塑造了"现代嗜睡者"以及"希格雷县的哈姆雷特"的冈察洛夫、屠格涅夫一样，陀思妥耶夫斯基强烈意识到，身处一个旧的价值观被动摇、新的公共法则又未能建立起来的"过渡时代"，俄罗斯人成了精神的流浪者。[1] 与弗兰克的前奏说相呼应，在《陀思妥耶夫斯基的"大法官"》一书中，罗赞诺夫（В. В. Розанов）也注意到，紧跟着作家的西方游记就出现了"忧郁的《地下室人》"。如果说作家在资本主义文明已臻成熟的西方"理解了历史上所发生的事件的普遍的和主要的意义"，那么当他希望表现这些事件导致的"所有个性痛苦"时，再没有比彼得堡、比那些"俄国的欧洲人"的内心更好的战场了。[2]

而对于卡在历史齿轮间的俄罗斯人，陀思妥耶夫斯基无疑有着比对"法国资产者"更多的同情。在他们身上可以看到现代个体自我反思、自我决定的自由和勇气。他们已经不再信服传统的神正论，但又没有被那些强调"合理性"、将人简约为物质存在的理论完全说服。在陀思妥耶夫斯基的思想体系中，精神流浪者坚持的那种自由是可贵的，因为"善以自由为前提"，不能以理性或信仰之名强迫趋向善；但沿着这层"选择善恶的自由"的梯子，还应攀向更高一重的"在善之中的自由"。[3] 绝非偶然地，在《冬天记的夏天印象》讨论"博爱"的部分，作家也特别分析了这种代表着"比西方现在更高的个性"的（更符合俄罗斯天性的）自由：

---

[1]　参见陀思妥耶夫斯基：《一篇当代的谎言》，收入《作家日记》（上），第 162—163 页。

[2]　参见罗赞诺夫：《陀思妥耶夫斯基的"大法官"》，张百春译，北京：华夏出版社，2002年，第 36 页。

[3]　参见别尔嘉耶夫：《陀思妥耶夫斯基的世界观》，第 40—41 页。

要成为一个幸福的人，就得不要个性吗？难道消除了个性才有生路吗？我说，恰恰相反，不但不应当消除个性，而且正应当做有个性的人，甚至是比西方现在更高的个性。请理解我的意思，自愿地、完全自觉地、不为任何人强制地为大众利益而牺牲自我，这在我看来是个性最高的发展，是个性最大的威力，是最高的自制力，是个人意志的最大自由。……这里可能会有一根头发，很细很细的头发，它如果掉进机器里去，整个机器立刻就会爆裂，遭到破坏。具体说，这里哪怕为自己的利益有一点小打算，那可就糟了。譬如我为大家奉献整个自己，那就应当完全、彻底地牺牲自己，而不考虑自己的利益。（《冬》: 133）

如果我们承认别尔嘉耶夫所说的，陀思妥耶夫斯基"所有的悲剧小说都是人的自由的体验"[1]，那么很难不注意到，在经过《冬天记的夏天印象》以及此前《死屋手记》的铺垫后，这些关于自由的悲剧往往又都是在"俄罗斯—西方"的二元框架中展开的。小说主人公往往是离开俄罗斯土壤、为西方思想俘获的人，包括斯捷潘·韦尔霍文斯基（《群魔》）、维尔西洛夫（《少年》）这类 19 世纪 40 年代的空谈家，更包括 60 年代那些更激进的、往往会通过选择恶来感受自己的自由和力量的理论着魔者，[2] 如拉斯柯尔尼科夫（《罪与罚》）、伊波利特（《白痴》/Идиот，1868）、斯塔夫罗金（《群魔》）等等。他们未必都有《地下室手记》主人公那么彻底的否定与批判意识，却无不在实验后发现"理论"与经验并不符合，并随

---

[1]　参见别尔嘉耶夫：《陀思妥耶夫斯基的世界观》，第 40 页。
[2]　有必要再次强调，陀思妥耶夫斯基相信，即使是这些西方派身上也仍保存了追求"更高的自由"、追求普遍得救的"俄罗斯天性"。在维尔西洛夫关于自己侨居生活的独白中，我们似乎也听到了陀思妥耶夫斯基自己当年在西方旅行时的心声："欧洲创造了法国人、英国人和德国人的崇高的典型，但它几乎还一点不知道它的未来的人。眼下它似乎还不愿意知道。这是可以理解的：他们是不自由的，而我们是自由的。当时在欧洲只有怀着我的俄罗斯式的苦闷的我一个人，才是自由的。"陀思妥耶夫斯基：《少年》，第 576 页。

之陷入严重的精神苦痛（在《群魔》中被漫画化的彼得·韦尔霍文斯基身上看不到这一点，他因此也不具备任何悲剧性）。而与这些精神流浪者、着魔者相对的，是索尼娅（《罪与罚》）、马卡尔·多尔戈鲁基（《少年》）和阿辽沙（《卡拉马佐夫兄弟》）这些在俄罗斯传统中汲取力量的圣徒。他们通过爱人、宽恕、受难与自我牺牲实现了那一种更高的自由。但就像游记中关于人类拯救之途的描述含混不清，远不如对双城之"恶"的刻画来得生动夺目，陀思妥耶夫斯基在这些小说中的"否定"也总是比"肯定"更有力。相对于"恶的自由"，圣徒的启示和救赎力量总留有余地——如罗赞诺夫所说，根据《罪与罚》的最后一页判断，陀思妥耶夫斯基一生都准备对"再生是如何发生"的这个秘密进行表达，但最后还是将其"带到棺材里去了"。[1] 在对抗西方个人主义和理性主义思潮的层面，陀思妥耶夫斯基出色地捍卫了人性的丰富、历史的偶然；但对于这位正教徒而言，毕竟还存在一个绝对的主宰者，一个终极的目的，背负"原罪"的人类赖此方能得救：他将"利己"与"为他"完全对立起来，相信一切世俗、现世或者说更符合自然人性的考量都暗藏邪恶因子，连"一根头发"的动摇都视为大罪。在极端严苛的自审中，他笔下那些拒绝向自己说谎的人物很难不陷入疯狂。对中间道路的拒绝，让陀思妥耶夫斯基可以将自己对人性、对存在问题的拷问推向顶峰，然而，这位以自由为主题的大师归根到底"并没有教会人们怎样获取自己的精神自由，怎样获取道德的和精神的自主，怎样使自己和自己的民族摆脱低级的自发力量的控制"。[2] 如前面长篇的引文所示，作家也只能将人人享有最高自由的"园地"视为一种遥远的理想之境，并将希望寄托于所谓的"俄罗斯天性"。而有趣的是，

---

[1]　参见罗赞诺夫：《陀思妥耶夫斯基的"大法官"》，第62页。《罪与罚》最后的文字如下："他（拉斯柯尔尼科夫）甚至忘记了，他的新生不会这么轻而易举地得到，为此须要付出昂贵的代价，还得在未来做出巨大的功绩才行……不过历史现在已经揭开了新的一页，这是人逐渐新生的历史；是人逐渐脱胎换骨，逐渐从一个世界转入另一个世界，逐渐了解前所未闻的崭新现实的历史。这能够成为一篇新小说的题材，而我们现在的小说就此结束了。"费·陀思妥耶夫斯基：《罪与罚》（下），臧亚楠译，第693页。
[2]　参见别尔嘉耶夫：《陀思妥耶夫斯基的世界观》，第140页。

恰恰是在自己另一部以西方为背景的作品中，陀思妥耶夫斯基对此天性的信心遭到了严峻挑战。

3、表演"俄罗斯性"的《赌徒》

"大改革"时期，陀思妥耶夫斯基一共完成了两部以欧洲为背景的作品。一部是前面已经详细讨论的游记《冬天记的夏天印象》；另一部就是《赌徒》。后者的创作颇有传奇色彩：1866 年 10 月，和出版商签订了可怕合同的陀思妥耶夫斯基用二十四天的时间完成了这部作品。为作家速记小说、后来成为其第二任妻子的安娜·陀思妥耶夫斯卡娅在回忆录中写道，写作中的陀思妥耶夫斯基"完全站在'赌徒'那一边，说他本人就曾体验过这个人物的许多感情和印象"。[1] 小说问世以来，研究界也普遍认为它有着强烈的自传性色彩。第一人称叙事者阿列克谢的赌博与爱情经历，常被对应于陀思妥耶夫斯基本人 1862—1863 年和 1865 年在欧洲旅行期间对轮盘赌的痴迷，以及他与苏斯洛娃（А. П. Суслова）之间长达数年的猫鼠游戏。[2]

作为陀思妥耶夫斯基经典传记的作者，弗兰克却对这种自传性解读提出了挑战。他强调小说并不只局限于作家或人物的个人经历，对

---

[1]　参见安娜·陀斯妥耶夫斯卡娅：《回忆录》，倪亮译，桂林：广西师范大学出版社，2013年，第 38 页。

[2]　对小说在俄苏的这一自传性研究传统的梳理及回应，参看：Р. Г. Назиров, *К вопросу об автобиографичности романа Ф. М. Достоевского "Игрок"*, https://cyberleninka.ru/article/n/k-voprosu-ob-avtobiografichnosti-romana-f-m-dostoevskogo-igrok-1/viewer. 这一专著于 1962 年完成，但并未发表；《赌徒》在西方相关研究情况的梳理，参看：D. S. Savage, "Dostoevski: The Idea of 'The Gambler'", in *The Sewanee Review*, vol. 58, No. 2（Apr.-Jun., 1950），pp. 281—283. 直到近年，陀思妥耶夫斯基与苏斯洛娃（昵称波琳娜）的纠葛仍被普遍视为《赌徒》爱恋故事的原型，这甚至成为小说的一个重要"卖点"。参看马克·斯洛尼姆：《陀思妥耶夫斯基的三次爱情》，吴兴勇译，桂林：广西师范大学出版社，2003 年，第 140—169 页；尼娜·珀利堪·斯特劳斯：《陀思妥耶夫斯基与女性问题》，宋庆文、温哲仙译，长春：吉林人民出版社，2011 年，第 53—77 页。

"民族心理"问题的探究才是其真正焦点：在《赌徒》中，俄罗斯与欧洲其他诸国的人物被放置在了一个名为"卢列坚堡"（Рулетенбург）的虚构的德国赌城，他们的"道德－社会反应"很大程度上是"各种民族价值与生活方式"内化的结果。[1] 在地理位置与文化谱系都十分微妙，文学又是其建构民族身份之中心舞台的俄罗斯，这类文学性的民族心理研究十分丰富。弗兰克建议将《赌徒》和《奥勃洛莫夫》（俄－德）、《战争与和平》（*Война и мир*,1863—1869, 俄－法）以及《哥萨克》（"Казаки",1863, 俄－高加索）这类作品归入同一传统考量。[2] 而 1863 年 9 月身处罗马的陀思妥耶夫斯基在给斯特拉霍夫写的一封信中，首次提及了一个与《赌徒》相关的写作计划，也明确表示了对"在国外的俄罗斯人"问题的关注。为了便于后文的讨论，不妨先将这部分信件内容都抄录如下：

> 这篇短篇小说的内容是这样的：一个侨居国外的俄罗斯怪人。请注意，在夏天关于侨居国外的俄罗斯人曾是许多杂志上谈论的一个大问题。所有这一切都将反映在我的这个短篇小说中，而且总的来说也将反映我们国内现时的全部生活（当然是在可能的范围内）。我写的是一个性格直爽的人，他是一个很有见识的人，但在各方面又都没有充分发展。他失去了信仰，但又不敢不信仰；他向权威挑战，但又害怕权威。他借以自慰的一着儿是，他在俄罗斯无事可做，而这是对那些从俄国将我们的侨居国外的俄国人召唤回去的人们的一种尖锐批评。……从某一点来说他是诗人，但问题在于他为自己的诗情害臊，因为他深感这种诗情的低劣，虽说冒险的需求使

---

[1] Joseph Frank, "'The Gambler': A Study in Ethnopsychology", in *The Hudson Review*, vol. 46, No. 2（Summer, 1993）, p. 301.

[2] See Joseph Frank, "'The Gambler': A Study in Ethnopsychology", pp. 301—302.

他在自己的心目中变得高尚。（斜体为原文所有——引者注）[1]

在引用此信时，弗兰克将"在国外的俄罗斯人"问题与信中的另一个关键词"诗情"（"поэзия"）联系起来，认为后者可解读为一种不为物质利益驱动、强调个性之强力表达的激情，而且在最后完成的小说中，这样的"诗情"实际被赋予了所有主要的俄罗斯人物，除了蔑视流俗的阿列克谢，也包括骄傲的波琳娜与老祖母，乃至为爱痴狂的将军；也正是这种被上升为集体气质的"诗情"将小说中的俄罗斯旅行者与他们周围的西方人分成了两个泾渭分明的阵营。面对"物质""理性"的西方，满怀"诗情"的俄罗斯连遭溃败，却能激发更多的同情。[2]

本章前几节的论述无疑有力支持了弗兰克的这一分析。如果说，《死屋手记》"发现"的那个非理性却蕴含有神秘力量的俄罗斯与欧洲游记《冬天记的夏天印象》中的堕落欧洲构成了作家"大小说"中持续存在的两极，那么，在《赌徒》中，这两极可以说是以一种最直观的方式进行了交战。小说中，阿列克谢对法国人和波兰人那些负面的全称判断，对欧洲在1863年波兰起义后高涨的反俄声浪的激烈反应，很难不让人联想到陀思妥耶夫斯基自己在《冬天记的夏天印象》以及一系列政论、笔记中的言辞。[3] 除了在西方的所见相同，阿列克谢的民族文化批判甚至也采用了与《冬天记的夏天印象》中完全一样的戏拟方式：游记的最后一章《小鸟和小鹿》借严格符合道德、政治标准的传奇剧情节套路嘲讽了法国资产阶级对安乐、财富的孜孜追求（《冬》：153—165）；而《赌

---

[1] 陀思妥耶夫斯基：《致尼·尼·斯特拉霍夫》，收入《书信集》（上），第359页。

[2] See Joseph Frank, "'The Gambler': A Study in Ethnopsychology", pp. 307—308.

[3] См.: Р. Г. Назиров, *К вопросу об автобиографичности романа Ф. М. Достоевского "Игрок"*, с. 22—24. 小说背景设置为波兰起义被镇压后不久。彼时俄罗斯的政策与举措受到广泛批评，而陀思妥耶夫斯基在笔记中写道："波兰战争是两个基督教世界之间的一场战争——它是未来东正教与天主教的战争的开始，换句话说，它是斯拉夫精神与欧洲文明的战争的开始。"转引自弗兰克：《陀思妥耶夫斯基：自由的苏醒》，第389页。

徒》中的阿列克谢则夸张地化用以歌德为代表的田园派文学，描绘了德国人如何牺牲一切情感本能和个性发展的可能，严格按照理性规划积累财富，过上了一种"夕阳映射，房顶上停着一只鹳鸟"的理想生活。[1] 与陀思妥耶夫斯基那些反故事性的创作一样，除了理性与物质至上，这里的文体戏拟更指向对历史与人性的闭合式理解。在流行文体／主流价值的持续规约下，法、德资产者被认为失去了自我表达的能力和意志，彻底异化。[2]

有理由认为，安娜·陀思妥耶夫斯卡娅回忆录中提及的作家对阿列克谢的强烈共情，不仅仅源自类似的赌博和爱情经历，也关乎对欧洲诸种民族文化以及整个现代西方文明的固有体认。由此也不难理解，在那篇论辩文章的最后，弗兰克实际上重新拥抱了他声称要挑战的自传性解读传统，确认了陀思妥耶夫斯基与阿列克谢的又一个叠合之处。[3] 然而，无论有着多么强烈的移情，阿列克谢终究是陀思妥耶夫斯基创造的一个有着独立精神世界的人物。与弗兰克列举的同类作品不尽相同，在阿列克谢的叙述中，民族身份实际被赋予了决定性意义，很多时候，民族问题也并非通过情节的发展自然浮现出来，而是被这位叙事者强行召唤出来的：在踏入赌城这个金钱主宰人物关系、一切都变动不定的象征性空间后，[4] 阿列克谢面对着一系列未解的谜题，而民族身份几乎是其唯一信任的线索。除了"我们的人"／俄罗斯人（《赌》: 357），所有人物都

---

[1] 陀思妥耶夫斯基：《赌徒》，刘宗次译，收入《地下室手记（中短篇小说集）》，第382页。后文小说引文均出自这一版本，将随文标注作品首字与出处页码，不另加注。

[2] See Michael Holquist, *Dostoevsky and the Novel*, pp. 49—74.

[3] See Joseph Frank, "'The Gambler': A Study in Ethnopsychology", pp. 321—322.

[4] 研究界对卢列坚堡的时空特征多有关注。这座名字兼有法语和德语元素的小城坐落在施兰根根格山（意为"蛇山"）脚下。所有来访者、财富和信息都以轮盘赌场所在的游艺场为中心流动不息。See Robert Louis Jackson, "Polina and Lady Luck in Dostoevsky's *The Gambler*", in *Close Encounters: Essays on Russian Literature*, Boston: Academic Studies Press, 2013, p. 48. 作为"虚假的人间天堂"，赌城与《圣经》原型的关系也是重点分析的对象。См.: В.И. Габдуллина, "Искушение Европой: роман Ф. М. Достоевского 'Игрок'"// *Вестник Томского государственного университета*, No. 314, 2008, с.14—16.

被按照民族出身进行标识。哪怕阿列克谢承认自己早就认识德·格里叶，且这一人物不断出现在其意识与叙述中，他也直到笔记的第五部分才勉强点出对方的具体姓名（《赌》: 385），且此后大多数时候仍坚持以"法国佬"称呼之。在其充满谎言的个人履历中，德·格里叶的民族属性不仅是可靠的，更被认为具有足够的指示意义：

> 德·格里叶和所有的法国人一样，在需要和有利可图时，高高兴兴、殷勤有礼；但一旦没有必要高高兴兴、殷勤有礼，又乏味无聊得令人无法忍受。法国人很难自然地殷勤有礼，他的殷勤有礼总是似乎奉命而为，出于利害关系。如果他认为有必要做出富于想象、别具一格和不同凡俗的样子，他的想象也披上现成的、早已庸俗不堪的形式，愚蠢至极和做作至极。一个本来面目的法国人总是最小市民气、最卑微和最平庸不过的。（《赌》: 406）

同样，阿列克谢与其俄罗斯同伴的行为也总是被他有意识地上升到民族层面：不仅"轮盘赌正好只适合于俄国人"（《赌》: 381），就连波琳娜对德·格里叶的迷恋也应归结为崇尚美而缺乏经验的俄罗斯人容易被形式感发达的法国文化所诱惑（《赌》: 389—390）。很难想象奥勃洛莫夫会这样解释自己在情感竞争中的失利。而更讽刺的是，因为阿列克谢对德·格里叶这个"法国佬"夸张滑稽的描写，读者也无法理解波琳娜在其身上看到的"美"。

事实上，一旦注意到阿列克谢的这种思维倾向，读者就会在小说中发现一种明显的紧张：一方面这部超速写成的小说主要由戏剧化的事件构成，且几乎全靠陀思妥耶夫斯基招牌式的"门槛情境""突变时刻"来推动情节发展，[1] 加上轮盘赌结果的随机，人物进行个人选择时的非理性和情感强度被放大到极致；另一方面，按照阿列克谢这位掌握了最大话语权的第一人称叙事者的解释，这些选择又总是被迅速放入暗含俄、西对比的民族框架，并且正是通过与西方的对比，俄罗斯人那些不符合一般道德原则，甚至带来了毁灭性后果的行为一再被赋予合理性。爱情、赌博情节凸显的精神冲突和不确定感被统一的民族框架强力收束。而如果说，相较于大多刻板得近乎符号化的西方人物，俄罗斯人物确实表现出了更多活力和复杂性，那么，不无吊诡的是，他们的行为也往往是最容易被预测的。一个最为典型的例子是，英国人阿斯特列先生在阿列克谢一夜狂赌暴富后断言其当天上午就会前往巴黎，而理由仅仅是"所有的俄国人一有钱就都去巴黎"，其声音和语气"好像是从一本书里看来的"（《赌》: 503）。这一暗含贬义、被阿列克谢嗤之以鼻的预言毫无理由地应验了——不少批评者都指出，阿列克谢跟着他早已看破其魔鬼本质的法国高级妓女布朗什小姐前往巴黎的情节很难从前文找到支持和铺垫；[2] 阿斯特列先生的预言更像是阿列克谢在笔记中针对自己堕落行为构拟出来的一个前因，或曰民族宿命。而如后面的分析将指出的，其巴黎行更将成为对所谓俄罗斯做派的一次刻意表演。

概言之，我们确实有理由同意弗兰克所说的，在《赌徒》中，陀思妥耶夫斯基首次，也是唯一一次选取了民族问题作为自己小说的聚焦点，但需要马上补充的是：相较同类创作，《赌徒》甚至没有呈现出起码的跨界兴趣和"客观"探索的表象。作为俄罗斯 19 世纪经典作家中最常因其极端民族言论被诟病的一位，陀思妥耶夫斯基在这部急就章中（过分）直接调用了自己在"俄罗斯—西方"问题上的一些思考和创作程式；

---

[1] См.: Л.М. Ельницкая, "Хронотоп Рулетенбурга в романе Достоевского 'Игрок'"// *Достоевский и мировая культура. Альманах № 23*, СПб.: Серебряный век, 2007, с. 17.

[2] Qtd. in Joseph Frank, "'The Gambler': A Study in Ethnopsychology", p. 316.

但另一方面，作为公认的决定论最有力的挑战者之一，文本之上的陀思妥耶夫斯基是否又对阿列克谢发挥这些程序、套话时表现出的决定论腔调有所警惕呢？如果是，那么这种警惕又在多大程度上源自，或转而触动了他对自己固有民族之思的检省？为了回答这些问题，显然有必要更深入地探究作家究竟是如何塑造阿列克谢这位民族决定说的爱好者的。

《赌徒》的副标题"一个年轻人的笔记"（"Из записок молодого человека"）已经提示了小说与作家两年前发表的《地下室手记》之间的亲缘关系。尽管思想和叙述的混乱程度有所不同，两部作品中的第一人称叙事者都尝试记录下各种隐秘的想法，呈现所谓的真实自我。这也是陀思妥耶夫斯基笔下这类在道德上绝非无可指责的主人公为何能博得部分好感的重要原因。而重读上面引用的 1863 年信件，其中对未来主人公"失去了信仰，但又不敢不信仰；他向权威挑战，但又害怕权威"这一精神状态的描绘更让人有理由将其归入"地下室人"系列。萨维奇（D. S. Savage）也曾以此为依据，反对低估《赌徒》之思想价值，将其仅仅作为一部自传性的小作品从陀思妥耶夫斯基以《地下室手记》为序曲开启的"大小说"时代剔除出来。[1]

萨维奇相对简略的论述没能说服弗兰克，后者力主"失去信仰"这一计划中的主题并未在创作中付诸实际，而是完全被"在国外的俄罗斯人"，也即民族问题所取代。[2] 问题在于，对于陀思妥耶夫斯基而言，这两个主题有着内在的联系：信件中提到彼时俄国杂志正热烈讨论俄罗斯人出境的问题。"大改革"时期的旅欧热潮引发了各个思想与政治阵营的关注。而如果说当时绝大多数的讨论都集中于精英人士在此关键时期离开祖国而不工作的正当性，西方生活对出境者精神的影响，以及俄罗

---

[1]　See D. S. Savage, "Dostoevski: The Idea of 'The Gambler'", pp. 297—298.

[2]　See Joseph Frank, "'The Gambler': A Study in Ethnopsychology", p. 306.

斯财富的流失等问题，也即旅行对原初状态的"打断"；[1] 那么，陀思妥耶夫斯基更关注的，却是同一批人在国内与国外精神状态的连续性。在《冬天记的夏天印象》中，他曾专门插入《完全多余的一章》讨论叶卡捷琳娜时代以降俄国三代贵族的"西化之旅"，最后指出正是这些"自己祖国的异乡人"常常将欧洲当作最后的归宿：

> 他们人数很多，数不胜数，他们所有的人都好像在寻找可以安慰他们饱受凌辱的感情的角落。至少，他们都在寻求什么东西。……我是讲他们所有的人都到欧洲寻找安乐窝，的确，我原以为他们在那里过得要舒适些。可是他们脸上总是显得忧郁……这些可怜虫！他们的内心总是那么骚动不安，总是处于一种病态的、苦闷的动荡之中！（《冬》: 103—104）

换言之，陀思妥耶夫斯基笔下的"在欧洲的俄罗斯人"是其长期批评的"俄国的欧洲人"的自然延续，后者被作家视为俄罗斯传统价值失落、阶层隔阂严重最重要的表征和推手。[2] 按照陀思妥耶夫斯基的观察，即使前往西方，这些没有切实信仰、与生活缺乏真正联系的人也仍然找不到自己的位置。而"地下室人"正属于"俄国的欧洲人"中对自身无根状态有着清醒且近乎绝望认识的那一部分——上一节已详细讨论了"地下室人"与西方神话之间的悖论关系。当他们走出彼得堡的"地下室"来到西方，感受到的不会只是弗兰克强调的民族文化差异带来的冲击，因为他们比普通观光者更理解这个世界的运行逻辑及其荒谬之处。西方曾经赋予了他们信仰，后来却更彻底地将之剥除。旅行中，"地下室人"的精神困境将以更暴烈的形式得到展示，这也是陀思妥耶夫斯基在信件

---

[1] Susan Layton, "The Divisive Modern Russian Tourist Abroad", pp. 859—864.
[2] См.: Р. Г. Назиров, *К вопросу об автобиографичности романа Ф. М. Достоевского "Игрок"*, с. 33.

中认为这个境外故事"总的来说也将反映我们国内现时的全部生活"的根本原因。而从萌生写作计划的 1863 年到实际创作《赌徒》的 1866 年，俄罗斯经济与社会形势大起大落，精神失序问题更牢牢占据了作家的思想。[1] 诚然，《赌徒》中老祖母责骂俄国显贵们"把家产浪荡光了就跑到国外来"（《赌》：424），指涉的并不一定是"大改革"对俄罗斯贵族阶层的影响，[2] 但将军和被其掠夺殆尽的继女波琳娜、另外两个亲生子构成的不受传统家族价值规范的偶合家庭，以及阶层身份模糊的阿列克谢（落魄贵族，通过给将军的孩子担任家庭教师谋生）所代表的年轻一代，正是陀思妥耶夫斯基眼中最能体现时代震荡的两个写作对象。[3] 从这个角度来看，《赌徒》其实延续了《冬天记的夏天印象》中"旅行"的象征性意义，借境外俄罗斯人问题呈现的是个人，也是整个俄罗斯民族在寻找身份之旅中遭遇的险境。

而深入文本内部，也不难在阿列克谢身上发现"地下室人"的症状：他们都有着"高度清醒的意识"，既敏感于现实的丑恶，又无法"接受生活可能提供的前景"，由此带来的失望转为一种冷嘲热讽的虚无主义倾向和"令人困惑的道德败坏"。[4] 第一次踏入作为现代金钱世界之缩影的赌场，阿列克谢就表现出一种明显的反浪漫主义倾向。他宣布这里与俄罗斯报纸常年以艳羡口吻渲染的那种奢华景象毫不沾边，"这些粗陋不堪的赌场毫不富丽堂皇，而所谓金币，不要说成堆，几乎连见都极少见到"（《赌》：368）。在阿列克谢眼中，这显然是一个已然彻底祛魅的世界，"赌台上发生的许多事就是最普通的偷窃"（《赌》：369—371）。

---

[1]　См.: Р. Г. Назиров, *К вопросу об автобиографичности романа Ф. М. Достоевского "Игрок"*, c. 82—83.

[2]　"大改革"增加了社会财富的流动性和身份的不确定性，许多受到冲击的贵族这时期选择旅居西方。См.: Л.М.Ельницкая, "Хронотоп Рулетенбурга в романе Достоевского 'Игрок'", с. 17.

[3]　参见陀思妥耶夫斯基：《致赫·达·阿尔切夫斯卡娅（1876 年 4 月 9 日）》，《书信集》（下），第 955 页。

[4]　参见弗兰克：《陀思妥耶夫斯基：自由的苏醒》，第 451—452 页。

而他也"诚心诚意、认认真真把自己当作这一群下等人中之一员",不再考虑什么道德问题:"最近以来,我特别讨厌以任何道德尺度来衡量我的思想和行为。"(《赌》:371)有意思的是,声称要摆脱一切道德束缚、表现真我的阿列克谢最终为自己挑选的角色,却是毫无自我意志可言的"奴隶"("раб")——这个在整部自述中出现了二十多次的高频词,是此前那篇糅合了自我揭露与自我正义化的地下室笔记的清晰回响,也为我们理解阿列克谢将个人选择与民族问题嵌套起来的深层逻辑提供了关键线索。

"奴隶"最开始被阿列克谢用来描述自己在波琳娜眼中的形象,而他认为这是两人地位差距与相应社会规则使然的:"我有了钱,在您眼里也会是换个人样,而不是奴隶,如此而已。"(《赌》:388—389)尽管在笔记中不时袒露愤懑情绪,阿列克谢在波琳娜面前却索性以"奴隶"自居,不仅承认对方对自己有绝对的主宰权,更宣布以这种奴役为"幸福"(《赌》:389)。在两人的实际交往中,他甚至比一般规范所要求的更卖力地出演着自己在想象中分得的这个角色,如不断提出要为波琳娜从施兰根别格山上跳下去(《赌》:366,392);让对方视自己为无物,无须有任何隐瞒,"在奴隶面前用不着害羞,奴隶也不会加辱于谁"(《赌》:388),等等,这不仅将对方牢牢固定在这种由他自己定义的二元关系中,[1] 也让其有了逆转劣势的可能:让渡权利、意志等于卸去责任。自我虚无化的阿列克谢反而得以借服从"主人"命令之名蔑视一切规则,"恶

---

[1]　波琳娜对两人依附关系的拒绝在阿列克谢身上激起的总是一种近乎施虐的冲动,而绝非所谓"奴隶"的绝对臣服。某种意义上,对波琳娜的爱与对轮盘赌的沉迷一样,是阿列克谢用以证明自身力量的一种试验。这也是典型的"地下室人"特征。在这种力量测试中,测试对象本身并不重要,正如阿列克谢一再坦承的,他并不真的了解波琳娜,在紧要关头放心不下的也"根本不是她的命运",而是"想窥探她的隐秘"(《赌》:454);当他打算向阿斯特列先生讲述自己的爱情故事时甚至惊奇地发现,自己"几乎说不出任何确切和肯定的话来,恰恰相反,一切都是如此虚幻、奇怪、没有根据,甚至荒谬绝伦"(《赌》:416)。

狠狠地反对无限伟大的东西"，包括自己与他人的生命、尊严。[1]

而当波琳娜对这套"奴隶理论"表示厌恶，指出人在任何时候都可以保持尊严时，阿列克谢再次将其"虽是一个自爱的人（достойный человек），但却不会保持自己的尊严（поставить себя с достоинством）"的个人表现归结为俄国人的一种普遍气质，宣称与长于形式而内里空虚的西方人，尤其是法国人不同，俄国人不擅长将自己"过于丰厚和多面的天赋"禁锢在"一个体面的形式"中（《赌》：388—389）。细究小说中阿列克谢与西方人的几次正面交锋，可以看出这并不完全是为其爱情失利寻找的一番托词，他确实是以同一"奴隶"逻辑来理解和应对俄国人与西方世界的关系的：在阿列克谢看来，就如自己在爱情中的遭遇一样，俄罗斯也是因为不符合（由西方定义的）"形式"，即规范与限度的要求而长期遭到蔑视。尤其是波兰问题爆发后"俄国人根本没法在旅馆餐厅里吃公共客饭"，"如果您是个有自尊心的人，肯定会遭人斥骂和碰大钉子"（《赌》：360）。对此，阿列克谢的回应同样是以一种貌似过度自抑，实为极度唯我的方式扮演其想象中对方指定的屈辱角色，在夸张表演中刺激那些讲究形式的观众，悖论性地代表俄罗斯人在这个充满敌意的世界赢得胜利的。为了挑衅宴席上的"法国佬"，阿列克谢绘声绘色地回忆了他在罗马如何读到法国《国民评论》那些"辱骂俄国的不堪入目的言论"，随后教士的怠慢被其自动理解为一种民族歧视："在他看来，一个微不足道的俄国人竟然胆敢把自己放在与教长的客人平等的地位，简直是不可思议的事。"（《赌》：362）受辱的阿列克谢干脆自称"异教徒和蛮族人"（"大家不就是这样看这里的俄国人吗"），威胁"要往罗马教长的咖啡里啐一口"，最终迫使对方就范（《赌》：362）。而阿

---

[1]　关于陀思妥耶夫斯基笔下"奴性"问题的分析，参看别尔嘉耶夫：《陀思妥耶夫斯基的世界观》，第169—170页。小说中，阿列克谢以效忠主人之命宣称或实际完成的任务包括：自己从山上跳下结束生命、"打死"德·格里叶（《赌》：488）；而在挑衅德国男爵夫人时，阿列克谢自己也承认，这是为了博波琳娜一笑而去毫无理由地侮辱其他女性（《赌》：394）。

列克谢与德国男爵夫妇之间的那场闹剧，更富有象征意味。

　　事件正起源于波琳娜对阿列克谢"奴隶"理论的一次检验。尽管颇感屈辱，阿列克谢仍按其指令去向男爵夫妇致意。作为一名家庭教师，且未经正式介绍，他对两位贵族的致意是不合规矩的，而意料之中的受辱将成为奴隶没有自我意志、绝对忠诚的证明。但在脱帽鞠躬后的"三秒钟的时间内"，阿列克谢已经对对方进行了一番凸显"民族特色"的漫画式描绘，包括在男爵那张"德国人中很常见的歪脸"上感受到了十足的傲气（《赌》: 397）。尽管面对的不是波琳娜，他仍自动进入了所谓的"奴隶"角色：

　　　　"Madame la baronne," 我一字一句地大声说道，"j'ai l'honneur d'être votre esclave。"（男爵夫人……如能做您的奴仆，我将十分荣幸。）

　　　　然后我鞠了躬，戴上帽子。从男爵身旁走过，彬彬有礼地转过脸对他微笑。

　　　　脱下帽子是她吩咐的，鞠躬以及这一套胡闹这是我自己的杰作，鬼知道我中了什么邪，我似乎飘飘欲仙哩。

　　　　"哼！"男爵叫了一声，或者毋宁说是吼了起来，满脸惊愕和恼怒地望着我。

　　　　……

　　　　"Jawo-o-ohl！"我忽然扯起嗓门喊了一声，故意把 O 的音拖长。柏林人就是这样，说起话来没完没了地用"jawohl"这个词，并且总是用 O 音的长短来表示各种不同的思想和感受。

　　　　男爵夫妇迅速转过身去，在惊慌之中几乎是跑步逃走了。（《赌》: 397—398）

这场令阿列克谢"飘飘欲仙"的即兴演出以一种奇异的方式显示了爱情与民族问题在其意识中的同构性：对波琳娜奴隶式的效忠，被毫无障碍地转化为向德国人自荐为奴。从阿列克谢对社交礼仪与语言分寸的准确把握中（包括故意用"esclave"取代更得体的"serviteur"，以及对所谓柏林口音的模仿），可以看到他对西方规则的熟稔。[1] 这里没有什么文化不适症，而是对交流的直接拒绝——与他在爱情中的极端表现一样，对陌生的异族人发起的挑衅，尤其是在波琳娜指令外即兴加入的内容，显示出的是阿列克谢对世界与人际关系认知的单一。似乎除了主奴关系、意志的剥夺与被剥夺、羞辱与被羞辱，他无法想象以其他方式吸引他人的目光，表达自己的存在；事实上，也正因其"内在地是不自由的"，才会在爱情与民族关系中"总有一种被奴役的幻觉"，无法进行正常的交流。[2] 随后阿列克谢还将不断回味和渲染这场自荐为奴的表演，刺激新的观众，用他的话说，"要把所有的人嘲笑个够，而自己到头来落得个好汉"（《赌》: 404）。这里我们看到的，与其说是一种主体强力扩张的激情，不如说是一个唯我主义者在通过自我虚无化来蔑视周围的一切。它也更贴近陀思妥耶夫斯基在信件中提到的既让主人公感到低劣，又能让他通过"冒险"自我崇高化的"诗情"。

顺理成章地，当其主动建构起的"主奴关系"发生逆转时，自我的

---

[1]　See John Burt Foster, Jr., *Transnational Tolstoy: Between the West and the World*, New York: Bloomsbury Academic, 2013, p. 20.Foster 同时提示，从词源上看，"斯拉夫人"在法、德等西语中均有"奴隶"之义。而陀思妥耶夫斯基在 1876 年的一篇《作家日记》中同样提到了这一点："俄罗斯人的罪过就在于他们是俄罗斯人，也就是斯拉夫人：欧洲是憎恶斯拉夫民族的，les esclaves 就是奴隶……"陀思妥耶夫斯基：《文明的最新成就》，收入《作家日记》（上），第 371 页。

[2]　参见别尔嘉耶夫：《陀思妥耶夫斯基的世界观》，第 169 页。"地下室人"关于爱情就是一种奴役关系的大段独白可以被阿列克谢一字不差地挪用："我已经无法去爱了，因为，我再重复一遍，对于我来说，爱就意味着虐待，就意味着精神上的超越。我甚至终生都无法去想象另一种爱情，我竟到了这样的地步，以至于如今我时常会认为，爱情就是被爱对象自愿提供的对它施行虐待的一种权利。我在自己那些地下室的幻想中，永远把爱情想象为一种斗争，我总是自仇恨开始爱情，用精神的征服来结束爱情，而之后如何处理那被征服的对象，则是我所无法想象的了。"陀思妥耶夫斯基：《地下室手记》，第 294—295 页。

力量被确认，这种虚幻的诗情将得到最大满足。在阿列克谢将赌博赢来的巨额财富带回给波琳娜的路上，制服爱情与（轮盘赌象征的）命运带来的快感达到了顶点："我只感觉到某种极度的快乐——由于成功，由于胜利，由于自觉强大而感到的快乐。"（《赌》: 495）可惜，二元关系一旦完成逆转，也就失去了全部吸引力。当阿列克谢发现轮盘赌能更快、更强烈地满足其对诗情的需求后，他对波琳娜的爱迅速消退，其表演性质被坐实了：

> 我起誓，我非常心疼波琳娜，可是说来也怪，自从我昨天触摸到赌台和开始一包包地把钱扫过来的那一刻起，我的爱情似乎退居二位了。我现在才这样说，当时可没有明确意识到这一点。难道我真是个赌徒？难道我真地……是很奇怪地爱着波琳娜？（《赌》: 503）

在这种申辩和反思中，或许还能看到阿列克谢在面对一个不会爱、不能爱的空虚的自我时的挣扎。而随后的巴黎行却标志着他的彻底堕落。正是为了与"西方"这个想象中的敌手进行最后一战，他取消了自己作为人的全部神圣性：如前所述，暴富的阿列克谢决定如阿斯特列先生预言的前往巴黎，这段情节让读者深感突兀，甚至感到常识被冒犯；但阿列克谢遵循的本来就是有悖逻辑和道德情感的奴隶理论——在引诱的过程中，布朗什小姐也曾挑衅式地称犹豫的他"真是个下等奴隶"（《赌》: 506）；而他在巴黎这个西方"圣地"的一掷千金、荒唐不羁，完全演变为一场关于俄罗斯灵魂的表演。在自述中，阿列克谢不厌其烦地描述了自己面对布朗什小姐的一再试探，如何继续扮演仆从乃至玩偶的卑贱角色，同时却表现出对金钱的毫不计较，终于让这位诱惑者折服，以一种完全不同的口吻承认他是"一个真正的俄国人，一个卡尔梅克人"（《赌》: 516），甚至在临别前流下了不舍的眼泪（《赌》: 519）。这场"胜利"让阿列克谢重新定义了"俄罗斯性"，也在想象中报复了德·格里叶／空有形式没有灵魂的法国对波琳娜／天真的俄罗斯的奴役（《赌》: 416），甚至再次逆转了主奴关系——毕竟在他笔下，他成了金钱的主人，而那些巴黎人却纷纷拜倒在金钱脚下。然而，当阿列克谢轻易地从波琳娜转向布朗什小姐，并且选择用金钱购买后者时，此前他面对以钱财计算爱情的"法国佬"时自诩的那种道德优越感变得苍白无力了；而在着力塑造自己卓然不同于巴黎人的姿态时，他也与自己形容的那种内涵丰富、态度真诚的俄罗斯人形象愈来愈远。他甚至逐渐陷入了一种连激情、记忆和自我意识都不复存在的"无知无感的纯粹的恶"，他之所以能通过布朗什小姐的试探，与其说是因为信仰坚定，不如说是因为已经毫无信仰，一切无可无不可。[1]

换言之，与此前的"地下室人"以及与《赌徒》同时创作的《罪与罚》中的拉斯柯尔尼科夫一样，在一再通过直面深渊证明自己的勇气和力量时，阿列克谢也被深渊吞噬了。他的自我卑贱化毋宁说是自我崇高化，因为让其卑贱的世界本身是堕落无耻的。而其民族学说之所以会带有决定论乃至宿命论的味道，不仅仅是因为他认为民族出身决定了所有个体的选择和行动，更重要的是他反复强调，按照西方人的庸俗法则运行的这个世界决定了俄罗斯人没有可能做出正向选择：这些据说精神更自由的人无法接受新时代以谋取资财为要义的"文明的西方人的美德法典"，无奈他被浪潮裹挟，方才"乐于堕落到不择手段的地步"，选择了轮盘赌这类投机方式。但无论如何，这并不比西方人"更无耻"（《赌》: 381—382）。正如坚持认为毫不掩饰欲望的鄙俗赌客胜过勉力保持姿态的高雅赌客，阿列克谢宣布，面对以文明定义和伪饰自我、满足于扮演社会指定角色的西方人，直接撕下面具的俄罗斯人完全不需要感到羞惭。在一个失去灵魂的世界，对社会规范以及自身的嘲弄俨然成为

---

[1] See Robert Louis Jackson, "Polina and Lady Luck in Dostoevsky's *The Gambler*", pp. 69—70.

他及其口中的俄罗斯人彰显自由意志、把握真实的最后一招。但无论是一味对这个世界加以嘲弄，还是以自己不比别人更坏（而非"更好"，因为他已经无法定义何为"好"）来为自己辩护，陀思妥耶夫斯基笔下的这类人物所强调的其实都是这个世界的恶与自己无关，这是一种免责的借口，也将导致自己与这个世界的彻底疏离。[1]

在与阿斯特列先生的最后一次会面中，已然彻底沦为赌徒的阿列克谢仍然将自己失去波琳娜的原因归结为俄罗斯人无力招架法国那种虚假的形式美。在发表这番对于读者而言已经没有什么新意的长篇大论时，他始终不曾反省自己的错误，而继续采取了冷嘲热讽的奴隶腔调（《赌》: 528—529）。阿列克谢并未意识到，他也和自己口中那些异化的西方人一样，将自由让渡给了另一种绝对力量；他那种以奴隶之卑反叛世界的"诗情"也与"房顶上停着一只鹳鸟"一样成了姿态化的伪诗情。事实上，小说末尾出现了陀斯妥耶夫斯作品中经常可以看到的两极相逢，依靠二元对立定义自身的阿列克谢被其反抗的对象同化：他成了自己曾经鄙视的那种为金钱所奴役的人，终日在赌桌前精心"等待，计算"，因为唯有金钱能让他人拜倒在其面前，证明他的价值；他眼中的赌场也不再是"粗陋不堪"的，而是摆满了"一堆堆像火一样闪亮的金币"（《赌》: 522—523）；更讽刺的是，曾经只是表演为奴的他，为了换取赌资真的当了五个月的仆人（《赌》: 522），姿态成了实在。最终，赌徒阿列克谢成了阿斯特列先生在批评其奉若珍宝的"俄罗斯性"时的一个完美例证：

> 是的，您毁掉了自己，您颇有才能，性格活泼，品性也不坏。
> 您本来甚至还能有益于您的祖国，她是非常需要人才的，但您会留

---

[1] 参见查尔斯·泰勒:《自我的根源：现代认同的形成》，韩震等译，南京：译林出版社，2016年，第654—656页。

在此地，您的一生也因此断送。我不责备您。在我看来，所有的俄国人都是如此，或者是乐于如此。如果不是沉溺于轮盘赌，就是其他某种类似的东西，极少有例外的情形。（《赌》: 530）

被阿斯特列先生的话逼入死角的阿列克谢终于承认自己的民族论未必正确："不，他的话是错的！如果我说波琳娜和德·格里叶的话尖刻而愚蠢，则他对俄国人的断语未免同样尖刻和仓促。"（《赌》: 531）在此，将个人选择与民族框架嵌套的风险彻底显现。无论是将"诗情"理解为不受限制的激情，还是反社会的自我主义，一旦它被上升为一种集体属性，势必导致集体的无序、无力建设。这对一个文明来说是致命的。为了将俄罗斯命运从决定论中解套，阿列克谢艰难地推翻了此前提供的全部解释，承认自己也可能夸大了俄罗斯对其文化"初恋"法国的误判。这一刻，陀思妥耶夫斯基也对这位第一人称叙事者投以了最严厉的审视。

4、可信却不可爱的"英国好人"

但这种审视对于作家本人来说未必轻松：如前文详细论证的，在《赌徒》这部超速完成的作品中，陀思妥耶夫斯基调用了"俄罗斯—西方"的二元框架和"地下室人"这一原型，二者在其创作世界中有着天然联系，但从未像在《赌徒》中这样直接叠加。"地下室人"原型帮助了作家赋予阿列克谢的嵌套行为以深层逻辑，根据一套奴隶理论，其个人与整个俄罗斯民族的受辱被同一化；但"地下室人"在反权威时走向的极端也让陀思妥耶夫斯基更容易发现将民族关系二元化可能带来的问题。它同时抹杀了俄罗斯与西方的复杂性，尤其是一味以"非"西方定义自我、夸大非理性或反规范的合理性，反而有可能让俄罗斯和作家批评的现代西方一样失去真正的个性和自由。无论在主题上存在怎样的延续性，《赌徒》没有维持《冬天记的夏天印象》中那种批判西方之彻底堕落而赋予俄罗斯以神圣角色的自信论调。

而面对自己思想的陷阱，陀思妥耶夫斯基的微妙态度突出地体现在了小说对英国人阿斯特列先生这一形象的塑造上。阿斯特列先生被认为是陀思妥耶夫斯基主要作品中"绝无仅有"的一个正面的西方人物：[1] 面对爱情和轮盘赌的诱惑，阿斯特列先生是整部小说中唯一一个没有表现出任何着魔迹象的人。他甚至赢得了极度骄傲敏感的阿列克谢的信任，后者不仅形容其"圣洁得近乎病态"（《赌》: 378），凡有疑难也总是下意识地向之求助。也正是在阿斯特列先生的帮助下，一众俄罗斯人物得以先后离开赌城这个魔窟。而这样一个"好"西方人偏偏出现在《赌徒》这部极端化了俄罗斯—西方关系的作品中，不能不让人大感困惑。由于陀思妥耶夫斯基与英国人的实际交往有限，为了解释这一形象的生成，论者纷纷从作家熟悉的英法小说中寻找其原型。理性、腼腆、富有且仁慈的阿斯特列先生也确实符合这时期关于英国人的流行印象。[2] 但归根到底，这只能解释为什么要这样来塑造这个英国人，或者至多解释为什么在西方诸国中选择了英国，而回避了陀思妥耶夫斯基为何会塑造一个"好"的西方人的难题。更何况，就在此前的《冬天记的夏天印象》中，热衷修建"水晶宫"、高度秩序化的英国还和法国一起被作家视为西方现代文明之恶的集大成者大加批判。

但如果循着前文的分析，我们会发现，塑造一个来自西方的"好人"几乎是陀思妥耶夫斯基在应对阿列克谢之民族决定论带来的问题时

---

[1] See M. V. Jones, "The Enigma of Mr. Astley", in *Dostoevsky Studies: New Series*, No. 6, 2002, p. 39.

[2] See M. V. Jones, "The Enigma of Mr. Astley", p. 39—40; С.А. Кибальник, "'Положительно прекрасный' герой-иностранец в романе Ф. М. Достоевского 'Игрок'（мистер Астлей и его литературные прообразы）"// *Вестник Башкирского университета*, vol. 19, No. 2（2014）, c. 1329—1333.

仅剩的选择：如研究者指出的，这一时期的陀思妥耶夫斯基正在摸索如何将一种"经验现实主义的稳定元素"注入他笔下那个"由或是同时拒绝，或是试图混淆现实与幻想的人物构成的世界"。原本准备采用第一人称叙事的《罪与罚》不仅最终启用了全知全能、未卷入所叙之事的叙事者，还塑造了拉祖米欣这样的人物来传递稳定且常识化的声音；而在依然延续了《地下室手记》疯狂的自叙者形象的《赌徒》中，作家更需要一个人物来维持这个随着赌场轮盘不断旋转的世界的"现实主义幻象"。[1] 然而，在阿列克谢提供的民族话语框架下，被所谓诗情支配的俄罗斯人已经不可能再分配到这样的角色。以在所有俄罗斯人中最具力量的老祖母为例。从一出场，她就被塑造为阿列克谢（很大程度上也是陀思妥耶夫斯基本人）理解中的与西方人截然对立的"典型"俄罗斯人。这位来自莫斯科的老派地主率性爽直，丝毫没有所谓的高雅做派；她法语蹩脚，是小说中唯一一个以俄语原名称呼波琳娜的人（《赌》: 424）；在呵斥趋炎附势的西方仆役为"奴隶"（《赌》: 425）的同时，她对自己从俄罗斯带来的仆从却心怀仁爱。甚至，这一人物还身患"腿疾"——对于陀思妥耶夫斯基的女性人物而言，这通常是一个具有"背负大地苦难"之意涵的神圣标记。[2] 一切似乎都暗示着老祖母应当发挥拯救者的功能。初登场时，她也确实凭着惊人直觉道破了全部真相。然而，要最大限度地展示其"俄罗斯性"，就必须让老祖母进入赌场这个核心试炼场，而讽刺的是，越是渲染她豪赌时不同于西方赌客的激情（相较于金钱，她更沉迷于在赌桌前扼住命运喉咙的快感），越是将其描绘为符

---

[1]　See M. V. Jones, "The Enigma of Mr. Astley", p. 46. 后来《白痴》《群魔》以及《卡拉马佐夫兄弟》中的叙事者虽不再全知全能，且退居边缘，但都扮演了这类稳定器的角色。Назиров 认为阿斯特列夫先生这一正面形象是小说中最没有"灵魂"的，对其评价颇低；但他同时也指出，这个人物的功能类似稳定器，替作家说出了自己的一些看法，是"古典戏剧中那种高谈阔论的角色的变体"。См.: Р. Г. Назиров, *К вопросу об автобиографичности романа Ф. М. Достоевского "Игрок"*, с. 87—88.

[2]　См.: В.И. Габдуллина, "Искушение Европой: роман Ф. М. Достоевского 'Игрок'", с. 17.

合既有定义的"典型"的俄罗斯人，就越不可能让她中途退场。情节只能朝着民族框架预定的方向发展，即使是作家本人也无法干预。尽管被多番劝阻，老祖母最终还是挥霍掉了本来打算用来改建教堂的大笔资财（《赌》: 469），甚至需要向阿斯特列先生借钱才能回归故土。她成了危险的"诗情"的又一个俘虏。如其在临行前忏悔的，她"太骄傲了"，受到了上帝的"责备和惩罚"（《赌》: 484）。沉浸在无限夸大个人意志的"虚假自由"中，她离陀思妥耶夫斯基呼吁的那种"最高的自由"越来越远。而事实上，一旦像阿列克谢那样将"诗情"归结为一种本质化的民族性，并且无条件地对之加以崇高化，就已经剥夺了俄罗斯人自我节制的可能。随着老祖母的落败，小说中的俄罗斯阵营全面沦陷，小说叙事所需的稳定器只能归于另一阵营。

而除了作品内部逻辑的限制，陀思妥耶夫斯基在写作这部小说时的特殊状态或许也在相当程度上影响了他的选择：这是一位前（？）赌徒在写《赌徒》。甚至小说本身也是一个疯狂赌约的产物，为了按期完成作品，作家不得不打断自己更看重的《罪与罚》的写作，甚至是每天数着页数写作。高压下的创作固然能激起陀思妥耶夫斯基的更大激情，但也让其身心俱疲。[1] 在作家为此前的疯狂行为付出巨大代价，并且正在作品中复现类似经历的情况下，英国人阿斯特列先生代表的那个稳定有序的世界确实可能显示出比往常更大的优势。将光荣归于西方而非俄罗斯，对于陀思妥耶夫斯基而言本身也不啻于一种自我惩罚。

但需要立即指出的是，陀思妥耶夫斯基给予这一西方人物的善意终究是有限的。一方面，不同于公认为阿斯特列先生提供了重要原型的

---

[1] 详见陀思妥耶夫斯卡娅：《回忆录》，第30—40页；陀思妥耶夫斯基之所以签订这份条件苛刻的合同，一个重要的原因是其急需一笔钱再次出国与苏斯洛娃相会。参见斯洛尼姆：《陀思妥耶夫斯基的三次爱情》，第213页。

乔治·桑的《印第安娜》（1832），[1] 也不同于《奥勃洛莫夫》《前夜》这些同时期的更包容地处理民族交融问题的本土小说，《赌徒》始终拒绝让女主人公被包括阿斯特列先生在内的异族男性真正俘获。对于波琳娜而言，这位英国好人似乎始终缺乏男性吸引力，他甚至还被安排在最后一次会面中向已然堕落的情敌阿列克谢转达波琳娜不变的爱意（《赌》：530）。这里的两性关系仍被当作一种民族隐喻加以呈现，透露出作家在民族（以及性别）问题上对身份界限的坚持。[2] 另一方面，也是更重要的一点，好人阿斯特列先生远不像一些论者所主张的那样，是陀思妥耶夫斯基理解中的"完美"人物，乃至《白痴》中梅什金公爵的初级版本。[3]尽管在物质层面提供了大量帮助，他并未能像梅什金公爵、阿辽沙这类真正具有理想化色彩的人物一样触动俄罗斯人的灵魂，更不用说拯救他们：老祖母的回归，是其堕落后自身悔悟的结果；从赌城脱身的将军随即前往巴黎，彻底沦为布朗什小姐的玩物；被从监狱赎保出来的阿列克谢依然嗜赌；而受到阿斯特列先生最多关照的波琳娜也仍漂泊在外，并未如老祖母希望的那样回到俄罗斯大地，获得真正的重生。

不妨说，对于陀思妥耶夫斯基和他所想象的俄罗斯世界来说，阿

---

[1]　从人物身份、性格到对女主人公和情敌的态度，乃至"疯狂一夜"中的表现，都可以在阿斯特列先生身上找到拉尔夫爵士的影子。当然，《赌徒》摈弃了乔治·桑小说的那种哥特式风格和对女性解放的吁求。See M. V. Jones, "The Enigma of Mr. Astley", p. 40; С.А. Кибальник, "'Положительно прекрасный' герой-иностранец в романе Ф. М. Достоевского 'Игрок'", с. 1331.

[2]　См.: С.А. Кибальник, "'Положительно прекрасный' герой-иностранец в романе Ф. М. Достоевского 'Игрок'", с. 1334.

[3]　论者的主要依据包括阿斯特列先生与梅什金公爵性格的相似，他们同样害羞、诚实，不轻易对他人做判断；两部小说有些片段也有所呼应，如第一次见面时阿列克谢与阿斯特列先生在火车车厢相向而坐，这与罗戈仁、梅什金公爵的相识场面相同。波琳娜与纳斯塔西娅的相似（两人都有苏斯洛娃的影子）让这两个场景的呼应变得更富意味；而最重要的一个论据是，《白痴》是陀思妥耶夫斯基在写完《赌徒》《罪与罚》后的下一部大小说，而众所周知，狄更斯的匹克威克被作家视为梅什金公爵之原型，这让论者相信阿斯特列先生代表的英国元素也在公爵身上得到了延续。但这些关联终究流于表面。在阿斯特列先生之后，陀思妥耶夫斯基的主要作品中甚至再未出现过英国人。См.: С.А. Кибальник, "'Положительно прекрасный' герой-иностранец в романе Ф. М. Достоевского 'Игрок'", с. 1335—1336; see also M. V. Jones, "The Enigma of Mr. Astley", p. 45.

斯特列先生代表着一条即使可信也绝不可爱的道路，这已经是西方在陀思妥耶夫斯基思想中"好"的极限：在陀思妥耶夫斯基借以塑造阿斯特列先生这一形象的 19 世纪英法小说中，英国人构成了一种"道德类型"，这是一些参与实际工作的绅士，有着面对世俗生活的能力，善于用工作抵抗绝望；用特里林（Lionel Trilling）在《诚与真》（*Sincerity and Authenticity*）中的话说，他们是"诚实的灵魂"，"顺从地服务"并"内在地尊敬"社会，被认为拥有达到幸福所需要的一切品质。[1] 然而，这种幸福却并非具有强烈宗教感的陀思妥耶夫斯基追求的终点。甚至，它恰恰是他与其俄罗斯作家不断抨击的现代幻象。当陀思妥耶夫斯基宣布托尔斯泰不以法律和社会环境衡量、解释善恶的《安娜·卡列尼娜》所蕴含的"见地正是在欧洲听不到的，然而它又非常需要听到，尽管它傲视一切"，[2] 当他在自己的创作中不断对英法文学套路加以戏仿嘲弄时，他指向的正是这类让人陷入精神惰性的幸福。无须赘言，"地下室人"那种"分裂的意识"可能导致的自我隔绝让陀思妥耶夫斯基深感警惕；但对于作家而言，它仍然比有着明确目的性、承认限度的"诚实的灵魂"更有吸引力，甚至在特定意义上离绝对的信仰／最高的自由更近。[3] 无论是在真实经历中，还是在思想风暴中，他笔下真正意义的正面人物必须"经过现代性的经验"。[4] 而阿斯特列先生显然还未经历过这种分裂带来的心灵震颤。阿列克谢在赞美其品格的同时，总是无法理解他的平静

---

[1]　参见莱昂内尔·特里林：《诚与真：诺顿演讲集（1969—1970）》，刘佳林译，南京：江苏教育出版社，2006 年，第 109—112 页。

[2]　参见陀思妥耶夫斯基：《〈安娜·卡列尼娜〉是具有特殊意义的事实》，收入《作家日记》（下），第 805—806 页。

[3]　此处"分裂的意识"和前文的"诚实的灵魂"一样沿用了特里林借黑格尔学说进行的发挥，它凸显的是人精神的自主自为。对外部权力的否定、与社会化自我的分离会让人感到痛苦，但这种痛苦也为精神的进一步提升提供了可能，参见特里林：《诚与真》，第 29—51 页；但需要强调的是，陀思妥耶夫斯基将自由与恶以及赎罪联系在一起，并不意味着他相信什么恶的辩证法或者进化论，参见别尔嘉耶夫：《陀思妥耶夫斯基的世界观》，第 57—58 页。

[4]　泰勒：《自我的根源：现代认同的形成》，第 656 页。

克制、时刻谨守权责界限，一再称之为"奇怪"的人（《赌》: 359、378、414）。两人始终无法真正走进对方的内心世界。

而与赌徒忏悔、自我惩罚的常见结果一样，陀思妥耶夫斯基在《赌徒》中对"诗情"的检省，对阿斯特列先生所属的那个稳定世界的善意也没有维持太久。现实生活中，在自己的下一次欧洲旅行中他还将爆发更大的赌瘾；在文学创作中，吸引陀思妥耶夫斯基，且最能发挥其天赋的，也始终不是阿斯特列先生这类普通的好人。《罪与罚》中的拉祖米欣或许正是阿斯特列先生口中俄罗斯急需的在日常生活中稳步建设的那类人，但他与阿斯特列先生一样，不可能成为陀思妥耶夫斯基作品的主人公，他们的面貌永远不会像拉斯柯尔尼科夫和阿列克谢那样生动，而他们发出的稳定声音也不会成为陀思妥耶夫斯基所说的"更高意义上的现实主义"的"终极标准"。[1] 弗兰克描绘的那种结合了阿列克谢和阿斯特列先生特点的平衡，未必符合陀思妥耶夫斯基本人的气质。[2] 毋宁说，阿列克谢口中的"奇怪"某种程度上也暗示了陀思妥耶夫斯基透视这类普通好人时存在的限度，"文化的绝对价值和创造这些价值的绝对意义"遭到了"宗教的、道德的和社会的怀疑"。[3] 相较于"地下室人"的疯狂、混乱，阿斯特列先生在险恶世界中始终不走向任一极端的那种力量的来源，反而是读者更难从陀思妥耶夫斯基小说中获得答案的。

概言之，1862 年的首次西方之旅让陀思妥耶夫斯基进一步确认了自己心中"俄罗斯 / 神圣—西方 / 世俗"的二元框架。而作家在游记《冬天记的夏天印象》中对西方与俄罗斯所处历史阶段的判断，也导向了他在自己创作征程中的一次再出发。在随后的一系列创作中，陀思妥耶夫

---

[1] See M. V. Jones, "The Enigma of Mr. Astley", p. 47.

[2] See Joseph Frank, "'The Gambler': A Study in Ethnopsychology", p. 322.

[3] 详见别尔嘉耶夫：《陀思妥耶夫斯基的世界观》，第 99 页。

斯基以惊人的激情与思想力持续追问以俄罗斯人为代表的现代人是否可能，以及如何从"城市"回到"园地"，从"选择善恶的自由"跃入"在善之中的自由"。二元框架同时带来了思想的锋利和偏激。在 1866 年的短篇小说《赌徒》中，身处极端情境的陀思妥耶夫斯基对自己的西方想象进行了微妙调整，罕见地描写了一个英国人对俄罗斯着魔者的拯救。但他对英式幸福"可信却不可爱"的最终判定反而进一步揭示出了其试图捍卫的文明边界。在此后所有的大小说中，陀思妥耶夫斯基都将热情继续投入到对那些满怀"诗情"的人物的描绘中。相较于"各方面又都没有充分发展"的阿列克谢，《群魔》中的彼得·韦尔霍文斯基、《卡拉马佐夫兄弟》中的伊万·卡拉马佐夫这类远离俄罗斯土壤的虚无主义者将更为极端和具有破坏性；[1] "俄罗斯—西方"这两极也仍然存在，它们让身份模糊的俄罗斯年轻一代更容易陷入分裂的恐怖。陀思妥耶夫斯基严厉地审视着那些急速跨越民族边界的危险思想，却又对着魔者表现出的精神活力、对完美答案的狂热追求着迷不已。这种相互纠缠的抗拒与迷恋也许让他同时成了俄罗斯激进化浪潮最有力的批判者与参与者。

---

[1] См.: Р. Г. Назиров, *К вопросу об автобиографичности романа Ф. М. Достоевского "Игрок"*, с. 47. 最接近《赌徒》中阿列克谢形象的，当属《少年》中的阿尔卡季：这是陀思妥耶夫斯基笔下又一位深陷事件漩涡的第一人称叙事者。他将成为罗特希尔德那样的人视为自己的"思想"，并同样在这一思想中看到了普希金笔下"悭吝骑士"的那种诗情（陀思妥耶夫斯基：《少年》，第 108 页）。他同样坚信自己并未被金钱奴役，只是想通过驯服金钱来测试和显示自己非凡的意志，结果却陷入自己鄙薄的赌博狂热，难以自拔（第 299、347 页）。让两个人物更为接近的是，"少年"对自己的身份也充满不确定和自卑感，受辱后他刻意"把自己侮辱得更厉害"，"立刻就进入了仆人的角色"，以表达一种"消极的憎恨"（第 407 页）。并非偶然地，他对自己身份的追寻始终与他对"俄国的欧洲人"维尔西洛夫的解读紧密联系在一起。

第四章

托尔斯泰："文明人"的分裂与团结

1、在卢梭的故乡写作

列夫·托尔斯泰对卢梭（Jean-Jacques Rousseau）的推崇众所皆知。他十五岁就戴上了一枚刻有卢梭肖像的纪念章，而直到晚年，在谈及自己通读这位前辈著作的经历时他仍兴致盎然，感慨有时会觉得对方的文字仿佛出自自己笔下。[1] 对于以怀疑多思、反偶像崇拜著称的托尔斯泰而言，这样的热情实属罕见。津科夫斯基（В.В.Зеньковский）在那部经典的俄国哲学史中甚至断言人们"有权把托尔斯泰的全部观点放在卢梭主义的框架下来加以阐释"[2]。

除了通过阅读、写作神交，托尔斯泰与卢梭最接近的一次，当属其1857年旅欧期间亲至瑞士朝圣，探访留有卢梭或其笔下人物踪迹的山地、村庄以及湖泊瀑布。[3] 在此之前，这位退役军官已经在巴黎待了近两个月，五光十色的巴黎生活以及那种他在帝俄时从未享受过的自由一度让其迷醉不能自拔；直到4月6日观看了一场公开执行的死刑，他才从迷梦中惊醒。杀人机器的精巧，围观者的习以为常，让他痛感文明建

---

[1]　见托尔斯泰1901年与保尔·鲍耶尔的谈话，转引自巴特利特：《托尔斯泰大传》，第66页。

[2]　瓦·瓦·津科夫斯基：《俄国哲学史》（上），张冰译，北京：人民出版社，2013年，第434页。

[3]　参见巴特利特：《托尔斯泰大传》，第134页。

制不过是掩盖暴力的谎言。[1] 托尔斯泰几乎是一路逃至瑞士。有此前情，更不难理解他会长时间地徒步于经由卢梭妙笔封圣的阿尔卑斯山区，想象自己正与当年那位出逃的日内瓦少年一样借助自然之力疗治被文明撕裂的灵魂。[2] 就连在旅途偶遇一位法语流畅、辩才无碍的瑞士青年，他也会立时联想到卢梭。[3]

事实上，在托尔斯泰逃离巴黎时，这时期与其交往甚密的屠格涅夫已在他身上看到了卢梭的影子，并预言其强烈的道德诉求不会因为旅行地的更换而得到长久满足。[4] 果然，就像《爱弥儿》（*Emile ou De L'education*，1762）在巴黎被查禁后卢梭逃回瑞士，却遭到更残酷的打击一样，托尔斯泰也很快在"这个文明、自由和平等达到最高水平"的共和国再次受挫：[5]7 月 7 日晚，旅居卢塞恩的作家邀一位浪游歌手在自己入住的瑞士旅馆旁演唱。歌手的表演极为出色，吸引了不少观众，但演出结束，无人愿意提供些许赏金表示谢意。激愤之下，作家将歌手带入这家高级旅馆喝酒，却又被侍役和看门人轻慢，引发一番争执。大感震动的托尔斯泰将此事记入日记，而到 18 日，以之为基础创作的小说

[1] 观刑前后托尔斯泰对巴黎的不同印象最集中地体现在其 4 月 5 日—6 日给鲍特金写的信中。参见列夫·托尔斯泰：《致瓦·彼·鲍特金（1857 年 4 月 5—6 日）》，收入苏·阿·罗扎诺娃编：《思想通信》（上），马肇元、冯明霞译，北京：文化艺术出版社，1997 年，第 191—193 页；另可参见列夫·托尔斯泰：《日记》，《列夫·托尔斯泰文集》，第 17 卷，陈馥、郑揆译，北京：人民文学出版社，2013 年，第 74—76 页。

[2] 18 世纪时阿尔卑斯山区在（前）浪漫主义浪潮的塑造下变成一片具有精神治疗效果的接近天堂之地。而作为"18 世纪的第一畅销书"，卢梭《新爱洛漪斯》（*Julie ou la Nouvelle Héloïse*，1761）"对阿尔卑斯山显赫名声的贡献比任何出版物都多"，它极大地促进了阿尔卑斯山区的旅游业。参见布莱宁：《浪漫主义革命》，第 162—163 页。至于卢梭少年出逃时经历的那场让其肉体和精神都沉浸在"有生以来最幸福的状态中"的阿尔卑斯之旅，参见卢梭：《忏悔录》，范希衡等译，北京：人民文学出版社，2017 年，第 54—55 页。

[3] 参见列夫·托尔斯泰：《托尔斯泰日记》（上），雷成德译，西安：陕西人民出版社，1998 年，第 238 页。

[4] См.: Н. Н.Гусев, *Л. Н. Толстой. Материалы к биографии с 1855 по 1869 год*, М.: Наука, 1957, с. 195—196.

[5] 参见列夫·托尔斯泰：《卢塞恩》，收入《列夫·托尔斯泰文集》，第 3 卷，芳信、刘辽逸译，第 24 页。书中所引小说译文均引自这一版本，后文仅随文标注作品首字与出处页码，不另加注。

《卢塞恩》（"Люцерн"，1857）仅修改一稿即告完成。

托尔斯泰很少有这样的写作与定稿速度，这也是他整个旅欧期间完成的唯一一部作品。[1] 一直在其头脑中相伴的卢梭无疑为其提供了便利的思想抓手。关于这一点，最明显的就是小说着意引入"英国游客"这一形象，构拟出"文明"与"自然"的卢梭式两极，并以此结构全篇：在现代旅游业的发明与塑形过程中，富裕且在社会、空间意义上都更具流动性的英国人起到了关键作用。还在19世纪30年代，"英国游客无处不在"的印象就已流行于欧洲各国。[2] 而从卡拉姆津的游记开始，摈弃了大陆旅行之智性意涵、通过快速消费获得愉悦的英国游客更扮演着俄罗斯精英旅行者构建自身形象的重要他者。[3] 虽然细察托尔斯泰此前的旅行记录和书信，英国游客其实并未引起比他国游客更多的恶感，包括在7月7日的日记中，他也仅以"一群人"和"阳台上的人"笼统称呼围观、嘲弄歌手的人，[4] 但一旦在创作中需要制造戏剧性冲突，"英国游客"这一累积了丰富文化意涵的形象即刻被调用。还在歌手出场前，第一人称叙事者就用大量篇幅讲述了英国游客如何干扰了自己的旅行。他们的消费需要、趣味以及金钱强势侵入并改造了卢塞恩的景观。当"我"尝试融入活力漫溢、无拘无束的大自然时，那些"寒伧的、庸俗的、人造的东西"，如讲究的服饰、笔直的人工堤岸、用支柱撑着的菩提树和绿色的长椅等破坏了整幅画面，自然沦为功用性的活动背景，"我的视线老是不由自主地和那条直得可怕的堤岸线发生冲突，而且我心里直想推开它，毁掉它，就像要把眼睛下面鼻子上的那颗黑点擦掉一样；可是英国人散步的那条堤岸

---

[1]　См.: Н. Н.Гусев, *Л. Н. Толстой. Материалы к биографии с 1855 по 1869 год*, с. 213—214.

[2]　See Hartmut Berghoff et.al. eds., *The Making of Modern Tourism: The Cultural History of the British Experience, 1600—2000*, N.Y.: Palgrave MacMillan, 2002, p. 2.

[3]　See Susan Layton, "Our Travelers and the English", pp. 1—20. 英国游客也极大地影响了19世纪俄罗斯人对"旅游"的理解和对相关语词的使用。См.: М. П. Алексеев, *Русско-английские литературные связи. (XVII век- первая половина XIX века)*, с. 574—656.

[4]　参见托尔斯泰：《日记》，第78页。

还是在原来的地方"（《卢》: 2）; 同样, 公共餐桌上保持的那种严格的英式礼节也只让人感到压抑不堪。人们精心掩藏着内心活动, 与他人的交流被认为是不必要且不得体的（《卢》: 3）。在"我"的这类指认下, 物质富足、谨守规范的英国游客完全成为"在与别人交往时只想着自己, 而另一方面在理解自己时却只想到他人"的"文明人"的代表, [1] 与他们相关的一切都指向了自然天性与公共意见、本真与外在表现之间的严重分裂。

而随着淳朴、自然的浪游歌手登场,《卢塞恩》将"英国游客"处理为一个文明符号并借之发力的痕迹变得更为明显。虽然与日记所记一致, 围观人群的民族身份依然混杂不明（从歌手用生僻的德语方言发言能够引来阵阵笑声这一细节来看, 英国游客甚至并非现场人群的主体）, 写作中的一处改动更证明小说为了凸显普遍人性, 有意淡化民族特殊性, [2] 然而, 心情沉重的"我"却偏偏将自己在旅馆门口偶遇的一家英国人强拉进了事件当中, 因为他们心安理得地享受着优渥生活而"突然不禁把他们和那刚才羞惭地逃避嘲笑的人群的、疲惫或许饥饿的流浪歌手作了一个对比, 我明白了刚才像石头似的压在我心头的是什么, 同时, 对这些人感到了说不出的义愤"（《卢》: 11）。换言之, 这些根本未曾见过歌手的文明人之所以并非无辜, 是因为他们的生存就建立在对他人劳动的压榨上, 有违自然。无论是否自觉, 他们都依靠经济、法律制度巩

---

[1] 参见阿兰·布鲁姆:《爱弥儿》, 收入《巨人与侏儒（1960—1990）》, 张辉等译, 北京: 华夏出版社, 2020 年, 第 189 页。

[2] 定稿中, "我"追问: "为什么在德国、法国或意大利的任何一个乡村里不可能有的这个惨无人道的事实, ……在这个来自最文明的国家的最文明的旅行者云集的地方, 会有可能呢?"（《卢》: 23—24）而在原稿中, 此处作为正面形象列举的, 本来是"俄国、法国或意大利的乡村"。无论是从"我"熟悉、了解的程度, 还是俄罗斯乡村这时期被各派知识分子普遍认可的传统意涵来考量, 这一改动都很难讲通, 只可能将之解释为作家在有意识地淡化小说的民族和地方色彩。See John Gooding, "Toward *War and Peace*: Tolstoy's Nekhliudov in *Lucerne*", in *The Russian Review*, vol. 48, No. 4 (Oct. 1989), p. 396. 关于小说初稿情况, 本书主要参考了托尔斯泰 90 卷版全集第 5 卷中关于《卢塞恩》的长篇注解。此处初稿文字参见: Л.Н. Толстой, *Произведения, 1856-1859// Полное собрание сочинений в 90 томах*, ред. В.Г. Чертков, Т. 5, М.: Государственное издательство Художественная литература,1935, с. 282.

固既有的不平等，维护了一种隐性却更持久的暴力。不止于此，为了让英国游客与歌手事件发生切实联系，作家没有让小说像日记所载的那样结束于与看门人、侍役的冲突，而是干脆又虚构了一对英国夫妇对身份低下的歌手和自己在同一个大厅用餐提出抗议（《卢》: 20）。无论是作为原本有足够经济能力来表现人类恻隐之心的人，还是作为身份等级规范的制定者和示范者，他们显然都更适合为小说的文明批判充当靶子。[1]

最终，第一人称叙事者得以顺利宣布，7月7日发生的"是一件和人性的永恒的丑恶面无关，而和社会发展的某个时期有关的事。这个事实不是人类活动史的资料，而是进步和文明史的史料"（《卢》: 23）。这几乎就是卢梭哲学基石的重述：恶不是来自自然人性，而是文明的产物，正是现代社会造成了人性的堕落。诚然，在此前发表的《两个骠骑兵》（"Два гусара", 1856）中，托尔斯泰就已展现出对现代生活的批判态度和对传统的留恋；然而，这部小说塑造的子辈最后表现出的主要仍是上流社会的惯有恶习，读者还很难在其精神世界与小说开篇提到的俄罗斯现代化变革之间找到具体关联。只有在自己的欧洲旅行中真切地感受到了物质高度繁荣下人的异化，托尔斯泰才开始与现代文明之恶正面交锋。[2] 如果说，从巴黎观刑到瑞士漫游，托尔斯泰的卢梭阅读经验被大力激活，那么这些经验如今又反过来影响了作家对现实的理解。在11日写成的作品初稿中，作家甚至直接点明歌手事件证明了"卢梭有关文明有害道德的说法并非信口胡诌"。[3]

但在注意到卢梭的在场后，真正有意思的却是，《卢塞恩》最终并

---

[1]　See John Gooding, "Toward *War and Peace*", p. 393.

[2]　See John Gooding, "Toward *War and Peace*", p. 386. 也有评论家认为《两个骠骑兵》中的小图尔宾是"狭隘的实用主义和谨慎的纯理性主义"这一新时代主要特征的代表人物，但并未在小说中找到相关佐证。参见米·赫拉普琴科：《艺术家托尔斯泰》，刘逢祺、张捷译，上海：上海译文出版社，1987年，第49页。而随后，在讨论《卢塞恩》时，赫拉普琴科同样认为"托尔斯泰对文明本身及其福利的怀疑，是在接触到19世纪资产阶级文明的现实矛盾时产生的"（第53页）。

[3]　Л.Н. Толстой, *Произведения, 1856—1859*, с. 282.

未成为一部图解卢梭思想的作品。恰恰相反，不久前曾称托尔斯泰让人联想到卢梭的屠格涅夫直指作品除了卢梭思想外还杂糅了大量别的东西，是个"大杂烩"。[1]《卢塞恩》的混杂，尤其是结尾的急转更在后世引发诸多关注。虽然鲜有将之视为托尔斯泰之佳篇力作的，评论家却从社会批判、神学探索以至身份意识等角度指出这部小说有着与其短小篇幅并不相符的容量和突破性意义。[2] 如下面将讨论的，相关论说未必全然正确；但它们却已足以松动津科夫斯基的论断：即使在最为亲近卢梭的时刻，托尔斯泰也并未亦步亦趋，其思想活动甚至异常活跃。在抓住卢梭递过的抓手向上攀登时，他也将一些典型的卢梭问题加以推进或转换——无论是基于慎重的思想辨析，还是因为影响焦虑下的隐秘心理，小说最后的版本删除了初稿中直接肯定卢梭观点的那处文字。在这场对话，或曰近身搏斗中，作家自身思想的一些特异之处得以凸显。

2、批判文明的"文明人"

在对歌手事件的解释，尤其是对"文明"—"自然"两极结构的构

---

[1] 　见：Н. Н.Гусев, *Л. Н. Толстой. Материалы к биографии с 1855 по 1869 год*, c. 223.

[2] 　苏联研究者多引用列宁在《托尔斯泰和他的时代》（"Толстой и его эпоха"，1911）中的看法，高度肯定作品对资本主义文明的批判，同时批评小说结尾的回缩标志着托尔斯泰主义的开端。见：Н. Н.Гусев, *Л. Н. Толстой. Материалы к биографии с 1855 по 1869 год*, c. 221；另参见贝奇柯夫：《托尔斯泰评传》，吴钧燮译，北京：人民文学出版社，1981年，第73—74页。而从一种神学视角出发，古斯塔夫森（Richard F. Gustafson）在其经典研究著作中认为恰恰是篇幅不长的《卢塞恩》提供了"疏离—融入—再疏离"这一托尔斯泰核心叙事模式的完整样本，作品中的断裂揭示出了作家本人在"定居者"（"resident"）与"异乡人"（"stranger"）两个角色间的痛苦徘徊。See Richard F. Gustafson, *Leo Tolstoy: Resident and Stranger. A Study in Fiction and Theology*, Princeton: Princeton University Press, 1989, pp. 22—26；古丁（John Gooding）则延续并大大推进了艾亨鲍姆对《卢塞恩》与《战争与和平》关系的讨论（Б. М. Эйхенбаум, *Лев Толстой. Книга первая. Пятидесятые годы*// *Лев Толстой : исследования, статьи*, ред. И. Н. Сухих, СПб.: Факультет филологии и искусств СПбГУ, 2009, c. 44），认为作家通过《卢塞恩》的写作解决了面对底层民众的身份危机，并为《战争与和平》对俄罗斯内部阶层矛盾的淡化处理积累了经验。See John Gooding, "Toward *War and Peace*", pp. 383—402.

造方面，《卢塞恩》的确有着强烈的预设。但对于具体以何种形式讲述此次经历，托尔斯泰颇费了一番思量。刚着手写作的他计划以"国外来信"这一常见的旅行书写形式呈现 7 月 7 日的事件，上文已经提到的作品初稿中有一段重要的引语："我"希望与（假想的）收信人所办杂志的读者分享卢塞恩经历带给"我"的强烈印象，并且相信它们不难激发读者的兴趣。[1] 但到 15 日修改初稿时，托尔斯泰删掉了上述引语，将作品从书信投稿转为一篇纯粹的个人手记。篇首清晰标注的"摘自涅赫柳多夫公爵手记"（"Из записок князя Д. Нехлюдова"）以及写作时间"7 月8 日"，加上"昨天晚上我到了卢塞恩"这一利落开篇均凸显了文字的即时性，营造出其所载记忆与情感十分真实、未及深度加工的印象。

更重要的是，私密手记这一形式也将作品的重心从事件本身更多地转向了叙事者紧张的自我审视。酷爱卢梭《忏悔录》（*Les Confessions*，1782—1789）、晚年还将推出同名作品的托尔斯泰在初登文坛时的那些自传性作品中就已开始"模仿这位法国一瑞士思想家无情剖析自己时坦率而犀利的风格"。[2] 只要足够真诚就能通过语言无损地呈现真实的自我，这是卢梭助力打造的一个经典神话。通过将同一和完整性的根源从上帝转移到自我，他示范的世俗忏悔"极大地扩展了内在之声的范围"，也是"现代文化转向更深刻的内在深度性和激进自律的出发点"。[3] 因歌手事件心神不安的托尔斯泰对"涅赫柳多夫"这个第一人称叙事者的选择正凸显了这方面的诉求。这位公爵从克里米亚战争时期开始就频频出现在托尔斯泰作品中，性格与精神气质有明显的延续性：纯洁自律，同时热切渴望得到他人认同。[4] 他的许多经历更不免让人联想到托尔斯泰

[1]　См.: Л.Н. Толстой, *Произведения, 1856—1859*, с. 280.

[2]　参见巴特利特：《托尔斯泰大传》，第 74 页。

[3]　参见泰勒：《自我的根源：现代认同的形成》，第 520—521 页；See also J. M. Coetzee, "Confession and Double Thoughts: Tolstoy, Rousseau, Dostoevsky", in *Comparative Literature*, 1985, vol. 37, No. 3（Summer, 1985）, pp. 205—213.

[4]　See John Gooding, "Toward *War and Peace*", p. 394.

本人。[1] 尤其是作家出国前不久发表的以涅赫柳多夫为主人公的短篇小说《一个地主的早晨》（*Утро помещика*，1856），更直接反映了托尔斯泰本人彼时面临的一重身份困境：1856 年 3 月亚历山大二世发表要"自上而下"废除农奴制的著名演说后不久，托尔斯泰就回到自己的庄园进行改革，一心改善农民生活，结果却更深刻地意识到自己与农民分属两个世界，难消隔阂。《一个地主的早晨》即据此写成，它也被评论家称为托尔斯泰自传体三部曲的续篇。[2] 小说的结尾，不堪现实重负的公爵想象着年轻的赶车人伊柳什卡四处云游的美妙生活，羡慕不已；[3] 而当这一人物再次亮相、出现在卢塞恩湖畔时，其远游美梦似乎已然成真。可惜，只要精神的危机没有真正解决，现实的压力就无从逃遁。若以一句话概括，《一个地主的早晨》和《卢塞恩》写的其实都是"行善未果"的经历。但唯有在新近完成的这篇小说里，通过采用手记和第一人称叙事的形式，作家才得以借涅赫柳多夫这一自传性形象详细检省行善者的心理，直面困境。

于是，我们看到，在小说"文明"—"自然"二元结构的缝隙中不断渗入涅赫柳多夫的自我反思。通过诸多细节，他交代了自己如何按头脑中批判文明的剧本来理解乃至引导事件发展，却因此遭遇尴尬：当歌手面对"我"喝酒的邀约，提出可以去家普通的小酒馆时，是"我"不

---

[1]　《台球房记分员笔记》（*Записки маркера*，1855。主人公和青年托尔斯泰有着颇为相似的堕落经历）和《一个地主的早晨》自不必说，即使在《少年》（*Отрочество*，1854）与《青年》（*Юность*，1856）中，涅赫柳多夫也与公认的自传性主人公尼古拉·伊尔捷尼耶夫构成了镜像关系——两人立誓"彼此之间一切都开诚布公"，包括向对方敞开自己最隐秘的精神世界。参见列夫·托尔斯泰：《少年》，收入《列夫·托尔斯泰文集》，第 1 卷，谢素台译，第 188 页。处于精神成长关键时期的伊尔捷尼耶夫一再通过观察这位具有高度道德感，同时又经常在行善过程中陷入自我感动的朋友来认识和塑造自我。对两人交往的描写主要集中在《青年》（收入《列夫·托尔斯泰文集》，第 1 卷，2013 年，第 226—227、252—257、274—277、323—326 页）。一定程度上，涅赫柳多夫公爵也可以被认为是托尔斯泰在这两部自传体小说中的另一个自我。
[2]　参见陈燊：《总序》，《列夫·托尔斯泰文集》，第 1 卷，第 8 页。
[3]　参见列夫·托尔斯泰：《一个地主的早晨》，收入《列夫·托尔斯泰文集》，第 2 卷，潘安荣等译，第 395 页。

顾对方的几次谢绝，坚持要去"那些曾听过他歌唱的人们住的瑞士旅馆去"，对方只能"装出一副毫无窘态的样子"满足"我"的心愿（《卢》：11—12）；在两人接下来的谈话中，"我"多次暗示对方是"艺术家"，希望对方以被迫害者的身份"分担我对瑞士旅馆的客人们所表示的愤懑"，对方却对此表示惊异，并不接受这种被强加的意义，"我的问题完全没有产生我预期的效果"（《卢》：15—16）。两人的对话就像那瓶被匆忙饮下的名贵香槟，夸张、热烈而又不知所谓，反而是被"我"鄙视的侍者和看门人总是能更准确地领会歌手的话。最富自我揭示意味的文字出现在对"我"与看门人的冲突的回忆中。"我"承认，当后者没有摘帽子就走到"我"身旁坐下，这个按照文明社会的等级标准过分随便的动作"触犯了我的自尊心或者虚荣心"，被卡在预期角色与现实之间的"我"终于找到了合适对象宣泄酝酿已久的情绪，愤懑而又"暗自喜欢"地大大发作了一番（《卢》：17—18）。

　　详细记录下这些隐秘心理的涅赫柳多夫，多少已经意识到了自己在道德与逻辑上的双重破产。他对戏剧性冲突的追求，本身就是极度不自然的，并因此而加剧了他所抨击的那种对他人的冷漠乃至暴力；在批判文明的过程中，他也在展示一种只有按照文明人的逻辑才会获得赞赏的趣味与智辩，正如他对窗外山水及歌手流浪生活的浪漫想象同样只可能属于自我意识高度发达、希望暂时挣脱机械生活和庸常世界的文明人。[1]由于公爵举止过于夸张，歌手甚至一度怀疑他不过是想灌醉自己，像其他有闲人士一样看笑话（《卢》：17）。换言之，当涅赫柳多夫着意将自己与那些虚伪、造作、自私的"文明人"区隔开时，他眼中的"自然人"准确地指认出了他身上散发出的异类气息。这位熟读默里旅行指南，入住当地最好的旅馆的旅行者（《卢》：1），是一位批判文明的文明人。他

---

[1]　关于现代自我的形成与"风景"的发现之间的悖论关系，参见泰勒：《自我的根源》，第428—432页；柄谷行人：《日本现代文学的起源》，赵京华译，北京：中央编译出版社，2013年，第15—22页。

以自我为中心的移情正展现出与对象的疏离，越是专注于自己的感受和需求，他就越是有意识地去"发明"符合心境的风景和故事，也越是陷于自我感动和对现实的简化。

显然，和批评者古丁（John Gooding）的看法不同，这时期陷入身份困境的涅赫柳多夫/托尔斯泰并没有通过将英国游客指认为罪恶的文明人，成功地将矛盾外移、实现自我的解脱；[1] 相反，经由一种卢梭式的自我审视和暴露，他以更大的勇气承认了这一困境的难以解决，同时也将卢梭对文明之恶的批判推向了更远处。送走歌手后，依然激动无法入睡的"我"在湖堤久久徘徊，继续反思深入人心的理性原则与进步观念，嘲笑"文明是善，野蛮是恶"的武断判定。但"我"作为文明批判者的失败却让批判的对象从乐观的历史进步论悄然转向了所有"臆想的知识"：

> 一个为了积极解决自己的需要因而被投到善与恶、事实、思考和矛盾这个永远动摇的无限海洋中的人，真是一个不幸的可怜虫！……他只要能了解每种思想都是虚伪的，同时也是真实的就好了！它所以虚伪，是因为它的片面性，是因为人不可能了解全部真理；它所以真实，是因为它表达了人类愿望的一个方面。人们在这个永远动摇不定、没有尽头、无限错综的善恶交错之中给自己作出了分类，又在这个海洋上划出了假想的线，然后盼望海洋也照此自行分开……谁的心里有这样一个善与恶的绝对标准，使他能衡量所有瞬息即逝和错综复杂的事实呢？谁的头脑有那么伟大，就是在静止的过去中也能洞悉和衡量一切事实呢？谁又看见过善与恶并不同时存在的这种情况呢？我又怎么能知道我看见这个比那个更多，并不是因为我的看法错了呢？（《卢》: 25）

---

[1] See John Gooding, "Toward *War and Peace*", pp. 396—397.

人类认知有着无法克服的限度，以有限理性为纷繁世界建立严整秩序、一劳永逸地达成良善生活只是妄念。一路苦心探索真理的涅赫柳多夫公爵得出并接受了有一些问题"永远得不到答案"的残酷结论（《卢》：25）。唯此，才能理解接下来小说那个引发了诸多争议的结尾。反思中的公爵再次远远听见了歌手的妙音：

> "不，"我不禁对自己说，"你没有权力可怜他，也没有权力为那勋爵的富裕生气。谁曾在天平上称过这些人之中每个人的内在的幸福呢？……谁知道是不是所有这些人的心里，正像那个矮小的人儿（指歌手——引者注）的心里一样，也有那种毫无牵挂的、柔和的生之喜悦和与世无争的胸襟呢？允许和命令这一切矛盾都存在的神的慈悲和智慧是广大无边的。只有你，渺小的可怜虫，鲁莽而放肆地想要洞悉他的法则和他的意图的可怜虫，只有你，才觉得有矛盾。他从他那光辉超绝的高处，温存地俯视着而且欣赏着你们大家生活于其中的那充满矛盾而又永不止息地前进着的无限和谐。你居然骄傲自满地想摆脱这个普遍的法则。这是不行的！"（《卢》：26）

在此，文明批判的烈焰似乎完全熄灭。自传性主人公思考的已经不仅仅是作为人类认知、改造世界之结晶的文明为何反而带来了退步，他走得如此之远，甚至对自己认知与介入现实的权力也产生了怀疑：他和他的那些善举并非歌手所需，他对文明之恶的揭示更可能遮蔽了另一部分真相。涅赫柳多夫最终转向了一种寂静主义，放弃对整个事件的解释权，并表现出无限的谦卑，而这种谦卑在卢梭的忏悔中一直被认为是严重缺失的。[1] 要解释这种分歧，别尔嘉耶夫关于俄罗斯虚无主义的分析无疑极富启发性。与同时代的许多俄罗斯知识分子一样，托尔斯泰身

---

[1]　参见欧文·白璧德：《卢梭与浪漫主义》，孙宜学译，北京：商务印书馆，2019 年，第129—131 页。

上有着根植于特定传统的强烈罪感和禁欲主义，更容易从根本上否定文化创造的积极意义。[1] 引文最后对更高权威的吁求也不免让人相信，作家从卢梭的"人义论"转回了奥古斯丁的"神义论"，转回了将个体的救赎交给神恩的宗教忏悔。[2] 但如果与陀思妥耶夫斯基那篇更有名的、直接对卢梭《忏悔录》发起挑战的《地下室手记》稍作比较，又不难发现，《卢塞恩》并没有怀疑个体通过内心审视可以揭示关于自我的真相："我"没有因为无限回溯忏悔背后自我辩护和自我炫耀的动机（也即无法克服的所谓"罪性"）而陷入"地下室人"的那种混乱、分裂。[3] 在"我"对行善未果的条分缕析背后，始终可以看到一个坚实的理性主体。"我"对事件中每个时刻的感受都加以清晰追索，并以此为基础步步推导出自己在生活的汪洋中所处的位置。而最终，"我"也有勇气和能力说出自己依靠理性推导出的全部结论，哪怕这个结论质疑的是理性本身，是自身认知的限度。仅就这一点而言，在思想的光谱，中托尔斯泰仍然更靠近18世纪的启蒙思想家，哪怕是攻击启蒙，他依托的也是启蒙运动的原则，是"在个人一己的切身体验里寻找价值"。[4]

事实上，正因为总是提出简单却关乎根本，而自己又无法回答的问题，托尔斯泰才被冠以"虚无主义者"之名，"然而他确实无意为破坏而破坏。世间万事，他只最想知道真理"[5]。相较于对现世的否定，俄罗斯传统带给托尔斯泰的影响更多的是对一种融合了真实性与正义性的真理的

[1]　参见尼·别尔嘉耶夫：《俄罗斯思想》，雷永生、邱守娟译，北京：生活·读书·新知三联书店，2004年，第138—139页。
[2]　关于卢梭代表的世俗忏悔与基督教忏悔传统的差异，参见曹蕾：《自传忏悔：从奥古斯丁到卢梭》，北京：中国社会科学出版社，2012年，第145—182页。
[3]　《地下室手记》嘲讽了卢梭提出的"自然的和真实的人"，并支持海涅关于卢梭在《忏悔录》中有意识地撒谎的观点。参见陀思妥耶夫斯基：《地下室手记》，第177，206—207页。陀思妥耶夫斯基在多部作品中都复现了"地下室人"那种无限回溯动机的忏悔，颠覆了"真实自我"这一概念，并相信只有依靠神恩才能终止自我的自辩自欺。See J. M. Coetzee, "Confession and Double Thoughts", pp. 215—230.
[4]　参见以赛亚·伯林：《托尔斯泰与启蒙》，收入《俄国思想家》，第283页。
[5]　伯林：《托尔斯泰与启蒙》，第280页。

执着追求。在对 7 月 7 日事件的解释中，托尔斯泰表现出的与卢梭思想的真正分歧即在于，他虽同样珍视自我的揭示和表达，但并不承认它们具有卢梭所赋予的绝对价值，更不会像后者那样以对真诚的肯定代替最后的善恶判断。卢梭在《忏悔录》中确实大胆地承认了自己诸多不堪的经历，但因为将成为 / 表达"真实的自己"视为最高的善，不再需要对这个"自己"究竟如何进行道德审视，他可以一边自曝其恶，一边骄傲地宣告没有人敢对审判者说出"我比这个人好"[1]。而对于托尔斯泰而言，对自我意识的关注是通往真理的过程却非目的本身。如我们所见，小说主人公通过对事件的书写呈现的不是自我的强大、个性的独特，而是过分以自我为中心的个体因为无法与现实和他人建立切实联系，理性的限度进一步凸显，导致了更严重的虚假与认识论暴力。从与卢梭对话的角度来看，《卢塞恩》结尾表现出的谦卑与其说是社会批判意义上的回缩，不如说是在反思理性与理性主体方面的继续推进。外部世界的腐败堕落不仅不足以让那个被卢梭高抬的自我免责，还对其道德取向提出了更严苛的要求。

至于小说最后那些易让人生出宗教之思的文字，据托尔斯泰晚年自述，调用的其实是在俄罗斯知识界流行一时的黑格尔"世界和谐"说。[2]主张世界处于不断自我完善的过程中，以历史的理解取代神学，本就已高度理性化；而在几年后的《战争与和平》中，作家又进一步抛弃了这种本质上仍为"臆想的知识"的形而上学体系，力陈神意固然已无法为现代人提供支点，但历史之必然性也无法以理性左右或解释。在其思想剃刀的持续挥进下，人是否可能，以及如何在历史中获得幸福成了一个更难回答的问题。与涅赫柳多夫一样意识到"我们只知道我们一无所

---

[1]　卢梭：《忏悔录》，第 4 页。关于卢梭开启的用真伪代替善恶的现代传统，参见布鲁姆：《爱弥儿》，第 187—188 页；see also Arthur M. Melzer, "Rousseau and the Modern Cult of Sincerity", in *The Legacy of Rousseau*, Clifford Orwin and Nathan Tarcov eds., Chicago: University of Chicago Press, 1997, pp. 286—288.

[2]　См.: Н. Н.Гусев, *Л. Н. Толстой. Материалы к биографии с 1855 по 1869 год*, с. 222.

知。这就是人类智慧的顶点"的皮埃尔将在探索中经历更多的打击，但也将表现出更多的勇气。[1]

同样值得关注的是，在写作《卢塞恩》期间，托尔斯泰还在信件、日记中留下了许多关于文学创作的思考：尽管此前推出的一系列作品广受好评，自 1855 年离开克里米亚战场进入彼得堡文学圈后，托尔斯泰还是对自己创作的意义日感困惑。这位严苛的自我审查者怀疑，自己和那些精致文雅的同行虽以公众的教育者自居，实则只是在提供一些能够轻松赢得荣誉与金钱的陈词滥调，完全回避了关于自我和生活的本质问题。[2] 换言之，他担心自己写作的正是卢梭在《论科学与艺术》（*Discours sur les sciences et les arts*，1750）以及《致达朗贝尔的信》（"Lettre à d'Alembert sur les spectacles"，1758）中严厉指责的那种伴随着大众阅读兴起而流行开来的媚俗文学——在提供和迎合流行意见的过程中，艺术家与读者失去了个体的真实。[3] 除了庄园改革停滞不前外，对于是否要成为一位职业作家举棋不定，也是托尔斯泰 1857 年仓促赴欧的一个重要原因。而经历了巴

---

[1]　参见列夫·托尔斯泰：《战争与和平》，收入《列夫·托尔斯泰文集》，第 6 卷，刘辽逸译，第 436 页；此处论述参考：John Gooding, "Toward *War and Peace*", p. 400.

[2]　参见列夫·托尔斯泰：《忏悔录》，收入《列夫·托尔斯泰文集》，第 15 卷，冯增义等译，第 8—11 页。

[3]　参见古热维奇：《卢梭论文艺与科学》，收入卢梭：《论科学和文艺（笺注本）》，刘小枫等译，上海：华东师范大学出版社，2021 年，第 212—215 页。在传统解释中，托尔斯泰这时期的创作与思想危机也经常被归结为他卷入了俄罗斯知识界民主主义与自由主义阵营之争，并因与后者亲近、接受了纯艺术论而远离现实与人民。然而，细看托尔斯泰在 19 世纪 50 年代中后期与两派代表人物的通信，作家反对文学的功用化、政治化，与其说是因为主张艺术要超然于现实，不如说是因为相信存在永恒真理和普遍人性——这种信仰不仅是其对"自然"状态的想象的基础，也让他终身坚持一定存在某种普适且绝对的美学标准。而一旦依附和紧跟本身就充满谎言、带来严重分裂的现实政治，艺术也会变得虚假和"凶狠"，不可能触及真理，更会远离他渴望的那种爱的结合。参见托尔斯泰：《致尼·阿·涅克拉索夫（1856 年 7 月 2 日）》，收入罗扎诺娃编：《思想通信》（上），第 36—37 页；关于作家这时期美学观念的讨论，参见：Tatyana Gershkovich, "Infecting, Simulating, Judging: Tolstoy's Search for an Aesthetic Standard", in *Journal of the History of Ideas*, vol. 74, No. 1（2013），p. 115. 事实上，托尔斯泰一方面固然无法接受激进派那种揭露性艺术；另一方面，作为文明的批判者，他也从未有过纯艺术论者那种带有精英主义色彩の"（艺术）从来都只为极少数极少数的人所享有"的论调，参见鲍特金：《致列·尼·托尔斯泰（1857 年 12 月 4 日）》，收入罗扎诺娃编：《思想通信》（上），第 213 页。对于托尔斯泰而言，这两派其实都是他日益怀疑的进步主义的倡导者。

黎观刑事件后，他对流行话语精心维护的进步神话产生了根本怀疑。7月11日，正加速推进《卢塞恩》写作的托尔斯泰在日记中鼓励自己"要大胆一些，否则除了优雅妩媚（грациозный）的东西以外什么也没有，而我得说许多新的有道理的（дельный）话"[1]。在梳理了托尔斯泰这时期几部作品写作的情况后，艾亨鲍姆（Б. М. Эйхенбаум）指出这里的"优雅的东西"主要是指迟迟未能完稿的、浪漫主义气息浓郁的短篇小说《阿尔贝特》（"Альберт", 1858）。[2] 但联系《卢塞恩》写作的特殊情境，年轻的作家渴望完成的更像是一次整体的革新。正在想象中与卢梭同行、大力批判文明之恶的他进一步明确了自己的写作不应成为文明驯化人心的工具，徒然"给人们身上的枷锁装点许多花环"[3]。

有必要细加审辨的是，卢梭关于艺术的思考有很强的政治关怀。正如在《社会契约论》（*Du Contrat social*, 1762）中他尝试以"自己强迫自己"的奇特逻辑协调自由与威权，在考虑艺术在公共生活中应扮演什么角色时，他也同样将政治视角（对共同体的忠诚）与自然视角（对内在自我的忠实）并举，在批评文艺造成人与自己的疏离的同时，又对有利于培养公民美德、让个体能"自愿"地践行公民义务的艺术表示肯定，并不认为其中存在什么矛盾；[4] 而托尔斯泰对政治生活缺乏兴趣和信心。旅欧期间的观察所得，以及对法国革命史、无政府主义者作品的阅读甚至让他

---

[1]　托尔斯泰：《日记》，第78页。译文据原文略有改动。

[2]　См.: Б. М. Эйхенбаум, *Лев Толстой. Книга первая. Пятидесятые годы*, с. 301. 在1857年旅行中，托尔斯泰更多的创作精力其实投注于《阿尔贝特》以及后来被命名为《哥萨克》（"Казаки", 1863）的小说。绝非偶然地，在这两部作品中也都出现了"忏悔的文明人"，他们都试图通过行善乃至自我牺牲获得幸福，结果却让情况变得更糟。《哥萨克》前后构思有重大调整，但"文明人"面对哥萨克／"自然人"的尴尬始终存在，且在19世纪60年代初的最后修改中被强化。具体写作过程可参看赫拉普琴科：《艺术家托尔斯泰》，第62—63页。

[3]　参见卢梭：《论科学与艺术的复兴是否有助于使风俗日趋纯朴》，李平沤译，北京：商务印书馆，2016年，第10页。

[4]　参见凯利：《卢梭与反对（或拥护）文艺的个案》，收入卢梭：《论科学和文艺（笺注本）》，第285—288页。或者说，在卢梭看来，"分担共同体的关切和热望"对于注定只能存在于社会中的人而言就是"自然视角"。参见古热维奇：《卢梭论文艺与科学》，第209—210页。

进一步将"道德法则"以及应该"永远给人以幸福"的"艺术规律"与虚伪的"政治法则"对立起来。[1] 这使得他的艺术方案较之卢梭的有着更强的理想化色彩,在"保留绝妙的自然的真实"方面,也显得更为激进[2]——从前文对小说主人公以及结尾的分析其实已经可以看出,托尔斯泰所理解的"自然"从根本上说并非个体权利意义上的自由、不依附他人,而更侧重人格完整,以及因此而具备的把握真理的直觉。他想象中的共同体的理想状态也区别于理性考量下以权利关系为基础的政治集合,而是指向以爱为基础的人类团结的。[3] 相对应的,托尔斯泰所说的"给人以幸福"的艺术就是能够让人回到上述"自然"状态,分享真理并促进人与人精神连接的艺术。这或许也解释了为什么托尔斯泰尚在写作过程中就热切希望与他人分享包含"有道理的话"的《卢塞恩》。9 日在写给好友鲍特金(В. П. Боткин)、预告自己将推出这部小说的一封信件中,作家坦承:"在我写作的时候,我希望的只有一点,就是别人,跟我心性相近的人,能乐我之所乐,恨我之所恨,或泣我之所泣。"[4] 而在初稿那段介绍写作缘由的引语中,"我"提到自己过往也会写些文字和友人交换意见,但歌手事件给自己带来的印象如此之强烈,除了通过写作释放情绪,"我"也希望"它像影响我的哪怕百分之一那样影响读者"。[5] 这些表达已经很容易让人联想到托尔斯泰后来在长篇论文《什么是艺术?》("Что такое искусство?",1898)中提出的"感染论",即艺术是一种交流行为,其最高价值即在于消除艺术家与受众之间的界限,带来精神的共鸣与提升。[6]

---

[1] 参见托尔斯泰:《致瓦·彼·鲍特金(1857 年 4 月 5-6 日)》,第 192—193 页;Н. Н.Гусев, *Л. Н. Толстой. Материалы к биографии с 1855 по 1869 год*, c. 214—217.

[2] 参见别尔嘉耶夫:《俄罗斯思想》,第 137—138 页。

[3] See Richard F. Gustafson, *Leo Tolstoy: Resident and Stranger*, p. 9.

[4] 托尔斯泰:《致瓦·彼·鲍特金(1857 年 7 月 9 日)》,收入罗扎诺娃编:《思想通信》(上),第 200—201 页。

[5] См.: Л.Н. Толстой, *Произведения, 1856—1859*, c. 280.

[6] 参见列夫·托尔斯泰:《什么是艺术?》,收入《列夫·托尔斯泰文集》,第 14 卷,陈燊等译,第 245 页。关于"感染论",后文还将结合《安娜·卡列尼娜》进一步讨论。

而在小说中托尔斯泰更直接塑造了他心目中理想的艺术家形象：并无任何世俗权势，甚至拒绝以艺术家自称的浪游歌手以真挚歌声成功感染了陷于分裂、麻木的文明人，唤起了他们对美好事物的本能向往。诚然，托尔斯泰一直对音乐这一艺术形式青睐有加，视之为多样而又和谐统一的自然状态的绝妙"比喻"，[1] 在更早动笔的《阿尔贝特》中，他也已塑造过一位表演极具感染力的小提琴家；但在《卢塞恩》中，托尔斯泰明显对歌手形象进行了一种去浪漫化的处理。小提琴手在演出时与在日常生活中有着截然不同的两副面孔，因为惊人才华不为世俗力量所珍视，炽热情感遭遇重挫而走向自我毁灭，他的命运被赋予强烈的戏剧性；而对于浪游歌手来说，演唱就是日常。作为自然人的代表，他演唱是因为谋生需要而非消遣，面对他，公爵甚至不可能像在《一个地主的早晨》中想象伊柳什卡赶车生活那样继续自己的浪漫幻想，"与其说他是个艺术家，不如说他是个贫穷的小贩"（《卢》: 13）。但也唯其如此，"我"和其他听众的反应更有力地证明了"自然"的魅力——歌手的演唱松弛而灵活，"重唱每一段时，每次唱法都不相同，而且显然，所有这些美妙的变化都是他信口唱来，即兴想起的"（《卢》: 7）。欣赏着这样的自然之声，那些锦衣华服的贵妇人、绅士们和侍者、看门人以及厨师终于暂时忘却了文明的等级规范，他们"都聚集在一块儿了，站住了。都好像体会到了我所体会到的同样的感觉"，而在歌唱间隔中传来的那些水声，那些"断断续续、带着颤音的蛙声，混合着鹌鹑的清脆单调的啼声"更让歌手和他的听众在共情中融入一个广大和谐的世界之中（《卢》: 7）。

　　透过对演唱场景的描绘，托尔斯泰似乎已经找到了从所谓媚俗艺术解套的办法。虽然同样是强调参与而非展示，强调通过养护而非损害个体真实性来提供相互认同的基础，他对好的艺术的想象是属于文学家而

---

[1]　See Richard F. Gustafson, *Leo Tolstoy: Resident and Stranger*, p. 9; see also Alexandra Tolstoy, "Tolstoy and Music", in *The Russian Review*, vol. 17, No. 4（Oct., 1958）, p. 258.

非政治思想家的（不妨将这些文字与卢梭关于英国小说有助培育英国男人和女人对秩序、天职的敬服的描述加以对比[1]），甚至本质上仍是高度浪漫化的。可惜，如前文已经讨论的，托尔斯泰锋利的思想剃刀一往无前，在将卢梭的文明批判推向极致后，其美好的艺术设想也闪现出了致命漏洞："我"在严苛的自我剖析中意识到，习惯以有限理性、自我意识组织生活的文明人即使追求自然，也难免引入新的不自然、不平等。如果说，像歌手那样的"真正"的自然人可以凭借直觉和本能把握真理，那么像"我"以及托尔斯泰本人这样的文明人是否还有可能做到这一点？若文明人终究只能表演自然，那么除了已被文明污染过的识见与情感，他们又还能分享什么？[2]

这并非无聊的思辨游戏。小说家托尔斯泰在现实中很快就遭遇了涅赫柳多夫式的困境：虽然作家自己十分满意和看重，但刊登于同年《现代人》第九期的《卢塞恩》成为其创作生涯中一次真正的滑铁卢。改革关头，民主主义与自由主义阵营都无法接受作品对现代文明的全盘否定固然是原因之一，但作为托尔斯泰第一部教诲性作品，小说的过载同样成了批评的焦点。巴纳耶夫（И. И. Панаев）抱怨作者对"一件微不足道的事实"过分引申，而安年科夫则干脆形容《卢塞恩》像个大头针，且其头部堪比"直径三俄丈的大气球"。[3]一部从形式到内容都极力强调自然的小说成了不自然的典型。与努力行善、宣扬自然的涅赫柳多夫一样，托尔斯泰在写作中对于自己要说什么、公众应如何反应充满预期，结果却让那些宣扬谦卑虚己的忏悔之辞在他的读者听来更像是骄傲武断的布道。

到同年10月，托尔斯泰已承认"我完全让它（《卢塞恩》）把自己

---

[1] 参见卢梭：《致达朗贝尔的信》，李平沤译，北京：商务印书馆，2011年，第117—118页。对卢梭与英国小说亲缘关系的讨论可参见特里林：《诚与真》，第71—74页。
[2] 关于托尔斯泰对文明人这种身份困境的思考，参见伯林：《托尔斯泰与启蒙》，第298页。
[3] См.: Н. Н.Гусев, *Л. Н. Толстой. Материалы к биографии с 1855 по 1869 год*, с. 223—224.

骗了"。[1] 这并不仅仅是作品收获恶评后的一种让步或开脱。将艺术视为真诚交流和真理共享，不能容忍任何欺骗 / "不自然"的托尔斯泰，真正挂心的不是如何更好地处理叙事距离这类美学问题，而是写作的伦理：他既不愿像其他文明人那样写作，却又发现自己根本做不到与笔下的歌手一样让其受众"自然"地回到"自然"。归根到底，这位知识精英在现实生活中衷心欣赏并且能够创作的，是且仅是那种浸染了（在他看来十分危险的）文明及文明人主体意志的艺术。托尔斯泰又一次提出了自己无法回答的问题。在《卢塞恩》之后，他还发表了几部不太成功的短篇，其中包括又一部教诲性作品《三死》（"Три смерти"，1859），以及进一步想象了音乐如何疗愈文明人的《家庭幸福》（"Семейное счастие"，1859），[2] 而接下来在近三年的时间里他没有再推出任何作品。效仿《爱弥儿》中的实验，托尔斯泰将大量精力投入于对庄园农民子弟的教育之中。但涅赫柳多夫式的困境反而变得更迫近：虽然极力放低姿态，但已被文明侵蚀的他又能教给那些更接近"自然"的孩童什么呢："我不能教给别人一点有用的东西，因为我自己也不知道什么是有用的。"[3] 作为忏悔的文明人，他一方面认为有义务阻止分裂，通过行动（无论是艺术创作还是启蒙教育）解放"自然的"道德与情感力量，促进人际和谐，另一方面又因为过分发达的思力，对文明人影响、形塑他人的资格深感怀疑。[4] 面对友人让其重拾创作的劝告，托尔斯泰在 1859 年 10 月给德鲁

---

[1]　参见列夫·托尔斯泰：《致尼·阿·涅克拉索夫（1857 年 10 月 11 日）》，收入《列夫·托尔斯泰文集》，第 16 卷，周圣等译，第 58 页。

[2]　参见列夫·托尔斯泰：《家庭幸福》，收入《列夫·托尔斯泰文集》，第 3 卷，第 149—150 页。

[3]　托尔斯泰：《忏悔录》，第 12 页。基础教育也是托尔斯泰 1860—1861 年第二次（也是最后一次）欧洲旅行主要的考察对象。对德、意、法、比利时学校的考察结果令作家十分失望，他发现教师的生搬硬套让孩子无所适从，尽失本心。

[4]　一个值得玩味的事实是，1860—1861 年赴欧洲考察基础教育期间，他写作了小说《波利库什卡》（"Поликушка"，到 1863 年才发表），里面再次出现了《一个地主的早晨》中的一些人物。然而，这一次地主的"善举"却以农民自杀、一家人的生活被彻底摧毁告终。在这样的改写中，托尔斯泰对身处历史之中的个体是否能在"任由他人自行其道的不义"和"强迫他人的不义"之间做出选择表现出了更大的悲观。参见伯林：《托尔斯泰与启蒙》，第 297—298 页。

日宁（А. В. Дружинин）的信中解释道：

> 从那一部《家庭幸福》之后，我就没写过东西，现在也没写，将来似乎也不会再写了。至少，我是以但愿如此来自慰的。为什么呢？说来话长，也很难说清。主要因为生命短促，已到而立之年，却仍把它消耗于写作我昔日所写的那一类小说上——实在扪心有愧。……倘若是那种发自内心、不吐不快、能赋予人勇气、自豪和力量的内容——尚属情有可原。可在三十一岁上还要去写那种供人茶余饭后消遣解闷的小说，说真的，实在是抬不起手。甚至一想到我是否还要写小说这样的问题，我便哑然失笑。[1]

在此，托尔斯泰不仅再次强调了自己不愿写作卢梭意义上的媚俗文学，更流露出对小说这一典型的"文明人的文体"的怀疑。虽然因为1862年步入幸福的婚姻生活，他得以重返文坛，并在精神危机再次爆发前完成了《战争与和平》及《安娜·卡列尼娜》两部长篇巨著，但在下面的讨论中我们将看到，作家内心的怀疑从未被真正驱散，也没有比背靠理性主义与个人主义的小说更有违他在《卢塞恩》中对文明的批判，尤其是结尾"我"对"知不知"的劝诫的了。即使是被公认为最接近欧洲小说传统的《安娜·卡列尼娜》，也包含着对这一传统的自觉挑战。而更耐人寻味的是，这一挑战正是随着小说人物来到欧洲后达到高潮的。

3、《安娜·卡列尼娜》中的跨界者：疗愈与背德

"旅行"这一主题其实贯穿于《安娜·卡列尼娜》整部小说。七位主

---

[1] 托尔斯泰：《致亚·瓦·德鲁日宁（1859年10月9日）》，收入罗扎诺娃编：《思想通信》（上），第285页。

要人物乘坐着传统的马车或是现代的火车在莫斯科、彼得堡与俄罗斯中部的三个庄园之间来回穿梭，不断被打散和重组。[1] 除了结构性意义，这些旅行也最直观地展示了"大改革"时代帝俄景象的流动变幻。而在这些国内旅行中插入的两次跨国之旅，即基蒂一家的德国疗养之旅（第二部的三十到三十五章）和安娜、弗龙斯基的意大利之行（第五部的七到十三章）似乎并没有什么特异之处，甚至被处理得格外顺滑流畅——作者总是直接宣告这些旅行者已经抵达目的地多日，毫无阻碍地完成了所谓的"社会结晶"过程，[2] 安置在自己合适的位置上了。

但如果与同时期其他俄罗斯作家的西方旅行书写加以比照，这种"顺当"本身就非常特别：无论是陀思妥耶夫斯基《冬天记的夏天印象》《赌徒》中那类蔑视西方之庸俗堕落的孤傲反叛者，还是屠格涅夫《国外来信（第一封信）》《烟》中面对文明"中心"畏缩自卑而缺乏创造力的"外省人"，都渗透着浓重的身份焦虑。在"大改革"时期也两度前往西欧诸国旅行的托尔斯泰对这类议题并不陌生。但早在写《卢塞恩》时，他就有意识地与旅行书写范式拉开距离，淡化"俄罗斯"旅行者身份的特异性。[3] 而到了直接取材俄罗斯当代生活的《安娜·卡列尼娜》，他干脆对与异国旅行相伴生的那种"民族性"话语展开了尖刻嘲讽。小说中有一个与叙事主线似乎并无直接关联的有趣情节：弗龙斯基被要求接待一位外国亲王，后者正是这个时代典型的旅行者。他"周游了许多地方，认为现代交通方便的最主要利益就是可以享受所有国家的快乐"（《安》：422）。小说以一种夸张笔调——列举了亲王在世界各国尝试的所谓特色项目；当这位见多识广的旅行者根据俄罗斯主人提供的"民族

---

[1]　参见弗拉基米尔·纳博科夫：《俄罗斯文学讲稿》，丁骏等译，上海：上海三联书店，2015年，第196—201页。

[2]　参见列夫·托尔斯泰：《安娜·卡列尼娜》，收入《列夫·托尔斯泰文集》，第9卷，周扬等译，第257页。下文小说引文均出自这一版本，将随文标注作品首字与出处页码，不再另注。

[3]　See John Gooding, "Toward *War and Peace*", p. 396.

娱乐活动"自以为是地对"俄罗斯精神"加以总结时，就连同样精于享乐之道的弗龙斯基也"愤怒得涨红了脸"（《安》: 422）。

毫无疑问，这些项目和活动构成的是一个专门提供给旅行者的、放大差异的观赏世界，它与小说主体部分那个广博而又纤敏的俄罗斯构成了强烈对比。而当作者安排自己的主人公前往西方旅行时，自然丝毫无意让他们进行任何类似的"民族性"考察。甚至，就连意大利的名胜"对于弗龙斯基这样一个聪明的俄国人也没有像英国人所认为的那样不可言喻的意义"（《安》: 554）。当然，俄罗斯贵族长期接受的精英教育、充足的金钱与时间也确实使得这些人物能够更顺利地跨越文化、语言界限，融入西方旅行地。他们不可能像陀思妥耶夫斯基笔下的"被侮辱与被伤害者"那样感受文明的冲击。但需要马上指出的是，小说也并未用那种在俄罗斯知识界流行已久的、以精英化和西方化为实质的"世界主义"姿态直接绕过旅行中遭遇的"俄罗斯与西方"问题。面对西方，谢尔巴茨基老公爵夫妇的态度构成了有趣对比："竭力想装得像一位西欧的夫人"的公爵夫人难免"矫揉造作，很不自在"（《安》: 272）；相反，能讲一口"现在很少人能够讲的那样优美的法语"（《安》: 277）的公爵，保持着几乎有些粗野的莫斯科做派。身处西方，他呈现出一种引人注目的放松状态，这反而为他赢得了普遍的好感和尊敬。当他在旅馆的花园里一边大吃特吃，一边当着主人的面以诙谐语气调侃德国人的精明、刻板时，引发的不再是同类书写中那种严厉的价值判断，而是满堂欢笑。[1]

换言之，民族间的差异确实存在，但不再是一个困扰人物的核心问题，也并未成为作品关注的焦点。事实上，老公爵面对西方的这种自信和放松，托尔斯泰在此前的《战争与和平》中就已想象性地赋予了19世纪初期的俄罗斯人。对法战争的胜利在很大程度上保证了这一文化心

---

[1] See John Burt Foster, Jr., *Transnational Tolstoy*, p. 23.

态的"逼真",哪怕其并不符合历史实情。[1] 但在《安娜·卡列尼娜》这部聚焦当代生活的小说中,这种从容已经变得不那么容易保持:在持续数年的创作过程中,托尔斯泰一直紧密关注变革引发的社会矛盾与严重分裂,并不断将最新时政纳入作品。[2] 在小说的国内部分,除了女性解放、婚姻制度变革外,农业经营的新模式,地方自治的推进,大学的论战,以及城市和铁路网的快速扩张,等等,不仅仅是作为人物活动的背景存在,更时时成为他们激烈论辩和苦苦思索的问题。即使是老公爵,出国旅行前也被医生给女儿治病时采取的那种有违传统性别规范的新式疗法大大激怒,却又无可奈何(《安》: 142)。时移境迁,相较于 1812 年的拿破仑大军,大改革中新思想、新风气的"入侵"更难抵御。

这也使得小说里两次跨国旅行中那种四海如家的平顺从容显得更为特异:恰恰是当笔触直接转向"西方"这一俄罗斯改革模板时,现实的焦灼突然褪去。如研究者已经指出的,对于俾斯麦主政给这时期的德国乃至整个欧洲带来的新格局,小说着墨出奇地少。[3] 而更能说明问题的一处"缺席",或许是对列文的西方考察之旅的简略带过。比起详加描绘的德、意之旅,这次旅行几乎很难被读者注意到:在小说第三部的最后,认为在农民与土地问题上俄罗斯不能照搬西方模式的列文决定出国"搜集确凿的证据"(《安》: 409)。但到了第四部第七章再次出场时,列文已经回到莫斯科的旅馆,读者仅被告知他在普鲁士、法国和英国都待过,"看到了不少新奇的东西",很高兴"走了这一趟"(《安》: 446)。从小说列文这条叙事线的庞杂,以及其承载的探索使命来看,恐怕很难完全用结构需要来解释这种语焉不详。曾亲赴西欧诸国考察的作家也并不缺乏相关素材来进行这部分的写作。但无论如何,小说从略处理了最

---

[1] 参见埃娃·汤普逊:《帝国意识:俄国文学与殖民主义》,杨德友译,北京:北京大学出版社,2009 年,第 92—93、108—109 页。

[2] 参见巴特利特:《托尔斯泰大传》,第 259 页。

[3] See John Burt Foster, Jr., *Transnational Tolstoy*, p. 17.

可能直接触及俄罗斯与西方具体比较及冲突的这一趟旅行。而如前所述,在作者详写的两次旅行中,也摈弃了关于民族差异的程式化描写。不止如此,它们还最大限度地超越了具体时空:基蒂部分,我们看到的是一个聚集了不同国籍和阶层的病人,笼罩在死亡阴影下的疗养地;安娜和弗龙斯基出现时已经不在威尼斯、罗马或那不勒斯,而只是"意大利一个小市镇"(《安》: 546)。作者不仅没有安排他们游览名胜,甚至也没有透过他们的眼睛展示什么地方风物。如下文将揭示的,这个意大利市镇更像是欧洲文明历史的一个抽象符号。依凭这样的时空设置,小说尝试追问一些普遍性命题,并对可以囊括所有人群的"世界性共同体"展开想象,以此克服因改革而凸显的差异、分裂。

并非偶然的,展开跨国旅行时的基蒂和安娜、弗龙斯基与原有生活的疏离都达到了顶峰:基蒂的疗养发生在她被弗龙斯基背弃,无法面对社交界、家庭乃至自我之时;而安娜和弗龙斯基则是在分别从死亡命运逃脱后,[1] 终于抛下一切,远赴异国。但这两组人物显然找到了不同的再融入方案,两条叙事线的走向更形成了巧妙对照。

疗养地为基蒂揭示了肉体的脆弱速朽,其个人情感纠纷不再显得那么沉重。在新结识的施塔尔夫人和瓦莲卡小姐的引导下,她逐渐意识到在自己一直沉湎的"本能生活"之外,还有一种由宗教显示的"精神生活":它无关具体仪式和经文,只诉诸于普遍情感,"人不仅能够按照吩咐相信它,而且也能够热爱它"(《安》: 268)。与疗养地以疾病、死亡之公平突破了身份界限一样,这个宗教世界也无关教派差异。神秘的施塔尔夫人["谁也不知道她的信仰是什么——天主教呢,新教呢,还是正教。"(《安》: 264)]告诉基蒂,"在人类的一切悲哀中,只有爱和信仰能够给予安慰"(《安》: 269)。固然,基蒂很快发现施塔尔夫人的言

---

[1] 此前,安娜险因分娩丧命,并与丈夫真诚和解;弗龙斯基则是自杀未遂。可以认为这两次(准)死亡代表了他们与家庭、荣誉联系最紧密的时刻。而在此之后,两人,尤其是安娜开始更多地享受属于"个人"的生命。

行并不一致，但默默忍受后者之虚伪的瓦莲卡却以一种更生动的方式展示了这种信仰的力量。

小说花了不少篇幅铺陈瓦莲卡的暧昧身份：这是一位自幼接受西方教育的俄国姑娘，她出身下层，却在贵族家庭长大，就连其顶替夭折新生儿的"养女"身份也是半亲缘性的（《安》: 263—264）。而身份的这种模糊本身就对森严规范构成了挑战。没有明晰的自我形象的瓦莲卡得以无限拥抱周围的世界，以一种自然而真诚的态度为疗养地一切有需要的人服务。这位"完美无缺的人物"也很快成为了基蒂效仿的对象（《安》: 269）。尤其重要的一点是，瓦莲卡在疗养地对尼古拉·列文与玛丽亚·尼古拉耶夫娜的帮助，还预表了小说第五部中基蒂照顾临死前的尼古拉这一经典情节，超出事件表面因果关系的联系暗示着一种更深刻和普遍的精神秩序的存在：尼古拉病倒的那个省城旅馆，因为过往住客而"到处都是污浊、尘埃、零乱，同时还带着那种现代化、自满的、由铁路带来的忙乱气氛"（《安》: 582），俨然是疗养地／永恒的苦难世界的一个俄罗斯版本——与此前老公爵对疗养地的反应（《安》: 273）几乎完全一样，基蒂、列文这样拥有健康灵魂的人格外敏感地发现了其间的种种不和谐（《安》: 582）。而即使是在这两个已经足够混杂的空间中，玛丽亚都仍然因为其妓女身份而被孤立。无论是疗养地的其他客人（《安》: 260），还是旅馆中的列文兄弟（《安》: 582—584），都对她的存在顾忌重重。但在疗养地面对她与尼古拉的困境，瓦莲卡"第一个挺身出来解围"，她的热情感染了当时的观察者基蒂（《安》: 261）。在第五部中，收到玛丽亚来信的基蒂将完全复制这一积极回应和感染他人的过程。如她向深受感动的新婚丈夫承认的，自己对不幸者的妥善照顾（这不仅需要技巧，更需要一种充分移情的能力）得益于她"在苏登学了不少"（《安》: 592）。人物行为和体验的重复，让小说这两部分中人与上帝、人与人合而为一的福音书色彩同时得到强化。通过瓦莲卡代表的这种精神力量的传递，处于不同社会位置与生命阶段的人物们再次在苦难之地凝聚成了一个小小共同体，就连基蒂与列文婚后首度出现的隔膜也赖此得以消融（《安》: 599）。

而此前跟随瓦莲卡领悟"爱和信仰"的过程，显然也是基蒂本人的治愈之旅——与对新派医生的喜剧化刻画相呼应，小说丝毫未提及她在疗养地接受的医学治疗。她完成的只是与周围世界以及与自己的和解。尽管对看到的新世界不无疑问（下文还将讨论这一点），当康复的基蒂踏上归途时，"她的莫斯科的忧愁已经成为过去的回忆了"（《安》: 284）。而如果说基蒂旅行的主题是"疾病—宗教"，那么安娜、弗龙斯基意大利之旅的主题就是"爱情—艺术"。摆脱社会束缚后，两人第一次尽情享受独处时光。按照纳博科夫（В. В. Набоков）对整部小说时间进度的细致梳理，相较于基蒂精神觉醒部分的缓慢推进，意大利之旅处于一种高速透支状态，[1] 两位私通者的情感线在上扬到顶峰的同时也开始出现下挫的不祥征兆：安娜压制了关于自身"罪恶"的记忆，抱着一种孤注一掷的激情，她面对弗龙斯基"感到不可饶恕地幸福"，但也空前自卑脆弱（《安》: 552—553）；同样，当"渴望了那么久的事情"如愿以偿时，弗龙斯基发现自己"并不十分幸福。他不久就感到他愿望的实现所给予他的，不过是他所期望的幸福之山上的一颗小砂粒罢了"（《安》: 553）。而仅仅是为了让自己不因失去"愿望和目的"而陷入苦闷，弗龙斯基开始进行绘画创作，并满足于对各种流派，尤其是"优美动人的法国派"的模仿（《安》: 554）。诚如研究者早已指出的，在其信奉的"自由的爱情"与"消遣的艺术"之间存在一种平行关系，二者同样缺乏与生活的深刻联系，以及相应的责任意识。[2] 唯此，在搬进别墅、进一步沉湎于个人世界时，弗龙斯基才能毫无阻碍地将这二者同时融入自我想象中：他幻想"本人就是一个谦虚的艺术家，为了自己所爱的女

---

[1]　参见纳博科夫：《俄罗斯文学讲稿》，第 197、199 页。

[2]　See John Bayley, *Tolstoy and the Novel*, London: Chatto and Windus, 1966, p. 235.

人，而把世界、亲戚、功名心一齐抛弃"（《安》: 555）。

但"爱情—艺术"成为意大利之旅的主题，尤其是小说在这部分出现关于真伪艺术的大量讨论，或许并不只是受作品内部逻辑的推动。作家的一个潜在对话对象，正是钟爱描绘弗龙斯基所幻想的那类浪漫形象、而他本人也正在写作的这种文体：如前文所述，托尔斯泰将卢梭对"媚俗文学"的批评推向了更远处。创作《战争与和平》时，他更明确指出所谓"长篇小说"（novel/роман）的局限，坚称自己写作的并非"欧洲人所理解的那种含义上的长篇小说"，"即有开端，有不断复杂起来的趣味以及大团圆的结局或者不幸的收场的那种小说"。[1] 而《安娜·卡列尼娜》才是他眼中"有生以来写的第一部"长篇小说。[2] 比起《战争与和平》，这部作品更加遵循当时的现实主义小说规范，用卢卡契的话说，它的"结构更要'欧化'得多，谨严得多，故事的展开也紧张得多。主题跟19 世纪欧洲小说的主题有更密切的类似之处"[3]。然而，也正因为空前深入小说传统内部，托尔斯泰反而更强烈地感受到个人创作与它的不协调：学界已经有力论证，《安娜·卡列尼娜》的双线结构很大程度上是作家与欧洲（尤其是英法）小说传统自觉对话的结果。[4] 确定要写作一部"小说"的托尔斯泰一开始进展神速，初稿也基本符合私通小说中的爱情三角程式；但随着写作的推进，作者日益陷入那种痛苦的涅赫柳多夫

---

[1]　列夫·托尔斯泰：《〈战争与和平〉序（初稿）》，收入《列夫·托尔斯泰文集》，第 14 卷，第 12 页。

[2]　参见列夫·托尔斯泰：《致尼·尼·斯特拉霍夫（1873 年 5 月 11 日）》，收入《列夫·托尔斯泰文集》，第 16 卷，第 130 页。

[3]　参见卢卡契：《托尔斯泰和现实主义的发展》，收入陈燊编选《欧美作家论列夫·托尔斯泰》，北京：中国社会科学出版社，1983 年，第 570 页。

[4]　这方面的经典论述，参见：Эйхенбаум Б. М., *Лев Толстой: семидесятые годы*, Ленинград: Советский писатель, 1960, c. 151—160, 183—189; see also K.M. Newton, "Tolstoy's Intention in *Anna Karenina*", in *The Cambridge Quarterly*, vol.11, No.3 （1983）, pp. 359—374; 而 Priscilla Meyer 则更具体地分析了卢梭、小仲马、福楼拜、左拉等人的创作如何构成了《安娜·卡列尼娜》的"潜文本"。See Priscilla Meyer, *How the Russians Read the French: Lermontov, Dostoevsky, Tolstoy*, Madison, WI: University of Wisconsin Press, 2008, pp. 152—200.

式自我否定之中，作品被认为是"枯燥庸俗"的，需要"尽可能快地脱手"。[1] 他不断调整小说重心，希望写一些真正给人力量、触及更高精神法则而非只是带来"罪恶的欢乐"的东西，直到 1875 年 10 月，才自认找到搭建作品世界观和结构的"支架"。[2] 这最突出地反映在列文形象的大大丰富——这位自传性人物的不倦探索让作品笼罩在福音书与卢梭思想的理想光辉之下，那些"庄严、深邃而全面的内容"与欧洲小说传统背靠的个人主义与世俗主义形成了有力对冲。[3]

但不言而喻，对小说传统的这种挑战同样渗透到了原有的安娜、弗龙斯基这条线索之中。往往被处理为浪漫爱情之高潮的"意大利（蜜月）旅行"情节实际上成为了《安娜·卡列尼娜》中的"反高潮"所在。如梅耶（Priscilla Meyer）犀利地指出的，安娜的旅行算得上是《包法利夫人》（Madame Bovary，1857）中爱玛根据其阅读的那些流行小说展开的意大利幻想的"高配版"：相较于爱玛，安娜没有经济方面的压力，其情人也远比罗多尔夫忠贞，甚至还拥有爱玛向往的那种真正的贵族身份。但即使是在这种"最理想"的状态下，两位私通者仍然未被作者许以任何幸福的保证。[4] 与此同时，面对 19 世纪中叶以降现实主义小说"题材带来的单调乏味状态和道德虚假性"，托尔斯泰对自己的主人公也并未采取福楼拜那种近乎冷酷的嘲讽态度。[5] 在"意大利旅行"这个最放纵、最接近私通小说原型的时刻，如前所述，地方风物（它们构成了爱玛幻想中

---

[1] 参见列夫·托尔斯泰：《致尼·尼·斯特拉霍夫（1875 年 8 月 25 日）》，收入《列夫·托尔斯泰文集》，第 16 卷，第 139 页。

[2] 参见列夫·托尔斯泰：《致阿·阿·费特（1875 年 10 月 26 日）》，收入《列夫·托尔斯泰文集》，第 16 卷，第 140 页。

[3] "配不上"这类内容正是作家眼中"小说"这一文体的缺陷，详见列夫·托尔斯泰：《〈战争与和平〉序（草稿）》，收入《列夫·托尔斯泰文集》，第 14 卷，第 10 页；关于列文这条线索地位的提升，详见：Эйхенбаум Б. М., Лев Толстой: семидесятые годы, с. 164—173; see also Priscilla Meyer, How the Russians Read the French, p. 186.

[4] See Priscilla Meyer, How the Russians Read the French, p. 182.

[5] 参见乔治·斯坦纳：《托尔斯泰或陀思妥耶夫斯基》，严忠志译，杭州：浙江大学出版社，2015 年，第 21、45—51 页。

的主要浪漫元素）隐退，更具普泛意义的人物心理得到充分呈现。[1] 无论是否愿意向自己承认，获得所谓"自由"的安娜与弗龙斯基仍在被超出感官愉悦的一些更深层次的需求困扰，因为"人们把幸福想象成欲望实现的那种永恒错误"而失去平静（《安》: 553）。与混淆了物质享受与精神愉悦的爱玛不同，两位俄罗斯情人尚未完全失去辨识真伪善恶和自省的能力。他们的空虚与焦虑证明了纯粹欲望的满足并不能提供生活所必需的意义。正是对善的永恒追求，让人类可以且必须在对道德法则的遵从中感受到更高意义上的自由，实现精神的圆满。

比《安娜·卡列尼娜》稍早的英国小说《米德尔马契》（*Middlemarch*，1874）为我们提供了另一个绝佳的比较对象：托尔斯泰与乔治·艾略特（George Eliot）的这两部作品经常被研究者并举。而恰恰是在意大利旅行部分，二者的对话关系变得异常明显和紧张。[2] 蜜月旅行中的多萝西娅开始对自己的婚姻感到失望，并与后来的真爱相遇；这一故事线在《安娜·卡列尼娜》中沿着相反的方向展开，在浪漫激情变得可疑的同时，安娜决意背弃的婚姻所具有的神圣性和稳定力量开始浮现（在意大利旅行前，小说详细描绘的正是列文与基蒂的婚礼）。当然，这种比较是极度简化的。F.R. 利维斯曾准确地指出两位作家在气质上的相通之处，"一种强烈的对于人性的道德关怀"造就了两人作品的"非凡真实性"。[3] 对于多萝西娅的婚姻和安娜的私情，两位作家同样投入了足够的同情，表现出对人性、生活之复杂性的洞察。但即使都拥有利维斯所说的博大智识，并

---

[1]　爱玛的幻想详见居斯塔夫·福楼拜：《包法利夫人》，周克希译，天津：天津人民出版社，2016 年，第 221—222 页；关于托尔斯泰对现实主义小说中常见的地域性、民俗性细节的拒斥，详见米尔斯基：《俄国文学史》（上），第 345—346 页；另参见托尔斯泰：《什么是艺术？》，第 257—258 页。

[2]　See Edwina Jannie Blumberg, "Tolstoy and the English Novel: A Note on *Middlemarch* and *Anna Karenina*", in *Slavic Review*, vol. 30, No. 3（Sep. 1971），pp. 567—568. 文章一一列举了两部小说的对应之处，但未作具体分析。

[3]　参见 F.R. 利维斯：《伟大的传统》，袁伟译，北京：生活·读书·新知三联书店，2009 年，第 163 页。

且都选择将个人生活放置于变革中的公共生活中加以考察，托尔斯泰与艾略特对"生活"的看法终究有明显分歧：艾略特聚焦的是 19 世纪 20 年代末、30 年代初的英国，勃兴的现代文明在封闭保守的外省遭遇阻滞，但写作中的作家已深知胜利谁属；而托尔斯泰在描写因 19 世纪下半叶的大变革而陷入震荡的俄罗斯时，并不抱有这样的信心，甚至，《卢塞恩》这类作品已足以说明，对于俄罗斯正奋力追赶的那个目标本身是否是正确的，他都抱有深刻怀疑。与文明"中心"的距离反而为俄罗斯作家对现代文明进程进行全局性思考提供了可能。

事实上，在《米德尔马契》和《安娜·卡列尼娜》两部小说中，意大利都不仅仅是浪漫爱情的象征。借用《米德尔马契》中威尔的评论，它代表着一种（欧洲）"历史整体感"。[1] 身处其中，托尔斯泰笔下的人物所感受和展示的不仅不是民族与地方的差异，反而是文明谱系的共通——无论是中世纪最广义的基督教文明［久居于此的戈列尼谢夫向弗龙斯基强调，俄国是"拜占庭的后代"（《安》: 550）］，还是文艺复兴以来的世俗化传统，俄罗斯都深深卷入其中。但如果说在《米德尔马契》的意大利"爱情—艺术"之旅中，在一种带有强烈浪漫主义色彩的想象中，感官满足与精神升华得以完美结合，[2] 那么，在《安娜·卡列尼娜》中凸显的则是二者的严重失谐。且不论弗龙斯基孤注一掷的越轨行为，当他尝试通过改换着装和以中世纪题材进行创作来想象性地融入那个宗教时代时（《安》: 555、569），他终究只是在扮演角色，进行一种与真实

---

[1] 参见乔治·艾略特：《米德尔马契》（上），项星耀译，北京：人民文学出版社，1987 年，第 255 页。有必要指出，从 18 世纪开始，对意大利游历的描述就在西方形成了强大传统，而"摆脱受约束的浪漫爱情""欧洲历史与艺术的博览"也都是其中常见的主题，但对它们的处理可以是非常个性化的。参见凡尚·博马雷德：《意大利之旅堪比人生之旅——论 18 世纪和 19 世纪的赴意大利游历》，载《艺术史研究》，2013 年第 12 期，第 118—128 页。

[2] 博物馆和画室中的多萝西娅被呈现为"具有基督教精神的古典美女——基督教的安提戈涅，在强烈的宗教情绪控制下的美感实物"（艾略特：《米德尔马契》，第 229 页）。而这一形象在威尔心中激起的，也是一种精神与爱欲和谐统一的体验（第 261 页）。与《安娜·卡列尼娜》一样，《米德尔马契》中的艺术与爱情主题也构成了平行关系。

的自我以及生活激流无涉的模仿（正如后来多莉造访其府邸时注意到的他与安娜对家庭生活的那种做作模仿[1]）。与其对爱情的迷醉一样，这种现代人的浅薄复古癖也随着其兴趣的转移而迅速消退。

当然不宜夸大托尔斯泰对现代变革的拒斥或对中世纪文明的留恋；[2]但相较于西方同行，俄罗斯作家托尔斯泰对现代文明带来的负面影响确实有着更深重，也更现实的忧虑。《安娜·卡列尼娜》的"世界里资本主义发展的过程较之几乎一向只描绘它的一个特定阶段的英国小说中的世界更要显明得多"[3]。虽然有所阻碍，《米德尔马契》中多萝西娅与威尔的结合最终被处理得既饱含情感又合乎更高法则，理想美满。个体情感地位的高抬并未给所谓的良善生活带来真正的威胁；而在托尔斯泰笔下，这种新的文明形态却如一股可以不断自我叠加、膨胀的巨大旋风。它快速地越过民族边界，将俄罗斯吸纳在内。与瓦莲卡、基蒂选择的那个以爱与同情凝聚的宗教性共同体形成鲜明对比，这个强大的"精神联盟"不再相信任何超越性的存在，而视个人欲望的满足为一种近乎排他的价值。即使是安娜与弗龙斯基这样并未完全失去道德自省能力的俄罗斯人也难敌这一法则的诱惑：固然，两人的私通悲剧在任何时代和社会都可能上演，但调和"自然、家庭、社会、宗教以及超越性领域"的婚姻变成需要为之艰难辩护的对象，这是真正的时代的巨变。[4]而由此带来的结果在这位俄罗斯作家看来是极度危险的。欲望的不可持续和易变使其促成的结合天然是不稳定的，甚至会带来更严重的孤立。割断一切传统纽带，前往意大利尽情享乐的安娜和弗龙斯基，与他们接受的那些时髦的艺术［除了法

---

[1]　See John Bayley, *Tolstoy and the Novel*, pp. 235—236.

[2]　事实上，中世纪的"教会的基督教"与托尔斯泰理想中的"真正的基督教"相去甚远。参见托尔斯泰：《什么是艺术？》，第160—162页。

[3]　卢卡契：《托尔斯泰和现实主义的发展》，第569页。卢卡契拿来与《安娜·卡列尼娜》比较的是18世纪英国小说，但就其关注的英国小说"稳定和安全"的内在气质而言，挪用于《米德尔马契》似乎并无不妥。

[4]　See Priscilla Meyer, *How the Russians Read the French*, p. 153.

国绘画，还有主角总能得到"英国式的幸福"的小说（《安》: 122）]一起，在新世界的危险旋风中失去了自我掌控的能力。

4、"感染"：共同体，或乌托邦

不过，就像《卢塞恩》用浪游者的歌声为分裂的现代世界注入了一线生机，《安娜·卡列尼娜》的意大利旅行部分也保留了一个珍贵的艺术空间。它主要通过米哈伊洛夫的创作向众人展示：弗龙斯基一行参观了这位同胞的画室，随后又邀请其为安娜作画。当小说精细描绘绘画和赏画过程，展示静态画面时，很自然地获得一种凝滞的"空间化"效果，原本处于高速透支状态的叙事（以及两位主人公激情的消耗）得以相对放缓。而学界对这些片段也抱有浓厚兴趣。研究者相信，通过在小说《安娜·卡列尼娜》中刻画另一位"安娜"（画像）的创造者，托尔斯泰获得了一个后退一步打量自身创作的绝佳机会。[1] 对比《卢塞恩》，在这一部分描写中，《什么是艺术？》的核心命题更是已经呼之欲出。[2]

此处最为重要的，是小说中米哈伊洛夫三幅画作引起的不同反应：与疗养地的混杂状态不无相似，身份悬殊且观点迥异的安娜、弗龙斯基、戈列尼谢夫与画家临时组成了一个鉴赏小组。同一画作激起的情感或想象，让各人隐秘的内心世界得以不同程度地向其他人敞开，相互发生碰撞或交融。而这种接受情况牢牢占据了小说叙事的焦点，对它的交代不仅总是先于对画作本身的描绘，其精细程度也超过了后者。要理解这种

---

[1]　See Joan Delaney Grossman, "Tolstoy's Portrait of Anna: Keystone in the Arch", in *Criticism*, vol. 18, No. 1（Winter 1976）, p. 8. 此外，值得一提的是，1873 年，正在写作《安娜·卡列尼娜》的托尔斯泰同意著名肖像画家克拉姆斯科伊（И. Н. Крамской）前来为其画像，两人在创作方面颇有共鸣。研究者认为，小说的这部分写作挪用了相关经历，参见巴特利特：《托尔斯泰大传》，第 239—241 页。

[2]　See Amy Mandelker, "A Painted Lady: Ekphrasis in *Anna Karenina*", in *Comparative Literature*, vol. 43, No. 1（Winter 1991）, p. 8.

"受众导向"，不能将相关片段笼统地归入"图说"（Ekphrasis）传统，[1] 而应充分考虑本书已经多次论及的那种独特的俄罗斯文学信念：背靠重视神秘主义象征的东正教信仰，同时又面向帝俄异常紧张的社会现实，19 世纪俄罗斯批评家与作家承续德国浪漫主义，又对以圣西门主义为核心的法国社会批评传统加以改造发挥，形成了关于"艺术责任"的严肃看法。形象也好，语言也罢（事实上，文学被等同为"语言圣像"），都非目的本身。它们承担着揭示和传递社会道德的神圣使命。因此，它们的意义不在于形式本身，而必须通过唤起受众的精神与情感体验得到实现；相对应地，理想中的受众要完成的也不是现代意义上的审美活动，而是一种关乎精神生长的"祈祷"活动。[2] 作为以赛亚·伯林笔下别林斯基的一位"不自觉"但"更惊人"的继承人，托尔斯泰走得尤其远，[3] 他判定，能够让更多接受者分享真理、实现聚议性的作品就是好的艺术，故此，方在《什么是艺术？》中高呼"世界性的艺术"（всемирное искусство），并将"感染力"（заразительность），也即"在感受者的意识中消除他跟艺术家之间的界限，不仅仅是他跟艺术家之间的，而且也是他跟所有领会同一艺术作品的人之间的界限"的能力推举为检验艺术价值的最高标准。[4] 艺术就此成为一种关乎伦理的交流行为。《卢塞恩》中歌手的表演已提供了范例；而在《安娜·卡列尼娜》意大利之旅的三次赏画中，众人受到的感染依次递增，应该也是彼时正苦思自己写作之意义的托尔斯泰有意设计的结果。

尽管被描绘为一种类宗教体验（不妨联想瓦莲卡的信仰与行动对观察者的影响），"感染"并不依赖于宗教题材。进入画室后众人欣赏的第一幅画，也即福音书题材的《彼拉多的告诫》反而是三幅画作中最缺乏

---

[1]　See Amy Mandelker, "A Painted Lady", p. 2.

[2]　参见徐凤林：《东正教圣像史》，北京：北京大学出版社，2012 年，第 25 页；关于托尔斯泰创作的受众导向及其背后世界观，另参见：Richard F. Gustafson, *Leo Tolstoy*, p. 375.

[3]　参见伯林：《艺术的责任》，第 256 页。

[4]　参见托尔斯泰：《什么是艺术？》，第 245 页。

动人力量的。三位客人很快将目光从画面移开，充当起评论家的角色，驾轻就熟地说出了打动自己的某处细节。这些评论用于基督画像都是正确的，但也只限于正确，真正的触动心灵的交流并没有出现（《安》：563—564）。弗龙斯基客气地称赞画家的技巧，而戈列尼谢夫则忍不住转向抽象的神学与艺术论辩。这位夸夸其谈、对生活并无深刻体认的保守人士据说正在写作一部无所不包的巨作，名曰"两个原理"——与《米德尔马契》里卡苏朋那部同样恢宏到空洞的《世界神话索引大全》构成了有趣呼应——他反对新派写实画家将耶稣画为"人神"，降格为历史人物（《安》：565）。就托尔斯泰自己的宗教观而言，他与米哈伊洛夫一样看重耶稣的人性而非神性。[1]但戈列尼谢夫的批评也道出了作家对历史化处理神的形象这一做法的担忧，即它可能造成接受者的疑虑，破坏"印象的统一"，而这对他看重的艺术感染力无疑有着致命影响，用他的话说，"争论会破坏艺术感受"。[2]很自然地，在小说中，作家也没有选择让米哈伊洛夫展开争论［米哈伊洛夫"大为激动，但是他说不出一句话来为自己的思想辩护"（《安》：565）］，而是用跃入众人眼中的第二幅画代其发声，想象性地示范了能够实现聚合的艺术应该是怎样的：

> "啊，多美妙！多美妙啊！真是奇迹！多么美妙呀！"他们异口同声叫起来。

---

[1] 从托尔斯泰的宗教观念对小说这部分内容进行解读，可参见李天昀：《托尔斯泰的神人与人神问题——〈安娜·卡列尼娜〉第5部第11章中的基督问题》，载《俄罗斯文艺》，2018年第3期，第22—29页。

[2] 此论引自1890年托尔斯泰一封评论画家格（Н. Н. Ге）新作《什么是真理》的信件。格是托尔斯泰学说的忠实信徒，他的这幅画作同样以彼拉多的审问为题材。托尔斯泰盛赞它"将是基督画史上创世记的作品"，原因即在于其通过表现"面对真理的无动于衷"这样一个具有普遍意义、无可争议的主题，解决了历史化处理神的形象带来的接受问题。托尔斯泰相信，不管接受者认为基督是神，还是历史人物，只要是"有良心的人"，都会被画作打动。参见列夫·托尔斯泰：《致帕·米·特列季亚科夫（1890年6月30日）》，收入《列夫·托尔斯泰文集》，第16卷，第226—227页；以及《致维·米·格里博夫斯基（1890年11月21日）》，收入《列夫·托尔斯泰文集》，第16卷，第231页。

......

"多么美好啊！"戈列尼谢夫说，他显然也从心底里被那幅画的魅力迷住了。

两个小孩在柳荫下钓鱼。大的一个刚垂下钓丝，正小心地从灌木后面往回收浮标，全神贯注在他的工作上；另一个，小的一个，正支着臂肘躺在草地上，用手托着长着乱蓬蓬金发的头，沉思的碧蓝眼睛凝视着水面。他在想什么呢？（《安》: 566）

透过弗龙斯基等人近乎忘我的接受反应，读者可以清晰而强烈地感知到这幅垂钓图所具有的感染力（甚至可以说文本内外都出现了"感染"）。它所依凭的，不是戈列尼谢夫以武断态度主张的那种僵死信条，而是托尔斯泰日后在《什么是艺术？》中予以肯定的"全世界所有的人都能理解的、日常生活中最朴质的感情"[1]。这种感情唤起的是一种既不泯灭个性而又彼此亲和的统一。当众人开始好奇画面中那位有着碧蓝眼睛的小孩凝视水面"在想什么"，并牵动自己曾经拥有过的美好回忆时，他们已经完全放松下来，从高势位的评论者转变为艺术家，以及彼此的真正的共情者（《安》: 566）。

可惜，在回家的路上，弗龙斯基和戈列尼谢夫又开始大而化之地用"才能"来解释米哈伊洛夫的成就，并将才能理解为"一种脱离理智和感情而独立存在的"能力。此时的作者终于忍不住现身讽刺。他宣称这些人是在讨论自己"毫不理解、却又要讨论的东西"（《安》: 567）。对比真正的艺术家米哈伊洛夫，一味模仿前人创作的弗龙斯基所不理解，或者缺乏的，不是所谓的才能或技巧（正如护理技能不是基蒂可以出色地照顾尼古拉哥哥的关键），而是在作品与自我之间建立真实联系的那种"真诚"：如果艺术是一种交流，那这种交流首先就体现为艺术家的

---

[1]　参见托尔斯泰：《什么是艺术？》，第 255 页。

个性、动机和关怀不能与其创造的对象剥离。[1] 希望通过创作逃逸出现实的弗龙斯基 "不是直接从生活本身"得到灵感，他从未在真实或想象中亲身经历过自己所创造的（《安》: 554）。相反，小说中，画家不断地捕捉着生活的印象，"吞咽下去"，他所表现的就是他自己感受到的（《安》: 560）。他在画笔中注入了自己真实而统一的生命，而绝非像弗龙斯基所理解的那样去扮演，并随时抽离艺术家的角色。

小说中的第三幅画，也即米哈伊洛夫应邀前往别墅给安娜绘制的画像，达到了感染力的顶峰，也进一步揭示了真、伪艺术的差异。此时，身份、个性、思想及艺术观念的差异已经让画家与弗龙斯基等人的关系变得更为紧张，甚至 "分明怀着敌意"；哪怕对安娜抱有好感，"他却避免和她谈话"（《安》: 568—569）。但画家的创作最终却战胜了这种分裂，表达出了所有人认为本就潜藏于己心的某种东西：

> 从坐下来让他画了五次以后，这画像就使得大家，特别使弗龙斯基惊异了，不只是以它的逼真，而且也是以它那特殊的美。米哈伊洛夫怎么会发现了她特殊的美，这可真有点奇怪。"人要发现她最可爱的心灵的表情，就得了解她而且爱她，像我爱她一样。" 弗龙斯基想，虽然他自己也是由于这幅画像才发觉她的最可爱的心灵的表情的。但是那表情是这样真切，使得他和旁人都感觉到好像他们早就知道了似的。（《安》: 568）

如小说强调的，画作的成功不仅仅依靠外部的直观的逼真，它那种 "特殊的美"正源于交流／感染的力量：艺术家的真诚与才能在此完美结合。持唯物主义观点、激进否定一切信仰的米哈伊洛夫通过创作从孤独隔绝的状态中走了出来，向他人敞开，真正地去了解和爱自己的对

---

[1]　参见伯林：《艺术的责任》，第 244 页。

象；也是带着共情得来的全部体验，他对对象那些"最深刻最具特征的趋势"加以提炼、结晶，"化为对现实的一种集中和精粹的表达"，[1] 即小说多次提及的"剥去"了那些使得对象的内在本质"不能清楚显现出来的遮布"（《安》: 559）。这个过程颇具神秘意味，但一种可以直觉把握和分享的普遍之物的存在显然构成了"感染"的基础。作家与表现对象之间达成了精神的共振，作家、作品与受众之间同样如此。与东正教的圣像画一样，这幅画像所揭示的"特殊的美"不仅可以为受众普遍感知，还反过来提升、重塑了后者对现实的认识。毫不奇怪，面对米哈伊洛夫的创作，弗龙斯基中止了自己的安娜画像创作，虽然它看起来"更像名画"，却"是多余的了"（《安》: 569）。而这也已预告了他与安娜恋情的不得圆满，小说中"爱情"与"艺术"主题的平行关系在此变得异常明显：止步于感官表象的弗龙斯基无法真正洞察安娜的心灵，也无法赋予其永恒的生命。"感染的艺术"与作家理解中的"伪艺术"的差别，正如瓦莲卡、基蒂的忘我爱人与施塔尔夫人、利季娅·伊万诺夫伯爵夫人那种以自我为中心、试图操控人心的所谓宗教信仰之间的不同。两组关系中都只有前者才能带来真正的精神融合。

事实上，小说第七部还将借列文之口对"认为不撒谎就是诗"的法国自然主义创作进行正面批评［（《安》: 828），俄罗斯作家多认为同时代的这类创作只有对日常细节的机械复现，缺乏对更高真实的把握］。而发表这番评论前，登门拜访安娜的列文刚刚见证了米哈伊洛夫画作的惊人力量——研究者注意到，这是小说两位中心人物第一次、也是唯一一次见面，安娜的画像恰在此时再次出现，并成为两人精神交融的关键中介。套用托尔斯泰本人对小说结构的形容，画像成为聚拢两根拱柱（即两条叙事主线）的那块拱顶石。[2] 这一崇高位置再次强化了画像

---

[1]　参见伯林：《艺术的责任》，第 246 页。

[2]　See Joan Delaney Grossman, "Tolstoy's Portrait of Anna", p. 6.

的"圣像"意味，哪怕它实际悬挂于安娜与弗龙斯基那座光线暧昧、多少带有堕落意味的住所。在对画像的长久凝视中，列文这位一直表现得过分自尊、共情能力不足的精神探索者经历了觉醒时刻，开始"凭借本能而非理性推演"来理解人生。[1] 在来访的路上还对安娜的堕落报以"讽刺地冷笑"的他，此时"看到"了安娜的精神世界，随后也在两人的交谈中远比往常更敏锐地洞察到她处境的艰难，甚至对其"产生了一种连他自己都觉得惊讶的一往情深的怜惜心情"（《安》: 831）。这种同情也让已经被社交圈彻底孤立的安娜感受到了久违的温情。可以说，托尔斯泰借米哈伊洛夫完成了自己关于艺术的最高理想，即"把个人从离群和孤单的境地中解脱出来"，"使个人跟其他的人融合在一起"。[2] 而在悲剧结尾之前安排自传性人物列文以这种方式直面安娜这个充满矛盾的创造物，作者本人在这一刻何尝不是在想象中短暂弥合了自己的分裂立场，融入了一个共情的艺术世界之中？

现在我们已经可以回到此前提出的问题：尽管聚焦当代生活，《安娜·卡列尼娜》在写到主人公们的跨国旅行时，并没有出现这时期同类书写中常见的那种民族身份焦虑。在这里，民族文化差异没有被刻意凸显（那位周游各国的亲王想必会大失所望），但也没有被悉数抹除，作为一种"自然"存在，它只是不再对人物构成真正的困扰——在托尔斯泰看来，这类差异正属于被瓦莲卡跨过的那些身份壁垒，或者米哈伊洛夫绘画中剥除的表象，是可以且应该跨越的。甚至，在挑战俄罗斯的西方旅行书写程式之余，作家还进一步对境外之地进行了抽象化、普遍化处理。疗养地与小镇就像是最大限度去除了现实枝蔓的"原型"世界，暂时摆脱国内各种具体纠葛的旅行者们被"空降"于此，或是遭遇生死这一永恒命题，或是沉浸于欧洲整体历史、艺术，一些更本质性的冲突

---

[1]　See Amy Mandelker, "A Painted Lady", p. 13.
[2]　参见托尔斯泰：《什么是艺术？》，第 245 页。

和思考开始浮现。而通过这样的跨界之旅，最终收获的似乎也是共通的救赎之道：瓦莲卡式的信仰和米哈伊洛夫的创作最终都经旅行者的传递进入俄罗斯，在小说国内部分（基蒂照顾垂死的尼古拉以及列文、安娜的会面）激起了最大回响。

毫无疑问，"俄罗斯道路"对于托尔斯泰而言，仍然是一个核心问题，正如与主人公们在旅行地发生最多交集的仍是立场各异的俄罗斯人；但它不再是一个自闭于民族内部的问题。两个旅行地俨然是世界的高度微缩与"提纯"，而小说主体部分那个纷乱中的俄罗斯则是某种世界性病症的具体显现。相较于民族史诗《战争与和平》，看似退回"家庭"的《安娜·卡列尼娜》想象并希望拥抱的世界其实更大。面对现代文明带来的普遍失序（其中当然包括变革时代俄罗斯社会的震荡、分裂），作家试图通过信仰和艺术抵达一个无关民族、阶层的世界性共同体。从这个意义上说，托尔斯泰是一位真正的"世界主义者"，在克服地方主义的同时，他更在尝试建构一种不同于简单西化的普遍且积极的"归属感"。[1]

可惜，除了以其非凡气魄闻名于世外，托尔斯泰也是著名的思想"巨狐"。[2] 在他与卢梭的对话中我们已经充分见识到了这一点。对于自己理想中的宗教和艺术共同体，他并非毫无怀疑。在《安娜·卡列尼娜》的德国之旅中，就在基蒂日渐康复的同时，不和谐的音符已然出现。不仅施塔尔夫人被证明是虚伪的，基蒂在效仿瓦莲卡倾心照顾病人时，也无意中造成了彼得罗夫夫妇的失谐，大感挫折。似乎只有瓦莲卡这样超脱情欲、按照原则行事的"完美无缺的人"才能实践那种无差别的爱。然而，当小说进行到后半段，瓦莲卡再次登场时，作者似乎忍不住对这种"完美"本身也投以怀疑眼光：她与谢尔盖·伊万诺维奇［在基蒂与列文看来，两人分别是按照"信仰"与"理智"生活的典范（《安》：663—

---

[1]　关于世界主义的相关讨论，参见克雷格·卡洪：《后民族时代来到了吗？》，收入刘东主编《实践与记忆》，北京：商务印书馆，2014年，第123页。

[2]　详见以赛亚·伯林：《刺猬与狐狸》，收入《俄国思想家》，第25—96页。

664)]的婚姻，竟然因为一个"桦树菌和白菌究竟有什么区别"的莫名提问，还没有开始就结束了（《安》: 670）。这个高度理想化的人物就这样被充满偶然、不确定因素的现实生活开了一个不可挽回的玩笑，成了"不育者"。如论者所言，小说对瓦莲卡的态度在此发生了明显滑移，[1]但考之于托尔斯泰的女性人物长廊，这样毫无瑕疵的形象也许本来就不是作家所钟爱的，甚至是难以让他本人信服的（最适合作为参考的，是《战争与和平》中对索尼娅的描写。这位品行出众、对自身命运安之若素的女性也被娜塔莎形容为一朵无法结果的"谎花"[2]）。在沉浸于共同体理想的疗养地部分，小说创造了瓦莲卡这一信仰的化身；但一旦让之进入日常生活，作者的怀疑主义就占据了上风。正如列文对其兄长的妙评，这样完全超脱个体欲望的人缺乏"必要的弱点"（《安》: 664），归根结底，无差别、没有确定的关切对象往往也意味着意义的缺损，无法与他人建立有限度却也更真实的联系。

同样，安娜画像的完美效力也遭到了作者本人的挑战。尽管深受感动，列文还是注意到，回国后经历了沉重打击的安娜出现了"一种新奇的神色"（有研究者称之为"死亡表情"[3]），它完全不在那幅画像所描绘的心灵表情的范畴之内（《安》: 831）。而在会面结束后，两位主人公都陷入日常琐屑，乃至与各自伴侣的争执中，此前"共情"的美好记忆被强力打破。面对哭泣的基蒂，重新意识到自己的"丈夫"以及马上要承担的"父亲"身份的列文不能不承认这次拜访是不适当的（《安》: 834）。相信艺术应当透过生活表象把握真理，这赋予了写作极为严肃的品质；但作为一位信奉交流／感染论的俄罗斯作家，托尔斯泰又并不倾向所谓的非功利性审美和纯粹静观，其心目中的理想艺术必须要作用于社会生

---

[1]　See John Burt Foster, Jr., *Transnational Tolstoy*, p. 24. 准确地说，瓦莲卡刚在疗养地亮相时一度也被描绘为缺乏生命力的（《安》: 258—259），但很快她身上的理想主义光辉压倒了一切。

[2]　参见托尔斯泰：《战争与和平》，第 1420 页。

[3]　See Joan Delaney Grossman, "Tolstoy's Portrait of Anna", p. 13.

活、伦理实践，同时也接受后者的检验。他对统一、和谐的热烈渴求必然受到关于历史与社会之复杂性的清醒认识的牵制。人类心灵那些难以捉摸的细微变化对选择的影响，更是他极力共情和呈现的对象。于是，《安娜·卡列尼娜》处于不断建构共同体，又不断自我拆解的矛盾中——现实的不可规约，让旅行中逼近的跨界方案一再露出破绽，甚至是被彻底推翻。我们可以感受到托尔斯泰所持的基本道德观念与理想，但也会发现，他以同样的真诚对这些观念、理想的坚硬度表示怀疑，在作品内部持续展开自我挑战，绝不会因为担心枝蔓、毛刺可能破坏所谓的故事性而裹足不前。与作家本人从未完成的精神探索相对应，其笔下的世界始终保持着流动开放的状态，"是生活之所是"。在《安娜·卡列尼娜》的结尾，就连曾经备受作家嘲讽的"民族性"也突然彰显了自己的魔力。它并不能像跨国旅行部分所呈现的那样被轻松超越：小说透过卡塔瓦索夫的眼睛巡视了塞尔维亚—土耳其战争中席卷俄罗斯的泛斯拉夫主义热潮。这位博学理智的知识分子很难不注意到"斯拉夫型的性格"或"使命"这类宏大话语的空洞、模糊，但他更强烈地感受到在这种气氛下不可违背公意，"不由地说出违心之论"（《安》: 923）。[1]

可以说，托尔斯泰陷入了一个思想和艺术的悖论：他越是渴望忘我、求同，越是强调真诚和共情，就越是有力地发掘出个体动机、欲望的千差万别，越是揭示出不完美、有限度，乃至其眼中人类可怜的虚妄执念，才更接近生活的真相，甚至更能为人们提供结合的依据［如为"同种和信奉同一宗教"的斯拉夫"弟兄们"而战（《安》: 957）］。在不断的自我否定中，作家越是真诚，离自己的目的地就越远。通过信仰之爱或艺术之感染力跨越一切边界的共同体，成为永远不可抵达的乌托邦。

这样的悖论或许也能部分解释，为何当《安娜·卡列尼娜》发表后大

---

[1]　小说这一部分在发表时遭遇的阻碍和恶评同样证明了这种民族话语的深入人心。参见巴特利特：《托尔斯泰大传》，第260—262页。

受好评，托尔斯泰反而颇感恼怒。他发现读者仍然是将作品当作自己深深厌恶的那种"媚俗艺术"在阅读，沉浸于虚幻的修辞以及主人公的爱恨纠葛，而未能分享其试图传递的真意。[1] 在对别林斯基艺术观进一步简化时，他没有意识到，创作者和接受者的"真诚"，并不能保证他们一起抵达唯一的"真实"。个人所见所感实为其专有，并不必然通约。[2] 甚至，对于许多读者而言，《安娜·卡列尼娜》的一大魅力就在于其异常真诚地指出了这种通约的艰难，乃至不可企及。无论如何，《安娜·卡列尼娜》未能成为其创作者心目中的那种好的艺术。

众所周知，在此后的创作中托尔斯泰将大大简化自己的观点和叙事，以期避免分歧，达成统一印象。用其晚年的话来说，艺术之镜中的嬉戏越是美妙，就越是虚假做作，脱离生命本质，"艺术是谎言，是欺骗，是专断"。[3] 与柏拉图一样，因为意识到艺术对人情感的巨大作用，托尔斯泰决意更严厉地控制其伦理取向，并以是否有利于一个以爱人为基础的共同体的建立为标准判断艺术好坏。那些他边咒骂边反复修改打磨的小说"总是处处描写接近自然的真实的生活和真实的劳动，与所谓'历史的'文明生活的虚伪性和不真实性相比较，描写生与死的深刻性"[4]。如果说，写作《卢塞恩》时与卢梭的对话唤起了托尔斯泰隐藏于内心深处的一些怀疑和执念，那么由此掀起的风暴最终不仅超出了津科夫斯基所说的"卢梭主义的框架"，有时更越过了托尔斯泰自己艺术和思想可以承受的范围。但他却以一种比卢梭更诚实的态度承受了一切后果。他从未想象过涅赫柳多夫、列文（两位自传性主人公）真的可以

---

[1] K.M. Newton, "Tolstoy's Intention in *Anna Karenina*", pp. 359—362.

[2] 参见伯林：《艺术的责任》，第 260 页。

[3] 参见托尔斯泰：《忏悔录》，第 18 页；以及高尔基：《回忆托尔斯泰》，巴金译，北京：人民文学出版社，2020 年，第 127 页。

[4] 别尔嘉耶夫：《俄罗斯思想》，第 138 页。

回到自然，像农民那样生活。有权洞察真相、吟唱出自然之歌的只有农民、哥萨克，或者偶得神助的娜塔莎。

不过，如伯林在那篇名文中总结的，在寻找终极的、一元解答的道路上，托尔斯泰始终无法完全抛舍的，是自己对世界的丰富认知以及相应的艺术天才。[1] 而更要紧的是，《安娜·卡列尼娜》中那些孕育于抽象空间的跨界方案的失效本身已然证明，作为其理想中共同体基石的普遍之物如果确实存在，也无法并且不该通过抽空个体特性来达成，对它的把握更不可能不渗透主体意志。事实上，在这两章中我们先后展示了陀思妥耶夫斯基与托尔斯泰提出的世界主义方案。面对政治、经济的快速变化，以及西方价值涌入带来的社会分裂，俄罗斯思想家们表现出了对"完整真理"的热切追求。[2] 表面看来，陀思妥耶夫斯基的"全人类性"更偏重俄罗斯性，在调动地方传统抵御现代化浪潮带来的精神危机时，选择将另一种特殊拔高为普遍；而在对原型／普适的理念世界的想象中，托尔斯泰选择了一条相反的道路，更强调对地方性、民族性的跨越和剥除。但细察之下，他倡导的那种高度强调个人与群体关系的世界性宗教与艺术其实也仍然是在俄罗斯有着丰富文化交融经验的历史中孕育出的一个特殊方案。它与任何世界主义构想一样，"体现了社会位置和文化传统的影响"。[3]

再往前推进一步，这种特殊性其实也并不必然意味着局限、需要被克服。作为《安娜·卡列尼娜》的作者，托尔斯泰已然充分揭示出意义正产生于差异，产生于不齐整。追求完整性的文化基因与特定的现实诉求为俄罗斯作家提供了挑战民族边界的切实支点和巨大动力，帮助他们将一种理想主义精神重新带到日益散化和分裂的现代世界，以精神的深

---

[1]　参见伯林：《刺猬与狐狸》，第95—96页。

[2]　See Derek Offord, "Dostoevskii and the Intelligentsia", in W. J. Leatherbarrow ed., *The Cambridge Companion to Dostoevskii*, N.Y.: Cambridge University Press, 2002, p. 114.

[3]　参见卡洪：《后民族时代来到了吗？》，第126页。

度和广度重新激活了失去诗意的欧洲现实主义小说传统。文学的空间得以总体增容。或许也只有在这种承认主体性、差异之价值的不断对话协商中，才可能无限接近世界主义的乌托邦。当陀思妥耶夫斯基不满于欧洲人对俄国文化的轻视，宣布《安娜·卡列尼娜》既证明了俄罗斯之"独特天才"，又具有更广泛文明意义时，[1] 他道出的真相比其意识到的还要更多。

---

[1] 参见陀思妥耶夫斯基：《〈安娜·卡列尼娜〉是具有特殊意义的事实》，第804—805页。

第五章

谢德林: 历史能否带来安慰?

1、在欧洲"闲逛"的俄国病人

作为一位著名的西方主义者，萨尔蒂科夫—谢德林一直对实际接触西方缺乏兴趣。[1] 一直到 1875 年近天命之年时，迫于严重的心脏病和风湿病，他才遵奉医嘱首次赴欧洲旅行。

而此行果然也没给作家留下什么愉快的印象。除了巴黎风光带来了短暂的兴奋，其他历史名城与疗养胜地都让谢德林觉得无聊透顶。[2] 屠格涅夫的友好慰问甚至让敏感的谢德林疑心对方是不是将自己也归入了"闲逛者"之列 [3]——1863 年谢德林曾写过一篇政论《俄罗斯在国外的闲逛者》（"Русские 'гулящие люди' за границей"），引用各种报刊材料和趣闻轶事对那些在欧洲无所事事、满足于各种美食美色的俄罗斯"世界主义者"大加讽刺。这位激进派喉舌判定，如今的欧洲对于真正有志于祖国建设的"子辈"来说不再有对"父辈"的那种魅力。[4] 屠格涅夫在《国外来信（第一封信）》中呼吁的去欧洲"劳动"更像是一种自欺欺人的辞令。他无法理解这位同行如何能在欧洲待这么久，"像老年人那样

---

[1] См.: С. А. Макашин, *Салтыков-Щедрин. Последние годы*, с. 7.

[2] 关于谢德林首次旅欧的具体情况，参见：С. А. Макашин, *Салтыков-Щедрин. Последние годы*, с. 7—63.

[3] 参见安·图尔科夫：《萨尔蒂科夫—谢德林传》，王德章、杜肇培译，哈尔滨：黑龙江人民出版社，1987 年，第 215 页。

[4] См.: Салтыков-Щедрин М. Е., "Русские 'гулящие люди' за границей"// *Собрание сочинений: В 20 m*, Т. 7: *Признаки времени. Письма о провинции. Для детей. Похвала легкомыслию. Итоги. 1863—1871*, М.: Худож. лит., 1969, с. 86—99.

坐在壁炉旁回忆往事或写点类似《表》那样的优雅小玩意"。[1] 苦熬十四个月后（1875 年 4 月—1876 年 6 月），谢德林几乎是逃回了俄罗斯，逃回到他所热爱的工作之中。

在这一点上，他与自己的前辈别林斯基颇为相似。以赛亚·伯林在《辉煌的十年》（聚焦的是 1838—1848 年间俄罗斯知识阶层之诞生）中，曾戏谑地指出，常常痛斥西方堕落颓废的斯拉夫主义者"走访柏林、巴登—巴登、牛津，甚或巴黎，也引为乐事"；反而是别林斯基这位坚定执着的西方派"不谙外语，非在俄国，无法自由呼吸，居海外，辄感凄惨狼狈而困厄无状。由海路赴德国，甫离本土海岸，他就开始苦苦想家；拉斐尔的《西斯廷圣母》、巴黎的奇景壮观都不足以安慰；海外一月，已乡思欲狂"。[2] 斯拉夫派并不必然封闭无知，西方派也未必就是开放包容的代名词。虽然比别林斯基接受了更好的西学教育，谢德林信奉的仍然是、且仅仅是一个通过书本和想象勾画出的西方。既然进步的根本法则已经掌握，现实中（暂时）被资产阶级掌控的欧洲表现出的堕落虽令人失望，却不应成为阻碍俄罗斯摆脱专制与蒙昧、按历史预定方向前进的托词。在这方面，谢德林坚决与斯拉夫主义者、民粹主义者划清了界限。1875 年 12 月 2 日谢德林在尼斯给安年科夫写了一封信，感叹今日法国之共和制如同闹剧。作家为之心痛，但他依然坚信："真理将来自这里，而不会来自其他任何地方。"[3] 某种意义上，作家头脑中藏着一个不受现实侵扰的抽象却因此而更为安全和珍贵的西方。"现实的西方"的种种不足，尽可用这个"理念的西方"提供的话语加以批判，历史进程虽不免曲折，总体上仍可用理性把握。[4] 在 1876 年初的一篇文章

---

[1] 参见图尔科夫：《萨尔蒂科夫—谢德林传》，第 215 页。
[2] 详见伯林：《辉煌的十年》，第 212 页。
[3] Салтыков-Щедрин М. Е., "П. В. Анненкову. 20 ноября/ 2 декабря 1875"// *Собрание сочинений: В 20 т.* Т. 18, кн. 2: *Письма. 1868—1876*, М.: Худож. лит., 1976, с. 233.
[4] См.: С. А. Макашин, *Салтыков-Щедрин. Последние годы*, с. 64—66.

中，谢德林从"启蒙主义与空想社会主义的理性主义与社会伦理思想"出发，讨论了国家何为。作为示例，他也用一种高度程式化的语言分析了德、法两国的国家观念（государственность）在当前历史阶段存在的问题。[1] 文中对法国阶级分化严重、城市无产阶级陷入绝望的描绘后来得到了苏联研究者的高度肯定，并被认为是作家旅欧实际观察所得。[2] 但事实上，就在几年后的游记《在国外》中，谢德林坦承，尽管自己多方尝试，但作为俄国旅行者，他根本无法接触到法国无产阶级的真实生活。"人民复仇火焰的燃烧"更多的是一种"理应如此"的揣测（《在》：143—148）。

而这部道出了更多接触实情的《在国外》正是谢德林第二次旅欧（1880 年 7 月—10 月）的产物，它也是作家"唯一一部描写西欧，包括其社会政治生活、道德、文化的大型作品"[3]。这次谢德林仍然是奉医嘱出行，其心情恐怕与身体状态一样糟糕。除了夫妻失谐、家庭不睦，在这两次旅行之间，也即 19 世纪 70 年代下半期，俄罗斯社会的进一步分裂也给他带来了沉重打击。知识分子"到民间去"的努力以失败告终，取代这种温和的启蒙方式的，是决定大破大立的民意党人一轮接一轮的恐怖暗杀，而这又激起了反动势力的反扑。帝俄警察密探队伍扩大，对包括《祖国纪事》在内的"危险刊物"的审查也进一步加强。双方的对抗陷入一种恶性循环。谢德林并不属于最极端的阵营，且原则上不赞同任何针对个人的恐怖行为，但他对政府主导自由化改革的诚意与成效始终持怀疑态度。尤其是，作家自 1877 年涅克拉索夫去世后正式出任《祖国纪事》主编，几年来在与审查机构的周旋中精疲力尽。进步没有实现，甚至显得遥遥无期，一个自 19 世纪 60 年代改革势头受阻时就开始

---

[1] См.: Салтыков-Щедрин М. Е., "В погоню за идеалами"// *Собрание сочинений: В 20 т.* Т. 11: *Благонамеренные речи. 1872—1876*, М.: Худож. лит., 1971, с. 443—450.

[2] 参见戈利雅奇金娜：《谢德林》，斯庸译，北京：作家出版社，1957 年，第 76 页。

[3] См.: С. А. Макашин, *Салтыков-Щедрин. Последние годы*, с. 230.

在谢德林心头浮现的疑问，此时终于变得无可回避："历史能否带来安慰？"（"Утешает ли история?"）[1]

所谓历史能否带来安慰，也即历史究竟有无合理性与合目的性，人类作为一个整体是否真的在随着知识的增长走向普遍的人道与解放。很长一段时间里，现代西方都在为俄罗斯知识分子提供一种关于历史进步的乐观答案。如今，在俄罗斯感受不到前进之脉动的谢德林再次置身欧洲，也很自然地会在这里对历史进行最后的校验。在他的痛苦追问中，那个"理念的西方"仍扮演着统摄性角色，但更多的现实和怀疑空气毕竟流入了玻璃罩，就连他的第一次旅欧经历也将在《在国外》中被重新组织和审视。

《在国外》共计七个篇章。[2]第一人称叙事者在第一章篇首便感叹，若人生沦为纯粹的自我保存，实在是再让人厌恶不过了（《在》: 7）。乍看起来，这就是一位俄罗斯病人不得不为了保养身体而中止工作时发出的哀叹。"我"终于成了自己讨厌的那种在异国的土地上饱食终日的"闲逛者"。但读者很快发现，这位"闲逛者"有着与其孱弱身体形成鲜明对比的高度活跃的精神世界。"我"几乎无法对周围环境进行连贯的观察和描写，看到的一切都会引起"我"或痛苦或热烈的回忆、评述以及自我争辩。整部游记的时空不断跳跃，真实和虚构更是不加区别地揉在一起。"我"会毫无征兆地堕入梦境，果戈理或谢德林自己此前作品中的虚构人物也可以若无其事地与俄、法政坛的那些大人物（有时顶着欲盖弥彰的化名）出现在同一舞台。[3]相较于闲逛记闻，《在国外》更像是一部病人呓语集。

在那些聚焦从边缘进入所谓文明中心地区带来的精神波动的作品

---

[1] 参见图尔科夫：《萨尔蒂科夫—谢德林传》，第 278 页。

[2] 其中第一、二章完成于国外，剩下五章是作家回到彼得堡后写作的。见：С. А. Макашин, *Салтыков-Щедрин. Последние годы*, с. 229—230.

[3] See Derek Offord, *Journeys to a Graveyard*, pp. 229—230.

中，旅行者的疾病总是很容易与他们所属民族国家被"正常"文明秩序排除在外的困境勾连起来。中国读者可以从郁达夫旅日小说读到，母国的贫弱如何造成并体现为主人公的苍白虚弱，尤其是严重的性压抑。他们的男性气质被阉割，无法得到那些更"现代"的身体的回应；[1] 而《冬天记的夏天印象》中患有肝病的"我"则站在代表最新科技成就的科隆大桥上，因为民族自尊心受损而怒火中烧，用发黄的舌头诅咒"巴尔"的无耻统治，并转而证明俄罗斯在精神上的优胜，断言西方才是一具真正的病体（《冬》: 75—76）。尽管价值取向不同，这类书写总是会强调疾病与健康、本土与异域的绝对分界。在下文的详细讨论中我们将看到，《在国外》中"我"这位俄罗斯病人也会注意到身后的俄罗斯与脚下欧洲的差异，并且仍会按头脑中的原则迅速做出评判，但这些差异的存在却不再能保证任何一方的绝对优胜；更值得关注的是，"我"的很多焦虑并不是源于西方与俄罗斯的不同，而恰恰在于"我"发现原来这里竟然与那里一样不好。一方面，"我"半是无奈半是嘲弄地加入俄罗斯的"自保"大军中，在与旅欧同胞的交游中见证帝俄的政治失序与民气低沉；另一方面，跟随着"我"的脚步，从完成统一大业的德国到法兰西第三共和国这个"没有共和党人的共和国"，一个视野急速缩小、同样只满足于生理性自我保存的欧洲也在人们面前展开。"我"越是急于寻找历史的安慰，越是发现头脑中那些坚固的坐标正在失效，能做的似乎也只剩下了闲逛。

---

[1]　参见史书美:《现代的诱惑: 书写半殖民地中国的现代主义（1917—1937）》，何恬译，南京: 江苏人民出版社，2007 年，第 130—136 页。

2、德国：自由及其背叛

德国是"我"欧洲之旅的第一站。在边境换乘后，"我"第一次有了观看窗外景象的兴趣。自然条件不佳的土地上，庄稼生长茂盛，农民的住所也整洁有序。这让"我"确认，自己已告别俄罗斯，进入欧洲（《在》：13—16）。支撑眼前这幅富足景象的，是"我"认为最重要，也是俄罗斯最缺乏的一种现代精神：这里普遍承认"人之为人"，以法律保证个人之财产与公民权。这种承认是一切建设之基础，它遏制了赤裸裸的野蛮倾轧，也让人们可以相对自由地表达观点，积极管理自己的事务（《在》：18—19）。

伴随着车厢中俄罗斯各路精英人士的高谈阔论，叙事者的跨界之思以一种戏剧化的方式进一步呈现："我"梦到了德国"穿裤子的男孩"与俄国"没穿裤子的男孩"之间的一场对话。这里的"裤子"可视作现代文明福祉的象征。[1] 两个男孩的发言都不时表现出超出人物设定的知识水平和思想深度，作家虽然一再在注释中表示歉意，却无意对之加以控制。在这幕出现在游记开篇不久的幻想剧中，他来回代入两个对话者，抛出了自己的一些核心观点，同时也对这些观点进行着补充或推敲、诘问。在"没穿裤子的男孩"讲述了俄罗斯农村的野蛮现状，并询问德国的庄稼如此高产的秘诀后，"穿裤子的男孩"想起了自己国家的黑暗岁月。这里的人民也曾与今天的俄罗斯人一样经受着任意施行的苛政酷刑，"德国男孩也不穿裤子到处跑"；但这种日子"早已过去"，如今人们已不用时刻担心被传唤受审。与雇主签订合同后，只要勤恳劳作，自然有所回报（《在》：35—36）。换言之，俄罗斯之今日，实乃欧洲之昨日。后者已率先摆脱蒙昧，开始高速建立资本主义经济与社会秩序，作为这种秩序之思想基础的理性与进步观念更是深入人心。而俄国则尚未跨入

---

[1]　See Derek Offord, *Journeys to a Graveyard*, p. 241.

现代之门槛，成了一种滞后，甚至反历史潮流的存在——与相信文明规则（虽然稍显呆板僵硬）的"穿裤子的男孩"不同，"没穿裤子的男孩"举止粗野，信奉的是俄罗斯专制与宗法体系中形成的那些要求绝对服从的"规矩"，不仅不觉其残忍、反人性，反而自觉为之辩护。作为"我"构拟出的俄国代表，他与民族主义者宣扬的那种富有浪漫主义色彩的"人民"形象相去甚远。

事实上，论者早已指出，《在国外》这幕幻想剧最重要的一个对话对象，是陀思妥耶夫斯基同年 6 月刚刚发表的普希金讲话。[1] 作为俄罗斯文化史上的一个重大事件，陀思妥耶夫斯基此次演讲意在重新阐释、"发明"俄罗斯民族性，为处于欧洲文明巨大压力下的族群提供必要的向心力。通过将俄罗斯多灾多难的历史与宗教意义上的受难与净化联系起来，作家断言"贫穷""不文明"的俄罗斯将在人类的救赎中扮演特殊角色，在全人类中"注定要由我们来说出新的见解（новое слово）"。[2]而在与陀思妥耶夫斯基早已笔战多年的谢德林看来，[3] 这种宗教幻想实在缥缈虚妄。神圣的俄罗斯人民并不存在［"没穿裤子的男孩"对上帝的全部认识，不过是宗教节日里难得可以享用的大餐（《在》: 37）］；能够拯救俄罗斯的也不是民众一味的驯服虔诚，而是更积极的社会斗争。[4]

---

[1]　См.: С. А. Макашин, " Примечания"// Салтыков-Щедрин М. Е., *Собрание сочинений: В 20 т*, Т. 14, с. 563—564.

[2]　参见费·陀思妥耶夫斯基：《普希金（简论）》，第 1001 页。

[3]　一般认为，1863、1864 年间谢德林与陀思妥耶夫斯展开了正面交锋。后者不能理解谢德林为何突然从自由派转为激进阵营的大将。同时期相对还比较温和的《现代人》（谢德林是编辑部的一员）与更激进的《俄国言论》之间的论战也被陀思妥耶夫斯基命名为"虚无主义者内部的教派分裂"，在 19 世纪下半叶俄罗斯知识分子的激进化历史中留下了重要一笔。参见弗兰克：《陀思妥耶夫斯基：自由的苏醒》，第 499—505 页。对于更早时候两人之间渊源的讨论，可看看：Rudolf Neuhäuser, "The Early Prose of Saltykov-Shchedrin and Dostoevskii: Parallels and Echoes", in *Canadian Slavonic Papers / Revue Canadienne des Slavistes*, vol. 22, No. 3（September 1980）, pp. 372—387.

[4]　这实际延续了果戈理与别林斯基当年的论争。См.: И. Б. Павлова, "Споры о судьбе России（Салтыков-Щедрин и Достоевский）"// *Вестник Московского государственного областного университета*. Серия "Русская филология", No. 4, 2010, c. 107—108.

剧末，谢德林干脆借"穿裤子的男孩"之口与陀思妥耶夫斯基的学说直接对垒：

> 你们已经吹嘘了二十年，说是要大步前进，有些人甚至还说什么"新的见解"——结果如何呢？你们变得比以前更穷，比以前更多的污言秽语主宰了你们和统治阶级的关系，科卢帕耶夫奴役你们的灵魂，谁也不相信你们稳固可靠，谁也不在意你们的友情或你们的敌意……（《在》: 41—42）

对于谢德林而言，过去的二十年（从 1861 年解放法令算起）只证明了政府主导下的改革不可能解决俄罗斯社会的根本问题。农奴没有获得真正的自由，依然接受警察和村社的严格监管；不事生产的地主早早将赎买金挥霍一空，在这场大解放的骗局中获利的新兴资产阶级则成为吸附在俄罗斯民众身上的新的寄生虫（《在》: 38—39）——引文中的科卢帕耶夫是作家刚刚完成的《蒙列波避难所》（*Убежище Монрепо*，1878—1879）中的一位酒店老板，正是这种盘剥欺诈的好手。而自由化改革不仅导致了俄罗斯政府对内失信，还让帝俄迟迟无法加入已在欧洲建立的文明秩序，继续被视作专制野蛮的典型。在"穿裤子的男孩"/文明代表的诘问下，作家确信俄罗斯历史需要完成真正的飞跃，即迎接属于俄国人的"大街上的节日"，与统治阶级"清账"（《在》: 40）。在《在国外》之前，作家很少如此明确地表达自己对革命的信念。[1]

然而，有必要再次强调，作家在这场对话中不断转换角色，并不持单一立场。面对"穿裤子的男孩"让其留在德国生活的盛情邀约，俄国男孩表示拒绝，其言辞也不再像此前那般蒙昧无知。如本书已反复指出的，19 世纪的俄罗斯知识分子对日益在欧洲占据统治地位的资本主义

---

[1]　См.: С. А. Макашин, *Салтыков-Щедрин. Последние годы*, с. 237.

有着近乎本能的拒斥，这与其所属思想阵营无关。"我"初入德国、目睹其繁荣景象时就强调，相较于在物质积累方面的大获成功，欧洲在分配领域远未实现公平公正（《在》: 16—17）。梦中的俄国男孩不屑于像"穿裤子的男孩"那样，为了与自己劳动并不匹配的一点收入便心甘情愿地向资本家出卖灵魂。面对后者"被奴役的俄国人只能白白出卖灵魂"的嘲讽，他颇为巧妙地辩称，交出灵魂时并无所获（没有签订"合同"），反而意味着可以更自由地取回自己的灵魂（《在》: 42）。这一论调与谢德林一贯反对的那些俄罗斯民族特殊论（无论是陀思妥耶夫斯基等人所持的弥赛亚信仰，还是同时期民粹派、社会主义者依托村社传统跳过资本主义阶段的构想[1]）并非没有相似之处。在分享现代文明推举的那些符合基本人性与理性诉求的价值的同时，应尽量避开伴生的现代性病症，这对于身处后发国家、文化视野又足够开阔的俄罗斯知识分子而言已经逐渐成为共识。

"没穿裤子的男孩"拒绝德国男孩的另一个原因，至少同样重要。《在国外》前两章集中描绘的德国，不仅仅代表着一个作为整体的、对立于前现代俄国的欧洲，它还是近年来在俾斯麦的主导下以"铁与血"推行强权，一举改变欧洲政治军事格局的一股新兴力量。俄罗斯知识界在消化德国强势崛起这一事实时难免五味杂陈。众所周知，拿破仑战败后，俄国与普鲁士作为神圣同盟之成员曾并肩守卫维也纳会议恢复的封建秩序。尼古拉一世时期德国文化还一度取代法国文化，对俄罗斯知识界产生了决定性影响。这种亲近固然有政治引导的缘故，却也得益于精神、文化层面的共鸣。其中，俄德因同处欧洲"边缘"而共有的微妙心

---

[1] См.: С. А. Макашин, *Салтыков-Щедрин. Последние годы*, с. 235. 谢德林对村社的看法和西方派传统观点一致，趋于负面；他也不认为俄罗斯可以完全跳过资本主义发展阶段。See Derek Offord, *Journeys to a Graveyard*, pp. 242—243.

态尤堪玩味。[1] 到了 19 世纪中期，帝俄与普鲁士均走到了关键路口。二者几乎同时展开改革，但选择却不同：亚历山大二世在克里米亚战争后并未走传统的第三罗马外扩路线，而是决意结束尼古拉一世的高压统治，在一定范围内收束专制，进行自由化改革；俾斯麦主张的则是借助民族主义的力量释放国内压力，强调国家利益高于一切。自其 1862 年出任普鲁士王国首相后，对外大力扩张，对内则以高超的政治技巧抵制自由主义、民主主义的影响，维持普鲁士君主与贵族的统治地位，"实行没有国会或者把拒绝投票赞成征税的国会置于不顾的统治"[2]。相较于俄国改革的迟缓、反复（至少国内的激进派这样认为），俾斯麦铁腕改革的成效似乎更为夺目：1862—1871 年，一个统一的德国形成，在普法战争中面对"曾经的老师"法国取得的决定性胜利更是震动全欧。

尽管改革的方向与结果是多种历史因素耦合的结果，身处激烈现代化竞争和紧张地缘政治关系中的俄罗斯很难心平气和地去面对这种残酷的对比。和过往历史中已经多次上演的一样，欧洲事件在千里之外的俄罗斯持续发酵。俄罗斯知识分子就普法战争的结果展开了激烈讨论。保守派与自由派报刊均认为法国的战败是因为接二连三的革命浪潮阻碍了稳定秩序的建立，德国则被盛赞为国家观念和"总体文明"的典范。[3] 在这种情况下，谢德林在 1870 年《祖国纪事》10 月号上发表了《事件的

---

[1] 关于这一心态及其在文化层面的影响，参见伯林：《浪漫主义的根源》，第 40—45 页。在"我"的梦中，有一幕颇具深意：德国男孩用自己在学校学到的话劝慰"没穿裤子的男孩"，称俄罗斯民族一直在为整个欧洲受难、勇敢地承担自己的"历史使命"（《在》：36）。事实上这套浸润着浪漫主义与民族主义色彩的历史话语在俄罗斯不断激起回响，包括前文已经提到的陀思妥耶夫斯基的"普希金讲话"也对此多有发挥（参见《普希金（简论）》，第 1000—1002 页）。

[2] 霍布斯鲍姆：《资本的年代》，第 81 页；关于俄罗斯、普鲁士（以及美国）在同一时期不同改革进程及其历史影响的生动讨论，可参阅贝兰《帝国的铸就》一书。依作者所见，1877 年对奥斯曼帝国宣战，俄国踏上了与德国一样的浪漫主义民族主义道路。而谢德林与托尔斯泰（前文对《安娜·卡列尼娜》结尾的讨论已涉及相关问题）一样，对席卷全民的斯拉夫主义狂热表现出高度的警惕。

[3] См.: С.Д. Гурвич-Лищинер, С.А. Макашин, "Примечания"// Салтыков-Щедрин М. Е., *Собрание сочинений: В 20 т*, Т.7, с. 581—582.

影响》（"Сила событий"）一文，对德国那种依靠纪律灌输、维护统治阶级利益的所谓"爱国主义"持坚决的否定态度，当然，与自己的论敌一样，他真正想讨论的是俄罗斯是否也应走德国这样的强权道路。谢德林强调，将爱国主义限定为无条件地服从上意，只对外而不能对内，是无法真正开民智、振民气的。在他眼中，德国更像是欧洲自由事业的背叛者、逆行者，因为一旦以纪律代替其他公民道德，自由必将空洞而无内容。[1]

这一态度在《在国外》中得到延续。尽管"穿裤子的男孩"对本国之文明极其自负，但俄国男孩断言，德国在欧洲只能算是二流文明，且正在走向新的奴役。它的贪婪无度，也给整个世界造成了威胁（《在》:41）。[2] 在接下来游记的第二章中，从梦中醒来的"我"来到了柏林，幻想剧中的论断落于现实。或许是因为来自同样被寄托了帝国梦的彼得堡，这位俄罗斯游客对柏林这座城市的精神史进行了一种代入式的摹写：老柏林也曾因落后和地位尴尬而奋起直追，这并不让人反感；而如今，这里的一切都发生了巨变。作为一个新近崛起的大国首都，柏林从政治上的谨慎灵活转向霸权，从羞怯转为自负。新街区豪华却庸俗，徒劳地想要胜过巴黎。街景成为"我"描写的焦点，对此，"我"颇有一番妙论。一来，街道上的一切是开放可视的；二来，对于一个希望立于帝国顶端的城市而言，不那么受官方钳制的街道生活比大学、博物馆等更能显示社会的活力、黏合性和自由度（《在》: 54）。可惜，再没有比柏林的街道更让人愁闷的了——人们忧郁而沉默地行进着，全无巴黎街道那种喧闹生气，甚至不及午饭时节的涅瓦大街热闹，那里好歹有人寻欢

---

[1]　См.: Салтыков-Щедрин М. Е., "Сила событий"// *Собрание сочинений: В 20 т*, Т. 7, с. 162—183. 关于此文的解读，参见图尔科夫：《萨尔蒂科夫—谢德林传》，第156—162页。

[2]　值得指出的是，"没穿裤子的男孩"指控德国在政治、经济和文化方面对俄罗斯进行了残酷压榨和禁锢，这与俄罗斯的仇德传统不无关系。See Derek Offord, *Journeys to a Graveyard*, p. 242.

作乐，而柏林人好像没有什么想看的，也没有哪儿想去逛（《在》: 50—
51）。这里的街头生活最令人悲哀的，是其浓厚的军国主义氛围。成群
出现的军官高挺胸膛，神情傲慢，包括"我"在内的行人纷纷避让。他
们的一言一行都在宣告自己是英雄，英雄总是要消灭自己的命定之敌，
可"我"嘲讽道，如今在普鲁士军官的眼中，谁又不是这样的敌人呢？
他们已经带着剑和火走遍半个文明世界，没有带来任何进步（《在》:
53—54）。就连汇聚了诸多名家大师（曾为俄罗斯提供过思想火种）的
柏林大学也沦为了官方学说的附和者，满足于为既定事实提供辩护。人
们宣称柏林从未有过如此强烈的民主要求，由全体成年男性普选产生的
国会似乎也颇有存在感，但过去种种已经证明，柏林的统治者很容易战
胜这种民主的意愿，且不会吝于向顺民显示力量（《在》: 56）。很自然
地，"我"想起了"没穿裤子的男孩"对德国诱惑的拒绝，并深以为然：
来到柏林，俄罗斯人的第一感觉无疑是痛心懊丧，他们会在比较中看
到自己过得不怎么样；但若认为眼前这些文明的福祉就是真正的价值所
在，却也是大错特错（《在》: 57—58）。这里的人穿上的更像是强权意
识形态的紧身裤，作为国家这一超个人实体里的小小零件，他们并无精
神自由和个性发展可言。

　　从柏林往莱茵河方向，一座座疗养小城为"我"的这种评判提供了
更多论据。这里的矿泉水和山林空气据说有益健康，有钱有闲人士云集
于此。然而，现代旅游经济的发展与德国式纪律的汇聚，打造了一片
可怕的精神泥沼。与巴登—巴登等地的豪华奢侈一样让俄罗斯旅行者印
象深刻的，是这里的庸俗乏味。关于这一点，就连温和的屠格涅夫也
忍不住在《烟》中加以讽刺，更不用说谢德林的不耐烦了。在"我"的
想象中，疗养小城里住着的不过是一些会"冬眠"的应激性生物。除了
清点利润，居民们在冬天无事可做，只有天气变暖，才会开始又一轮
奔忙：夏天，这里所有的房屋都变成了私人旅舍，屋主冬天安顿在小房

间里以节省燃料，现在为了多挣点钱又让自己住的地方变得更加狭小。仆从大军屏息等待着信号出现，"空气里有一种不正常的气息，生活好像发疯了"，居民们却对此习以为常，只希望谁也不要来打扰（《在》：60）。他们或许颇有资产，但除了考虑能否再多捞点钱，再没有任何多余的想法。坐着火车赶来的外国游客气喘吁吁、匆匆忙忙，可惜自己也不知道在追求什么，想要什么（《在》：62）。整座城市表面忙乱，究其根本，却只是在金钱与生理欲望的驱动下进行着机械运动。事实上，《在国外》中德国疗养小城的形象太容易让人联想到作家在《外省散记》（*Губернские очерки*, 1856—1857）这类作品中描绘的俄罗斯外省：

> 哦，外省！你腐蚀人们，你扼杀一切独立的见解，冷却心灵的火花，你毁灭一切，连希望这一本能在内。因为难道可以把仅仅着眼于物质方面，着眼于为自己获取享受——而那些享受多半具有一种难以估量的排斥灵魂与心的悸动的性质——的渺小欲望称为希望吗？当思维的幅度如此可怜地缩小了，哪里还有发展的可能！当没有什么东西能够激发思想的时候，哪里还有思维的可能！
>
> 应该看到，正是物质享受得来过分容易，安于不劳而获又是人的本性，使外省中一度相当苛求的人都轻易地与平庸妥协了。[1]

或许也意识到了这种相似，"我"刻意提醒读者，在俄罗斯，我们的仆从可不会如此遵守纪律，有序等待，必然是要闹作一团，然后依例去牢房一游的［（《在》：60—61），《外省散记》中各级官员正要靠民众的这类"胡闹"发财］。如果俄罗斯人对德国的"庄重"，尤其是在沉默中静待命运的做派加以学习，是否能摆脱现在的不幸？究竟哪种情况更好呢？在"我"的自问自答中，出现了《在国外》全书最为残酷的一处比

---

[1] 萨尔蒂科夫—谢德林：《外省散记》，许庆道译，上海：上海译文出版社，1991年，第605页。

较：俄罗斯的马熟悉鞭打的滋味，知道害怕；德国的马几乎已经不知道何为鞭打，但它们知道鞭子的"历史"，只要一听到鞭子在空中抽响就往前跑，免去了遭罪。如果说俄罗斯人是住在牢里，那德国人是把监牢放在了心里（《在》: 61）。与那些过分乐观的旅行书写不同，异乡在此没有被想象为足以为俄罗斯指明前路的乌托邦；同时，旅行者也拒绝从它的种种不足反推出本土的优越。唯一能确定的是，答案不在这里。

3、法国：日渐远去的黄金时代

好在不够进步的德国本来就算不上"我"心目中真正的圣地。当"没穿裤子的男孩"宣布德国只是"二流文明"时，他以及作者本人无疑将"一流"的位置留给了法国。虽然与这一时期德国的崛起形成鲜明对比，经历了普法战争失败和拿破仑第二帝国的崩溃，法国在欧洲的地位与影响力下滑，但谢德林对法国的推崇不曾稍减。前文已提到1875年第一次旅欧时谢德林写给安年科夫、断言真理只能产生于法国的那封信件；而在1871年就普法战争发表的《事件的影响》一文中，他更为法国的战败进行了精心辩护。谢德林强调，第二帝国那些波拿巴分子并非法国传统的继承者——这个传统从18世纪末到1848年都在持续孕育并输出伟大思想，包括胜利者德国如今享有的（虽然是严重变形的）自由以及国家意识也受惠于此。在痛斥法国有钱有权阶层在战时以爱国之名行敛财之实的同时，作家对被牺牲的民众报以热望。他在文章结尾断言普法战争这一大事件会带来同样"巨大的结果"，随后的巴黎公社似乎也印证了这一论断。[1]

亲法对于谢德林同时代的俄罗斯知识分子来说毫不稀奇，但谢德林

---

[1] См.: Салтыков-Щедрин М. Е., "Сила событий", с. 183. 另参见图尔科夫：《萨尔蒂科夫—谢德林传》，第162页。

的个人经历可以为这种深刻影响了俄罗斯思想与现实走向的情结提供一个十分生动的注脚，尤其是，在《在国外》这部欧洲游记中，他贡献了大量珍贵的第一手证词——一进入旅法部分（第四章），游记文风就发生了明显变化。一种充满温情的怀旧取代了谢德林标志性的尖刻嘲讽，含沙射影的伊索式语言也变得明晰起来：[1]

> 对于我而言，关于自己青年时代、也即四十年代的回忆与对法国以及巴黎的认识不可分割地联系在一起。不仅对于我个人如此，对于"我"所有的同龄人也是如此，在这两个词中包含着某种辉煌的、闪闪发光的东西，它温暖着我们的生活，某种意义上甚至决定了它的含义。（《在》: 111）

这些文字与陀思妥耶夫斯基在《冬天记的夏天印象》中的说法构成了有趣的对比。《在火车上》一节中陀思妥耶夫斯基同样想起了40年代严酷政治形势下以盗火之姿汲取法国思想的俄罗斯知识界。但此时的作家已然完成精神改宗。第一人称叙事者提到曾经"有这么一小批人"迷恋法国那些"渺小家伙"并因此误入歧途时，显然语带疏离，并将自己与他们区别开来（《冬》: 80）；而《在国外》中，"我"／作家依然珍视这段记忆，"我"仍然在为这段经历所定义。甚至，从游记开篇就一直孤独应战的"我"也因为这段亲法岁月而首次出现在"我们"这个跨国界的精神共同体中：

> 那时我刚刚离开学校，受别林斯基论文的熏陶，我自然赞同西方派。但我所亲近的不是占了多数的、从事德国哲学原理通俗化工作的那些西方派（他们是当时文学界仅有的权威），而是一个本能

---

[1] See Derek Offord, *Journeys to a Graveyard*, p. 233.

地亲近法国的声名不显的小组。当然，我们追随的不是路易·菲利普和基佐的法国，而是圣西门、卡贝、傅里叶、路易·布朗，尤其是乔治·桑的法国。它赋予我们对人类的信心，坚定了我们的信念："黄金时代"不是在过去，而是在我们的前方……可以说，所有好的，所有渴望已久和饱含深情的，都来自那里。（《在》: 111—112）

别林斯基发表在《祖国纪事》的论文无疑是那个时代俄罗斯青年最追捧的读物。而谢德林就读皇村学校（1838—1844）时熟读的别林斯基作品恰好见证了这位批评家从德国唯心主义哲学到法国社会主义思想的痛苦转折。[1] 如果谢德林的回忆可信，作为更年轻的一代，他并未经历和自己导师一样的思想搏斗。在俄罗斯知识界流行已久的谢林哲学（主要着力于内倾、静观的审美与道德领域）和黑格尔哲学（相对于个体主观感受，更强调客观必然性，别林斯基一辈曾据此学说从俄罗斯黑暗现实中读解出某种深层的合理性）从未获其青睐，[2] 相反，他"本能"地选择了主张积极参与社会变革的法国社会主义。而引文中那个当时声名不显的小组，就是青年陀思妥耶夫斯基也参加过的彼得拉舍夫斯基小组。成员们在聚会中研读、讨论法国空想社会主义著述，尽管主张并不完全一致，但对比俄罗斯现实，书本中那个"未来的黄金时代"让所有人心神激荡。[3] 按《在国外》中的话说，"我们"只是身在俄罗斯，精神上都生

---

[1] 参见伯林：《艺术的责任》，第 232—235 页。

[2] See James H. Billington, *The Icon and the Axe*, pp. 311—313, 324—325.

[3] 关于彼得拉舍夫斯基及其小组活动情况的简介，可参看弗兰克：《陀思妥耶夫斯基：反叛的种子》，第 313—326 页。诚如弗兰克所言，相较于具体学说，凝聚小组成员的毋宁说是被俄罗斯现实强化的道德热情。不同的思想气质与人生际遇才引导他们走上完全不同的道路。以本书涉及的两位小组成员为例，谢德林 1848 年因发表《莫名其妙的事》而触怒当局，被流放至维亚特卡，并在那里任公职直到 1855 年。而陀思妥耶夫斯基 1849 年因卷入小组的所谓"革命活动"而被流放。在远离正常社会生活的西伯利亚"死屋"中，本就有着强烈宗教情感的陀思妥耶夫斯基"发现"了伟大的俄罗斯人民，并认为后者才是未来黄金时代的土壤所在；而在外省的污浊泥潭中打滚，需要处理大量政务的谢德林看到的却是帝俄吏治的腐败与民众的盲目顺从，相关经历为其写作讽刺作品《外省散记》提供了素材，也让其革命意识空前坚定。

活在法国，与大雾弥漫的俄国不同，在法国，一切"像白天一样清楚"（《在》: 112）。

在黑暗中看到一点光亮总会觉得分外珍贵。旅行者"我"短暂地从回忆中抽离，不无苦涩地指出，当时绝大多数俄罗斯知识分子（包括"我"在内）其实并未到过法国和巴黎，但只要想到"1789 年的伟大原则"就激动不已，并把对这些原则的好感转移给了巴黎（《在》: 112—113）。临近 1848 年，这种热情到达顶点，游记中的文字也重回激越：终于迎来二月革命，基佐（François Guizot）下台的消息在俄国掀起了舆论飓风，无论持何种立场，人们"都被一种惊心动魄的感觉所俘获"，瞬间万变的形势让"所有的一切都蒙上了魔法的外衣。法国就像是一片神奇的土地（страна чудес）"（《在》: 113）——与陀思妥耶夫斯基一样，谢德林也在自己的欧洲游记中化用了霍米亚科夫（А. С. Хомяков）诗歌中的这一表达，但文字中的留恋与苦涩远多于嘲讽。[1]

在这种直把他乡当故乡的情况下，拿破仑三世的最终上台带给俄罗斯知识分子的打击可想而知，《在国外》几乎通篇以"匪徒"称呼此人，痛斥其盗取了法国以及俄罗斯人的革命理想。而随着理想世界的消失，第四章剩下的篇幅也被均等地用以记录现实生活中作家两次旅法的印象。19 世纪 70 年代中期首次旅法留下的关键词是"快乐"（"веселой"）：虽然是在普法战争与巴黎公社失败后来到巴黎，作家仍在此找到了自己青年时代美梦的残迹。与柏林街景形成鲜明对比的是，这里的商店、花园、林荫道、广场以至空气都让其感受到快乐，人们积极投入到生活与工作之中，街上从早到晚都人声鼎沸，即使高唱《马赛曲》亦无人以之为忤——革命也是法国人快乐生活的一部分（《在》: 117—122）。当然，"我"并未略过资产阶级的庸俗和贪婪（《在》: 123）。临行前"我"特意前往凡尔赛，近距离感受这个彼时欧洲唯一的共和制

---

[1] See Derek Offord, *Journeys to a Graveyard*, p. 234.

大国的政治生活。在议会，"我"听了克列孟梭（Georges Clemenceau）一场关于是否要大赦前巴黎公社人员的演说，而提案事实上已被否决。演说冗长乏味，言说者自鸣得意、引经据典，却无法打动台下那些资产阶级代表。前者已没有点燃人心的力量，后者则根本无法被点燃，只有物质利益还可以让他们心痛。在思想领域，他们也只会赞成那些保护其利益的主张（《在》: 129—130）。走出议会时，"我"的情绪颇为复杂：目睹法国这一自由、民主的"火炬"熄灭是一件让人懊丧的事；但即使这样的议会表演乏善可陈，"我"仍忍不住感慨，"要是我们能有这个！"（《在》: 131）毫无疑问，这位曾被法国大革命伟大原则点燃的理想主义者难以接受法国经过近百年斗争后实现的民主依然如此不完美和有限，[1] 但"什么都没有，什么都不许"的俄罗斯还是让巴黎的快乐（这里"说什么都可以，哪怕是撒谎"）维持了最低限度的吸引力（《在》: 132）。

可惜，这仅存的微光也随着 1880 年秋"我"再次来到巴黎而彻底熄灭。在此前一年，保皇派总统麦克马洪（Patrice de Mac-Mahon）已提前卸任，共和党人也终于全面掌权，法国不再像"我"上次造访时那样随时有高呼"亨利五世万岁"的可能；但"合法政府胜利了"这一事实并未改变"我"关于法兰西第三共和国是一个"没有共和主义者的共和国"的总体判断（《在》: 135）。相较于具体的政治体制，"我"理解中的"共和"显然更多地指向了社会生活中蓬勃的民主精神。一般说来，"遗失越严重，就越多地受到纪念的补偿"，距离最远的"过去"最容易被理想化，[2] 而与"我"书写时距离最近的这个法国还没有机会被记忆的温柔光晕抚平毛刺。仅仅过去数年，"我"对法国，尤其是巴黎的印象已经从"快乐"转为"饱足"（"сытый"）。经济、金融上的成功为战败的法国指

---

[1]　See Derek Offord, *Journeys to a Graveyard*, p. 238.
[2]　参见斯维特兰娜博伊姆：《怀旧的未来》，杨德友译，南京：译林出版社，2010年，第19页。

出了另一条"荣誉之路"。共和国内部稳定，外部安全，似乎所有人都对现在的统治及利益分配形式表示满意。工人罢工虽不少见，但持续的时间都不长，已经取得全面胜利的资产阶级并不介意施舍一二（《在》：146，正是论及此处，"我"承认自己其实对法国工人所知有限）。革命理想已经远去，只剩下一个"需求与供应的共和国，一个不会再有'惊险意外'和'远景'的共和国"（《在》：153）。如论者已经注意到的，游记对巴黎的食品供应着墨颇多。带着俄罗斯革命者那种典型的禁欲气质，"我"将巴黎人的饕餮无度视作精神上志得意满的外在表现。[1] 在各种珍馐佳肴的喂养下，人们越发笨重而精神萎靡，只希望生活少有烦扰、冲突。而对这种心灵麻痹状态，俄罗斯的"饱足者"实在再熟悉不过了——大腹便便的奥勃洛莫夫找到的最后归宿，就是玛特纳耶夫娜那摆满瓶瓶罐罐的厨房。于是，与上次凡尔赛之行的感悟、更不用说40年代时的"身在俄罗斯而心在法国"不同，"我"在俄、法之间看到的不再是差异，而是共同点：虽然"我们没有西方社会政治建设提供的那些保障形式"，却有一样的薄饼（《在》：148—149）。发现这种精神上的趋同，对于笃信法国会为俄罗斯提供最后答案的谢德林来说打击可想而知。

不难看出，从19世纪40年代那个想象中的奇迹之邦，到1875—1876年首次旅欧时看到的杂有不祥声音的快乐之都，再到此次重游的油腻饱足，法国形象在"我"的笔下不断下沉。时间轴越是靠近当下，法国所象征的进步理想就越是萎缩。《在国外》的三块法国拼图最终构成了一个越来越扁窄压抑的世界。诚然，过去总是会在当下目光的回望中不断被重塑，但这里真正的讽刺在于，"我"在现实中看到的法国的"不断退步"与"我"通过书本接受的那种"黄金时代不在过去而在前方"的历史进步想象构成了极端的对比。唯一类似，却更让人绝望的，或许

---

[1]　另一表征是巴黎的所谓"性堕落"。See Derek Offord, *Journeys to a Graveyard*, pp. 234—236.

就是在谢德林笔下这里的退步几乎与理论中的进步一样显得不可逆转。

而游记中这个"退步的法国"是否与历史相符并不那么重要。历史学家完全可能依循着不同的历史观念与叙事逻辑肯定1848和1870年法国两次重建共和的努力,共和国十年更可视为法国走出普法战争战后困局,并终于建立起典型的议会民主的一个上升阶段;[1]但在旅行者的身后总是拖着出发地长长的影子。绝非偶然,"我"对法国的描绘始终与对国内形势的回顾纠缠在一起。《在国外》中作为上述法国"退步"景象真正背景的,是"我"心目中俄罗斯的同步下滑。19世纪40年代的理想,曾在克里米亚战争(尤其是塞瓦斯托波尔之战)期间帮助唤起过俄罗斯人参与公共事务的热情,但很快,这种热情就因尼古拉一世的严控而悄然熄灭,"在战争的死亡悲剧旁上演了一出令人难堪的喜剧"。在经历了这样的挫败后,心灰意冷的俄罗斯受教育者不再向巴黎"发问",不指望真能从那里获得什么足以拯救俄罗斯的力量。巴黎对于他们而言,彻底沦为了美色与美食的代名词(《在》:115—116)。而"我"对亚历山大二世自由化改革的日益失望同样渐次折射于对(承载着过往共同理想的)法兰西共和国的感受。

无论如何,在试图从"现在"逃逸的同时,《在国外》法国部分的怀旧没有指向未来——即使是被赋予理想化色彩的40年代的法国/俄罗斯,也因为其代表的理想本身的破产而难以为怀旧者的反叛提供更多动力。"我"对法国当代小说的评论,让这段始于文字与想象的俄法之交甚至无法以体面的形式收尾:1876年谢德林从尼斯经巴黎回俄国前,曾在屠格涅夫的引介下与福楼拜、左拉等人结识。虽然当时已表现出对"空有形式"的法国文学新流派的不满,但他并未就此多做阐发。[2]而到了《在国外》,这种新流派,也即通常所说的自然主义,已经被"我"视

---

[1] 参见楼均信主编:《法兰西第三共和国兴衰史》,北京:人民出版社,1996年,第33—63页。
[2] См.: С. А. Макашин, *Салтыков-Щедрин. Последние годы*, с. 57—58.

为当代资产阶级法国那种"缺乏思想的饱足"的绝佳写照。"我"悲叹，19世纪40年代人阅读的雨果、乔治·桑、巴尔扎克作品饱含激情，"将人的一切纳入其中"；而如今的法国文学主要关注人的躯体和风流韵事（《在》: 153），充斥着除了满足窥阴癖外没有任何价值和必要的细节。刚刚（1880年2月）结束连载、推出单行本的《娜娜》（*Nana*）更将这种兽性的展现推向了高潮，各路写手争相模仿（《在》: 154）。他们以自己是现实主义者而非理想主义者自辩，声称所写的只是生活中已经存在的，绝不受思想干预。但自别林斯基以降，这样的免责声明在俄罗斯文学批评语境中已不可能成立。写作就是介入，就是为了向人们指出什么是值得过的生活，而要履行这一神圣职责，作家对现实进行提升和普遍化、留下自己的烙印至关重要。这一原本是在法国文学与社会思潮滋养下形成的传统，如今却在法国本土遭到了严重的亵渎。[1] 新一代法国现实主义者不仅再现，更强化了支持资本主义世界现有秩序的意识形态。对于"我"这位在1848年革命前曾以法国为精神故乡的俄罗斯人而言，这样的逆转实在是历史的一个残酷玩笑。

4、"正面英雄"与"中间的人"

第四章的尾声，已经结束欧洲旅行、回到彼得堡的"我"称自己写作此章时正好听到彼得保罗要塞为庆祝1812年拿破仑大军撤退纪念日而响起的炮声，游记的法国部分也就此画上句号。与当年的所谓"解放者"一样，那个被俄罗斯知识界视为文明灯塔的法国也终于黯然退场。[2]

---

[1]　参见伯林:《艺术的责任》，第234—235页。霍布斯鲍姆将这一艺术责任观在欧洲的陨落与1848年革命失败给知识界造成的幻灭联系起来，而未发生革命的俄罗斯反而更长久地延续了该传统。参见霍布斯鲍姆:《革命的年代》，第310—311页。

[2]　See Derek Offord, *Journeys to a Graveyard*, p. 239.

但在烟雾与轰鸣声中，俄罗斯人的胜利也如同泡沫。守卫京畿、承载着帝国雄心的彼得保罗要塞早已改为国家监狱，不断更新的政治犯名单让其成了专制统治的森严象征。

与（从 1880 年 9 月号《祖国纪事》开始）连续发表的前五章不同，因亚历山大二世于 1881 年 3 月 1 日遇刺身亡，《在国外》的最后两章（写的是叙事者"我"回国前对整场旅行的反思）是在连载中断两个月后才得以刊发的。继位的亚历山大三世决心维护绝对君权，保守势力疯狂反扑，形势的这种剧变让这两章的基调变得更为灰暗。[1] 在第六章中，"我"声称自己这次在巴黎闲逛了三个多星期，什么都没有好好看过，因为"我"被一些痛苦的问题所纠缠，且始终未能找到答案（《在》: 194）。其一，即那个熟悉的问题："历史是否能带来安慰"，实现最终的正义？如果历史不存在目的和意义，不可以通过理性把握，那如何知道什么是更有价值的，如何能确定民族行进的方向呢？随之而来的第二个问题则是究竟是否可以融入人民、依靠人民？浪漫主义运动以降，"人民"的力量总是备受称道，但如果那股据称隐藏在人民身上、让他们可以自觉或不自觉地推动历史向正确方向发展的强大力量纯属臆想呢？拿破仑三世"一切为了人民、一切经由人民"的口号，以及他的得势让"我"疑虑重重。而在俄罗斯，"到民间去"的知识分子更被自己的启蒙对象亲自扭送至警察局，"人民"之愚昧、盲目，并不那么容易被所谓的理性精神改造，物质保障对他们的吸引力也胜过抽象的政治自由。最后，同样是与"历史可能并不具有明晰目的"的疑虑相伴生的一个问题：既然没有绝对权威（无论是上帝，还是历史）作为正义实现的保证、道德判断的依据，人是否只能就此袖手，明哲保身地过此一生，用俄罗斯谚语说，"蘑菇馅饼尽管吃，话不要多说"？关于这三个问题，"我"在四十年前，也即 19 世纪 40 年代都会毫不犹豫地给出答案，而如今"我"甚至无法再"根

---

[1] See Derek Offord, *Journeys to a Graveyard*, pp. 245—246.

据原则、不掺杂质"地进行思考(《在》:198—199)。

　　并非偶然,在尼古拉一世统治时期,俄罗斯受教育者必须面对的诸多"受诅咒的问题"中,得到最广泛讨论的正是"历史的意义"。[1] 相较于深受德国浪漫主义影响的斯拉夫派,西方派更希望为俄罗斯历史引入一种明确的目标感和秩序感。如谢德林所回忆的,圣西门构想的那种有着极大空想成分却又经过现代科学理性话语包装的历史进步图景对他们有着超乎寻常的吸引力。[2] 固然,告别青年时代后,谢德林长期任职于地方且一直在与审查机关缠斗,他不会再天真地认为真理与谬误、文明与野蛮的斗争将一路凯歌,[3] 他对"人民"的态度也一直有怒其不争与热爱依恋这两面;[4] 但相信理性的觉醒终将保证人类历史作为一个整体趋向完美,相信欧洲的历史经验和精神遗产将在俄罗斯事业中起到指引作用,仍为谢德林长期以来的斗争提供了足够动力。而到了写作《在国外》时,他不能不承认,欧洲的进步带来的问题也许同样多,俄罗斯形势更在倒退。两地现实的冲击让他很难再维持之前的乐观和激情。游记中,"我"在痛苦中再次陷入梦境,目睹了一场名为"得意洋洋的猪,或猪与真理的对话"("Торжествующая свинь, или Разговор свиньи с правдою")的疯狂闹剧:"真理"出现在猪圈中,形容不堪,并受命用破布头遮住自己赤裸的身体。吃得油光水滑的猪不断对之进行逼问,要求其对"是否真的有太阳""自由是人类社会最珍贵的财富吗""法律是否应该一视同仁地保护所有人"这类问题给出否定的答案。而比起真理的

----

[1]　See James H. Billington, *The Icon and the Axe*, p. 314.

[2]　See James H. Billington, *The Icon and the Axe*, pp. 321—323.

[3]　事实上,关于"历史必须在剧烈冲突中前进"的这种信念在俄罗斯知识分子中广泛存在,而这与德国思想的传播有很大关系。德国思想的影响痕迹并不会随着 19 世纪 40 年代法国思想重获统治地位而突然消失。辩证法一个持久的影响就在于唤醒了俄罗斯知识分子的革命意识,让他们深信应当通过对现有秩序的毁灭为新的千禧年的到来(否定之否定)做好准备。即使是前文提到的从德国哲学转向法国社会主义的别林斯基,也仍然相信变化会以一种黑格尔所说的方式发生。See James H. Billington, *The Icon and the Axe*, p. 326.

[4]　参见戈利雅奇金娜:《谢德林》,第 25、32 页。

无力反抗、反动势力的嚣张残忍更让人惊惧的，是围观人群，也即"人民"进入的狂欢状态。他们对真理并无丝毫怜悯，相反，猪对真理的啃食让他们兴奋不已，甚至不断加油助威。在他们的欢呼声中，"我"等待着自己也被啃食，彻底崩溃："我一生都在一种肤浅的自信中盲目重复：上帝不会姑息，猪不会吃完的！而现在我狂喊起来：猪要吃完了！要吃完了！"（《在》：202）

　　如研究者注意到的，在游记第六章的一份初稿中，谢德林还曾尝试对历史正义的存在进行最后的论证。而在最终刊发的版本中，就连那几处薄弱的论证文字也被作家删除了。[1] 原有的历史乐观主义遭遇了前所未有的危机。不过，这并未成为其思想之旅的终点。在放弃严整的理性论证后，作为对内心这种动摇的审视与回应，谢德林转而为两类人进行了文学性的画像。其一，是在激烈的历史冲突中始终目标明确、毫不妥协地采取行动的理想人物，也即马修森（Rufus W. Mathewson, Jr.）所说的"正面英雄"：在其经典著作《俄罗斯文学中的正面英雄》（*The Positive Hero in Russian Literature*）中，马修森曾指出，在 19 世纪 60 年代关于文学本质与功能的论争中，"正面英雄"的塑造问题已经成为焦点。激进派批评家与经典作家在人是否可以"彻底地、成功地"按照"严格的政治美德"生活，以及"是否应接受人性的一个本质特点即会犯错、会软弱和妥协"这类问题上产生了严重分歧。相关争论实际也是对俄罗斯现实主义定义权的争夺，与意识形态关系密切，前后持续了近一个世纪。[2] 谢德林同样参与了这场论战。1868 年，他明确提出寻找和塑造正面典型是俄罗斯新文学成败之关键。而在他看来，无论是前辈果戈理，还是当时仍在文坛活跃的屠格涅夫、冈察洛夫以及陀思妥耶夫斯基都未

---

[1]　See Derek Offord, *Journeys to a Graveyard*, p. 246.

[2]　See Rufus W. Mathewson, Jr., *The Positive Hero in Russian Literature*, Stanford: Stanford University Press, 1975, pp. 3—4.

能完成这一任务。他们的失败一方面被归结为俄罗斯过分严酷的社会政治环境阻碍了新人的诞生，缺乏参照对象客观上增加了创作的难度；另一方面，则在于作家本身未能洞察更深层的历史真相。在对陀思妥耶夫斯基的批评中，谢德林强调应将"事物的本质"与"那些表面的和看起来不总是愉快的毫无成效的努力"区分开来（众所周知，陀思妥耶夫斯基频频将青年一代塑造为可怕的"着魔者"）。[1] 这样的评论多少表现出一种真理在握的优越感，毕竟，只有洞察了历史的目的和意义的人，才能轻松定义和指认什么是本质，什么是在历史伟大进程中暂时泛起的可以忽略的涟漪。而到了《在国外》，在自己原有的历史想象遭到重创、浸透着悲观情绪的最后一章，谢德林放下批评家的傲慢，坦承了作为作家的自己在尝试塑造"正面英雄"时遭遇的困难：

> 这个任务是力所不及的。必须有巨大的准备工作和几乎是超人的艺术家的敏感，以便在信仰的这种表面上的千篇一律中寻找取之不尽的丰富内容。我常常想象一个眼睛总是望着东方的被忘却和丢失的人。他清楚地看到东方如何在燃烧和红光四射，可是完全没有觉察到，实际上东方也好，西方也好，南方也好，北方也好，统统被伸手不见五指的黑暗笼罩着。但是，要知道这不过是一幅画，一幅描绘特定的精神情绪瞬息之间的特征的画。纵然是无数次地重复这一瞬间，您也不能超出千篇一律的范围，而且除了令人疲倦的代用语外，您什么也得不到。为了摆脱这千篇一律，首先必须懂得，这里主要的角色是"信仰"，"信仰"这一概念不单包括整个的人，也包括整个世界及各个领域的全部知识。谁善于揭示这种内容的无穷无尽的奥秘，谁就得在自身寻求力量来复现理想的多样性，而这多样性促成了这种内容的自然结论，于是乎他就

---

[1]　参见图尔科夫：《萨尔蒂科夫—谢德林传》，第239—240页。

会描绘出这幅画。无边无际的多样性和这幅画的光亮，会点燃所有的心……但是，我凭良心问一声：力能胜任这样深度的艺术家在哪里？（《在》: 224）[1]

这段创作论颇堪玩味。虽以讽刺闻名，谢德林也曾试图承担起塑造"正面英雄"的光荣使命。就在 1875 年 12 月那封寄自尼斯、对法国将揭示真理保有信心的信件中，他明确提出自己打算以车尔尼雪夫斯基或彼得拉舍夫斯基，也即其心目中最接近"正面英雄"的人为原型，写一部富有理想主义激情的小说。[2] 但从《在国外》的上述剖白来看，意识形态诉求的急迫性受到了实际创作经验的拉扯，他不无道理地担心这样的形象可能会失于单薄机械，不过是一幅静态的画。欧洲之旅的重创，让作家深刻意识到"谎言与黑暗"不仅不是历史的偶然，反而常常比"真理和光明"更坚固（《在》: 226），而坚定如自己，也不免因此而心神动摇。但在袒露疑虑后，可以看到，谢德林最终提出的解决之道仍然是高度一元论的：要让自己的人物既丰富立体又始终保持正面，就必须掌握那个"包括整个的人，也包括整个世界及各个领域的全部知识"的信仰体系。诚然，自己尚未找到这个体系，并因此在现实和创作中接连遭受打击，但这不代表它不存在——或者干脆说，哪怕"事实"不如人意，他也还是要用最后的勇气说出"希望"如何。在经验与信仰之间，谢德林最终还是选择了信仰，并相信对信仰的挖掘将是创作深度的体现。

既然选择在对历史正义的怀疑中继续期待"正面英雄"，谢德林对另一种人物类型，所谓"中间的人"（"средний человек"）的批评也就顺理成章了：《在国外》的第一章中，作家就曾简略提及那些来欧洲旅行的俄国的"中间的人"。按照游记中的说法，他们是接受了启蒙思想、承认劳

---

[1]　此处翻译参考了图尔科夫：《萨尔蒂科夫—谢德林传》，第 242 页。

[2]　См.: Салтыков-Щедрин М. Е., "П. В. Анненкову. 20 ноября/ 2 декабря 1875", с. 233.

动的价值的一批人，主要包括文学家、艺术家、律师、官吏和商人等。与骄奢淫逸、出国挥霍的权贵阶层不同，这些在国内长期活在高压管制下的"中间的人"来到国外后兴奋地享受着思想的自由，表现出旺盛的求知欲（《在》: 43—44）。作家对他们奔忙形象的描绘兼有戏谑与同情色彩。而到了第六、七章，对历史合理性与合目的性产生怀疑的谢德林对"中间的人"行为逻辑的解释有了更多批评意味。统治阶层的镇压和蒙昧大众的排斥，让夹在中间的他们格外深刻地体验到历史的残酷。"人的本能"让他们依然向往真理（或者说作为现代个体，他们视自由、平等为"天然"权利），但与坚持为未来而战的正面英雄不同，"中间的人"倾向于聚焦自我和当下，不再去考虑全面的历史正义问题（《在》: 225—227）。

应当说，游记并未对"中间的人"给出足够明晰的定义。谢德林的许多描绘，包括这一名称本身最容易让人联想到的，是从卢梭的作品开始，在欧洲反启蒙叙事中反复出现的那个文明、精致却又懦弱虚伪的资产阶级形象：

> 资产阶级是某种位居中间的人。他并不只是低于贵族而又高于农民的这一中间阶级的成员。成为资产阶级便意味着既不单纯为自己也不单单为别人而活。它意味着被束缚于责任与欲望之间的中间状态，用卢梭的话说便是与自己"相矛盾"。资产阶级是社会学家所谓"身份焦虑"的受害者。它位于两种身份之间，即自然人——自然状态下的野蛮人——和公民之间，而公民能够做出体现非凡勇气和自我牺牲的行为，这两种人分别而言都呈现出整全性或完善性。……对卢梭和其后的马克思来说，被政治经济学以及关于效用与自私的伦理学所支配的现代国家，既缺乏英雄式的伟大，又缺乏社会正义的根基。[1]

---

[1] 史蒂文·史密斯：《现代性及其不满》，朱陈拓译，北京：九州出版社，2021 年，第 22 页。

在自己的欧洲之旅中，谢德林近距离地观察了由"中间的人"占据中心的现代生活。与西方的批评者一样，他在资本主义经济与民主政治发展的"背面"发现了个性的萎缩、集体的平庸。数量的增长、规模的扩大，以及享受的即时性压倒了对精神深度的追求，"自我保存"战胜了伟大和高贵。但比起欧洲，俄罗斯的境况也许更为尴尬：这里的"中间的人"规模和影响力还十分有限，甚至，他们更多地只在头脑中进入了现代，在各种短暂的"跨界旅行"中得以一尝自由，其肉身仍置于专制深渊中。如果说卢梭等人聚焦的是资产阶级在膨胀的自我与公共要求之间的徘徊分裂，那么对于俄罗斯"中间的人"来说，所谓个人的自主与自我引导很大程度上还只能说是一种侈谈。在一个统治者权力不受束缚的社会，政治上没有权力、而经济上相对有保证的"中间的人"也更容易选择顺从。《在国外》最后两章用如此大的篇幅对他们进行严厉斥责，正与亚历山大二世被暗杀后反动势力反扑、改革事业倒退的危急事态有关。人民尚无觉醒迹象，"中间的人"此时的选择变得更为重要。在见识过了西方"中间的人"的饱足自满后，谢德林更担心高压政治下本国的"中间的人"会在与依然强大的专制统治，以及"喧嚣欢腾的现代性"的双重战斗中未战先退，遁入对这个人群来说本来就格外具有吸引力的、将个人便利舒适定义为幸福的现代幻景中（《在》: 228）。这大概是俄罗斯作为一个后发现代化国家可能面临的最糟糕的情况。

这种现实忧虑也反过来解释并支持了谢德林对"正面英雄"的热切呼吁。毫无疑问，对英雄式的伟大和社会正义的信仰，构成了俄罗斯漫长的反专制斗争历史中的一股强大的力量。但细读游记对俄国"中间的人"言行的批评，带有强烈负面色彩的"鸡毛蒜皮"（"пустяки"）一词频繁出现，不仅指向了各种逃避现实的无聊消遣、瞎扯闲逛，也指向了一些在激进派看来"无关本质"（但未必不有利民生）的实际事务。谢德林所说的"中间的人"并不与严格意义上的资产阶级完全对等，很多时候更指向所有政治上的中间派、折衷论者。在《在国外》之前，谢德林就已多次与这样的"中间的人"作战。1877 年屠格涅夫在发表《烟》十年后再度推出了长篇小说《处女地》。对这部作品，谢德林给出的评价极低。一方面是因为小说主人公涅日丹诺夫对"到民间去"的理解极其幼稚，且久久纠结于个人身世，敏感脆弱，自然不能代表谢德林心目中真正的理想青年；另一方面，则是屠格涅夫居然用这样一个新人的失败去证明典型的"中间的人"索洛明示范的那条谨慎调适路线的正确。[1]后者已经是现实主义者屠格涅夫可以想象的最不坏的一种可能。而如前所述，有着更多理想主义色彩的谢德林认为作家应呈现的是最优选择、"真正的典范"。就此而言，他或许反而更能理解自己的宿敌陀思妥耶夫斯基在《白痴》中塑造完美人物梅什金公爵的努力。虽然他并不会认同作为梅什金公爵力量源头的那种宗教信仰，但两位作家对"至善"、对历史有且仅有唯一正解的看法是一致的。

有理由认为，即使在自己的欧洲行中前所未有地意识到进步理论与纷繁参差的现实并不能完全咬合，谢德林还是拒绝将不完美、不齐整视为人类社会不可克服的本质。一个很有说服力的细节是，作家在游记中纵谈法国政治，却一次也没有提到共和党党魁甘必大（L. Gambetta），这与后者的地位以及当时在全欧享有的声望严重失调，包括与谢德林交往甚密（旅欧期间尤其如此）的安年科夫、屠格涅夫也都对甘必大在法国战后乱局中灵活调和各方势力的做法倍加赞赏。这一人物的缺席只可能是因为那种"不彻底"的政治方案恰恰是谢德林所不喜，乃至蔑视的。在自己的另一篇文章中，他干脆将甘必大的成功比作"骗马"统治了世界，认为这种成功带来的只是一个缺乏激情、没有影响力的共和

---

[1]　См.: Салтыков-Щедрин М. Е., "П. В. Анненкову. 17 февраля 1877"// *Собрание сочинений: В 20 т*, Т. 19, кн. 1: Письма. 1876-1881, М.: Худож. лит., 1976, с. 42—43.

国。[1] 而在游记后两章对"正面英雄"的热情呼吁中，俄罗斯政治意义上的"中间的人"也毫无魅力可言。在"我"看来，否认终极正义而大谈相对真理、有限进步，是对才智的虚耗，无助于俄罗斯形成稳固的社会基础，更会阻碍真正的事业的展开。当"我"在回国的火车上遇到一位地方自治局工作者时，"我"的不满显露无遗。"地方自治局工作者"这一人物身份意味深长，根据沙皇1864年颁布的《关于省县地方自治机构的法令》建起的各级地方自治会向来被视为"大改革"的代表性成果，其运作方式有较大自主权。[2] 正是以地方自治局为依托，那些以渐进变革为目标、不支持激进派，尤其是"革命恐怖"的知识分子开始活跃于俄罗斯历史舞台，在合法的情况下利用专业知识展开开启民智、服务地方利益的工作。[3] 换言之，地方自治局工作者算得上是彼时力倡俄罗斯走中间道路的代表。而在"我"笔下，这位旅伴却更像是拥护专制统治的保守力量的化身，[4] 思想肤浅狭隘却自以为是，无力分辨善恶，只会用各种"鸡毛蒜皮"让人厌烦（《在》: 231—239）。

在俄罗斯社会与知识界都严重分裂的情况下，真正倾听其他阵营的意见无疑是一件很困难的事。对于激进派而言，折衷即反动；而以不容置疑的道德热情宣布"中间的人"都是在懦弱自保，总是比细细辨查对手的选择是否也可能是基于对社会变革之复杂性的体认要简单得多。虽然从游记前几章的观察和反思来看，地方自治局工作者对"爱国者"不能脱离俄罗斯土壤、简单移植西方进步理论的劝诫显然不是毫无道理的，但谢德林还是匆忙地对之加以夸张处理，让它们成为不值得被认真对待的陈词滥调。在指责俄罗斯"中间的人"逃避现实的同时，他也对现实进行

---

[1]　См.: С. А. Макашин, *Салтыков-Щедрин. Последние годы*, с. 57—58.
[2]　参见金雁：《倒转"红轮"：俄国知识分子的心路回溯》，北京：北京大学出版社，2012年，第608页。
[3]　参见金雁：《倒转"红轮"》，第602页。
[4]　事实上作家也在两人的对话中戏拟了自己与著名"反动派"卡特科夫、泛斯拉夫主义者伊万·阿克萨科夫的争论。See Derek Offord, *Journeys to a Graveyard*, p. 245.

了过滤和屏蔽，[1]那种混合了决定论与意志论的历史观也仍然在发挥作用。地方自治局工作者所主张的"朴素的小词"对于他来说始终缺乏魅力。

可惜，关于"正面英雄"及其背靠的那个终极信仰体系，谢德林还无法给出清晰描绘。面对无法以理性预测的未来，他既拒绝像陀思妥耶夫斯基那样回归传统，通过传统获得一种精神的稳定性，又无法像屠格涅夫那样坦然接受试错和调和，留给他的空间实在已经不多了。游记的最末，"我"在俄德边境（这次是在属于俄国的边境东侧）再次遇到了旅行刚开始时梦到的那个"没穿裤子的俄国男孩"。他曾断然拒绝留在德国、为资本家工作，并预言俄国人将有属于自己的大街上的节日；而此时，在旅行的终点，"我"眼中的男孩已有了得体衣装，他啃着白面包，心满意足地为拉祖瓦耶夫先生[2]工作（《在》: 241—243）。昔日的锋利言辞和反叛冲动再无踪影。尚未拥有民权，就已无民气，俄罗斯似乎只能这样"赤身"并入西方那条已被证明危机重重的发展轨道。至少到此时为止，谢德林想不出其他历史可能。《在国外》最终结束于"我"对男孩愤怒却又绝望、无力的抗议。

在生命的最后数年，谢德林继续在讽刺领域大显身手，在塑造那些邪恶得近乎符号的反动人物的同时，也痛斥"中间的人"一味妥协，自动将诉求和行动约束在"可能范围内"[3]——正是从 19 世纪 80 年代开始，一批反思激进浪潮的俄罗斯知识分子公开倡导"小事理论"，希望在让人民少流血、少付出代价的情况下，从身边的具体实事出发来变革

---

[1] 虽然对恐怖行动绝无支持之意，但谢德林更强调这种极端行为乃恶劣环境的产物，反动势力应为此负责，暗杀事件后的反扑并无道德基础。参见图尔科夫：《萨尔蒂科夫—谢德林传》，第 274 页。基于这一判定，"中间的人"对进步力量的警惕是不成立的，或者说是不合时宜的。
[2] 与第一章两个男孩对话中出现的科卢帕耶夫一样，拉祖瓦耶夫是谢德林《蒙列波避难所》中俄罗斯邪恶贪婪的新兴资产阶级的代表。
[3] 参见谢德林：《自由主义者》，收入《谢德林作品集》（上），张孟恢译，上海：上海译文出版社，2015 年，第 177 页。

社会，即所谓"只管问题，不问主义"。[1] 这对于作家而言无异于噩梦成真。与此同时，谢德林 1875 年构想的那部塑造正面英雄的小说始终未能完成。一如陀思妥耶夫斯基终究还是让梅什金公爵的拯救行动以失败告终，两位作家无疑都意识到了寻找和呈现终极答案的困难（陀思妥耶夫斯基更将人在跨过最后一级阶梯前的非理性，尤其是对自由的误用描写到了极致），但无论如何，只有对这个答案的信仰本身能够为他们的创作持续提供动力。

在"大改革"结束后出现的乏味的"小时代"只有在新登场的契诃夫笔下才能得到最出色的描绘。[2] 当然，如果将视线再往后移，可以看到俄罗斯历史最终还是响应了激进派对革命的呼唤。但如谢德林自己已经通过其欧洲之旅证明的，历史的难题永远不会被一劳永逸地解决。纳博科夫在领读契诃夫时感慨"在一个属于面色红润的歌利亚的时代，读一读关于柔弱的大卫们的小说还是非常有用的"；[3] 而几经探索，在其反思俄罗斯历史的鸿篇巨制《红轮》（Красное Колесо, 1937—2005）中，索尔仁尼琴最终认定示范中间道路的改革者斯托雷平（П.А. Столыпин）才是最具英雄主义气质的人。[4] 尽管精神气质与艺术风格迥异，两位流亡作家都对依思想体系行事的"正面英雄"保持了高度的警惕。如果说，身份焦虑与道德热情让俄罗斯知识分子格外渴望在历史中实现正义；那么，剧烈的价值冲突又让他们更容易质疑符合理性的历史是否只是臆想，并进而思考，若果真如此，人是否还可能，以及如何过一种有尊严的值得过的生活呢？无论在现实生活还是想象世界中，俄罗斯知识分子都在持续追问这类问题，他们的思想之旅远未结束。

---

[1] 参见金雁：《倒转"红轮"》，第 603—606 页。

[2] See Derek Offord, *Journeys to a Graveyard*, pp. 246—247.

[3] 参见纳博科夫：《俄罗斯文学讲稿》，第 258 页。

[4] 参见龙瑜宬：《巨石之下——索尔仁尼琴的反抗性写作》，杭州：浙江大学出版社，2015 年，第 125—145 页。

结　语

　　"对于任何外国人来说，俄罗斯之旅都很有意义，不论是谁，只要对那个国家做了认真的考察，都会乐于住在俄罗斯之外的任何地方。"[1] 这一"俏皮"的结论来自我们在陀思妥耶夫斯基一章已经提到过的那本法国游记《1839 年的俄罗斯》。德屈斯蒂纳侯爵的这本书 1843 年在巴黎首印，很快被翻译成欧洲多国文字多次重印，"从影响 19 世纪欧洲对俄罗斯的态度方面来看，没有其他文学作品能出其右"。[2]

　　当然，欧洲的恐俄、厌俄症早已有之。不稳定的东部边界始终让所谓的核心地区心存警惕，俄罗斯通常被认为是"半东方和亚洲的，而非欧洲的产物"。[3] 反过来，进入（成为）西方 / 欧洲的渴望，则为彼得大帝时代以来俄罗斯的一次次改革提供了重要动力与方向。在国家主导的大规模西化运动中，俄罗斯受教育者就精神气质与文化构成而言几乎都可以被称为穿梭于西方与俄罗斯的"旅行者"。而这种思想史意义的"旅行"也是本书真正关注的问题——就在德屈斯蒂纳侯爵将俄罗斯描绘为一片毫无希望的野蛮之地时，彼得堡的知识分子们正在如饥似渴地阅读德国唯心主义哲学和法国社会主义理论。如陀思妥耶夫斯基和谢德林旅欧游记中对 19 世纪 40 时代的回忆所示，对西方的想象和书写成了尼古拉一世专制高压下一代人的透气孔。当克里米亚战争以一种惨烈的方式为新一轮变革赢得可能时，那些与俄罗斯本土化合的西方思想、现代理

---

[1]　转引自费吉斯：《克里米亚战争》，第 109—110 页。
[2]　费吉斯：《克里米亚战争》，第 108 页。
[3]　参见德朗提：《发明欧洲》，第 72 页。

念无疑也构成了理想土壤的一部分。遵守现代文明的基本规则，取消农奴制，让更多人以平等国民的身份参与社会生活，在成为现实之前多少已成为舆论共识。亚历山大二世希望在不动摇君主制的前提下实现政府的高效，在一定范围内释放社会活力。但他和自己的助手还是严重低估了观念与舆论发酵的力量，在改革中迟迟未能对之进行更有效的回应。

可以说，19 世纪下半叶俄罗斯社会对"现代"的渴求程度，与国家现代化的实际程度及速度之间构成了极为紧张的关系。不过，这并不必然导向对西方的迷恋。相反，这时期俄罗斯精神生活的空前活跃恰恰体现为对"现代"已有范本的怀疑与挑战。本书讨论的几位作家都对自己的旅行目的地提出了一些批评，这些批评确实部分地受到套话与思维定式的影响，它们自 18 世纪末以来就积淀于俄罗斯人的西方想象中；但当德屈斯蒂纳侯爵判定俄罗斯人对欧洲的不满只是出于"跪着的奴隶对自由的主人的嫉妒与仇恨"时，[1] 他所揭示的，更多的是自己头脑中那个等级已定的固化世界。对于那些学养和智识都不逊色于同时代欧洲对手的俄罗斯知识分子而言，"现代"仍然是一个悬而未决、允许且需要争论的问题。在《卢塞恩》这一案例中，我们可以尤其清楚地看到，俄罗斯作家如何运用并改造西方提供的思想武器（包括启蒙与反启蒙双重话语），将一些现代性命题推向更深处。

并非偶然的是，在诸多文明中，俄罗斯最早以"西方"作为关键他者议定自身，但也最早提出了"西方现代化的爆炸性气氛——社会的破坏和个人的心理独立，大众的贫困和阶级的分化，源于令人绝望的道德和精神无政府状态的文化创造——很可能是一种文化的特殊表现，而不是整个人类必然会去追求的一种铁定的必需品。为什么其他的民族和文明就不可以把传统的生活方式与现代的可能性和需要更加和谐地融

---

[1]　参见费吉斯：《克里米亚战争》，第 109 页。

合在一起呢"？[1] 因为地理位置的特殊、文化构成的复杂，俄罗斯人更早、更强烈地感受到了统一价值观的崩塌、历史的断裂。现代世界风险重重。"大改革"时代的俄罗斯知识分子普遍希望以一种对资本主义西方有所超越的方式参与世界文明版图的绘制。但他们选择的具体道路各不相同。在环球旅行中见证了所谓全球文明等级秩序的冈察洛夫相信，西方现代文明的巨轮不可阻挡。不过，为了摆脱启蒙理性拖在身后的阴影，他还是尝试将"理性的西方"与"感性的俄罗斯"拼接起来。可惜，在已经建立起一种本质化二元结构的情况下，《奥勃洛莫夫》无法令人信服地让施托尔茨在最后关头完成"综合"。而原本同样笃信进步的谢德林在西方发现了与俄罗斯相似的精神病症后，陷入了"历史可能根本不具有理性与合目的性"的巨大恐惧中。基于炽烈的道德热情，他仍然坚持了对革命的信仰，但历史"蓝图"的不复存在让这种信仰略显空洞，并染上了一层悲观色彩。相对而言，剩下的三位作家表现出了更强的思力。他们更痛快地接受了启蒙主义提供的那种乐观的历史想象只是一种幻景。陀思妥耶夫斯基和托尔斯泰相信自己可以提供另一种普世方案。与东正教徒陀思妥耶夫斯基一样，提出"感染论"的托尔斯泰身上也"具有克服一切民族局限性、卸除民族躯壳的一切重压的宗教式渴望"。[2] 但如我们已经看到的，作为真诚的艺术家，两人很难将理想方案与自己观察到的复杂现实，尤其是现代性造成的人与他人，以及自我的严重分裂成功协调起来。他们总是在否定而非建设时表现得更为有力。而屠格涅夫或许是一位真正意义上的现实主义者。他对任何完美答案都表示怀疑。在充分认识到人生之有限、文明之脆弱的情况下，他主张尽可能地享受文化多样性、叠加多种价值，而前提是不违背一些已经经过共通理性检验的基本现代原则，这是且仅仅是因为后者可以避免最坏的

---

[1] 参见伯曼：《一切坚固的都烟消云散了》，第159页。
[2] 参见别尔嘉耶夫：《俄罗斯灵魂》，陆肇明、东方玨译，上海：学林出版社，1999年，第10页。

结果出现。

毫无疑问，本书讨论的那些在现实或虚构中深入西方、并置欧洲诸国以及俄罗斯不同现代化图景的作品并不都是艺术佳作。但它们格外有力地揭示出了作家们最关心，或最难以解决的问题到底是什么。"西方"就像一块多棱镜，穿过它时，每位跨界者都折析出了复杂的思想"成色"。而当"旅行"结束，他们与其说找到了正解，不如说只是更强烈地意识到，自己思想上的探索与痛苦将一直持续。作家们对"现代"，以及"俄罗斯道路"的想象变得比他们出发时还要闪烁不定。但无论如何，这些怀疑和不确定，不是前现代或反现代的，甚至也不应像伯曼（Marshall Berman）主张的那样，被归结为"欠发达的现代"的产物。[1]它们就孕育于流动的现代生活中，并最大限度地显示了其间蕴藏的活力与风险。一些被过快压抑的可能性被重新检验。

这些思想跨界者的怀疑多思与执着探索，也让我们再次想起奥福德的那个比喻。导言中提到，他将明明已经从西方盗得"火种"，却偏偏要另寻他途的俄罗斯人形容为终将受罚的尤利西斯。而站在不同的文化立场上，陀思妥耶夫斯基对同样的文化现象进行了截然相反的阐释：那些接受西方教育、远离传统土壤的俄罗斯精英被他称为"漂泊者"（"скиталец"）。作家相信，作为"绝顶聪明和极其真诚的人"，这些人不仅在俄国感觉是外人，真的来到西方后，他们也只会发现自己不属于这里，甚至"自己对自己也像陌生人"。[2]失去文明本根滋养的"现代"带来的是彻底的失真感与失重感。但就在悲叹"漂泊者"无所归属的同

---

[1]　虽然包含同情，这一命名依然暗示着西方掌握了某种更标准的答案。参见伯曼：《一切坚固的都烟消云散了》，第 250 页。

[2]　参见陀思妥耶夫斯基：《普希金（简论）》，第 985 页。在 1880 年的普希金纪念碑揭幕式中，作家将"漂泊者"这一文化原型的发明权正式归于普希金名下。不难发现，"漂泊者"涵盖的对象与著名的"多余人"多有叠合，都指向了那些具有发达的批判意识与道德意识的俄罗斯知识分子，本书也已详细讨论过多余人的"旅行"嗜好。但"漂泊者"这一表达更生动地揭示了这群人眼中现代世界的变动不定——"多余"毕竟意味着还存在某种既有的、难以融入的坚实秩序。

时，陀思妥耶夫斯基又悖论性地将他们类比为背负十字架、行走于大地的基督。他宣布，俄罗斯人将在追寻真理的道路上永远漂泊，突破民族与文化界限，"以自己的俄罗斯灵魂、全人类的和联合一切人的俄罗斯灵魂为欧洲的苦恼指明出路"。[1] 在此，陀思妥耶夫斯基将俄罗斯位于文明要冲之地的身份困境彻底转变为了一种创造动力。当然，如正文中已经讨论过的，将俄罗斯的苦难视为其作为"天选民族"的证明，很容易走向另一个极端；但无论如何，不应将拒绝接受西方的现成答案视为尤利西斯式的狂妄。相较于《神曲》想象中的那种森严秩序，"现代"方生方成。而"漂泊者"的不懈探索也并不必然走向奥福德所说的那种"天罚"。事实上，在1880年改革势衰、政治日益激进化的俄罗斯，陀思妥耶夫斯基要说出上面这番话，需要绝大勇气。但俄罗斯作家、思想家们的确没有沉浸在"无所归属"的自怜自伤中，而是努力腾挪于不同文明传统、路径之间，无限逼近自己心目中的理想之境。在历史的重压之下，他们为世界献上了一场精神的盛宴——就在陀思妥耶夫斯基发表此说短短几十年后，他和同胞们的作品被大规模地译介到欧洲，疗治现代文明在那里造成的"苦恼"，并展开新的旅行与对话。[2]19世纪俄罗斯文学取得的成功本身恰恰构成了地方传统与"现代的可能性和需要"和谐融合的最佳示例。如果说现代性带来的地区性发展不平衡、文明势差已经是一种非西方文明不能不接受的历史实然，那么俄罗斯的思想旅行者们用自己的写作证明了人们依然可以拒绝将之视为一种历史必然，且未必只能以受害者的面目发出凄婉控诉。快速变动中的现代世界仍在呼唤更多同时保持开放与警醒的"旅行者"。

---

[1]　参见陀思妥耶夫斯基：《普希金（简论）》，第1001页。

[2]　关于19世纪末、20世纪初欧洲的"俄国热"（"Russian Fever"），可参看：Olga Soboleva and Angus Wrenn, *From Orientalism to Cultural Capital: The Myth of Russia in British Literature of the 1920s*, Bern: Beter Lang AG, 2017, pp. 17—64.

参考文献

一、俄文文献：

Алексашина И. В., "Роман *Дым* Тургенева в оценке литературоведов"// *Известия РГПУ им. А.И. Герцена*, No. 60, 2008.

Алексеев М. П. ред., *И. С. Тургенев. Вопросы биографии и творчества*, Л.: Наука, 1982.

Алексеев М. П., Русско-английские литературные связи. (XVII век-первая половина XIX века), М.: Наука, 1982.

Бердяев Н.А., *Истоки и смысл русского коммунизма*, М.: Наука, 1990.

Божович, Мариета, "Большое путешествие *Обломова*: Роман Гончарова в свете 'Просветительной поездки'"// *Новое литературное обозрение*, No. 106, 2010.

Владимировна, Голенчукова, "Нравственно-философские истоки замысла романа *Дым* в письмах Тургенева 1853-1867 годов"// *Вестник КГУ им. Н.А. Некрасова*, No. 1, 2013.

Габдуллина В.И., "Искушение Европой: роман Ф. М. Достоевского 'Игрок'"// *Вестник Томского государственного университета*, No. 314, 2008.

Гончаров И. А., *Письма. 1842 - январь 1855*// *Полное собрание сочинений. В 20 т.* В. А. Туниманов (гл. ред.) и др., Т. 15, СПб.: Наука, 2017.

Гусев Н. Н., *Л. Н. Толстой. Материалы к биографии с 1855 по 1869 год*, М.: Наука, 1957.

Долинин А.С., ред., *Достоевский Ф.М., Статьи и материалы*, Петербург: Мысль, 1922.

Достоевский Ф. М., *Статьи и заметки.1862-1865// Полное собрание сочинений. В 30 т.* В. Г. Базанов（гл. ред.）и др., Т.20, Л.: Наука, 1980.

Ельницкая Л. М., "Хронотоп Рулетенбурга в романе Достоевского 'Игрок'"// *Достоевский и мировая культура. Альманах № 23*, СПб.: Серебряный век, 2007.

Карамзин Н. М., *Письма русского путешественника*, М.: АСТ, 2018.

Кибальник С. А., "'Положительно прекрасный' герой-иностранец в романе Ф. М. Достоевского 'Игрок'（мистер Астлей и его литературные прообразы）"// *Вестник Башкирского университета*, vol. 19, No. 2, 2014.

Краснощекова Е. А., *И. А. Гончаров: Мир творчества*, СПб.: Пушкинский фонд, 1997.

Краснощекова Е. А., "*Фрегат 'Паллада'*: 'путешествие' как жанр（Н. М. Карамзин И И. А.Гончаров）"// *Русская литература*, No. 4, 1992.

Лотман Ю. М., Б. А. Успенский, "*Письма русского путешественника* Карамзина и их место в развитии русской культуры"// Ю. М. Лотман, *Карамзин*, СПб.: Искусство-СПБ, 1997.

Макашин С. А., *Салтыков-Щедрин. Последние годы, 1875-1889: Биография*, М. : Худож. лит., 1989.

Малышева Л. Г., "Германия в творчестве И.С.Тургенева 1840–50-х годов"// *Вестник ТГПУ*, No. 8, 2010.

Массон В. В., "Путешествие как рефлексия о путешествии（*Фрегат 'Паллада'* И. А. Гончарова）"// *Наука о человеке: гуманитарные исследования*, No. 2, 2016.

Назиров Р. Г., *К вопросу об автобиографичности романа Ф. М. Достоевского*

"*Игрок*", https://cyberleninka.ru/article/n/k-voprosu-ob-avtobiografichnosti-romana-f-m-dostoevskogo-igrok-1/viewer.

Орнатская Т. И., "'Обломок' ли Илья Ильич Обломов? (К истории интерпретации фамилии героя)" // *Русская литература*, No. 4, 1991.

Павлова И. Б., "Споры о судьбе России (Салтыков-Щедрин и Достоевский)"// *Вестник Московского государственного областного университета*. Серия "Русская филология", No. 4, 2010.

Полякова К.В., М.В. Курылёва, "Жанровое своеобразие повести И. С. Тургенева 'Призраки' "// *Учен.зап.Казан.ун-та.Сер.Гуманит. науки*, Т.159, кн.1, 2017.

Салтыков-Щедрин М. Е., *Собрание сочинений: В 20 т*, С.А. Макашин (гл. ред.) и др., М.: Худож. лит., 1965-1977.

Толстой Л.Н., *Произведения, 1856-1859*// *Полное собрание сочинений в 90 томах*, ред. В.Г. Чертков, Т. 5, М.: Государственное издательство Художественная литература,1935.

Тургенев И. С., *Полное собрание сочинений и писем в тридцати томах*, М.П. Алексеев (гл. ред.) и др., М.: Наука, 1978-2014.

Чернышевский Н. Г., *Лессинг и его время. Статьи и рецензии 1857 года*// *Полное собрание сочинений : В 15 т*, В. Я. Кирпотина (гл. ред.) и др., Т. 4, М.: Государственное издательство художественной литературы, 1948.

Эйхенбаум Б. М., *Лев Толстой. Книга первая. Пятидесятые годы*// *Лев Толстой : исследования, статьи*, ред. И. Н. Сухих, СПб.: Факультет филологии и искусств СПбГУ, 2009.

Эйхенбаум Б. М., *Лев Толстой: семидесятые годы*, Ленинград: Советский писатель, 1960.

Энгельгардт Б. М., "'Путешествие вокруг света И. Обломова': главы из неизданной монографи"// *И. А. Гончаров. Новые материалы и исследования*, отв. ред. С.А. Макашин, Т.Г. Динесман, М. : ИМЛИ РАН; Наследие, 2000.

二、英文文献：

Bayley, John, *Tolstoy and the Novel*, London: Chatto and Windus, 1966.

Berghoff, Hartmut et.al. eds., *The Making of Modern Tourism: The Cultural History of the British Experience, 1600-2000*, N.Y.: Palgrave MacMillan, 2002.

Billington, James H., *The Icon and the Axe: An Interpretive History of Russian Culture*, New York: Vintage, 1970.

Blumberg, Edwina Jannie, "Tolstoy and the English Novel: A Note on *Middlemarch* and *Anna Karenina*", in *Slavic Review*, vol. 30, No. 3, Sep. 1971.

Bowers, Katherine and Ani Kokobobo eds., *Russian Writers and the Fin de Siècle: The Twilight of Realism*, Cambridge: Cambridge UP, 2015.

Briggs, Anthony D., "Ivan Turgenev and the Working of Coincidence", in *The Slavonic and East European Review*, vol. 58, No. 2, Apr. 1980.

Casanova, Pascale, "Literature as a World", in *New Left Review*, vol. 31, 2005.

Coetzee, J. M., "Confession and Double Thoughts: Tolstoy, Rousseau, Dostoevsky", in *Comparative Literature*, 1985, vol. 37, No. 3, Summer 1985.

Costlow, Jane Tussey, *Worlds Within Worlds: The Novels of Ivan Turgenev*, New Jersey: Princeton University Press, 1990.

Delbourgo, James, *Collecting the World: The Life and Curiostiy of Hans Sloane*, London: Allen Lane, 2017.

Dickinson, Sara, *Breaking Ground: Travel and National Culture in Russia from Peter I to the Era of Pushkin*, Amsterdam-New York: Editions Rodopi B.V., 2006.

Ehre, Milton, *Oblomov and His Creator: The Life and Art of Ivan Goncharov*, Princeton, New Jersey: Princeton University Press, 1973.

Foster, John Burt, Jr., *Transnational Tolstoy: Between the West and the World*, New York: Bloomsbury Academic, 2013.

Frank, Joseph, "*Oblomov* and Goncharov", in *Between Religion and Rationality: Essays in Russian Literature and Culture*, Princeton, New Jersey: Princeton University Press, 2010.

Frank, Joseph, "'The Gambler': A Study in Ethnopsychology", in *The Hudson Review*, vol. 46, No. 2, Summer, 1993.

Gatrell, Peter, *The Tsarist Economy: 1850-1917*, N. Y.: St. Martin's Press, 1986.

Gershkovich, Tatyana, "Infecting, Simulating, Judging: Tolstoy's Search for an Aesthetic Standard", in *Journal of the History of Ideas*, vol. 74, No. 1, 2013.

Gooding, John, "Toward *War and Peace*: Tolstoy's Nekhliudov in *Lucerne*", in *The Russian Review*, vol. 48, No. 4, Oct. 1989.

Gorsuch, Anne, and Diane Koenker, eds., *Turizm: The Russian and East European Tourist under Capitalism and Socialism*, Ithaca: Cornell University Press, 2006.

Greaney, Michael, *Sleep and the Novel: Fictions of Somnolence from Jane Austen to the Present*, E-Book, Palgrave Macmillan, 2018.

Grossman, Joan Delaney, "Tolstoy's Portrait of Anna: Keystone in the Arch", in *Criticism*, vol. 18, No. 1, Winter 1976.

Gustafson, Richard F., *Leo Tolstoy: Resident and Stranger. A Study in Fiction and Theology*, Princeton: Princeton University Press, 1989.

Holquist, Michael, *Dostoevsky and the Novel*, Evanston: Northwestern UP, 1977.

Howe, Irving, *Politics and the Novel*, New York: Horizon Press, 1957.

Hulme, Peter and Tim Youngs eds., *The Cambridge Companion to Travel Writing*, New York: Cambridge University Press, 2002.

Jackson, Robert Louis, "Polina and Lady Luck in Dostoevsky's *The Gambler*", in

Close Encounters: Essays on Russian Literature, Boston: Academic Studies Press, 2013.

Jones, M. V., "The Enigma of Mr. Astley", in *Dostoevsky Studies: New Series*, No. 6, 2002.

Kabat, Geoffrey C., *Ideology and Imagination: The Image of Society in Dostoevsky*, N.Y.: Columbia University Press, 1978.

Kagan-Kans, Eva, "Turgenev, the Metaphysics of an Artist, 1818-1883", in *Cahiers du Monde russe et soviétique*, vol. 13, No. 3, Jul.-Sep., 1972.

Kleespies, Ingrid, "Russia's Wild East? Domesticating Siberia in Ivan Goncharov's *The Frigate Pallada*", in *The Slavic and East European Journal*, vol. 56, No. 1, Spring 2012.

Kleespies, Ingrid, "Superfluous Journeys? A Reading of 'Onegin's Journey' and 'A Journey around the World by I. Oblomov'", in *The Russian Review*, vol. 70, No. 1, Jan. 2011.

Layton, Susan, "Our Travelers and the English: A Russian Topos from Nikolai Karamzin to 1848", in *The Slavic and East European Journal*, vol. 56, No. 1, Spring 2012.

Layton, Susan, "The Divisive Modern Russian Tourist Abroad", in *Slavic Review*, vol. 68, No.4, Winter, 2009.

Leatherbarrow, W. J. and Derek Offord eds., *A History of Russian Thought*, New York: Cambridge University Press, 2010.

Leatherbarrow, W. J. ed., *The Cambridge Companion to Dostoevskii*, N.Y.: Cambridge University Press, 2002.

Lim, Susanna Soojung and R. D. Clark, "Whose Orient Is It?: *Frigate Pallada* and Ivan Goncharov's Voyage to the Far East", in *The Slavic and East European Journal*, vol. 53, No. 1, Spring 2009.

Lounsbery, Anne, "The World on the Back of a Fish: Mobility, Immobility, and Economics in *Oblomov*", in *The Russian Review*, vol. 70, no. 1, Jan. 2011.

Mandelker, Amy, "A Painted Lady: Ekphrasis in *Anna Karenina*", in *Comparative Literature*, vol. 43, No. 1, Winter 1991.

Mathewson, Rufus W., Jr., *The Positive Hero in Russian Literature*, Stanford: Stanford University Press, 1975.

Matlaw, Ralph E., "Turgenev's Art in 'Spring Torrents'", in *The Slavonic and East European Review*, vol. 35, No. 84, Dec., 1956.

Melzer, Arthur M., "Rousseau and the Modern Cult of Sincerity", in *The Legacy of Rousseau*, Clifford Orwin and Nathan Tarcov eds., Chicago: University of Chicago Press, 1997.

Meyer, Priscilla, *How the Russians Read the French: Lermontov, Dostoevsky, Tolstoy*, Madison, WI: University of Wisconsin Press, 2008.

Neuhäuser, Rudolf, "The Early Prose of Saltykov–Shchedrin and Dostoevskii: Parallels and Echoes", in *Canadian Slavonic Papers / Revue Canadienne des Slavistes*, vol. 22, No. 3, September 1980.

Newton, K.M., "Tolstoy' s Intention in *Anna Karenina*", in *The Cambridge Quarterly*, vol.11, No.3, 1983.

Odile–Bernez, Marie, "Comfort, the Acceptable Face of Luxury: An Eighteenth–Century Cultural Etymology", in *Journal for Early Modern Cultural Studies*, vol. 14, No. 2, Spring 2014.

O' Driscoll, S é amas, "Invisible Forces: Capitalism and the Russian Literary Imagination (1855–1881)", Ph.D. diss., Harvard University, 2005.

Offord, Derek, "Beware the Garden of Earthly Delights: Fonvizin and Dostoevskii on Life in France", in *The Slavonic and East European Review*, vol. 78, No. 4, Oct. 2000.

Offord, Derek, *Journeys to a Graveyard: Perceptions of Europe in Classical Russian Travel Writing*, Dordrecht: Springer, 2005.

Offord, Derek, *Portraits of Early Russian Liberals: A Study of the Thought of T. N. Granovsky, V. P. Botkin, P. V. Annenkov, A. V. Druzhinin, and K. D. Kavelin*, N. Y.: Cambridge University Press, 1985.

Palievsky, Julia and Dmitry Urnov, "A Kindred Writer: Dickens in Russia, 1840–1990 ", in *Dickens Studies Annual*, vol. 43, 2012.

Peace, Richard, *Oblomov: A Critical Examination of Goncharov's Novel*, Birmingham, UK: University of Birmingham, 1991.

Pozefsky, Peter C., "*Smoke* as Strange and Sinister Commentary on *Fathers and Sons*: Dostoevskii, Pisarev and Turgenev on Nihilists and Their Representations", in *The Russian Review*, vol. 54, No. 4, Oct. 1995.

Savage, D. S., "Dostoevski: The Idea of 'The Gambler'", in *The Sewanee Review*, vol. 58, No. 2, Apr.–Jun., 1950.

Schönle, Andreas, *Authenticity and Fiction in the Russian Literary Journey, 1790-1840,* London: Harvard University Press, 2000.

Stephens, Robert O., "Cable and Turgenev: Learning How to Write a Modern Novel", in *Studies in the Novel*, vol. 15, No. 3, Fall 1983.

Tolstoy, Alexandra, "Tolstoy and Music", in *The Russian Review*, vol. 17, No. 4, Oct. 1958.

Waddington, Patrick, "Turgenev's notebooks for *Dym*", in *New Zealand Slavonic Journal*, 1989–1990.

Wells, David N., *Russian Views of Japan, 1792-1913: An Anthology of Travel Writing*, New York: Routledge Curzon, 2004.

Wilson, Reuel K., *Literary Travelogue: A Comparative Study with Special Relevance to Russian Literature from Fonvizin to Pushkin*, The Hague: Martinus Nijhoff,

1973.

Woodward, James B., "Turgenev's 'New Manner': A Reassessment of his Novel *Dym*", in *Canadian Slavonic Papers*, vol. 26, No. 1, March 1984.

Žekulin, Nicholas, "Turgenev as Translator", in *Canadian Slavonic Papers / Revue Canadienne des Slavistes*, vol.50, No. 1/2, March–June 2008.

三、中文文献：

艾略特：《米德尔马契》，项星耀译，北京：人民文学出版社，1987 年。

巴赫金：《巴赫金全集》，钱中文主编：《巴赫金全集》，石家庄：河北教育出版社，2009 年。

巴特：《神话——大众文化诠释》，许蔷蔷、许绮玲译，上海：上海人民出版社，1999 年。

巴特利特：《托尔斯泰大传：一个俄国人的一生》，朱建迅等译，北京：现代出版社，2014 年。

白璧德：《卢梭与浪漫主义》，孙宜学译，北京：商务印书馆，2019 年。

拜伦：《恰尔德·哈洛尔德游记》，杨熙龄译，桂林：广西师范大学出版社，2021 年。

鲍戈斯洛夫斯基：《屠格涅夫传》，曹世文译，长沙：湖南人民出版社，1983 年。

贝克尔：《启蒙时代哲学家的天城》，何兆武译，南京：江苏教育出版社，2005 年。

贝兰：《帝国的铸就（1861—1871）：改革三巨人与他们塑造的世界》，叶硕、谭静译，南京：译林出版社，2017 年。

贝奇柯夫：《托尔斯泰评传》，吴钧燮译，北京：人民文学出版社，1981 年。

本雅明：《发达资本主义时代的抒情诗人》，王才勇译，南京：江苏人民出版社，

2005 年。

别尔嘉耶夫：《俄罗斯灵魂》，陆肇明、东方珏译，上海：学林出版社，1999 年。

别尔嘉耶夫：《陀思妥耶夫斯基的世界观》，耿海英译，桂林：广西师范大学出版社，2008 年。

柄谷行人：《日本现代文学的起源》，赵京华译，北京：中央编译出版社，2013 年。

伯林：《俄国思想家》，彭淮栋译，南京：译林出版社，2006 年。

伯林：《浪漫主义的根源》，吕梁等译，南京：译林出版社，2008 年。

伯林：《现实感》，潘荣荣、林茂译，南京：译林出版社，2004 年。

伯林：《自由论》，胡传胜译，南京：译林出版社，2005 年。

博马雷德：《意大利之旅堪比人生之旅——论 18 世纪和 19 世纪的赴意大利游历》，载《艺术史研究》，2013 年第 12 期。

博伊姆：《怀旧的未来》，杨德友译，南京：译林出版社，2010 年。

布莱宁：《浪漫主义革命：缔造现代世界的人文运动》，袁子奇译，北京：中信出版社，2017 年。

布里格斯：《英国社会史》，陈叔平等译，北京：商务印书馆，2015 年。

布鲁姆：《巨人与侏儒（1960-1990）》，张辉等译，北京：华夏出版社，2020 年。

曹蕾：《自传忏悔：从奥古斯丁到卢梭》，北京：中国社会科学出版社，2012 年。

车尔尼雪夫斯基：《车尔尼雪夫斯基文学论文选》，辛未艾译，上海：上海译文出版社，1998 年。

陈燊编选：《欧美作家论列夫·托尔斯泰》，北京：中国社会科学出版社，1983 年。

陈新宇：《经典永恒：重读俄罗斯经典作家——从普希金到契诃夫》，杭州：浙江大学出版社，2016 年。

陈中梅：《荷马的启示：从命运观到认识论》，北京：北京大学出版社，2009 年。

德朗提：《发明欧洲》，陈子瑜译，杭州：浙江大学出版社，2020 年。

杜勃罗流波夫：《杜勃罗流波夫文学论文选》，辛未艾译，上海：上海译文出版社，1984 年。

费吉斯：《克里米亚战争：被遗忘的帝国博弈》，吕品、朱珠译，南京：南京大学
　　　出版社，2018 年。

费吉斯：《娜塔莎之舞：俄罗斯文化史》，郭丹杰等译，成都：四川人民出版社，
　　　2018 年。

弗兰克：《陀思妥耶夫斯基：反叛的种子，1821—1849》，戴大洪译，桂林：广西
　　　师范大学出版社，2014 年。

弗兰克：《陀思妥耶夫斯基：受难的年代，1850—1859》，刘佳林译，桂林：广西
　　　出版社，2016 年。

弗兰克：《陀思妥耶夫斯基：自由的苏醒，1860—1865》，戴大洪译，桂林：广西
　　　师范大学出版社，2019 年。

福楼拜：《包法利夫人》，周克希译，天津：天津人民出版社，2016 年。

冈察洛夫：《奥勃洛莫夫》，李辉凡译，上海：上海三联书店，2015 年。

冈察洛夫：《巴拉达号三桅战舰》，叶予译，哈尔滨：黑龙江人民出版社，
　　　1982 年。

冈察洛夫：《迟做总比不做好》，张蕙、冯春译，收入冯春选编：《冈察洛夫、屠
　　　格涅夫、陀思妥耶夫斯基、柯罗连科文学论文选》，上海：上海译文出
　　　版社，1997 年。

高尔基：《回忆托尔斯泰》，巴金译，北京：人民文学出版社，2020 年。

高荣国：《冈察洛夫长篇小说艺术研究》，哈尔滨：黑龙江人民出版社，2012 年。

戈利雅奇金娜：《谢德林》，斯庸译，北京：作家出版社，1957 年。

赫尔岑：《彼岸书》，张冰译，成都：四川人民出版社，2016 年。

赫尔岑：《往事与随想》，项星耀译，成都：四川人民出版社，2018 年。

赫拉普琴科：《艺术家托尔斯泰》，刘逢祺、张捷译，上海：上海译文出版社，
　　　1987 年。

霍布斯鲍姆：《帝国的年代，1875—1914》，贾士蘅译，北京：中信出版社，

2017 年。

霍布斯鲍姆：《革命的年代：1789—1848》，王章辉等译，北京：中信出版社，
　　2017 年。

霍布斯鲍姆：《如何改变世界：马克思和马克思主义的传奇》，吕增奎译，北京：
　　中央编译出版社，2014 年。

霍布斯鲍姆：《资本的年代：1848-1875》，张晓华等译，北京：中信出版社，
　　2017 年。

金雁、秦晖：《农村公社、改革与革命》，北京：东方出版社，2013 年。

金雁：《倒转"红轮"：俄国知识分子的心路回溯》，北京：北京大学出版社，
　　2012 年。

津科夫斯基：《俄国思想家与欧洲》，徐文静译，上海：上海三联书店，2016 年。

津科夫斯基：《俄国哲学史》，张冰译，北京：人民出版社，2013 年。

卡洪：《后民族时代来了吗？》，收入刘东主编《实践与记忆》，北京：商务印
　　书馆，2014 年。

克拉里：《晚期资本主义与睡眠的终结》，许多、沈河西译，南京：南京大学出版
　　社，2021 年。

莱蒙托夫：《当代英雄》，力冈译，上海：上海文艺出版社，2016 年。

雷巴索夫：《冈察洛夫传》，吴开霞、孙厚惠译，哈尔滨：黑龙江人民出版社，
　　1987 年。

李天昀：《托尔斯泰的神人与人神问题——〈安娜·卡列尼娜〉第 5 部第 11 章中
　　的基督问题》，载《俄罗斯文艺》，2018 年第 3 期。

利维斯：《伟大的传统》，袁伟译，北京：生活·读书·新知三联书店，2009 年。

梁赞诺夫斯基、斯坦伯格：《俄罗斯史》，杨烨等译，上海：上海人民出版社，
　　2007 年。

刘东：《"大空间"与"小空间"——走出由"普世"观念带来的困境》，收入《引
　　子与回旋》，上海：上海人民出版社，2017 年。

刘禾主编：《世界秩序与文明等级：全球史研究的新路径》，北京：生活·读书·新
　　　知三联书店，2016 年。

龙瑜宬：《巨石之下——索尔仁尼琴的反抗性写作》，杭州：浙江大学出版社，
　　　2015 年。

楼均信主编：《法兰西第三共和国兴衰史》，北京：人民出版社，1996 年。

卢梭：《忏悔录》，范希衡等译，北京：人民文学出版社，2017 年。

卢梭：《论科学和文艺（笺注本）》，刘小枫等译，上海：华东师范大学出版社，
　　　2021 年。

卢梭：《论科学与艺术的复兴是否有助于使风俗日趋纯朴》，李平沤译，北京：商
　　　务印书馆，2016 年。

卢梭：《致达朗贝尔的信》，李平沤译，北京：商务印书馆，2011 年。

罗米伊：《古希腊悲剧研究》，高建红译，上海：华东师范大学出版社，2017 年。

罗赞诺夫：《陀思妥耶夫斯基的"大法官"》，张百春译，北京：华夏出版社，
　　　2002 年。

罗扎诺娃编：《思想通信》，马肇元、冯明霞译，北京：文化艺术出版社，
　　　1997 年。

米尔斯基：《俄国文学史》，刘文飞译，北京：人民出版社，2013 年。

密尔：《论自由》，许宝骙译，北京：商务印书馆，2006 年。

莫洛亚：《屠格涅夫传》，谭立德等译，杭州：浙江大学出版社，2014 年。

纳博科夫：《俄罗斯文学讲稿》，丁骏等译，上海：上海三联书店，2015 年。

普斯托沃依特：《屠格涅夫评传》，韩凌译，北京：人民文学出版社，1983 年。

普希金：《叶甫盖尼·奥涅金》，智量译，收入沈念驹、吴笛主编《普希金全集》，
　　　杭州：浙江文艺出版社，2012 年，第 4 卷。

萨尔蒂科夫－谢德林：《外省散记》，许庆道译，上海：上海译文出版社，
　　　1991 年。

萨尔蒂科夫－谢德林：《谢德林作品集》，张孟恢译，上海：上海译文出版社，

2015 年。

桑塔格：《重点所在》，陶洁、黄灿然等译，上海：上海译文出版社，2011 年。

史密斯：《现代性及其不满》，朱陈拓译，北京：九州出版社，2021 年。

史书美：《现代的诱惑：书写半殖民地中国的现代主义（1917—1937）》，何恬译，
　　　　南京：江苏人民出版社，2007 年。

斯洛尼姆：《陀思妥耶夫斯基的三次爱情》，吴兴勇译，桂林：广西师范大学出版
　　　　社，2003 年。

斯坦纳：《托尔斯泰或陀思妥耶夫斯基》，严忠志译，杭州：浙江大学出版社，
　　　　2015 年。

斯特劳斯：《陀思妥耶夫斯基与女性问题》，宋庆文、温哲仙译，长春：吉林人民
　　　　出版社，2011 年。

泰勒：《自我的根源：现代认同的形成》，韩震等译，南京：译林出版社，2016 年。

汤普逊：《帝国意识：俄国文学与殖民主义》，杨德友译，北京：北京大学出版
　　　　社，2009 年。

特赖布主编：《旅行哲学》，赖坤等译，北京：商务印书馆，2016 年。

特里林：《诚与真：诺顿演讲集（1969—1970）》，刘佳林译，南京：江苏教育出
　　　　版社，2006 年。

图尔科夫：《萨尔蒂科夫—谢德林传》，王德章、杜肇培译，哈尔滨：黑龙江人民
　　　　出版社，1987 年。

屠格涅夫：《屠格涅夫全集》，刘硕良主编，石家庄：河北教育出版社，2000 年。

托尔斯泰：《列夫·托尔斯泰文集》，北京：人民文学出版社，2013 年。

托尔斯泰：《托尔斯泰日记》，雷成德译，西安：陕西人民出版社，1998 年。

陀思妥耶夫斯基：《费·陀思妥耶夫斯基全集》，陈燊主编，石家庄：河北教育出
　　　　版社，2010 年。

陀思妥耶夫斯基：《少年》，岳麟译，上海：上海译文出版社，2015 年。

陀斯妥耶夫斯卡娅：《回忆录》，倪亮译，桂林：广西师范大学出版社，2013 年。

丸山真男:《福泽谕吉与日本近代化》,区建英译,北京:北京师范大学出版社,
　　2017年。

王立业:《梅列日科夫斯基文学批评中的屠格涅夫》,载《外国文学》,2009年第
　　6期。

威廉斯:《乡村与城市》,韩子满等译,北京:商务印书馆,2013年。

韦伯:《科学作为天职》,李康译,收入李猛编:《科学作为天职:韦伯与我们时
　　代的命运》,北京:生活·读书·新知三联书店,2018年。

韦伯:《新教伦理与资本主义精神》,阎克文译,上海:上海人民出版社,
　　2018年。

吴嘉佑:《屠格涅夫的哲学思想与文学创作》,北京:人民出版社,2012年。

徐凤林:《东正教圣像史》,北京:北京大学出版社,2012年。

徐乐:《冈察洛夫〈巴拉达号三桅战舰〉:环球帝国舞台上的俄国东方愿景》,载
　　《外国文学动态研究》,2021年第4期。

劳伦斯·詹姆斯:《大英帝国的崛起与衰落》,张子悦、解永春译,北京:中国友
　　谊出版公司,2018年。

张德明:《从岛国到帝国:近现代英国旅行文学研究》,北京:北京大学出版社,
　　2014年。

张泽雅:《〈春潮〉研究》,华东师范大学2015年硕士学位论文。

索　引